KB253590

월왕 구천 越王句踐 ②

살림

차례

7장

부국강병의 길

　월나라에서 미인 선발대회가 열린 해 구천은 전국에 '20년 부국강병책'을 반포했다. 앞으로 월나라를 부흥시킬 이 계획은 지극히 사소한 이야기에서부터 비롯되었다.

　미인 대회가 열리기 한 달 전의 어느 봄날, 고죽촌(古竹村)에서 월왕성으로 통하는 산길 위를 우차(牛車)가 거친 흙먼지를 일으키며 달리고 있었다. 우차 위에 오른 구천은 높은 곳에 올라 주변의 경치를 살폈다. 그저 몇몇 높은 언덕에서 돌 쟁기와 돌 호미로 밭을 갈고 있는 일부 백성들만이 분주하게 움직이고 있을 뿐, 주변의 연못 외에는 별다른 인적이 보이지 않았다. 인구가 적고 농업이 발달하지 못한 이곳에서 오나라의 갖은 횡포로 도탄에 빠진 백성들, 배가 고파 나무껍질로 연명하는 불쌍한 내 백성들…. 여기까지 생각하자 구천은 확 트인 곳에 서 있으면서도 가슴 위에 무거운 돌을 얹혀 놓은 듯 답답하기만 했다.

　그런데 구천이 고죽촌을 가는 까닭은 무엇인가? 사실 그는 배가 고파 굶어죽은 자를 조문하기 위해 고죽촌으로 향하던 중이었다. 죽은 자, 다친 자, 그 식솔들을 찾아가 위로를 해준다는 정책은 구천이 그해 실시한 부국강병책 중 하나였다. 당시 구천은 범려에게 백성들의 마음을 어떻게 얻어야 하는지 물었다. 그 물음에 범려는 빙그레 웃으며 신분 고하를 막론하고 모두를 대왕의 백성들로 평등하고 따뜻하게 진심으로 아끼고 사랑해주면 된다고 대답했다. 범려의 말대로 구천은 어려움을 겪고 있는 백성들을 찾아 일일이 찾아다니며 그 아픈 마음을 쓰다듬어 주었다.

우차가 서서히 산비탈로 접어들었을 때 쪼글쪼글한 얼굴에 남루한 옷을 걸친 한 노파가 길에서 쉬고 있는 게 보였다. 노파는 낡은 천으로 덮은 대나무 바구니를 품고 있었는데 시시때때로 천을 들쳐 바구니 안을 살피고 있었다. 그렇게 소중한 듯 품에 꼭 안은 채 계속 상태를 살피는 게 바구니 안에는 분명 귀한 것이 들어 있는 듯했다.

우차를 세운 구천은 우차에서 뛰어내려 노파에게 인사했다. "노인장, 산비탈길이 위험하니 제가 모시겠습니다."

구천의 말에도 노파는 고개를 들지 않았다. 노파는 귀머거리임이 분명했다.

구천은 몸을 더욱 숙였다. "노인장, 이 안에는 무엇이 들어 있습니까?"

자신의 어깨를 살짝 두드리는 구천을 보며 노파는 드디어 돌아섰다. 낯설지만 왠지 모르게 자상한 구천을 보며 노파는 마치 구천의 물음을 알아들은 듯 입을 열었다. "여기에는 달걀 열 개가 들어 있어. 우리 딸내미한테 갖다주려고…. 달걀 열 개에서 병아리가 나오고 병아리가 크면 닭이 되겠지, 그리되면… 닭이 크면 그걸 장에다 팔아 양을 살 수 있을 게야. 양을 사서 잘 돌보면 새끼 양을 낳을 테고 양이 커서 팔면 소를 살 수도 있을 게야. 그리되면 얼마나 좋을꼬…." 말을 마친 노인은 조심스레 자리에서 일어나 대나무 바구니를 소중히 끌어안은 채 산비탈을 향해 올라가기 시작했다.

'티끌 모아 태산이라고 했던가? 저 노파의 말대로 우리 월나라가 저렇게 발전한다면 얼마나 좋을까? 10년 동안 인구를 늘리고 다시 10년 동안 나라의 기강을 바로 세워 힘을 기른다면 20년이 지난 후에는 분명 어느 나라도 무시할 수 없는 강대국이 되어 있지 않을까?' 여기까지 생각이 미친 구천은 저 멀리 사라져가는 노파의 뒷모습을 바라보며 순간 답답했던 마음이 시원해짐을 느꼈다. 기쁜 마음에 구천은 우차에 오른 뒤 회궁할 것을 명했다.

월왕궁으로 돌아온 구천은 회의를 소집했다. 어두운 밤이었지만 회의를 알리는 종소리와 북소리가 울리자 문종, 예용, 약성, 부동, 계예 등이 속속 입실했다. 대월성(大越城)의 확장 공사를 책임지고 있던 범려는 공사일로 조금 늦게 참석했다. 돌 침대 위에 앉은 구천은 모두에게 좌정하라고 명한 뒤 입을 열었다.

"과인은 논밭을 다니면서 백성들이 밭을 갈고 농사를 짓는 모습을 유심히 보며 밭고랑을 깊게 파지 않거나 논을 부지런히 관리해주지 않으면 농사를 망친다는 것을 알았소. 지금 들판엔 배를 굶주린 백성들이 지천에 깔려 있고 그들의 울음소리가 끊이질 않고 있소. 이에 10년 동안 백성의 수를 늘리고 그 후 10년 동안은 나라의 힘을 기르고자 하오. 부국강병책으로 나라를 다시 일으켜 세우고 내 백성들이 더 이상 배를 곯는 일이 없도록 할 것이오. 이를 위해서 어떻게 해야 할지 각 대부들께서는 묘안을 알려주기 바라오."

그러자 범려가 입을 열었다.

"대왕께서 나라의 경제를 세우고자 한다면 먼저 강한 군대가 있어야 합니다. 강한 군대를 가지려면 더 많은 백성들이 있어야 합니다. 혼인을 장려하여 인구를 늘려야 합니다. 또한 산지와 들판을 개간하고 바다에서는 어업과 소금 생산을 늘려 국고를 채워야 할 것입니다. 소금은 누구나 필요로 하는 일용할 양식이며 철은 모든 도구 중에서도 으뜸이라 하지 않습니까? 월나라에는 동물 가죽이나 청동, 마 등이 많이 생산되니 바닷길을 통해서 그것들을 중원에 내다 판 뒤 그 돈으로 소금과 철을 사들여야 합니다. 모든 마을에 소금과 철을 관리하는 관리를 세운 뒤 모든 백성들에게 고루 소금을 나누어주며 농사를 짓는 백성에게는 쟁기, 호미, 칼을 주어야 할 것입니다."

이번에는 예용이었다.

"월나라는 뒤로는 회계산을 보고 있고, 앞으로는 동해를 마주보고 있습니다. 남쪽은 지대가 높은 데 비해 북쪽으로 갈수록 지형이 점차 낮아지니 이에 홍수가 자주 나고 바닷물이 뭍으로 흘러드는 게 아니겠습니까? 지난 10년 동안 아홉 번이나 큰 장마가 들었습니다. 그러니 바닷물을 막고 밭을 만들 수 있는 튼튼한 제방을 세워야 할 것입니다. 그리하면 경작할 수 있는 땅이 늘어나게 될 것이고 제방 덕분에 홍수의 피해를 막을 수 있을 것입니다."

약성과 계예가 차례대로 자신의 생각을 털어놓았다.

"외교에 더욱 힘써야 할 것입니다. 약한 나라들과 손을 잡아 오나라에 대항하고 반란을 일으킬 수 있도록 유대를 강화해야 합니다. 병사를 늘리기 위한 작전이나 무기 제작, 군사 훈련 등과 같은 계획이 오나라에 들키지 않도록 은밀히 진행해야 할 것입니다. 만에 하나 오나라가 눈치라도 채게 된다면 모든 것이 물거품이 될 것입니다!"

"농사꾼이라면 논밭을 갈고 여인이라면 베틀에 오르도록 하여 백성들 스스로 먹고살 수 있게 격려해야 합니다. 모든 백성들이 풍족하게 살려면 자신의 힘으로 열심히 일해야 한다는 것을 깨우쳐주어야 합니

다. 지금 대왕께서는 나라를 다시 한 번 세우기 위해 마음을 쓰고 계시
온데, 대왕 내외께서 손수 논밭을 갈고 베틀에 오르셔서 천하의 모범이
된다면 백성들도 이를 본받을 것이 분명합니다!"

구천 역시 고개를 끄덕이며 중신들의 말을 허심탄회하게 들었다.

중신들 대부분이 어느정도 자신의 생각들을 털어놓고 나자 구천은
두 눈을 반짝이며 입을 열었다. "여러 중신들의 말씀 모두 일리가 있으
나 한 가지가 부족하오. 그것은 바로 법령을 통일시키는 것이오. '법은
천하의 부모요, 천하의 기준'이라고 했소. 법을 제정하고 법에 따라 행동
한다면 천하의 마음이 하나로 뭉쳐지게 될 것이오. 중신들의 생각은 어
떻소?"

구천이 의견을 제시하자 중신들이 하나같이 고개를 끄덕였다. 모두의
의견을 구한 구천은 사직호(司直皓)에게 법령을 제정하도록 명했다.

이번에는 문종이 행정 구역에 대한 계획을 털어놓기 시작했다. 전국
을 28개 읍(邑)으로 나눈 뒤 각 읍에 수공예, 청동 다루는 기술 등의 전
문적인 기술을 전파하고 향관(鄕官)으로 하여금 이를 감독토록 해야 한
다고 주장했다. 또한 이들 읍향(邑鄕)을 궤(軌), 리(里), 연(連), 읍(邑)으로
나누고 각 행정 단위에 군사 조직도 세워 내정(內政)과 군사를 한꺼번에
돌보기 위한 조치를 내세웠다. 예를 들어 다섯 가구를 궤(軌)로 정하고
모든 집에서 장정 한 명씩을 차출해 병사로 삼는데 이렇게 해서 모인
다섯 병사를 오(伍)라고 부르며 궤장(軌長)에게 다스리도록 한다. 십궤를
리(里)로 삼아(오십 명의 군사가 하나의 리가 된다) 리정(里正)에게 이끌도록
한다. 이렇게 해서 만 명이 모이면 군(軍)을 이루고 장군의 명령을 받게
된다. 이렇게 되면 말단 조직부터 체계적으로 조직된 전군(全軍)에게 동
일한 군령을 적용시키는 일도 그리 어려운 일만은 아닐 것이 분명했다.
행정 구역에 대한 편제가 어느 정도 가닥을 잡자 조정 대신들도 자신의

분야를 담당하기 시작했다. 문종이 행정을, 범려가 군사권을 각각 책임지되 최종 권한은 구천에게 귀속되었다. 그 밖에 외교, 경제, 농업 및 개간 등의 사업은 각 대부들이 담당했다.

이렇게 해서 주요 정무(政務)에 대한 조정이 끝나고 범려의 계획에 따라 인구 증가를 위한 각종 정책이 가장 먼저 실시되었다. 조회가 끝나자마자 구천은 다음과 같은 법령을 선포했다. 그 내용인즉 여자의 경우 만 17세, 남자의 경우 만 20세를 기점으로 결혼하지 않으면 그 부모가 벌을 달게 받으리라는 것과 출산을 하면 나라에서 보낸 의원들이 아녀자들의 산후조리를 도우리라는 것이었다. 아울러 사내아이를 낳으면 술 두 항아리와 개 한 마리를, 여자아이를 낳으면 술 두 항아리와 돼지 한 마리를 포상으로 내릴 것이며 아이를 둘 낳으면 식량을 내릴 것이고, 아이를 셋 낳으면 국가 기관에서 유모를 제공할 것이라 했다. 위와 같은 내용은 신분고하를 막론하고 월나라에 사는 백성이면 누구나 지켜야 할 것이며 이를 어길 시에는 엄벌에 처한다는 내용 또한 덧붙였다.

이러한 내용의 공문이 발표되자 백성들은 크게 기뻐했지만 오직 한 사람만이 이 사실을 씁쓸하게 받아들였다. 나라를 위해 내놓은 계획이기는 하지만 자신에게는 참으로 곤란한 내용이었기 때문이다. 그 사람은 다름 아닌 대부 범려였다.

그날 저녁 범려는 법령이 정한 날이 점점 다가오는 것을 보며 미간을 찌푸렸다. 제아무리 총명한 범려라고 하나 이번에는 별다른 방도가 떠오르지 않아 그저 답답할 뿐이었다. 바람이라도 쐴 겸 범려는 완사강 주변을 거닐며 달빛에 빛나는 강물을 멍하니 바라보고 있었다.

저녁 강바람이 소맷자락을 들추며 어디에선가 묻혀온 꽃향기를 범려에게 전해주었다. '예전 같으면 내 품에 파고들었겠지…. 그러면 꽃보다 더 향긋한 그녀의 향기가 흘러들었었는데. 가슴을 설레게 하는 그

향…. 이젠 가버린 사람, 이 강가에서 다시 볼 날이 과연 있을까?' 여기까지 생각이 미치자 범려는 자신의 속도 모르고 향긋한 향기를 전해주는 바람이 야속하기만 했다. 몸을 돌려 서시가 자주 일하던 곳으로 간 범려는 처음 그녀와 만났던 곳에 주저앉았다. 하늘에 걸린 달과 북두칠성이 칠흑같은 밤하늘 가운데 더욱 환한 빛을 뿜어내고 있었다. 잔잔한 강물 사이로 간혹 뛰어오르는 물고기, 시원하게 부는 강바람, 강바람에 춤추는 갈대. 모든 것은 그대로인데 자신만 변한 것 같았다. 자신만 하늘을 잃은 듯, 자신만 영혼을 잃은 듯했다.

'그녀를 내 손으로 떠나 보내는 것이 결코 쉽지 않을 것임을 스스로도 알고 있었다. 나라를 위해 결단을 내렸고 그로 인한 고통도 예상은 했지만 이렇게 몸을 가누기 힘들 정도로 괴로울 줄은 몰랐구나. 그녀를 대신할 수 있는 사람을 과연 다시 만날 수 있을까? 당연히 불가능하지 않은가? 그녀를 대신할 수 있는 사람은 이 세상에 어디에도 없다. 비록 지금 그녀가 다른 사람의 품에 있긴 하지만 그 마음속에는 여전히 내가 있다는 것을 안다. 하지만… 하지만 그녀는 지금 내 곁에 없지 않은가!'

깊은 밤 범려는 주체할 수 없는 외로움과 슬픔에 두 손으로 자신의 어깨를 감싸며 강가의 바위 위에 앉아 있었다. 갑자기 말로 형언할 수 없는 통증이 느껴졌다. 서시를 보낸 후 지낸 1년 동안 걸핏하면 찾아오던 가슴의 통증이었다. 가슴속에 들어 있는 아픔을 쏟아내고 싶은 마음에 체면이니 신분이니 상관하지 않고 실컷 울음이라도 터뜨리고 싶었지만 아무런 소리도 낼 수 없었다.

바로 그 순간 "아아악!" 하고 커다란 울음소리가 점점 범려를 향해 다가왔다. 깊은 밤 난데없이 들려오는 한 여인의 절규에 놀란 범려가 고개를 들었다. "나보다 더 상심한 자가 있는 것일까?" 혼잣말을 중얼거린 범려가 울음소리가 나는 곳으로 걸어가 보니 한 여인이 무엇인가를 품에 안고 완사강 쪽으로 걸어가고 있었다.

"평(平)아, 근(瑾)아, 이 어미를 원망하지 말거라! 아버지가 돌아가신 후 이 어미는 더 이상 살아갈 기력이 없구나. 나와… 나와 함께 가자꾸나…."

겁먹은 듯한 어린아이의 목소리가 들렸다.

"엄마, 어디 가는 거야? 먹을 게 있어?"

그때 또 다른 아이의 목소리가 들렸다.

"엄마, 나 배고파…."

여인은 안고 있던 두 아이를 바닥에 내려놓더니 아이들의 손을 잡아 끌었다.

"그, 그래…. 저기 가면 고기도 있고 따뜻한 밥도 있어."

"엄마, 나 깜깜한 거 싫어."

"나도 무서워, 엄마!"

"무서워할 필요 없어, 그래, 엄마가 안아줄게!" 여인은 아이들을 품에 안고 더 깊은 강물 속으로 걸어 들어가기 시작했다.

저 여인이 아이들을 데리고 자살할 것임을 직감한 범려는 고함을 치며 달려갔다.

"여보시오, 그러면 아니 되오, 죽지 마시오!"

난데없이 들려오는 고함에 여인은 놀라 가던 발걸음을 멈췄다. 그 틈에 재빨리 여인의 곁으로 달려간 범려는 여인의 팔을 잡고 강가 위로 끌고 갔다.

자신을 구한 범려에게 감사의 인사는커녕 여인은 오히려 원망을 토했다.

"우리를 왜 이곳으로 끌고 온 것이오? 아무도 돌봐주지 않아 먹을 것도 없고 입을 것도 없는 우리를 왜 살린 것이오? 밤마다 아이들은 배고프다며 울지만 먹을 것이 없는 어미의 심정을 아시오? 굶어죽을 바에야 차라리 물에 빠져 죽는 것이 훨씬 덜 고통스럽단 말이오!"

눈물을 펑펑 흘리며 소리 지르는 제 어미의 모습에 두 아이는 어미의 치맛자락을 붙잡고 엉엉 울기 시작했다. 범려는 달빛 아래 울고 있는 아이를 품에 안으며 그들이 자신보다 더 불쌍한 사람이라는 생각에 눈물을 흘리고 말았다.

자신을 구해준 사내가 자신들을 보며 조용히 눈물을 흘리자, 여인은 조금 전에 자신이 너무 함부로 대했다는 생각에 그를 위로했다. "착하신 분이군요. 이리도 좋은 분인데…. 댁이 아니라 야박한 우리 모자의 팔자가 야속해서 그랬던 것이니 오해 마십시오."

"사람은 저마다 다 어려움이 있기 마련이오. 그대 역시 더 이상 어찌할 방도가 없어 목숨을 끊으려 했던 것 아니겠소?"

"이 아이들은 유복자랍니다. 3년 전 제 남편은 대왕을 따라 전장에 나간 후 다시는 돌아오지 않았습니다. 그때 저는 임신 중이라 시댁에 있었지요. 남편의 죽음에 큰 충격을 받은 시어머니는 몸져누워 있다가 끝내 그 슬픔을 이기지 못하고 돌아가셨습니다. 그리하여 저와 이 아이들만이 남았는데 더 이상 살아갈 길이 없기에 여기서 생을 마감하려 했습니다. 보아하니 공자님도 안 좋은 일이 있으신 게로군요, 늦은 밤 홀로 강가에 와 있는 것을 보니…."

"그렇소. 나는 내 아내를 오나라 사람에게 빼앗겼다오. 그리고 홀로 여기 남았지."

"설마 자결하러 온 것은 아니겠죠? 남자는 여자보다 강하기 마련이니 조금 더 견디면 될 것입니다. 살아가셔야죠."

여인은 진심으로 범려를 위로했다. 그러는 사이 여인과 범려의 품에서 울던 아이들이 모두 곤한 잠에 빠져 들었다. 달빛 속에서 본 여인은 스물대여섯 살쯤 되어 보였고 제대로 먹지 못한 탓인지 마른 편이었다.

거칠지는 않았지만 그렇지도 지체 높은 가문 출신도 아닌 듯했다. 그야 말로 평범하기 이를 데 없는 여인의 모습이었다. 살아갈 길이 막막해 스스로 목숨을 끊으러 오기는 했지만 분명 정 많고 눈물 많은 평범한 아낙네였다.

그녀를 보며 순간 범려는 좋은 생각이 떠올랐다. '이 여인을 부인으로 맞으면 어떨까? 그리고 이 아이들을 함께 키우는 것이다. 그리하면 당장 혼인을 해야 하는 문제도 해결할 수 있고 불쌍한 모자의 생명을 지킬 수 있으니 이 또한 부국강병을 위한 길이 아니겠는가?' 여기까지 생각이 미친 범려가 여인을 향해 입을 열었다.

"이름이 어찌 되시오? 어디에 살고 계시오?"

"성은 진(陳)이며 이름은 연(娟)이라고 합니다. 친정은 제기의 진가(陳家)이고 시댁은 금계산(金鷄山) 입니다. 은공께서는요?"

"제 이름은 범려로, 집은….."

"상대부 어른신과 이름이 같으시네요?"

여인의 물음에 범려는 그저 가벼이 웃음만 지었다. "그대는 남편이 없고 저는 아내가 없습니다. 오늘, 늦은 밤에 이렇게 만난 것도 인연이라면 인연인데 같이 사는 것이 어떻겠습니까? 진연님이 계시면서 옷 손질이나 다리미질을 해주시고 저는 그 대가로 아이들을 돌봐드리겠습니다. 그러면 더 이상 배곯을 걱정은 하지 않으셔도 될 것입니다. 어떠신지요?"

"은공, 저… 저는 과부이온데 어찌…."

"과부면 어떻소? 괜찮으시다면 말을 타고 아이들과 함께 내 집으로 갑시다."

"말이 있으신가요?"

여인이 범려가 가리킨 곳을 보니 버드나무 가지에 묶여 있는 말이 보였다. 그것으로 보아 그가 함부로 아녀자를 놀릴 한심한 시정잡배가 아님은 분명했다. 비록 늦은 밤, 어이없는 일로 만나기는 했지만 자신과 아이들을 함부로 대하지 않는 그의 모습을 보면서 진연은 왠지 믿음이 갔다.

"제 아이들이 더 이상 배를 곯지 않도록 돌봐주시기만 한다면 바느질이나 다리미질 할 것 없이 손발이 닳도록 일하겠습니다."

"자, 그럼 아이들을 내게 건네주시오. 아이들의 이름은 무엇이오?"

"이 아이는 평, 그리고 이 아이는 근이라고 합니다. 쌍둥이로 모두 사내아이랍니다."

"앞으로는 범평(范平), 범근(范瑾)이라 부릅시다. 자, 아빠가 말을 태워줄 테니 이리 오렴."

범려는 아이들을 등에 업고 품에 안은 뒤 버드나무 쪽으로 걸어갔다. 잠시 망설이던 진연 역시 그 뒤를 조심스럽게 따랐다. 아이들과 여인을 말에 태운 범려가 말의 고삐를 쥐고 완사강을 떠나면서 가슴속으로 뜨거운 눈물을 흘렸다.

'서시야, 이 박복한 사람…. 비록 이리되었지만 내 자네의 마음을 저버린 것은 결코 아니네….'

다음 날 범려가 결혼을 했다는 소식이 퍼져 나갔고, 이 소식은 아직 결혼하지 않은 월나라의 젊은이들에게 큰 자극이 되었다. 그도 그럴 것이, 범려는 나라를 위해 사랑하는 사람을 떠나보냈는데 그 아픔을 뒤로 하고 나라의 발전을 위해 가난한 집안의 여자, 그것도 아이가 둘이나 딸린 과부와 솔선수범하여 혼인을 올리지 않았던가! 한 나라의 대부조차 대의를 위해 자신을 희생하는데 일반 백성들이야 그 명을 따라야 하는 것은 당연하다는 인식이 빠르게 확산되었다. 하지만 28개 읍에서 결혼 적령기에 이른 젊은 남녀들 중 한 사람의 행방이 묘연했다. 월나라의 모

든 청춘 남녀가 혼인을 해야 하는 날까지 하루가 남은 시점에서 천모산
으로 가는 산길에는 요란스러운 말발굽 소리가 울려퍼졌다. 포양강 일
읍(一邑)의 읍장이자 장군인 진탁은 평생 마음에 담아둔 자신의 정인인
동시를 찾기 위해 이 순간 말을 달리고 있었다.

1년 전, 반쯤 미친 동시가 미인궁에 간다는 말 한마디만 남기고 부모
를 버린 채 집을 나간 뒤로 아무런 소식도 들려오지 않았다. 동시의 부
모가 미인궁으로 달려가 딸의 모습을 찾았지만 끝내 찾지 못하고 돌아
왔다. 진탁 역시 사방을 돌아다니며 동시의 소식을 찾아 헤맸다. 혹시
나 하는 마음에 오나라까지 건너가 그녀의 행방을 찾았지만 그녀를 봤
다는 사람은 아무도 없었다. 호적상에는 여전히 동시의 이름이 남아 있
었기 때문에 진탁은 행방불명이 된 백성을 찾으려 돌아다니는 것이라고
사람들에게 둘러댔지만 그가 이토록 그녀를 찾아 헤매는 것은 그녀를
사랑하기 때문이었다. 내일이면 월나라에 있는 모든 결혼 적령기의 젊
은 남녀들은 결혼을 해야 한다. 그래서 진탁의 마음은 평소보다 더 급
할 수밖에 없었다. 동시의 행방에 대해 곰곰이 생각하던 진탁은 예전에
동시에게 천모산에 있는 구검자의 동굴에 대해 이야기해주었던 것이 떠
올랐다. 그녀가 거기에 있을지도 모른다는 한 가닥 희망을 품고 진탁은
천모산으로 말을 달렸다.

울창한 수풀과 날카로운 가시밭길, 고송은 여전했지만 동굴의 주인은
더 이상 이곳에 있지 않고 천모산에 잠들어 있었다. 구검자가 살던 동
굴을 둘러보던 진탁은 과거 구검자와 고송 밑에서 쉬었던 생각이 떠올
라 가슴속에서 뜨거운 응어리가 솟구쳐 올라오는 듯했다. 자신을 향해
불어오는 산바람에 진탁은 조용히 속삭였다. "검자, 자네야말로 진정한
사내대장부로군. 동굴 속에서 산짐승들과 어울려 살면서도 아무런 원
망이나 후회도 하지 않더니 끝내 나라를 위해 자신의 목숨도 바치고…

살아서는 영웅이요, 죽어서는 우리 월나라를 지키는 수호령이 되었군. 지금 나라를 발전시키기 위해 대대적으로 젊은 남녀의 혼인을 장려하는 정책이 실시되고 있네. 나는 사랑하는 이를 찾으러 이곳으로 왔다네. 그녀 역시 자네와 같은 애국지사지. 혹시 그대 혼이 여기에 있다면 부디 그녀를 찾도록 도와주게!"

기도를 마친 진탁은 예전에 동시가 지었던 노래를 크게 부르기 시작했다.

산속 계곡을 휘파람 불고 다니며
호랑이를 때려잡고 짐승들과 싸우며 위력을 떨치네.
동시는 비록 사냥을 하는 여인의 몸이지만
나라를 위해 이 한몸 바치리.

진탁의 노랫소리가 산골짜기 사이로 퍼져나갔다. 수풀 사이에서 불러 봤자 멀리 퍼져나가기는 어렵겠다는 생각에 진탁은 높은 바위에 올라 천모산을 내려다보며 우렁차게 노래를 불렀다. 그 노랫소리는 마치 호랑이나 용의 울음소리처럼 산 전체로 쩌렁쩌렁 울려퍼졌다.

얼마나 불렀을까? 먼 곳에서 누군가 자신의 노래를 따라 부르고 있는 듯했다. 간혹 끊어지기도 했지만 분명 자신과 같은 노래를 부르고 있음이 분명했다!

산속 계곡을 휘파람 불고 다니며
호랑이를 때려잡고 짐승들과 싸우며 위력을 떨치네.
동시는 비록 사냥을 하는 여인의 몸이지만
나라를 위해 이 한몸 바치리.

진탁은 그 자리에서 얼어붙었다. 노랫소리에 자신의 심장이 멈추는 듯했다. 분명 그녀다, 동시다! 진탁은 손나팔을 하며 노랫소리가 들려오는 곳을 향해 크게 외치기 시작했다.

"동시, 동시, 어디 있어?"

"오라버니, 저 여기 있어요!"

"내 당장 내려감세!"

"제가 올라갈게요!"

작은 그림자가 산길로 빠르게 달려오기 시작한 것을 확인한 진탁이 재빨리 산길로 내달렸다. 산길 한가운데서 두 사람의 그림자가 멈춰섰다.

"동시, 여기 있었군!" 진탁은 동시를 품에 끌어안으며 벅차오르는 감격을 느꼈다.

동시 역시 진탁의 품에 안겨 뜨거운 눈물을 흘렸다.

울음을 그치고 진정한 동시가 진탁에게 자신이 이곳에 있는지 어떻게 알았냐고 물었다. 그러자 진탁은 그녀의 아리따운 얼굴을 부드럽게 매만지며 그녀를 뚫어지게 쳐다보았다.

"지난 1년 동안 너를 찾아다녔어. 혹시나 하는 마음에 오늘 이곳에 왔던 거야. 예전에 내가 너에게 구검자가 살았던 동굴에 대해 이야기해 주었던 것이 떠올랐지."

"그 동굴은 저도 찾지 못했어요. 그래서 그냥 산기슭에서 지내고 있었죠."

"구검자가 살던 동굴은 바로 우리 발밑에 있어, 내가 보여줄게."

두 사람은 손을 잡고 구검자가 살던 동굴에 도착했다. 허리를 숙이고 동굴에 들어가니 돌 침대는 여전했고 동굴 안에는 석순이 조금 더 자라 있었다. 횃불을 피고 자세히 보니 땅 위의 핏자국 역시 여전했다. 구검자가 이미 죽었다는 것을 동시도 알았지만 그가 왜 죽었는지, 어떻게 죽었는지 자세한 내막을 알지 못했기에 진탁은 동시를 돌 침대에 앉혀 놓은 뒤 자세한 이야기를 들려주었다. 그가 이곳 동굴에서 살게 된 이유, 설인으로 취급받으며 잡힌 사연, 그리고 스스로 자신의 배를 갈라 대왕에게 쓸개를 건네주어 그의 눈을 뜨게 해준 이야기, 월왕이 가시 침대 위에 눕고 매일같이 쓸개를 핥는 이유를 모조리 들려주자 동시는 세상에 둘도 없는 충신이었던 구검자로부터 큰 감동을 받은 듯했다.

"동시, 죽은 사람은 이제 갔지만 그 뜻을 받들어야 할 것은 살아 있는 우리들이야. 지금 월나라에서는 모두들 최선을 다해 나라에 조금이라도 보탬이 되기 위해 안간힘을 쓰고 있지. 그런데 동생처럼 비범하고 영특한 사람이 왜 속세를 멀리하고 산속에 묻혀 있는 건가?"

"오라버님, 소녀 역시 그러고 싶지는 않아요. 저도 나라의 힘이 되고 싶어요. 오나라 왕의 목을 베어버리는 것이야말로 제 사명이라고 생각하고 있답니다. 하지만 모두가 보는 앞에서 개망신을 당한 것도 모자라 미인으로 뽑히지도 못했으니…. 나라를 위해 모든 것을 바칠 각오가 되어 있었지만 그 각오는 물거품이 되어버렸어요. 저처럼 나라에 도움이 안 되는 사람은 그저 속세를 떠나 있는 편이 훨씬 낫답니다."

"지금 월나라에서는 대왕에서부터 일반 백성들에 이르기까지, 그리고 너의 부모님과 내가 너를 기다리고 있어. 큰일과 관계된 일이라…."

"큰일이라뇨? 무슨 말씀인지 모르겠어요. 못난 시골 처녀가 무슨 큰일을 한답니까?"

동시의 물음에 진탁은 바로 답변을 하지 않고 말을 돌렸다.

"올해 네가 몇 살이지?"

"열일곱이요."

"열일곱이라? 새로운 국법에서는 열일곱이 된 처자가 혼인을 올리지 않으면 그 부모에게 죄를 묻는다고 되어 있지."

"그런 내용을 누가 정한 거예요?"

"대왕께서 새로 정하신 내용이야."

"그럼 저는 어떻게 하죠? 전 시집을 못 갈 텐데…."

"아니 왜?"

"못난 저를 누가 아내로 맞으려고 하겠어요?"

진탁은 동시의 팔을 잡아끌었다.

"나를 따라와봐!"

횃불을 들고 동굴의 더 깊은 곳으로 들어간 두 사람은 오래된 연못 앞에 멈춰 섰다. 오래된 연못은 밑바닥이 보이지 않을 정도로 깊었고 푸른 물빛을 띠고 있었다. 한기가 느껴질 정도로 차고 맑은 연못물에 모습을 비추자, 연못 위로 아리따운 한 여인의 모습이 보였다. 그것은 동시였다.

"저기 연못 위에 보이는 아리따운 아가씨는 누구지? 이 동굴에는 우리밖에 없어. 저 모습은 여자이니 나는 아닐 테고, 그럼 분명 동시 너란 얘기지!"

왠지 믿지 못하겠다는 눈빛의 동시가 연못을 자세히 들여다보더니 진탁을 향해 환하게 웃으며 돌아섰다. "아, 진짜 나예요, 나! 빗물과 이슬로 진한 화장이 지워지고 계곡물이 짙은 눈썹을 지웠네요. 얇은 비단옷이 나뭇잎에 쓸려 갈기갈기 닳았지만 온 산을 누비며 용맹하게 사냥을 하던 모습은 그대로네요. 맞아요, 저건 나예요, 나!"

동시의 미소를 보며 진탁은 살며시 그녀의 두 손을 잡았다.

"원래의 아름다움은 속일 수 없는 법이지. 사물은 저마다 제각각의 아름다움과 의미를 가지고 태어나. 가을 국화와 봄의 난초 중 어느 것이 더 아름답다고 정할 수 있는 사람은 아무도 없어. 왜냐하면 가을 국화도 봄의 난초도 서로를 대신할 수 없는 자신만의 아름다움을 가지고 있기 때문이지. 즉 동시는 동시고, 서시는 서시일 뿐이야. 그러니 자신감을 가져! 그리고… 내 오랫동안 너를 마음에 두고 있었는데 나와 혼인해주지 않겠어? 여기에 있지 말고 나와 혼인을 올려 둘이 함께 나라를 위해 힘을 합치자고!"

느닷없는 진탁의 청혼에 동시의 얼굴이 발갛게 달아올랐다.

"오라버니에게 시집오라고요?"

"응, 나한테 시집와!"

"혼인을 올리지 않으면 그 부모에게 죄를 묻는다고요?"

"응, 응, 그렇네."

"그럼… 오라버니에게 시집가야겠네요!"

"약조한 걸세! 이제 리정에게 가서 신고를 하고 위에 보고를 해야 하네. 진탁 장군이 혼인을 올린다고 말이야!"

"거짓말!"

"진짜라고! 내가 장군이 된 걸 못 믿나 본데 진짜인지 가짜인지 두고 보면 알게 될걸! 그리고 내일이 혼인을 올리는 날이니 빨리 서둘러야겠군!"

"그렇다면서 여기서 뭐 하고 있는 거예요? 얼른 가지 않고요!"

손을 잡은 채 동굴을 빠져 나온 두 사람은 재빨리 산허리를 넘어 산자락에 묶어놓은 말을 타고 저라촌 동쪽으로 향했다.

그다음 날 아침, 태양이 아직 뜨기도 전에 월왕궁의 광장은 이미 인산인해를 이루고 있었다. 그날 월나라에 있는 6000쌍의 부부가 정식으로 혼례를 올렸다. 신랑과 신부는 가족들의 축하 속에 환한 웃음이나 수줍은 울음을 터뜨리며 점대(漸臺) 아래에 모여 구천 내외가 오기를 기다리고 있었다.

궁문이 열리자 거대한 북소리와 함께 머리에 붉은 꽃을 꽂은 사의(司儀: 일종의 결혼식 주례자—옮긴이)가 나타났다. 사의들은 손에 쥐고 있던 번호표를 모든 신혼부부에게 나눠준 뒤 양쪽에 나란히 섰다. 이때 다시 북소리가 크게 울리면서 검은색 용포를 걸친 월왕 내외가 점대에 올랐고 그 뒤로 문종과 몇몇 사람들이 뒤를 따랐다. 그 모습을 보던 사람들은 갑자기 발을 멈췄다. 왜냐하면 월왕 뒤를 범려와 그의 아내가, 그리고 월부인 뒤를 진탁과 동시가 따르고 있었기 때문이었다. 6000여 쌍의 신혼부부가 탄생하는 오늘, 짝을 잃고 외로워하던 범려가 새출발을 하고, 사라진 줄 알았던 동시마저 고국으로 돌아와 자신의 짝을 만났으니 사람들의 기쁨은 더욱 컸다. 게다가 오늘 혼례는 월왕 내외가 진행하고 문종이 들러리로 나서며 한껏 분위기를 돋우었다.

웅성거리는 소리가 수그러들자 새로운 관복을 입은 문종은 점대 뒤에 있는 악사들을 향해 손을 흔들었다. 악사들이 『시경(詩經)』 중 〈유녀동거(有女同車)〉를 연주하기 시작하자 손마다 화사한 꽃을 든 궁녀들이 음악에 맞춰 무대에 올라 멋진 춤과 노래를 선사했다.

함께 수레에 탄 여인, 무궁화처럼 그 얼굴이 곱네.

이리저리 가벼이 흔들리니, 몸에 단 패옥 소리가 들리는구나.

저 어여쁜 맹강(孟姜), 참으로 아름답고 어여쁘구나.

함께 수레에 탄 여인, 무궁화처럼 그 얼굴이 곱네.

이리저리 가벼이 흔들리니, 패옥이 달랑거리는구나.

저 어여쁜 맹강, 정다운 그 소리 잊지 못하네.

춤을 마친 궁녀들이 꽃다발을 들고 무대 아래로 내려가 뿌리자 무대 아래에서는 탄성이 터져 나왔다. 28개 읍에서 모인 선남선녀와 그 가족들이 기뻐하는 모습을 보자니 구천의 마음 역시 훈훈해졌다. '이것이 우리 월나라의 첫 걸음이다!'라고 생각하며 구천은 좌중을 향해 손을 흔들었고, 이런 구천을 백성들은 환호하며 바라봤다.

"오늘 우리 월나라의 선남선녀들이 모여 혼인을 올리니 이 얼마나 기쁜가? 이러한 길일에 과인이 주례를 서게 되어 더욱 기쁘오. 오늘 새로이 탄생하는 신혼부부를 위해 과인이 조그만 선물을 준비했소. 신랑에게는 철로 만든 쟁기를, 신부에게는 베틀을 나누어주겠소. 비록 별 볼일 없는 것이나 쟁기로 열심히 논밭을 갈고 베틀로 천을 짜 나라의 힘을 기를 수 있기를 바라는 마음에 이것들을 하사하는 것이오. 우리 월나라가 어려운 처지에 있다는 것을 잊지 말고 모두 힘을 합쳐 우리 월나라의 힘을 천하에 보여주도록 합시다!"

구천의 말이 끝나자 문종이 바로 뒤를 이었다.

"대왕 내외께서는 이 선물들을 준비하기 위해 먹을 것도 제대로 드시지 못하고 잠도 제대로 주무시지 못했소. 월부인께서는 매일 밤늦도록 베를 짜셨고 대왕 역시 새벽부터 밤늦도록 논밭을 직접 가셨소. 맛난 음식도 드시지 않고 비단 옷도 입지 않고 준비하신 귀중한 쟁기와 베틀이 그 하해와 같은 은혜에 우리 모두 감사의 절을 올립시다!"

문종의 말에 광장에 있던 신혼부부와 하객들이 모두 땅에 엎드려 절을 올리고 만세를 부르자 월왕궁 전체가 백성들의 만세 소리로 떠나갈 듯했다.

"범려 대부는 나라를 위해 사랑하는 이를 떠나보내고 오늘 평민의 여인을 아내로 맞아들였소. 나라를 위해 개인적인 정을 희생하는 일은 일반 백성에게도 쉽지 않은 법. 하물며 나라의 으뜸 되는 재상이 이리 솔선수범하기가 어디 쉬운 일이오? 이는 만백성들의 존경을 한 몸에 받기에 충분하지 않겠소?"

구천의 생각을 이해한 범려가 나아가 입을 열었다.

"나라가 어려운 처지에 있으니 소신의 행동은 응당한 것입니다."

그 겸허한 모습에 흐뭇해진 구천이 이번에는 동시를 쳐다봤다.

"동시 낭자는 예전에 이곳에서 큰 치욕을 입었으나 오늘 수줍은 새색시로 그대를 다시 볼 수 있게 되어 참으로 기쁘오. 미인 선발대회에서 그대에게 주려고 했던 화관을 다시 내리겠소. 월나라는 서시뿐 아니라 동시 낭자도 필요로 하오."

구천은 옆에 있던 궁녀에게서 화관을 받아들어 동시의 머리 위에 씌워 주었다.

일반 백성인 그녀를 진심으로 대하는 구천을 보며 그 자리에 있던 백성들은 마치 자신들이 화관이라도 받은마냥 기뻐했다. '이 얼마나 인자하고 자애로운 군주인가!' 그 모습에 백성들은 땅에 엎드려 눈물을 흘렸고 광장에서 울려퍼진 만세 소리는 저 멀리까지 오래도록 퍼져나갔다.

하지만 이어서 열린 무악을 바라보는 구천의 미간이 순간 찌푸려졌다. 나름 열심히 준비한 것이었지만 공연에 동원된 백성들의 동작은 허술하기 짝이 없었다. 손에 들고 있는 창과 칼은 서로 부딪혔고 사람들은 자신의 위치를 이탈해 엉뚱한 곳에서 헤매기 일쑤였다. '이들을 패배를 모르는 결사대로 훈련시킬 수 있다면…. 그저 진격과 후퇴만 하는 것이 아니라 방어전에도 능하고 육지 바다 할 것 없이 강한 군대로 거듭난다면 우리 월나라는 든든한 병사들을 갖게 되는 것이다. 그리하려면 뛰어난 지도자, 특히 유능한 검사와 궁수가 필요할 것인데 어디서 그런 인재를 찾는단 말인가? 초현관(招賢館)을 세우고 백성들을 훈련시킬 수 있는 유능한 인재를 찾는 현상금을 걸어야겠군. 그래, 그리해야겠다. 하지만 너무 급하게 생각해서는 안 되고, 꼼꼼하게 준비해야 할 것이다. 먼저 간단한 훈련부터 시작한 후에 엄한 훈련을 실시하자. 모든 것에는 순서가 있는 법, 너무 급히 달려들면 오히려 일을 그르칠 수도 있다.' 여기까지 생각한 구천은 찌푸렸던 미간을 다시 펴며 공연을 감상했다.

축하연이 끝나고 신혼부부들은 사의가 나눠준 번호표에 따라 베틀과 철로 만든 쟁기를 받았다. 구천은 쟁기를 가지고 신랑들에게 사용법을 가르쳐주었고 월부인도 직접 신부들에게 천 짜는 법을 가르쳐주었다.

구천은 남녀 모두 힘을 합쳐 나라를 세워야 한다는 범려의 계획에 따라 1000명의 신부를 뽑아 건부군(健婦軍)을 조직해 동시에게 말 타기와 격검(擊劍)을 가르치도록 했다. 마찬가지로 1000명의 신랑을 뽑아 제어군(諸御軍)을 세운 뒤 진탁에게 훈련을 맡겼다. 훗날 제어군은 오나라에 대한 군사 작전이나 바다를 메어 밭을 개간하는 토목 사업 등에 동원되어 혁혁한 공을 세웠다.

한편 범려가 혼례를 올렸다는 소식은 눈 깜짝할 사이 오나라에도 퍼졌다.

보기 드물게 쾌청한 날 월나라의 치도(馳道: 천자나 귀인이 거동하는 길—옮긴이)는 향불로 뒤덮였고 아름다운 음악소리가 울려퍼졌다. 오(吳)라는 글자가 수 놓여진 깃발을 든 수천 명의 병사들, 준마(駿馬)를 앞세운 거대한 마차 행렬이 새로 지은 대월성을 향해 꼬리에 꼬리를 물고 서서히 움직이고 있었다. 행렬의 맨 앞에는 위풍당당한 기세의 백비와 호분군이 있었고 가운데에는 온도를 조절할 수 있는 창이 달린 화려한 장식의 어가(御駕)가 자리 잡고 있었다. 열여섯 명이 떠받들고 있는 어가에는 오왕 부차와 그의 애첩인 서시가 타고 있었다. 수많은 궁인과 측근들이 세면도구와 같은 일상생활 용품을 들고 조용히 그 뒤를 따르고 있었다.

이번에 부차는 새로 지은 대월성을 보기 위해 월나라에 간다고 오자서에게 둘러댔지만 사실은 서시의 마음을 떠보기 위해서 온 것이었다. 사실 부차는 서시가 오나라에 오기 전에 범려와 혼인을 올리기로 약조 했다는 것을 알고 있었다. 그래서인지 부차는 서시와 함께 즐거운 시간을 보내거나 심지어 함께 침상에 오를 때조차 왠지 모르게 그녀의 곁에서 범려의 그림자가 느껴졌었다. 정단이 어이없이 죽고 나서 서시에 대한 감정이 더욱 애틋해진 부차는 그녀의 마음을 얻지 못할까 항상 노심초사했다. 그러던 중 범려가 다른 여인과 혼례를 올리게 되었다는 소식을 접하자 직접 두 눈으로 이를 확인하고 싶은 생각에 서시를 데리고 월나라를 방문하게 된 것이었다. 주인 된 몸으로 서시를 데리고 월나라를 직접 방문한다면 범려를 향한 서시의 한결같은 마음도 사라질 게 분명하고 자신이 누리고 있는 호사가 얼마나 큰지를 깨달을 수 있으리라는 생각에 부차는 서시가 몸이 약함에도 불구하고 그녀를 데려 가기로 마음먹은 것이다.

구천은 월나라에 새로 지은 소성(小城)을 깨끗이 청소하라고 명한 뒤 부차를 환영하기 위한 준비를 하느라 바쁜 시간을 보냈다. 부차가 월나라에 들어섰다는 소식에 구천은 중신들을 이끌고 성 밖 수 리(里)까지 직접 나가 부차를 맞이했다. 월나라 백성들도 길 옆 양쪽에 서서 머리를 조아리고 있었다.

부차는 어가의 창문 사이로 땅에 머리를 조아리고 있는 구천을 보고는 자리에서 일어나라고 명한 뒤 서시에게 조용히 속삭였다. "서시, 그대의 고향에 왔소." 월왕 구천과 월나라의 군신들, 그리고 백성들이 모두 머리를 조아리고 있는 것을 보며 부차는 자신의 위대함을 서시에게 보여줄 수 있으리라 생각했다. 하지만 부차와 달리 서시의 마음은 무겁기만 했다. 아버지가 돌아가시고 자신의 정인인 범려마저 다른 사람과 혼인을 올렸다는 소식을 듣자 서시는 그야말로 하늘이 무너지는 듯했다.

그 소문이 진짜인지 가짜인지 알 수 없어 더욱 답답했지만 옆에 부차가 있으니 어찌 그 마음을 드러낼 수 있겠는가? 그래서 서시는 창밖을 내다보지 않고 그저 묵묵히 앞만 바라보고 있었다.

월나라에 새로 지어진 대월성은 소성과 대성(大城)으로 나뉘어져 있었다. 부차는 서시와 함께 천천히 소성으로 들어서면서 범려에게 성의 구조에 대해 설명해달라고 했다. "소성은 그 둘레가 1120보로 둥그런 한 면을 제외하고는 모두 방형(方形)입니다. 서북쪽의 처마는 머리를 들고 날개를 펼치며 날고 있는 새의 모습을 하고 있는데 이는 천문(天門)을 상징합니다. 남동쪽에는 물이 떨어지는 돌로 된 동굴을 심어놓았는데 지호(地戶)를 상징합니다. 그리고 육문(陸門)은 사방으로 통하니 이는 팔풍(八風)을 상징하옵니다."

범려의 설명을 들으며 부차는 연신 훌륭하다는 칭찬을 늘어놓았지만 눈으로는 계속 서시의 안색을 살피고 있었다. 하지만 서시는 그저 천천히 부차의 뒤를 따르며 평소와 다름없는 표정을 짓고 있을 따름이었다. 대월성에 대해 설명하고 있는 범려를 마치 모르는 사람 대하듯 서시는 대월성에 대해서도 별다른 관심이 없는 듯 보였다.

소성과 연결된 남동쪽에는 둘레가 20리도 넘는 대성이 세워져 있었다. 대성에는 각각 세 개의 육문과 수문(水門)이 있었다. 소성보다 열 배나 큰 대성 안에는 도로와 도랑, 주택, 공장 외에도 경작지와 목장, 도자기 공방, 제련소, 방직소 등이 있었다. 대성의 괴산(怪山)에는 괴유대(怪游臺)가 세워져 있었고 서북쪽은 오나라에 복종한다는 뜻으로 구멍을 만들어두었다.

대월성을 둘러보는 부차는 겉으로는 범려의 설명을 귀담아 듣고 있는 것 같았지만 사실 그의 신경은 온통 서시에게 쏠려 있었다. 그것을 알아챈 월나라의 군신들이 서시에게 아무런 관심도 없는 척하라는 눈짓을 보낸 것이다. 그들의 뜻대로 서시가 지루한 듯한 기색을 보이자 부차는 성의 구조 따위는 눈에도 들어오지 않았다.

사실 월나라의 소성과 대성은 오나라에게는 상당히 위협적이었다. 소성의 경우, 군사 기지의 역할을 담당하고 있었는데 특히 비익루(飛翼樓)는 적국의 동정을 살필 수 있는 전망대의 역할을 담당하고 있었다. 그곳에 오르면 절강(浙江) 일대를 한 눈에 볼 수 있어 오나라의 군사 행동을 모두 살필 수 있었다. 월나라의 경제 기지인 대성은 인구를 늘리고 나라의 힘을 키운다는 구천의 원대한 계획이 실천되는 중심에 서 있었다. 성 안의 괴유대는 천문대이자 기상 관측소였다. 하지만 서시에게 푹 빠진 부차는 이러한 사실도 모른 채 그저 서시의 안색을 살피느라 바빴다. 그녀가 웃으면 자신도 웃고 그녀가 울면 자신도 우는 사람이 바로 부차였다.

그날 저녁, 부차를 영접하기 위해 화려하게 치장을 한 월왕궁에서 부차는 서시와 함께 상석에 올랐고 백비가 바로 그 아래 앉았다. 구천 내외가 밑의 자리에 앉았고 범려와 문종 등의 대신들이 그 뒤에 앉았다. 자리에서 구천이 갈포(葛布) 10만 필과 꿀 9통, 여우 가죽 등의 예물을 부차에게 바치자, 부차는 백비를 향해 입을 열었다.

"월왕께서 이리도 충성스럽다니…. 100리도 안 되는 작은 나라에서 성심성의껏 예물을 준비해 과인에게 바치니 이를 어찌해야 하오?"

"대왕, 월왕 내외는 두 가지 이상의 반찬을 먹지 않고 두 가지 이상의 옷을 입지 않는다고 합니다. 그리고 범려 대부는 최근 혼인을 올렸는데 그 부인은 아무런 혼수도 없이 몸만 왔다고 합니다. 나라에서 남녀 할 것 없이 열심히 밭을 갈고 천을 짜며 제일 좋은 것, 제일 아름다운 것만 대왕께 바치는 것이니 대왕께서도 그 성의를 받으시고 이를 치하하셔야 할 것입니다."

범려의 아내라는 말에 서시는 가슴이 미어지는 듯했지만 억지로 미소를 보인 채 부차를 향해 입을 열었다.

"대왕, 월나라의 왕실은 초라하고 궁인들 역시 제대로 된 궁복을 입지 못하고 있습니다. 대신들도 외출을 할 때면 의장(倚仗)이나 가마 없이 출타를 한다고 합니다. 100리도 안 되는 작은 나라에서 이렇듯 귀한 진상품을 대왕께 바치니 대왕께서도 반드시 이를 치하하셔야 할 것입니다."

서시의 말에 기분이 좋아진 부차가 함박웃음을 지었다.

"옳은 말이오. 과인이 지금 월나라에 700리의 땅을 주겠소, 그리하면 월나라도 800리의 땅을 가진 나라가 될 것이오." 말을 마친 부차는 모두가 보는 앞에서 즉시 월나라의 경계를 그렸다. 즉 동쪽으로 구용(勾甬), 서쪽으로 방리(榜李), 남으로는 고말(姑末), 그리고 북쪽으로는 평원(平原)에 이르기까지 월나라의 국경이 확대되었다.

구천은 크게 기뻐하며 중신들과 함께 절을 올리고 만세를 외쳤다.

"하하하, 고마워해야 할 것은 과인이 아니라 과인의 애첩일세. 서시의 말이 정말이지 일리가 있구려. 과인이 신하들을 힘들게 해서는 안 되지. 무릇 왕이란 자는 왕으로서의 권위를 가져야 하는 법. 월왕에게는 의장대를 그리고 노신들에게는 지팡이를 내리겠소. 문종 대부 등에게는 제후의 의관과 궁실, 가마를 내리고 범려와 그 아내에게는… 부부 사이에 틈이 없으라고 백옥 한 쌍을 내릴 터이니 부디 백년해로하시오."

부차의 너그러움에 월나라 대신들은 모두 감동했고 구천 역시 이러한 부차의 사람됨을 크게 칭찬했다. '부차는 세심하고 다정한 자로군. 그와 서로 목숨을 내놓고 싸워야 한다는 사실이 안타깝구나. 일개 평민이라면 서로 호형호제하며 사이좋게 지낼 수 있었을 것을…. 그것 역시 삶의 복이면 복일진대…'

그 자리에 있던 서시 역시 놀라움을 감추지 못했다. 부차가 자신에게 푹 빠져 있는 건 알고 있었지만 그렇다고 해도 오나라의 적인 월나라와 자신의 연적인 범려에게 상을 내릴 것이라고는 서시 역시 전혀 생각지 못했다. 자신을 생각해주는 부차의 그 애틋한 마음과 이를 받아들일 수 없는 자신의 처지를 생각하자 그저 눈물만 차오를 뿐이었다. 서시가 몸을 돌려 눈물을 닦자 놀란 부차가 그녀의 얼굴을 부드럽게 매만지며 물었다.

"서시, 무슨 일인가? 어디 몸이라도 안 좋은 겐가? 설마, 과인이 무슨 잘못이라도 저질렀는가? 그래서 그대 마음이 편치 않은 것인가?"

다급한 목소리의 부차를 보며 서시는 처량한 웃음을 지었다.

"아무것도 아닙니다, 대왕. 그저 돌아가신 아버님을 떠올리며 몰래 눈물을 흘린 것뿐입니다."

서시의 말에 안도의 한숨을 내쉰 부차가 부드러운 표정으로 입을 열었다.

"그리 괴로워하지 말게. 내일 아침 일찍 내 그대와 함께 부모님의 묘소에 다녀오지. 넋이라도 달랠 수 있도록 그대 부모님의 묘소를 궁전처럼 지어주겠네."

서시를 끔찍하게 아끼는 부차를 보며 그 자리에 있던 사람들은 놀라움을 금치 못했다.

다음 날 부차는 자신의 말대로 서시와 함께 제기로 성묘를 떠났다. 서시는 부모님의 묘소 앞에서 뜨거운 눈물을 하염없이 쏟아냈고 부차는 그런 그녀를 꽉 안아주었다. 그런 뒤 두 사람은 다시 오나라로 돌아갔다.

눈 깜짝할 사이 겨울이 가고 따뜻한 봄이 왔다. 모내기철이 되자 월나라 도성 안팎으로 농부들의 손이 바빠지기 시작했다. 농사를 장려하기 위한 조서가 계속해서 하달되었고 각 읍의 지방관들은 구천의 명에 따라 백성들이 농사에 전념하기 위한 각종 정책을 실시했다. "전쟁을 준비할 수 있도록 청동으로 창과 검을 만들고 농사에 사용하도록 철로 도끼, 쟁기, 삽 등의 농기구를 만들라!"

회계산은 청동, 구리, 철, 납 등이 풍부하게 매장되어 있었다. 대부분의 백성들은 자석, 청동, 알루미늄, 구리, 적동(赤銅), 철 등을 채굴하여 대성에 있는 제련소로 보내 무기나 농기구를 만드느라 정신이 없었다.

부차가 월나라 도성을 떠난 후 오나라에 대한 사람들의 경계심은 크게 줄어들었다. 백성들은 평소대로 길거리의 대장간에서 무기나 농기구를 만들거나 염색공장, 방직소, 도자기 공방에서 열심히 물건을 만들었다. 웃통을 벗어젖힌 건장한 체구의 남정네들은 땀을 비 오듯 연신 흘리며 구령에 맞춰 망치를 두드려댔다.

평소와 마찬가지로 성 안의 가게에서는 물건을 사고파는 소리, 철을 달구는 소리, 베틀 짜는 소리가 화음을 이루듯 울려퍼지고 있었다. 모든 것이 질서정연한 가운데 백성들은 성 밖의 광활한 의전(義田)에서 땅을 갈거나 파종을 하느라 모두들 분주했다. 쟁기를 짊어진 소는 꼬리를 흔들며 주인의 구령에 맞춰 여유롭게 밭을 갈았고, 월나라 군신들은 공무(公務)로 출타하는 때를 제외하고 일반 백성들과 같이 농사에 참여했다. 보드라운 봄바람에서 바다 특유의 짠 맛이 느껴졌다. 바다에서 불어오는 봄바람을 맞으며 사람들은 때때로 멀리서 삽질을 하고 있는 구천을 바라보았다. 세상에 어느 군주가 백성들과 함께 밭에서 쟁기질과 삽질을 한단 말인가! 한편으로는 안쓰러우면서도 자신들을 극진히 위하는 구천을 보며 백성들의 무거운 마음은 봄바람에 어느덧 저멀리 날아가는 듯했다.

바로 그때 천둥소리와 같은 요란한 말발굽 소리가 들려왔다. 손에 창

검을 든 사람들이 눈에 불을 켜고 달려오고 있었는데, 백발을 휘날리는 자가 기마대를 이끌고 있는 듯했다. 두 말할 것도 없이 오자서가 분명했다! 구천은 손에 쥐고 있던 삽을 곁에 있던 문종에게 건네준 뒤 손을 털고 옷매무새를 고친 후 말에 올라탄 오자서에게 절을 올렸다.

"오상국께서 오시는 줄도 모르고 마중도 못하였습니다. 부디 용서해 주소서."

그런 구천을 거들떠보지도 않고 오자서가 오만방자한 태도로 입을 열었다.

"겁도 없이 대역죄를 짓고도 또다시 모반을 꾀하다니…. 다른 사람은 속여도 내 눈은 못 속인다. 내 오늘 필히 네가 거꾸러져 죽는 꼴을 봐야겠구나!"

"허허허, 오상국, 말이 너무 지나치시옵니다. 소신 구천은 한결같이 오나라에 충성을 다하고 있는데 어찌 감히 반역을 꾀한단 말입니까? 소신이 잘못한 게 있다면 부디 오상국께서 일러주시기 바랍니다. 겸허히 그 잘못을 받아들이겠습니다."

"네가 몰래 병기를 만들고 있으니 이는 모반을 꾸미고 있는 게 아니고 무엇이겠느냐? 겉으로는 겸손을 떨면서 직접 논밭에 나와 농사를 짓고 있다고 하나 결국 이는 사람들의 환심을 사려는 것이 아니냐? 게다가 인구를 늘리고 나라의 힘을 키운다는 계획 또한 결국 오나라를 멸하고 월나라를 흥하게 만들겠다는 뜻이 아니란 말이더냐? 네가 대왕을 속였지만 내 눈은 속이지 못한다. 자, 저놈들을 다 죽여라!"

오자서의 말에 놀란 구천이 무고한 백성들이 해를 입을까 당황해하고 있는 사이 오나라 병사들은 논밭을 향해 돌진했다. 하지만 그들은 월나라 백성들이 아닌 밭에 있던 소를 죄다 죽였다.

1000여 명의 흉포한 오나라 병사들이 닥치는 대로 논밭에 흩어져 있던 100여 마리의 물소, 황소를 찔러 죽였다. "이놈들이 다 자나? 하늘을 보고 다리를 뻗었구면! 으하하!" 오나라 병사들이 소를 연신 찔러대며 미친 듯 웃음을 터뜨렸다. "병사들아, 성 안으로 가서 무기를 몰수해라. 반항하는 자가 있다면 신분고하를 막론하고 모두 죽이거라!" 오자서가 검을 뽑으며 외치자, 병사들은 기다렸다는 듯이 괴성을 지르며 말 위로 뛰어올라 대월성을 향해 달리기 시작했다. 뿌연 먼지를 일으키며 사라져가는 오나라 병사들을 보는 월나라 백성들은 속수무책이었다. 나라를 잃은 슬픔과 수치를 직접 목격한 월나라 백성들은 자신들이 보는 앞에서 치욕을 당하는 주군을 보며 이를 악물었지만 달리 할 수 있는 것은 아무것도 없었다. 그저 죽어버린 소를 보며 아무 말 없이 눈물만 흘릴 뿐이었다.

밥 한 끼 먹을 정도의 시간이 지나고 오나라 병사들이 성 밖으로 빠져나와 논밭으로 달려왔다. 오나라 병사들이 타고 있는 말 뒤에는 성 안에서 빼앗은 각종 무기가 실려 있었다. 큰길에 서 있는 구천을 보며 오자서가 가던 걸음을 멈추고 입을 열었다.

"구천 네 이놈 잘 들어라! 오늘 이후 또다시 몰래 병기를 만든다면 다음에는 소가 아니라 이 성 전체를 없앨 것이다!" 눈을 치켜뜬 오자서는 말의 배를 차며 서북쪽을 향해 빠르게 사라져갔다.

문종, 부동, 계예 등이 구천의 곁으로 다가가 그 안색을 살폈다. 문종이 조심스레 입을 열었다.

"대왕, 소가 모두 죽었으니 오늘은 이만하고 성으로 돌아가심이 어떨지요?"

구천의 눈에 순간 불길이 치솟았다. 그는 이를 악물고 이야기했다.

"아니다, 사람이 소를 대신하면 될 것을…. 내가 하겠다!" 구천은 한 발 한 발 죽은 소를 향해 다가가 소의 등에서 쟁기를 풀어 자신의 어깨에 씌운 뒤 흑자(黑子)라는 농부에게 줄을 잡으라고 말했다.

놀란 흑자가 뒷걸음질 치며 어떻게 감히 대왕의 어깨에 쟁기를 올리냐고 대답했다.

"안 될 게 또 무어란 말이냐? 평소처럼 밭을 갈면 되는 것을." 구천의 명에 흑자는 평소대로 소가 끌던 쟁기를 올렸다. 돌아보니 문종, 부동, 계예, 호진(皓進)과 백성들도 구천처럼 어깨에 쟁기를 짊어지고 있었다. 그 모습에 조금 용기를 얻은 흑자가 조심스레 쟁깃술을 잡으며 소를 부리듯 "이랴, 워워" 소리를 내기 시작했다. 흑자의 구령에 따라 구천은 진흙을 밟고 한 발 한 발 내딛으며 논밭을 오갔다.

대월성의 관영 방직궁(紡織宮)은 성의 북쪽에 자리 잡고 있었다. 아녀자들은 평소처럼 계완의 지도 하에 연신 손을 놀리며 베를 짜고 있었는데, 갑자기 한 여공이 뛰어 들어와 다급한 목소리로 외쳤다. "부인, 큰일 났습니다! 길에서 말을 탄 오나라 병사들이 소란을 피우고 있습니다!" 놀란 계완이 들고 있던 북을 떨어뜨리고 시녀 둘과 함께 길거리로 달려나갔다. 그들은 길을 가던 중 자신들을 향해 달려오는 수많은 사람들을 보았는데 맨 앞에 상대부 범려가 서 있었다. 계완을 본 사람들이 걸음을 멈추었고 범려 역시 길 한쪽에 서서 계완을 향해 공손히 입을 열었다.

"부인, 지금 오자서가 기병대를 이끌고 길가에 있는 모든 제련소와 대장간을 파괴했다고 합니다. 또한 국고를 열어 안에 있는 견직물 등을 모두 빼앗아갔다고 합니다."

그 말에 계완의 목소리가 떨렸다.

"오자서 그 늙은이가… 놈들은 지금 어디 있습니까?"

"이미 성을 빠져나갔습니다. 그리고 다시 병기를 만들면 성을 파괴하겠다고 으름장을 놓았다고 합니다."

"성 밖은요? 대왕께서는?" 다급한 목소리의 계완이었다.

"조금 전에 제가 성 밖으로 나가봤습니다. 대왕께서는…."

"어찌하고 계십니까?"

"오나라 병사들이 황소를 전부 죽이자 대왕께서 소 대신 직접 밭을 갈고 계십니다."

"대왕께서 직접?"

"그러하옵니다. 농사일은 때를 놓치면 안 된다 하시면서 직접 쟁기를 짊어지고 논밭을 갈고 계십니다. 백성들과 중신들도 대왕을 따라 쟁기를 짊어지고 땅을 갈고 있다고 합니다."

여기까지 들은 계완의 눈에는 당장이라도 떨어질 듯한 눈물이 가득 찼다. 하지만 그녀는 침착하게 목소리를 가다듬었다.

"남자는 소를 대신해 논밭을 갈고 여자는 산에 올라 칡을 따며 천을 짜네요. 비록 지금 월나라는 그 힘이 미약하나 언젠가 반드시 강대해질 날이 올 것입니다! 범려 대부께서는 성 안의 놀란 백성들을 진정시켜 주십시오. 천을 짤 재료를 모두 빼앗아갔다고 하니 어쩔 수 없네요. 제아무리 뛰어난 손재주를 지녔다고 해도 쌀이 없으면 밥을 지을 수 없죠. 제가 여인들을 동원해 산에 올라 칡을 캐오겠습니다. 하루라도 베틀을 쉬게 하면 안 되지요." 말을 마친 계완은 시녀들을 이끌고 방직공장으로 총총히 사라졌다.

정오가 되었지만 구천과 중신들은 여전히 밭에서 허리를 구부린 채 쟁기를 끌고 있었다. 비록 황소 한 마리 보이지 않았지만 쟁기가 훑고 지나간 자리에서는 흙냄새가 진하게 흘러나왔다. 성에서 7리나 떨어진 갈산(葛山)도 평소보다 한참 북적거렸다. 오나라 병사들이 모시풀을 모두 빼앗아가는 바람에 계완은 칡을 캐서 갈포를 만들기로 하고 성 안의 여인들과 함께 산에 오른 것이었다.

계완이 갈산에서 내려다보니 옷이 땀으로 흠뻑 젖은 사람들이 의전에서 쉴 새 없이 쟁기를 끌고 있었다. 계완은 수많은 사람들 중에서 쟁기를 끌고 힘겹게 발걸음을 놀리고 있는 구천을 찾아냈다. 비록 오나라의 지배를 받고 있다고 하나 엄연히 한 나라의 왕인 자가 소마냥 쟁기를 끌고 진흙밭에서 땀을 뻘뻘 흘리고 있는 것을 보고 있자니 가슴 한 구석이 시려왔다. 계속 보다가는 자리에 주저앉아 엉엉 울음을 터뜨릴 것 같아 계완은 금세 고개를 돌리고 칡을 캐면서 〈고(苦)〉라는 시를 노래하기 시작했다.

칡잎이 무성한데 줄기가 이어져 있지 않고,
님과 함께 고생하니 그 몸이 힘들고 힘들구나.
님은 꿀을 먹는 것처럼 쓴 쓸개를 핥고,
소첩은 실을 대신할 칡넝쿨을 캐네.
여공이 재빨리 손을 놀리며 천을 짜지만,
배고파도 밥을 먹을 시간이 없고 온몸이 힘들 뿐이네.

계완의 노랫소리에 같이 산에 오른 여공들이 하나둘씩 노래를 따라 부르기 시작했다. 여인들이 칡을 따며 부르는 구슬픈 노랫소리가 갈산을 채우며 저 멀리 의전까지 울려퍼졌다. 의전에서 논밭을 갈던 백성들 또한 노래를 따라 부르자 산 위와 아래에서 부르는 노래가 오랫동안 울려퍼졌다. 그렇게 힘든 하루가 끝났다. 녹초가 되어버린 구천은 지친 몸을 이끌고 가시가 깔린 돌침대에 몸을 뉘었다. 몸을 옥죄는 고통이 조금 가라앉자 구천은 고개를 들어 쓸개를 핥은 뒤 잠을 청해보려 했지만 오늘 당한 치욕을 떠올리니 쉽게 잠이 올 것 같지 않았다.
"범려와 문종 등의 대신들에게 과인이 지금 보자고 속히 일러라!"

"예!" 문 밖에 서 있던 보초병이 명을 받들었다.

대신들은 구천이 머물고 있는 와신루에서 멀지 않은 곳에 기거하고 있었다. 얼마 지나지 않아 범려와 문종을 비롯한 대신들이 와신루에 당도했다. 가시가 뒤덮인 돌침대 위에 앉은 구천은 손에 보광검을 들고 한 사람 한 사람을 쳐다보며 무겁게 입을 열었다.

"야심한 시간에 급히 여러 대신들을 뵙자고 한 것은 긴히 논할 일이 있기 때문이오."

"소신들도 오늘 저녁에 대왕께서 부르실 것을 짐작하고 있었나이다."

대신들의 말에 마음이 조금 가벼워진 구천은 긴 한숨을 내쉬었다.

"낮의 일을 중신들도 직접 보셨을 것이오. 나라를 부흥시키겠다는 우리의 계획이 순조롭게 실천되기 위해서는 모든 일들이 사람들의 이목을 피해 몰래 진행되어야 한다고 생각되오."

그러자 문종이 무언가 생각해둔 바가 있다는 듯 대답했다.

"오자서는 우리 월나라를 호시탐탐 노리고 있습니다. 오늘은 소를 죽였지만 내일은 분명 월나라 사람들을 죽일 것입니다. 먼저 그를 처치해야 할 것입니다."

"누가 그것을 할 수 있단 말이오?" 구천이 물었다.

그러자 문종이 조심스레 입을 열었다.

"서시입니다. 서시를 생각하는 부차의 마음이 지극하니 서시의 말이라면 분명 들어줄 것입니다. 서시에게 우리 월나라 백성들의 목을 노리는 오자서를 막으라고 해야 우리의 계획이 순조롭게 진행될 것입니다."

범려를 슬쩍 쳐다본 구천이 얼굴색 하나 변하지 않고 침착하게 물었다.

"누가 서시와 연락을 취한단 말이오?"

그러자 범려가 구천의 말을 이었다.

"별로 어려울 것이 없습니다. 동시가 서시와 막역한 사이니 그녀를 서시가 있는 오궁에 입궁시켜 이곳에서 있었던 일을 들려주게 하면 될 것입니다."

범려의 설명에 구천은 고개를 끄덕이며 그의 계획에 동의했다.

눈을 감은 채 잠시 생각에 잠긴 구천은 무언가를 골똘히 생각하더니 다시 눈을 떴다.

"나라에서 운영하는 대장간과 제련장은 더 이상 대월성 안에 두어서는 안 될 것이오. 비밀 장소를 마련해야 할 듯한데 좋은 장소가 있으면 말씀들 해보시오."

잠시 생각을 하던 범려가 입을 열었다.

"회계산 곳곳에는 풍부한 지하자원이 매장되어 있습니다. 초나라의 동록산(銅綠山)과 견주어도 부족함이 없지요. 특히 매장량이 많기로는 적근산(赤瑾山)이 최고입니다. 이 산에는 광맥이 끝없이 이어져 있습니다. 사람들은 노두(露頭)가 이미 다 되었다고 하지만 깊이 파보면 그렇지도 않습니다. 또한 적근산은 약야계 근처에 있으니 풍부한 수원(水源)을 확보하기에도 유리합니다. 산에는 그 옛날 구사부가 검을 만드는 데 사용했던 가마가 있습니다. 가마에 넣을 숯을 만들기 위한 목재도 쉽게 구할 수 있으니 다른 산보다는 모든 것이 갖춰진 적근산이 최적의 장소인 듯합니다."

부동 역시 입을 열었다.

"그 방법이 가장 좋을 듯합니다. 적근산은 검을 만들기에 더할 나위 없이 좋은 곳입니다. 과거 구사부가 만든 보검과 어장검, 반영검, 순균검(純鈞劍), 승사검(勝邪劍), 거궐검(巨闕劍)이 모두 이곳에서 난 철을 사용해 이곳에서 만들어졌습니다. 만약 이곳에 제련장을 두면 검신(劍神)께서도 분명 우리를 보우해주실 겁니다."

구천은 머리 위에 걸린 구검자의 쓸개를 보며 쓸쓸히 입을 열었다.

"구씨 부자는 살아서는 몸을 바치더니 죽어서도 여전히 우리 월나라를 굽어 살피나 보구려. 적근산을 우리 월나라의 제련장으로 택했다는 것을 혹시 안다면 부디 더 강한 무기를 만들 수 있도록 보우해주셨으면 좋겠소." 여기까지 말한 구천은 아쉬운 표정으로 다시 입을 열었다. "구씨 부자가 이미 저세상 사람이 되었으니 나라에 좋은 검을 만들 수 있는 사람이 없을 텐데 이를 어찌하면 좋단 말이오?"

여유로운 표정의 범려가 입을 열었다.

"심려치 마십시오. 과거 진탁이 천모산에 들어갔을 때 구검자와 좋은 인연을 맺어 막역한 사이가 되었습니다. 그래서 구검자는 진탁에게 보검을 만드는 비급(秘笈)중 하나인 '육제(六齊: 여섯 가지 다른 금속의 비율)'에 대해 자세히 일러주었다 들었습니다. 진탁 장군에게 제련장의 감독을 맡기면 될 듯하옵니다."

범려의 말에 구천은 반색을 했다.

"오, 비급이 있었다니 참으로 다행이구려. 그런데⋯ 어찌하여 과인에게 이 일을 알리지 않은 것이오?"

구천의 물음에 범려는 정색을 하더니 약간 주저하며 입을 열었다.

"구검자는 진탁에게 명군(明君)이 아니면 이 비급을 내놓지 말라고 당부했다 들었습니다. 부덕한 임금은 나라를 어지럽게 하고 백성들을 도탄에 빠뜨리기 때문에 절대로 비급을 내놓아서는 안 된다고⋯. 그래서 진탁 장군은 이 비급에 대해 이야기를 하지 못하다가 얼마 전 소신에게 일러준 것입니다."

범려의 말에 구천이 아무 말도 못하는 것을 보고 계예는 얼른 화제를 돌렸다.

"대왕, 자고로 덕을 갖춘 자는 앞으로의 것을 걱정하기보다는 지금 당장을 걱정하기 마련입니다. 지금 우리 월나라가 오나라로부터 핍박을 받고 있으니 생사존망(生死存亡)의 이치를 정확히 이해해야 비로소 오나라를 물리칠 대책을 논의할 수 있을 것입니다.”

“그대가 말한 생사존망의 이치는 무엇이오?”

“봄에는 밭을 갈고 여름에는 호미질을 하며 가을에 추수하고 겨울에는 거둔 수확물을 잘 보관해야 합니다. 하지만 하늘의 뜻을 사람이 알 수는 없는 법입니다. 월나라는 걸핏하면 산사태의 위협에 시달리고 바닷물에 의해 침식당하는 땅으로, 항상 수해나 수몰(水沒)을 당하는 지역입니다. 제방과 저수지를 세워 그 물을 가두지 않는다면 흉년이 들었을 때 파종한 의전은 둘째치고 나라 전체가 기근에 시달리게 될 것입니다. 그 결과는 굳이 말씀드리지 않아도 잘 아실 것입니다!” 구천은 다급한 어조로 계예에게 좋은 방도를 알려달라고 했다.

“저수지나 제방을 세워 물을 다스려야 합니다.”

“계예 대부의 말이 옳소. 산음장(山陰墻) 밖에 만들어둔 의전에 긴 제방을 세워 수해에 대비토록 하시오!”

다음 날 아침, 산음성 안에 있던 제련장에 자물쇠가 내걸렸고 길가에 있던 작은 철물점들도 자취를 감췄다. 구천은 문종, 계예, 부동 등의 중신들과 함께 여전히 논밭에서 소를 대신해 쟁기를 끌었다. 의전이든 민전(民田)이든 쟁기를 끌 소가 없는 곳이면 구천이 달려가 쟁기를 끌었다. 구천이 쟁기를 끌면 뒤에서 흑자가 쟁깃술을 잡으며 구령에 맞춰 황폐한 논밭을 갈았다. 어느새 호흡을 맞춘 두 사람은 간단한 눈짓이나 소리만으로도 상대방의 생각을 알아챌 정도로 죽이 척척 맞게 되었다. 불평 한마디 없이 소마냥 묵묵히 흑자의 쟁깃술에 따라 밭을 가는 구천을 바라보며 월나라 백성들은 고개를 숙였다.

여느 때처럼 한 발 한 발 쟁기를 끌던 흑자가 갑자기 비틀거리더니 땅으로 고꾸라지고 말았다. 놀란 구천이 달려와 흑자의 어깨에서 쟁기를 내려놓고 그를 부축했다.

"흑자, 흑자, 왜 그러나?"

천천히 눈을 뜬 흑자가 입을 달싹거렸다.

"대… 대왕…. 배, 배가 고파서…."

흑자를 부축해 논두렁으로 나온 구천은 그를 땅에 눕히고 소리쳤다.

"빨리, 빨리 먹을 것을 가져오너라!"

구천의 명에 누군가 속이 빈 떡을 가져오자 구천은 떡을 잘게 찢어 흑자의 입에 넣어주었다. 입에 먹을 것이 들어오자 흑자는 허겁지겁 떡을 씹다가 그만 사레에 걸리고 말았다. 구천이 누군가 떠온 계곡물을 흑자의 입에 흘려 넣어주자 흑자의 눈에 어느덧 생기가 돌았다.

"성은이 망극하옵니다. 소인… 오늘 먹은 것이 없어서…."

흑자의 얼굴에 묻은 먼지를 털어내며 구천이 따스한 목소리로 물었다.

"어찌하여서? 흑자, 집에 아무도 없는 것인가?"

그러자 흑자는 쓴웃음을 지었다.

"저희 마을은 숯을 구워 연명하고 있습니다. 저희 집도 숯을 구워 내다 팔지요. 조부모님은 이미 연로하시고 제 아비는 제가 어릴 때 돌아가셨습니다. 병약한 어미 밑에서 어린 두 여동생을 데리고 사는데 올해는 숯을 사는 사람이 없어서 하루 한 끼도 제대로 잇지 못하고 있습니다. 식구들이 굶어 죽을까 봐 소인이 의전에 와서 일을 하고 배급받은 양식을 식구들에게 주었는데, 그나마 그것도 모자라 소인은 배를 곯고…."

"집이 어디냐?"

"칭산촌(稱山村)입니다."

"의전에서 일해 받은 식량을 식구들에게 모두 줄 필요 없다. 오늘부터 칭산촌을 나라에서 운영하는 숯 공장으로 지정하겠다. 숯을 구우면 석산(錫山)으로 보내거라!"

흑자는 그 자리에 뛰어올라 연신 머리를 조아렸다.

"성은이 망극하옵니다! 그리하면 저희도 살 길이 생길 것이옵니다. 대왕, 제가 대왕 대신 쟁기를 지겠사옵니다."

그런 그를 바라보는 구천의 두 눈이 촉촉이 젖어왔다.

"자네는 좀 전에 혼절했으니 더 이상 힘들게 일해서는 안 될 것일세. 내가 계속하겠네. 사실 백성들이 도탄에 빠지고 배고픔에 쓰러지는 것은 모두 나의 잘못이거늘…"

"그런 말씀 마십시오. 아무도 대왕을 원망하지 않습니다. 대왕께서 솔선수범하시고 이리 힘들게 일하시는 것을 보며 백성들은 입에 침이 마르도록 칭찬하고 있습니다."

"백성과 함께 동고동락할 수 있어 오히려 과인은 고맙다 생각하네. 모두들 아무 불평 없이 나의 뜻에 따라주고 있지 않은가? 그런 내가 무슨 고생이란 말인가? 하늘이 이리도 착한 우리 백성들에게 더 이상 배를 곯지 않도록 풍년을 내려주시면 더 이상 바랄 것이 없겠네."

뜨거운 눈물이 구천의 초췌한 뺨 위로 흘러내렸다.

그렇게 시간은 흘러 어느덧 가을의 문턱에 들어섰다. 수확의 계절인 가을에 구천은 자신의 소원대로 큰 풍년을 만났다. 모두들 한마음 한뜻으로 노력한 끝에 굶주린 배를 두둑이 채울 정도의 수확물을 거둘 수 있었다. 구천은 여기에 만족하지 않고 예전에 계예가 지적했던 저수지와 제방 건설 계획을 서서히 추진했다. 그해 겨울 월나라는 국력을 모두 쏟아부어 의전을 보호할 수 있는 주요 수리 시설인 부중대당(富中大塘)을 산음성 밖에 짓기 시작했다.

다음 해, 산음성 벽에서부터 무려 20리에 이르는 거대한 제방이 남동쪽 방향으로 쭉쭉 뻗어나가기 시작했다. 8월에 착공된 이번 사업은 겨울에 완공될 예정이었다. 아울러 구천은 대월성의 수문 밖에서 물을 퍼내고 그 자리에 흙을 쏟아부으며 부중대당과 동소강(東小江)이 사이좋게 이어지는 50리짜리 제방을 짓기 시작했다.

개미떼처럼 몰려든 백성들은 삽으로 흙을 푸고 망태기로 흙을 실어 날랐다. 한 걸음 디딜 때마다 굵은 땅방울이 떨어졌고 몇 발자국 못 가 등이 축축하게 젖을 정도로 땀이 배어들었지만 어느 누구 하나 불평하지 않았다. 그도 그럴 것이 삿갓을 쓰고 손에 삽을 쥔 채 밤낮 할 것 없이 진흙탕과 강 속을 오가며 일하는 월왕도 있는데 어찌 일개 평민이 불평할 수 있겠는가?

이른 겨울, 구천이 이끄는 제방 건설 사업에 문종이 이끄는 만여 명의 노동자들이 합류하면서 22리에 달하는 제방길이 완공되었다. 환호성을 지르는 군중들 속에 섞여 있던 흑자는 정무(鄭武)와 함께 새로 지은 제방길에서 수로 쪽으로 슬슬 걸어 나오며 이야기를 나누었다.

"정무, 군의 우두머리인 자네는 박학다식하니 이 제방이 세워지면 뭐가 좋은지 이야기해줄 수 있겠지?"

"몰라서 묻는 것인가? 부중대당은 성 밖의 의전 6만 무(亩)를 지키고 있으니 수재 따위가 뭐가 대수란 말인가? 저기 남쪽을 좀 보게. 계산(鷄山), 견산(犬山), 갈산, 적근산, 마림산(麻林山)은 모두 길한 산이니 그 가운데 있는 우리 월나라는 그야말로 대박이 나는 거지, 하하하!"

갑자기 흑자가 목소리를 낮추며 누가 들을 새라 조그맣게 속삭였다.

"진짜 대박 나는 건 따로 있지, 내가 뭐하고 싶은지 알아 맞춰보게."

"흠, 배를 사려고?"

흑자가 고개를 흔들었다.

"아, 알았다. 집을 지을 생각인가? 흠, 그것도 아니라면? 뭐지…. 아, 알겠다. 마누라를 얻고 싶은 게로구만!"

그 말에 흑자가 눈을 껌뻑이며 고개를 끄덕였다.

"정답이네. 꿈에서조차 마누라 얻을 생각은 하지 못했는데 오늘 부중 대당을 다 짓고 나니 마누라를 얻고 싶은 생각이 간절해지더라고… 자네한테만 말하는 거야."

"흠. 다른 사람은 안 그런 줄 아나?"

"엉? 자네도 장가가고 싶나?"

"나는 사내가 아닌가? 월나라의 아가씨들은 오나라에 죄다 빼앗겼으니… 내년에 스무 살이 되었을 때 장가갈 수 있는 아가씨가 있을라나 모르겠네."

"그러게 말이야…."

그들 사이로 점잖은 목소리가 끼어들었다.

"장가가 가고 싶다면 바다와 땅을 모두 지켜야지, 그렇지 않으면 바닷물이 제방을 무너뜨려 모든 것을 쓸어버릴 것일세."

고개를 돌아보니 문종이었다. 얼굴이 벌겋게 달아오른 두 사람은 조금 당황했다.

"아이고, 문종 대부셨군요. 대부님 말이 옳습니다만…."

"하지만 가정이 있어야 나라도 있고, 나라와 백성이 잘 살아야 장가가지 못할까 봐 걱정할 일도 없는 법입니다!"

"맞습니다. 짚신도 제 짝이 있다 하지 않습니까? 허허허." 흑자 일행은 모두 너털웃음을 터뜨렸다.

월나라에는 동짓날이 되면 모두들 한자리에 모여 맛난 음식을 나눠 먹는 풍습이 있었다. 강가의 수로와 동소강(지금의 차오어[曹娥]강)이 이어진 곳에 모인 사람들은 오랜 노고를 서로 치하하고 즐거운 시간을 보내며 다음 날 성으로 돌아갈 준비를 하고 있었다. 이날 저녁 노역에 동원된 백성들은 불어오는 북풍을 맞으며 달콤한 잠에 취해 있었다. 고된 노동과 오랜 숙원이 풀린 탓인지 모두들 침상에 머리를 대자마자 곧장 잠에 곯아떨어졌다. 구천은 매일같이 축축한 진흙땅을 베고 잤던 탓인지 온몸에 옴이 나 계속 몸을 뒤척이고 있었다.

먼 곳에서부터 이상한 울음소리가 들렸다. 그 울음소리는 점점 커지고 있었다. 마치 산이 무너지고 해일이 일어나는 듯한 소리였다. 순간 불길한 느낌이 든 구천은 몸을 일으켜 제방 쪽을 향해 달려 나갔다. 마침 제방에 누군가 힘겹게 버티고 있는 모습이 얼핏 보였다. 시커먼 어둠 때문에 제가 뻗은 손도 제대로 보이지 않을 그곳에서 누군가 제방을 향해 힘겹게 버티고 있었다.

"누구냐?"

"문종입니다. 대왕이십니까?"

"이것이 무슨 소리냐?"

"파도가 뭍으로 밀려들고 있습니다!"

문종의 대답에 놀란 구천은 애써 마음을 가라앉히고 명을 내렸다.

"빨리, 사람들을 불러라. 돌과 흙을 쌓아 제방을 더욱 튼튼히 해라!"

"네!"

부, 하는 뿔나팔 소리가 요란스럽게 울려퍼지자 단잠을 자고 있던 백성들이 놀라 잠에서 깨어나 횃불을 들고 모두 밖으로 달려 나왔다. 대번에 사태를 파악한 백성들은 제방을 향해 달려들었지만 못된 이무기 마냥 이리저리 흰 거품을 뿜어내는 거센 파도를 이기지 못하고 그만 차디 찬 물속으로 빠지고 말았다. 쏴아악 하는 소리와 함께 제방의 한 쪽이 무너져 내리기 시작했다. 그 모습에 놀란 구천이 고래고래 고함을 질렀다.

"조심해라, 빨리 진흙과 돌을 날라 무너진 제방을 막아라!"

구천의 명령대로 백성들은 진흙과 돌을 열심히 퍼다 날랐지만 그것은 거센 파도에 눈 녹듯이 사라지고 말았다. 거대한 바위마저 거센 파도에 둥둥 떠내려가고 있었다.

"대왕, 천막을 전부 찢어 제방을 보호하는 막을 만들면 반드시 효과가 있을 것입니다!" 옆에서 물에 빠진 생쥐 꼴이 된 문종이 외쳤다.

"옳다. 여봐라, 빨리 천막을 찢어라!"

구천의 명이 떨어지자마자 사람들은 재빨리 천막을 찢어 제방 위로 나르기 시작했다.

"나를 따르라!" 구천이 시커멓고 차디 찬 물속으로 뛰어들자 문종, 흑자, 정무가 뒤를 따랐다. 나머지 백성들도 자신의 안위를 돌보지 않고 물속으로 뛰어들었다. 그렇게 천막과 몸으로 거센 파도에 맞선 끝에 간신히 제방을 지켜낼 수 있었다. 이번 사건을 겪으면서 노역을 끝내려던 계획은 연기되었다. 50리에 달하는 제방길은 보강공사를 통해 더욱 튼튼히 세워졌다. 그 외에도 부중대당에 두 개의 댐과 갑문(閘門) 등을 설치했다. 그리고 건기(乾期)를 대비하여 물을 저장할 수 있는 저수지도 세웠다. 이렇게 해서 월나라는 건기에 대비할 수 있는 저수지와 수해를 막을 수 있는 튼튼한 제방을 모두 갖추는 데 성공했다.

운하에 제방이 세워지자 월나라 백성들은 뛸 듯이 기뻐했지만 구천에게는 그저 '첫 걸음'에 불과했다. 구천은 이에 만족하지 않고 약성이 조직한 수군이 주둔할 만한 주실(舟室)을 살펴볼 준비를 하고 있었다. 구천은 직접 뒷바다로 나아가 해안선에 세워진 석당(石塘)과 선궁(船宮)을 방문하기로 했다.

날이 밝자마자 구천은 배를 타고 동소강에서 뒷바다로 나아가 40리에 이르는 수로를 따라 둑 근처에 있는 해역까지 들어갔다. 전부 거대한 돌로 지어진 뚝방길은 거대한 철벽처럼 우뚝 솟아 있어 제 아무리 사나운 파도도 쉽게 잠재울 듯 보였다.

구천이 올 것을 이미 알고 있었던 약성은 아침 일찍부터 제방에 나와 기다리고 있었다. 그의 예상대로 얼마 지나지 않아 구천을 태운 배가 당도했다.

큰 걸음으로 제방을 향해 성큼성큼 걸어오는 구천을 보며 약성이 재빨리 절을 올렸다. 구천은 약성이 일어나도록 부축하며 입을 열었다.

"약성 대부 수고 많으셨소. 그동안 그대를 고생시킨 것도 충분한데 어찌 힘들게 절까지 한단 말이오? 어서, 어서 일어서시오."

그 말에 약성은 눈물을 흘렸다.

"대왕께서 소를 대신해 직접 쟁기를 끌고 몸으로 제방으로 막았다는 이야기를 들었습니다. 하루도 편히 쉬시는 날이 없다고도 들었습니다. 이곳에서 소신은 별 볼일 없는 일을 하고 있을 뿐, 이 모든 것은 대왕의 발끝에도 미치지 못하옵니다."

말을 마친 약성은 이곳에서 자신이 진행한 일에 대해 하나하나 보고했다.

원래 석당은 오나라의 수군을 저지하기 위한 월나라의 주요 군사 방어선이었다. 이 석당은 너비가 65보, 길이가 353보로 거대한 돌을 일일이 쌓아 만든 것이라 뛰어난 견고함을 자랑하고 있었다.

구천이 석당에 올라 바람을 맞으며 먼 곳을 보니 끝도 없이 펼쳐진 해수면 위로 검은 날개를 한 물새가 먹이를 찾아 날개를 쭉 펴고 자유롭게 날아가고 있었다. 이 모습을 보는 구천의 머릿속에는 과거 계완, 범려와 함께 오나라에서 노예로 살던 시절이 떠올랐다. 높이 날아오르다가도 유유자적하게 바위에 앉아 쉬는 저 물새가 과거 자신의 처지보다 나았을 것이다. 그 생각에 구천은 순간 처연한 심정을 숨길 수 없었다. 지금 자신의 눈앞에 있는 것들은 모두 그대로지만 왠지 자신만 변한 듯했다. 그는 저 새처럼 자유롭게 날고 싶다는 생각이 들었다. 모든 것을 훌훌 털어버리고 저리 자유롭게 날 수 있다면…. '한데 저 물새가 앉은 곳은 침입자를 막기 위한 방어막이 아니던가?' 순간 정신을 차린 구천이 약성을 향해 입을 열었다.

"댐과 선궁, 뱃도랑의 공사는 어떠한가?"

약성이 서쪽을 가리켰다.

"뱃도랑과 제방은 작업 중이고 선궁은 이미 완공되었나이다."

"선궁에 최대 몇 척의 전함을 둘 수 있는가?"

"대왕께서는 오나라의 선궁을 보신 적이 있사옵니까?"

"본 적이 있네."

"우리 월나라의 선궁은 오나라의 것보다 두 배나 큽니다."

"오호!" 만족스러운 듯 고개를 끄덕이던 구천이 잠시 생각을 하다가 직접 가보겠다고 하자 약성이 길을 안내했다.

약성의 인도에 따라 구천은 미소를 지으며 서쪽에 있는 선궁을 향해 발걸음을 옮겼다.

8장

운명의 갈림길

월나라에서 부흥 운동이 시작되었을 때 오나라에서는 관왜궁이 완공되었다.

오전 8시경 머리가 무겁다는 생각에 서시는 침상에서 눈을 떴다. 아마도 어제 꿈에서 밤새 울었기 때문일 것이다. 자리에 누운 서시의 눈에 창 사이로 비친 한 줄기 햇살이 보였다. 왠지 모를 피곤함에 서시는 다시 두 눈을 감았다.

그때 온화한 목소리가 귓가를 간질였다.

"서시, 일어났는가?"

다시 눈을 떠 보니 부차가 침상에 앉아 자신을 사랑스러운 눈빛으로 쳐다보고 있었다.

"대왕, 어찌하여 이리 일찍 기침하셨습니까?"

"일찍이라니, 이미 해가 중천에 걸렸네."

그러자 서시가 이해 되지 않는다는 표정을 지으며 고개를 갸웃거렸다.

"새벽이면 매일같이 새소리에 잠에서 깨곤 했는데, 오늘은…."

"새를 모두 쫓아버리라고 명했다오. 밤에 제대로 자지 못하는 듯하여 늦잠이라도 잘 수 있게."

부차의 말에 서시는 할 말을 잃었다. '대체 어제 무슨 꿈을 꿨기에 내가 잠을 설쳤다는 걸 부차가 아는 것이지? 어제 무슨 꿈을 꾸었더라?' 서시는 천천히 기억을 되짚었다. 자세한 내용까지는 다 기억나지 않지만 대략의 내용은 생각났다. '슬픈 꿈임은 분명해. 꿈에서 범려님을 뵈었지. 꿈이었지만 공자님은 여전히 온화하고 늠름한 모습이었어. 관포를 걸치시고 장검을 차신 공자님을 보고 내 그리 달려갔는데 전에 없이 나를 차갑게 대하시더군. 마치 생판 모르는 남을 보는 것처럼…. 그래도 공자님 얼굴을 좀 더 가까이 보려고 다가갔더니 곁에 웬 여인이 있었지. 그 여인을 소중히 안고 가기에 내 서러운 마음에 울음을 터뜨렸는데 공자님은 매정하게 단 한 번도 돌아보지 않으시고….' 여기까지 생각이 미친 서시는 자신도 모르게 가슴을 부여잡았다.

부차는 사향단(麝香丹)을 서시의 입에 넣어주고 따뜻한 물도 먹여준 뒤 서시의 등을 부드럽게 쓸어내렸다. 약 때문인지 따뜻한 보살핌 때문인지 서시는 가슴의 통증이 많이 가라앉은 듯했다. 그녀는 눈물이 맺힌 두 눈을 들어 부차를 쳐다보았다.

"대왕, 소첩에게 너무 잘 대해주지 마십시오. 소첩은 그럴 만한 가치가 없사옵니다."

"서시, 그런 말이 어디 있소? 자리에서 일어나면 내 그대의 머리를 빗겨주고 세수도 시켜주겠소. 아침을 먹은 뒤 손님을 만나보시오. 아는 언니라고 하니 분명 그대가 좋아할 것이오."

"언니요? 월나라에서 왔답니까?"

"화장을 한 후 만나보구려. 그대가 자주 이야기했던 사람이라오."

“알겠사옵니다.”

침상에서 일어난 서시가 세수를 하자 부차가 옥빗을 들어 그녀의 흑단 같은 머리를 빗겨주었다. 아침을 먹은 후 부차는 관왜궁으로 손님을 모시라고 명했다.

탁탁탁, 향리랑(響履廊)을 밟는 가죽신의 소리가 점점 가깝게 들려오기 시작했다. 진주 주렴을 거둔 선파가 붉은색 옷을 입은 여인과 함께 들어왔다. 그녀의 모습을 확인한 서시의 눈에 눈물이 그렁그렁 맺혔다.

“동시… 언니!”

오는 도중 무슨 일이 있었는지 동시는 상당히 불쾌한 표정이었다.

“그래, 나야. 내 잡혀왔지!”

툴툴거리는 동시의 모습에 부차가 웃음을 터뜨리더니 서시를 향해 입을 열었다.

“오해요, 오해. 동시 낭자가 오나라에 들어올 때 아무런 문첩(文牒)도 없이 오는 바람에 누군가 그녀를 정탐꾼으로 오해하고 잡아들였소. 서시 그대를 보러 오나라에 왔다는 이야기를 듣고 과인이 이곳으로 불러들인 것이라오.”

“성은이 망극하옵니다!”

“별것도 아닌 일인데 무슨 성은이란 말이오? 과인은 노(魯)나라의 사절단을 알현하러 갈 것이니 오랜만에 자매가 만나 회포나 실컷 푸시구려.”

말을 마친 부차는 속루검을 차고 관왜궁을 나가 병사들의 호위를 받으며 오궁으로 사라졌다. 향리랑까지 나가 부차를 배웅하고 침궁으로 돌아온 서시는 동시가 품에서 무언가를 꺼내는 것을 보았다. 탁 하는 소리와 함께 동시는 백옥으로 된 탁자 위에 물건을 꺼내놓았다.

“자, 이것은 동생 아버님의 위패야. 월나라에는 위패를 모실 곳이 없어 이곳으로 가져왔네. 보아하니 동생이 머물고 있는 궁이 이리 넓으니 이곳에 두면 되겠네. 그런데 선파, 여기가 무슨 궁이야?”

“관왜궁이라고 합니다.”

“음, 관괴궁(館壞宮). 관괴궁이라고 하는 게 더 어울리겠구먼. 참 넓네. 아버님 위패는 두 말할 것도 없고 위패 100개를 놔도 자리가 남아돌겠어. 혹시라도 자리가 없으면 오나라 종묘에 가져다놓으면 될 테고, 안 그래?”

아버지의 위패를 가슴에 꼭 안은 서시가 눈물을 글썽이며 말했다.

“언니, 그게 무슨 뜻이에요? 제 아버지는 월나라 사람인데 그걸 왜 오나라의 종묘에 둔단 말입니까? 왜 월나라에 제 아버님의 위패를 모실 곳이 없다는 건가요? 무슨 안 좋은 일이라도 있나요?”

“흥, 동생이 먹는 고기와 입고 있는 비단, 그리고 살고 있는 이 관괴궁! 이 모든 것이 우리 월나라를 핍박해 얻은 것이야! 오나라에서는 월나라의 씨를 말리겠다며 대군을 보낸다고 으름장을 놓고 있어. 월나라 사람이 모두 죽으면 종묘도 훼손될 테고 나라가 망하면 네 아버님의 위패도 모셔둘 곳이 없어지지 않겠어? 그래서 내가 미리 마마님을 뵈러 온 것이지.”

노기를 띤 동시의 목소리에 선파와 서시가 크게 놀랐다.

“언니, 누가 그랬단 말이에요?”

“흥, 누구긴 누구야? 명줄도 긴 오자서 그 늙은이지. 의전에 있는 소란 소는 모조리 죽이고 무기도 죄다 빼앗아 간 것도 모자라 이제는 대군을 보내 우리 월왕성을 싹 쓸어버리겠다고 하더구나. 그러니 우리 월나라가 망하는 것은 시간문제가 아니겠어?” 분개한 동시의 목소리가 어느새 촉촉이 젖어 들었다. “흑흑흑. 월나라 사람들은 정말 복도 지지리 없지. 먹을 것도 입을 것도 없이…. 오죽하면 대왕께서 죽은 소 대신 몸소 쟁기를 짊어지고 진흙 밭에서 땅을 갈고 계시겠니? 부인께서도 여인들과 함께 산에 올라 칡덩굴을 캐고 계신단다. 그나마 좋은 것은 오나라로 죄다 보내고 있으니…."

동시의 설명에 서시와 선파가 눈물을 흘리는가 싶더니 어느새 동시까지 합세해 목 놓아 울기 시작했다. 얼마나 그렇게 울었을까? 정신을 차린 서시가 잔뜩 잠긴 목을 가다듬으며 입을 열었다.

"모두들 울지 말아요. 울면 내 가슴이 아파요. 그리고 걱정들 마세요. 내 비록 무슨 힘이 있는 것은 아니지만 고향인 월나라를 위해 오자서를 어떻게든 막아볼 테니…."

동시가 소매로 눈물을 닦았다.

"그래, 대왕이 너한테 푹 빠졌으니 네 말이라면 무엇이든 들어주겠지! 정단 언니가 죽은 뒤로 오왕은 너만 바라보고 있다는 소문이 자자하더구나. 네가 가서 불쌍한 우리 월나라 좀 그만 괴롭히라고 말해줘. 괴롭히려면 큰 나라들이나 상대하라고."

선파도 맞장구를 쳤다.

"그래요. 왜 항상 우리 월나라를 못 잡아먹어 안달이랍니까? 월나라를 살릴 방도를 우리 셋이서 짜내봐요."

그러자 서시가 손짓으로 두 사람에게 목소리를 낮추라고 했다.

"쉿, 이곳은 이야기를 나눌 만한 곳이 못 돼. 우리 좀 조용한 곳을 찾아 이야기해보자고. 자, 나를 따라와."

서시는 동시의 손을 붙들고 선파와 함께 관왜궁을 나서 조용한 곳으로 발걸음을 옮겼다.

오궁의 별궁인 관왜궁은 영암산(靈岩山)에 자리 잡고 있었는데 영암산에는 자연의 신비로움을 자랑하는 온갖 기암괴석이 흩어져 있었다. 취승석(醉僧石), 가사석(袈裟石), 헌화석(獻花石), 장경석(藏徑石), 수성석(壽星石),

석귀(石龜), 석마(石馬), 석계(石鬐)…. 그야말로 별천지가 따로 없었다. 여러 기암괴석 중에서도 영지석(靈芝石)이 가장 기괴한 모양을 하고 있어 그 이름을 따 영암산이라고 부르고 있었다. 산에 나 있는 돌계단을 따라 정상에 오르자 산의 남쪽으로 활쏘기 연습장과 석고(石鼓), 훈련장과 병마장이 보였다. 산의 서북쪽에는 금대(金臺)가 있었는데 금대의 옆에 서 있는 고송의 굵다란 나무둥치는 마치 땅을 향해 드러누운 듯했고, 울창한 나뭇가지는 하늘을 가리고 있었다. 그 안에 서면 우산이라도 쓴 듯 보였다. 그리고 동쪽에는 세 개의 천지(天池)가 보였는데 그 이름이 각각 금련지(金蓮池), 완화지(玩花池), 월지(月池)였다. 이 세 연못은 여지껏 단 한 번도 마르지 않고 항상 깨끗한 물을 머금고 있었다. 산 가운데 평평한 곳에 영암사(靈岩寺)가 서 있었고 절 뒤쪽에는 영암탑(靈岩塔)이라고 불리는 탑이 서 있었다. 영암탑 앞에는 영지석이 우뚝 솟아 있었고 탑의 서남쪽은 바로 관왜궁의 향리랑으로 이어지고 있었다. 옥으로 만든 난간, 금으로 만든 벽돌, 온갖 화려한 색상의 옥으로 치장된 관왜궁은 정단이 죽은 후 부차가 서시를 위해 지은 곳으로 오자서가 그녀에게 해코지하지 못하도록 특별히 신경 써 세운 곳이었다. 특히 커다란 도자기 기와로 바닥을 깔고 그 위에 박달나무로 된 향판을 간 향리랑을 서시가 나막신을 신고 지날 때면 '또각또각' 소리가 났다. 그 소리를 들을 때마다 부차는 종종걸음으로 달려오는 서시를 떠올리며 흐뭇한 미소를 지었다.

눈앞에 펼쳐진 풍경에 동시는 할 말을 잃었다. 사치를 밥 먹듯이 하는 부차와 소 대신 쟁기를 끌고 있는 구천을 떠올리자니 그야말로 하늘과 땅 차이라는 게 이런 것인가 싶었다. 월지 앞에서 새로 핀 연꽃을 들여다보고 있는 서시를 보며 동시는 순간 부아가 치밀었다.

"서시, 새벽이면 뽕잎을 따거나 실을 잣고, 밤이 되면 천을 짜느라 정신없이 살던 네가 지금은 오왕이 사랑해 마지않는 애첩이 되었구나.

그야말로 신선놀음이 따로 없겠네. 이리 호화롭게 사니 얼마나 행복하겠어?"

옥으로 된 난간을 짚으며 눈썹을 찌푸린 서시가 쓴 웃음을 지었다.

"비단옷과 고깃국보다는 베옷과 나물 반찬이 나는 좋아요. 타향에서 새장에 갇힌 새에게 행복이란 말이 가당키나 합니까? 그건 그렇고 언니 얼굴이 활짝 핀 것을 보니 무슨 좋은 일이라도 있나 보네요."

"후후, 병이 나은 후 진탁과 혼인을 올렸지."

서시의 얼굴에 부러움이 가득했다.

"잘 되었네요! 언니 행복하죠, 그렇죠?"

동시가 아무 말 없이 부끄러운 듯 고개를 끄덕이는 것을 보며 서시는 자신도 모르게 속에 담아두고 있던 말을 툭 던져냈다. "그분도 혼인을 했다 하더군요."

서시가 말하는 '그분'이 누구인지는 잘 알고 있었지만 동시는 아무 말도 하지 못했다. 범려가 혼례를 올린 것은 이미 세상이 다 아는 일이기에 굳이 변명할 이유도 없었다. 어색한 분위기를 바꾸려고 동시는 얼른 화제를 돌렸다.

"우리 자매가 어느덧 셋에서 둘이 되어 버렸네. 듣자 하니 오왕이 정단을 끔찍하게 아꼈다고 하던데 그 말이 진짜야?"

"원수인 부차를 사랑하게 된 정단 언니는 자결 외에 별다른 방법이 없다고 생각했어요. 그래도 중간에 오자서가 수작을 부리지 않았다면 언니가 그렇게 허망하게 가지는 않았을 거예요."

"또 오자서가? 그 늙은이가 그렇게 대단하단 말이야?"

"예전에 합려를 모셨고 지금은 부차를 모시며 오나라의 힘을 키우는 데 크게 일조했다고 하더군요. 부차가 지금 보좌에 오를 수 있었던 것도 다 오자서의 힘이라고요. 설상가상으로 병권까지 쥐고 있으니 뉘라고 그 앞에서 감히 대항을 하겠습니까?"

"오왕도 그 늙은이 앞에서는 꼼짝도 못한단 말이야?"

"네. 하지만 부차에 대한 오자서의 충성심만은 대단하다고 들었어요."

"그래, 그러니 정단도 지키지 못한 부차가 너라고 제대로 지켜줄 수 있을까?"

"저는…. 후, 오자서가 저에게 함부로 손을 대지 못하게 부차는 영암산에 관왜궁을 지으라고 명했지요. 그래서 관왜궁은 오성에 떨어진 곳에 세워진 것이고요."

"오자서 그 늙은이가 우리 대월성을 쓸어버리겠다고 으름장을 놓더구나! 서시야, 네가 가서 월나라에 끔찍한 일이 일어나지 않도록 부차를 좀 설득해볼 수 있겠니?"

그 말에 서시는 고개를 끄덕였다.

"그런 일이라면 어떻게든 막아야죠!"

"범대부께서는 하루라도 너를 빨리 보고 싶어 하시니 네가 힘을 좀 써보거라."

"이미 다른 여인과 혼인까지 했는데 저를 만난들 무슨 소용이 있겠어요?"

"이런 바보를 보았나? 진짜 범대부가 혼인을 올렸다고 생각하는 거니?"

"저번에 갔을 때 부인도 제 눈으로 똑똑히 봤답니다."

"범대부에게 세 살짜리 쌍둥이 아들이 있다고 하면 믿겠니?"

"얼마 전에 혼인을 올린 것으로 아는데 어찌 벌써 아이들이 있답니까?"

"그래, 내 말이 바로 그거야! 이 언니가 가르쳐주지." 동시는 월나라가 실시하고 있는 부국강병책과 범려가 완사강에서 자결하려던 모자를 구해준 일, 뒤이어 혼인을 올리게 된 일에 대해 전부 털어놓았다. "범려 대부님은 아직도 너만을 마음에 담아두고 계셔. 오나라를 멸하는 날 반드시 너를 데리러 직접 오실 게야." 그 말에 서시가 두 눈을 반짝이며 눈물을 흘렸다. 슬픔의 눈물이 아닌 희망과 기쁨의 눈물이었다.

"공자님의 마음이 변한 것이 아니군요."

"누가 마음이 변했다고 해? 범려 대부께서는 모자를 살리고 결혼을 해야 한다는 국법을 따르기 위해 어쩔 수 없이 그리하신 것이야. 월나라에서는 남자가 스무 살이 넘으면 반드시 혼인을 올려야 한다는 법이 반포되었지. 게다가 범려 대부께서는 나라의 중신이잖아. 백성들에게 모범이 되려면 어쩔 수 없이 가짜로라도 혼인을 올리셔야 했던 것이지."

연못을 천천히 돌면서 서시는 한동안 아무 말도 하지 않았다.

그런 서시를 보며 동시가 입을 열었다.

"그런데 오왕이 무척이나 너를 아끼는 듯하더구나. 너를 만나러 왔다는 말에 나를 바로 데리러 오더라고…."

"네, 저에게 무척이나 잘 대해주죠. 태호처럼 맑고 백옥처럼 깨어지기 쉬우며 버들가지처럼 가녀린 것이 저라는 사람이라며 입버릇처럼 이야기해요. 그 사람은 내가 병에 걸리지는 않을까, 외로워하지는 않을까, 혹시 홀로 울지는 않을까 노심초사한답니다. 그 사람의 눈에 '나'라는 사람은 그저 보기 좋은 꽃에 불과하답니다. 항상 누가 돌봐주어야 하는 애완동물… 만에 하나 내게도 생각이라는 것이 있다는 것을 안다면 아마도…."

"아마도 뭐?"

"아마 크게 상심할 것입니다. 상상도 못할 어리석은 짓을 저지를지도 모르지요."

"그 정도란 말이야?"

한동안 말이 없던 두 사람은 각자 깊은 생각에 빠져 있었다.

얼마의 시간이 지난 뒤 동시가 입을 열었다.

"그래, 사람의 감정이라는 것은 일단 상처나 충격을 받게 되면 어떻게 변할지 아무도 모르지. 그래도 기회를 봐서 월나라를 구해달라고 동생이 부차에게 권해봐."

동시의 말에 서시가 고개를 끄덕였다.

"비록 몸은 타국에 있지만 마음만은 항상 내 고향땅에 있답니다. 그래서인지 항상 고향에 돌아가 있는 꿈을 꾸죠. 그 고통을 아는 사람이 있을런지…."

말을 마친 서시는 품 안에서 흰 비단 천을 꺼내 동시에게 건네주었다. 비단 천 위에는 〈사향(思鄕)〉이라는 시가 쓰여 있었다.

넓은 저 하늘을 멀리 바라보니 마음이 처량해지는데,

기러기 떼 하늘을 가르며 동남쪽을 향해 날아가네.

월나라의 새는 가지를 그리워하고 옛 둥지로 돌아가고 싶어 하니,

서시는 언제나 고향으로 돌아갈꼬.

십궁을 배회하며 내 나라를 그리워하니,

하루에 세 번 탄식을 뱉고 비 오듯 눈물을 흘리네.

부지런히 일하지만 마음은 쓸쓸하고,

꿈속에서조차 마음대로 울지 못하는 것이 서러울 뿐이네.

동시는 흰 비단 천을 가죽신 밑창에 숨겼다.

세 사람은 다시 관왜궁으로 돌아왔다. 하룻밤만 묵고 떠나는 동시를 위해 부차는 심문을 받지 않고도 국경을 넘을 수 있는 문첩을 내주었고 동시가 언제라도 오궁을 드나들 수 있도록 윤허했다. 이 모든 게 서시의 기분을 조금이라도 달래주기 위한 부차의 배려였다. 동시는 알겠다고 답하고 월나라로 떠났다.

향리랑을 지나는 동시의 뒷모습을 보며 서시는 진주 같은 눈물을 쉼
없이 흘렸다. 우는 데 정신이 팔려 자신이 오는 것도 알아채지 못한 서
시를 품에 안으며 부차는 환한 웃음을 지었다.

"보아하니 넋이 다 나간 것 같구나. 오랜만에 만난 자매끼리 무슨 재
미난 이야기를 나눴는지 내게도 들려줄 수 있겠느냐?"

"대왕께서 저를 끔찍하게 여기신다며 언니는 저를 부러워했습니다. 자
기는 그런 복이 없다면서요."

"응? 복이 없다니?"

"대왕께서는 아마도 잘 모르시겠네요. 월나라에서 미인 선발대회를
했을 때 언니가 1등을 차지했답니다. 언니는 풍만하고 건강한 몸매를
갖춘 미인이지요. 모두가 언니의 미모를 칭찬했고 언니도 대왕을 모시
기를 기대하고 있었습니다."

"그런데 어찌 되었다는 것이냐?"

"왕손웅 장군께서 오나라와 초나라 사람들은 허리가 가는 여인을 좋
아한다며 모두가 보는 앞에서 언니를 모욕했죠. 그 일로 큰 충격을 받
은 언니가 한동안 저를 쫓아다니며 미인이 되는 비결을 알려달라고 졸
랐지요. 소첩은 어찌할 바를 몰라 언니를 타일렀지만 아무 소용이 없었
습니다."

"호오? 과인을 보고도 그 여인은 아무런 기색이 없던데? 그리고 별다
른 행동도 하지 않았고…."

"언니는 병을 치료하고 사랑하는 정인과 혼인을 올렸답니다. 지금 얼
마나 행복한지 예전에 저를 부러워하던 모습은 모두 사라졌더이다. 대왕,
월나라에서는 대왕을 모시는 걸 영광으로 생각하는 것을 아시는지요?"

그 말에 부차는 큰 웃음을 터뜨렸다.

"하하하, 미인 선발대회에 그런 이야기가 숨어 있었군. 재미있네, 재미

있어. 사실 아름다움에 어디 고정된 기준이 있겠소? 사람은 저마다의 아름다움을 가지고 있는 것을, 동시 역시 그녀만의 매력과 아름다움이 있소."

부차의 말에 서시가 살짝 샐쭉한 표정을 지었다.

"대왕, 제아무리 친한 언니라고 해도 계속해서 그리 칭찬만 하시면 섭섭하옵니다."

"허허허, 그대가 지금 질투하는 것이오? 내가 다른 여인을 칭찬해서? 하하하, 그저 떠오르는 대로 이야기한 것뿐이니 질투하지 마시구려. 세상 천하에 누가 나의 서시를 대신할 수 있단 말이오? 내가 아끼는 그대를 월나라 사람들이 부러워한 나머지 그대가 눈썹을 찌푸리는 것조차 흉내 낼 정도라고 하는 것은 과인에 대한 월나라와 구천의 충성이 변함없다는 것을 의미하는 것이 아니겠소?"

자신도 모르게 친한 언니를 질투했던 자신의 마음을 깨달았는지 붉게 달아오르는 뺨을 감추는 서시를 보며 부차는 함박웃음을 짓고는 그녀의 뺨에 입을 맞췄다.

그런 부차를 보며 서시는 기다렸다는 듯 입을 열었다. "그런데 대왕, 대왕께서는 월나라의 사위이십니다. 누군가 대왕의 장인 나라인 월나라를 모두 쓸어버리겠다고 하니 부디 이들에게서 월나라를 구해주십시오."

"누가 감히 월나라를 쓸어버리겠다고 하더냐? 과인은 그런 명을 내린 적이 없거늘…."

"오상국이라고 합니다. 대왕, 소첩을 봐서 부디 월나라를 살려주소서!"

"당연한 것을! 과인이 오상국을 만나 어찌된 것인지 자초지종을 물어야겠구나. 그대는 아무 걱정 하지 말고 건강이나 잘 챙기도록 하시오."

시간은 쏜살같이 흘러 눈 깜짝할 사이에 1년이 훌쩍 지났다. 그동안 관왜궁에 있는 서시는 사춘기 소녀마냥 그 어느 때보다 아름다운 자태를 뽐내고 있었다. 바람이라도 불면 당장이라도 쓰러질 듯 병약함이나 눈물에 항상 젖어 있던 뺨은 자취를 감추고 봄비라도 받은 새싹처럼 싱그럽고 밝은 미소가 자리 잡았다. 부차와 보낸 시간이 적지 않음에도 불구하고 서시는 때로는 수줍어하고 때로는 요염한 모습으로 부차를 더욱 매혹시켰다. 그런 서시를 보는 부차는 항상 싱글벙글이었다. "서시의 아름다움을 세상 누구와 비교할 수 있을꼬? 아무리 찾아봐도 흠을 찾아볼 수 없는 그녀는 모든 사람의 마음을 송두리째 흔드는구나. 그녀 앞에서는 단단한 강철도 봄 햇살 아래 눈처럼 녹아내릴 것이야. 서시를 위한 것이라면 못할 것이 없구나." 부차는 서시에 대한 자신의 마음을 자주 털어놓았다.

서시는 오궁에 입궁한 이후 동시를 제외하고는 고향 사람이나 친척 하나 만나지 못했을 뿐만 아니라 오나라의 국정에 대해서도 묻지 않았다. 부차에게 그런 서시는 자신을 향한 깊어지는 사랑 외에 그 무엇에도 관심이 없는 순진한 여인으로 비쳐졌다.

그해(BC 485년) 늦은 봄, 부차와 서시는 비처럼 떨어지는 꽃잎 사이로 뱃놀이를 즐기며 한가한 시간을 보내고 있었다. 그런데 갑자기 왕손웅이 큰 걸음으로 달려오고 있는 것이 보였다. 무언가 급한 일이 있는 듯했다. 왕손웅을 발견한 서시가 불안한 표정으로 부차에게 속삭였다.

"대왕, 왕손웅 장군께서 무슨 급한 일이 있으신가 봅니다."

직접 노를 젓고 있던 부차는 서시의 귀띔에 손을 멈추고 돌아보았다. 과연 왕손웅이 연못 입구에 서서 자신을 쳐다보고 있었다. 웬만한 일이 아니고서는 신하가 먼저 휴식을 취하고 있는 왕을 찾지 않는 법이거늘, 무언가 급한 일이 있어 법규를 무시하면서까지 자신을 찾아온 왕손웅보다 서시의 흥을 깨지 않을까 부차는 전전긍긍했다.

"왕손웅 저 자가 궁중의 법도를 몰라도 한참 모르는구나. 일이 있으면 조회실에서 이야기하면 될 것을 어이하여 이곳까지 함부로 든단 말인가? 내버려두어라!" 그러면서 다시 노를 젓기 시작했다.

"대왕, 급한 일이 없으면 왕손웅 장군께서 이리 오실 리 없겠지요. 저쪽으로 배를 대주세요. 소첩도 피곤하여 가서 좀 쉬렵니다."

피곤하다는 서시의 말에 부차는 재빨리 뱃머리를 돌며 뭍으로 노를 저었다. 배가 멈추자, 왕손웅이 기다렸다는 듯이 부차에게 달려 나와 절을 올렸다.

"대왕, 정탐꾼으로부터 진(陳)나라가 제나라, 노나라, 그리고 초나라의 여러 제후들과 손을 잡고 앞으로 오나라에 공물을 바치지 않겠다는 맹약을 맺었다는 소식을 방금 막 접했습니다. 워낙에 급작스러운 일이라 대왕께 즉시 말씀드려야 할 듯하여 이리 급히 달려왔나이다. 건방진 이들을 어떻게 처리하실 것인지 부디 분부 내려주시옵소서!"

부차는 왕손웅을 불쾌한 표정으로 쳐다보았다.

"별 것도 아닌 일로 이리 호들갑이란 말이오? 과인이 지금 쉬고 있는 것이 보이지 않는단 말이오? 물러나시오!" 말을 마친 부차는 서시를 부축해 어가에 오른 뒤 관왜궁으로 사라졌다. 그런 부차를 보며 왕손웅은 연못가에 얼빠진 표정으로 멍하니 서 있었다.

관왜궁에 도착한 부차는 뱃놀이를 하느라 옷이 젖은 서시를 감싸 안고 잠자리 날개처럼 하늘하늘한 잠옷으로 갈아입혀준 뒤 따끈하게 데워진 술을 건넸다.

"자, 이걸 마시면 습한 기운이 사라질 것이오. 그런 뒤에 눈 좀 부치시오."

부차의 말대로 서시는 호박색 술이 든 금 술잔을 받았다.

"대왕도 한잔 하시지요."

"그럼 같이 마십시다."

뱃놀이를 갔다 술을 한잔 마시자 피곤했던 몸이 풀어지는 듯했다. 서시는 다소 망설이듯 머뭇거리다가 부차를 향해 조심스럽게 입을 열었다.

"대왕, 소첩이 드릴 말씀이 있사온데 말씀을 드려야 할지 말아야 할지…."

"하하하, 그대의 말이라면 내 당연히 들어야지. 우리 사이에 하지 못할 말이 뭐란 말이오? 망설이지 말고 말해보구려."

턱을 괸 서시가 부차를 향해 방긋 웃었다.

"대왕께서는 패왕(覇王)이 되고 싶지 않으신지요?"

난데없는 서시의 물음에 부차는 들고 있던 술잔을 내려놓고 잠시 생각에 잠겼다가 이내 고개를 들고 기세 좋게 대답했다.

"그동안 과인은 꿈같은 나날을 보냈소. 하늘에서 그대와 정단을 과인에게 내려주셨지. 하지만 과인은 정단을 제대로 지키지 못하고 꽃다운 나이의 그녀를 그만 하늘로 떠내 보내야 했소. 정단만 생각하면 지금도 가슴 한쪽이 시리고 아프다오. 이제 과인에게는 그대 하나밖에 없소. 내 그대와 오랫동안 함께하고 싶은 마음밖에 없소. 혹여 전쟁이 일어나면 그대와 헤어져야 할 것인데 그대를 내버려두고 어찌 마음 편히 전쟁을 치를 수 있겠소? 나는 그저 관왜궁에서 그대와 오랫동안 오순도순 행복하게 살았으면 하는 것 말고는 바라는 게 없소."

부차의 말엔 조금의 거짓도 없었다. 자신만 바라보는 그 지고지순함, 자신을 향한 일편단심을 서시는 결코 의심하지 않았다. 하지만 목적을 실현하기 위해서는 여기에서 머뭇거려서는 안 될 것이었다. 서시는 깊은 한숨을 내쉬었다.

"그렇겠죠. 대왕께서도 그리고 소첩도 평범하게 그저 그렇게 살다 가겠네요. 대왕께서는 영웅이 되겠다는 야망이 없으시고 소첩도 절세미녀와 같은 고결함이 없으니 평범한 사람끼리 만나 그냥 그렇게 대충 살다 가면 되겠네요."

서시의 말에 다른 뜻이 있다고 생각한 부차가 큰 손을 내밀어 서시의 가냘픈 손을 꼭 쥐었다.

"자고로 영웅에게는 미인이 어울린다고 하오. 나의 그대는 천하에서 가장 아름다운 여인이오. 청순하고 고결한 미인이지. 과인이 세상을 놀라게 할 큰일을 이루어 그대를 영웅에 어울리는 천하제일의 미인으로 만들어주겠소!"

"참말이옵니까?" 평소보다 더 신이 난 목소리의 서시였다.

"그대를 두고 내 어찌 거짓을 말하겠소?"

다음 날 아침 부차는 문무백관의 절을 받으며 위풍당당하게 조회에 올랐다. 만세를 외친 대신들이 각자 자신의 자리에 좌정하자 부차는 그들을 둘러봤다.

왕손웅은 어제 사전에 아무 허락도 없이 서시와 쉬고 있는 부차를 찾아 질책을 받았지만 나랏일을 논의하는 조회에 참석할 수밖에 없었다. 조회에서 왕손웅은 진나라가 다른 나라와 결탁하여 오나라를 배반하고 공물 바치기를 거절했다는 이야기를 다시 올렸다.

그 말을 듣고 있던 부차가 잠시 생각에 잠기는 듯하더니 서릿발 같은 고함을 질렀다.

"진나라가 의를 저버렸으니 가만히 두어서는 안 될 것이오. 병사 3만을 보내 오나라에 대항하면 어떻게 되는지 본보기로 삼으려고 하오. 중신들의 생각은 어떻소?"

예상치 못한 부차의 강경한 태도에 그 자리에 있던 오나라 대신들은 놀라운 심정을 감추지 못했다. 구천을 월나라로 돌려보낸 해에 부차는 진나라를 침략했고 결국 오나라의 종속국으로 삼았다. 그때부터 진나라는 매년 봄과 가을에 진상품을 바쳤고 지금껏 별다른 없이 원만한 관계를 유지하고 있었다. 서시와 정단이 오나라에 들어온 이후로 부차는 영토를 넓히겠다는 생각은 까맣게 잊고 신선놀음만 즐기는 줄 알았는데 난데없이 진나라를 치겠다고 하니 과연 무슨 생각으로 저런 결단을 내리게 된 것인지 그 속내를 도무지 알 수 없었다.

부차의 이야기에 중신들이 얼이 빠져 있는 사이, 누군가 "불가하옵니다. 절대 불가하옵니다!"라고 외치는 소리가 들렸다. 소리가 난 곳은 다름 아닌 오자서였다.

"대왕, 그것은 아니 될 말씀이옵니다. '전쟁은 국가의 중대한 사안으로, 삶과 죽음의 처지(處地)이며 생존과 멸망의 방도(方道)이다. 이를 마땅히 살펴야만 하는 것이다'라는 말을 들어보지 못하셨는지요? 게다가 진나라는 봄과 가을에 부지런히 진상품을 바쳐왔습니다. 이번 봄에는 조금 늦게 진상품을 올렸으나 이는 필경 나라에 무슨 변고가 있어서일 것이옵니다. 상황을 정확히 파악하기도 전에 미리 결론을 짓고 아무런 명분도 없이 어찌 진나라를 공격할 수 있겠습니까? 노신의 생각으로는 호되게 혼을 내야 할 것은 진나라가 아니라 바로 월나라이옵니다!"

평소 오자서를 못마땅하게 생각하던 백비는 대신들 앞에서 오자서가 부차에게 대항하는 것을 보고 기다렸다는 듯 끼어들었다.

"우리 군이 진나라를 친다면 이것은 북방에서 패주가 되는 길이 아닙니까? 그런데 어이하여 오상국께서는 어린아이도 다 아는 사실을 틀리다 하십니까? 게다가 월나라를 쳐야 한다니요? 대왕께서 이미 월나라를 발밑에 두셨고 월나라 역시 오나라의 신하가 되었습니다. 월나라를 북벌을 위한 전초기지로 삼아야 마땅하거늘 어찌하여 오상국께서는 우리에게 도움이 되는 월나라를 토벌하라는 것입니까? 도대체 월나라가 무슨 죄를 지었습니까?"

"흥! 월나라는 겉으로는 우리 오나라에 머리를 숙이고 있지만 속으로는 칼을 갈고 있는 것을 정녕 모른단 말이오? 걸핏하면 호시탐탐 국력을 키울 궁리만 하고, 우리에게 바칠 곡식의 양을 조금이라도 늘릴라 치면 질질 끌면서 예년의 양만 간신히 채우지 않았소? 그러니 오나라에 불충한 월나라를 치는 게 인지상정인 것이오."

"정확히 말해서 늦게 바친 것이지 바치지 않은 것은 아닙니다. 오상국께서는 이상하게도 월나라만 나오면 더 엄하신 듯합니다."

"그게 무슨 말이오? 오나라를 고향으로 삼은 이래로 나는 주군을 모시고 나라를 지키기 위한 충정 외에는 아무것도 바라는 것이 없는 몸이오. 그런 내가 엄하다니요? 태재께서는 월나라에서 보낸 미녀들에게 둘러싸여 신선놀음을 하다 보니 머리가 굳으셨나 보구려!"

오자서는 태재 백비가 월나라의 미인계에 넘어갔다고 힐책했지만 사실 그 말 속에는 서시에게 빠져 있는 부차에 대한 원망이 들어 있었다. 하지만 오자서의 말은 그만 부차의 신경을 거스르고 말았다. 부차는 평소 어느 누구도 서시에 대해 이러쿵저러쿵 함부로 이야기하지 못하도록 경계했고 중신들과 궁인들 사이에서도 서시에 대한 함구령은 암묵적으로 지켜져오고 있었다. 그런데 왕실 중신들이 모인 자리에서 오자서가 서시를 비난하는 말을 꺼냈으니 사단이 나도 크게 날 것이 분명했다. 아니나 다를까 얼굴이 붉으락푸르락해진 부차가 자리에서 벌떡 일어났다.

"나라의 일을 논하는 조회에서 어찌하여 오상국은 월나라 미인에 대한 이야기를 꺼내는 것이오? 한 나라의 왕인 과인이 설마 다른 사람의 허락을 받고 다른 나라를 제압해야 한단 말이오? 과인은 이미 마음을 정했소. 병사 3만과 전함 1000여 척을 소집하여 진나라를 토벌할 준비를 하시오. 태재 백비가 중군을, 장군 왕손웅은 상군을, 그리고 장군 전여가 하군을 통솔하시오. 길일을 골라 출격할 준비를 하시오. 조회를 마치겠소!"

말을 마친 부차가 휙 소리가 나도록 몸을 돌려 안으로 들어갔고 오자서 역시 분노로 벌겋게 충혈된 눈을 희번덕거리며 출궁했다.

진나라에 대한 오나라의 토벌은 북방의 맹주가 되겠다는 헛된 꿈을 꾸던 부차의 첫 걸음이었다. 소국에 불과했던 진나라는 오나라의 공격을 한 번도 제대로 막지 못하고 주저앉았고, 진나라와 이웃하고 있는 채(蔡)나라 역시 막강한 오나라의 눈치를 살피다가 본국으로 귀국하고 있는 오나라에 스스로 투항했다. 한 번에 진나라와 채나라를 제압한 오나라는 그다음 해에 또다시 노(魯)나라를 침략해 동맹을 맺은 뒤 철군했다.

이렇게 해서 오나라는 2년 동안 진나라, 채나라와 노나라를 집어삼키며 그야말로 기세등등했다. 오나라의 연승은 일찌감치 예상된 것이었지만 그들의 생각보다도 쉽게 이루어졌다. 게다가 중원을 침략하고 소국을 위협하는 오나라에게 중원의 대국들이 감히 대항하지 못했다는 사실에 부차는 내심 기뻐했다. 앞으로 계속 이렇게만 되면 중원 깊숙이 들어가 천하를 차지하는 것도 그리 어려운 일은 아니라고 그는 생각했다.

오나라가 중원의 소국들과 전쟁을 치른 지난 2년 동안 월나라는 더욱 오나라에 충성을 맹세했다. 구천은 제계영이 이끄는 병사들을 오나라에 지원하는 노력을 게을리하지 않았다. 자신들을 지원할 만큼 월나라가 안정적인 병력을 확보했다는 생각에 오자서는 부차에게 월나라를 경계해야 한다고 누누이 이야기했지만 부차는 발 벗고 자신들을 도와주는 월나라를 치라는 오자서의 말에 귀도 기울이지 않았다. 오히려 월나라 병사들에게 오나라 군대를 따라 북상하여 전쟁을 도우라고 윤허하기까지 했다.

연승 행진을 기록하자 부차는 거의 매일 다음 목표물을 찾는 데 골몰했다. 하찮은 소국과 달리 중원의 대국과 전쟁을 치르려면 자신이 직접 출정해야 했지만 서시를 두고 전쟁터에 나서는 부차의 마음은 공허하고 괴롭기 짝이 없었다.

장수와 병사들의 노고를 치하한 후 철갑옷을 갖춰 입은 부차는 문대에 있는 첩루(牒樓)에 오르고 있었다. 지난 몇 년 동안 전쟁 없이 편하게 살았기 때문인지 부차의 몸에는 제법 살이 올라 있었다. 가쁜 숨이 연신 터져 나왔지만 조금이라도 빨리 서시를 볼 생각에 부차는 말을 준비하라고 명한 뒤 조금도 지체하지 않고 영암산으로 말을 달렸다.

부차가 관왜궁에 들어섰을 때 서시는 마침 향리랑에서 앵무새에게 먹이를 주고 있었다. 갑자기 말발굽 소리와 함께 무엄하게도 철갑옷을 걸치고 무장을 한 자가 관왜궁에 들어서고 있는 모습이 보였다. 자세히 보니 부차였다. 서시가 몸을 돌려 부차를 향해 달려오자 향리랑의 끝에서 말에서 내린 부차가 그녀를 향해 두 팔을 번쩍 펼쳐 보였다. 예전처럼 부차에게 냅다 안기지 않고 서시는 찬찬히 부차를 살피며 함박웃음을 지었다.

"대왕, 평소 대왕의 갑옷 걸친 모습을 본 적이 없었는데 오늘 보니 정말 멋지십니다. 갑옷을 입으신 대왕의 모습이 정말 늠름합니다."

"하하하, 오늘 병사들의 노고를 치하하기 위해 갑옷을 입었지. 평소 그대와 있는데 뭣하러 갑옷을 입겠나? 그래, 그대는 이 모습이 마음에 든단 말이지?"

서시는 부차의 갑옷을 조심스레 쓰다듬었다.

"네, 소첩이 생각한 영웅의 모습 그대로입니다."

"그렇단 말이지? 알겠네. 앞으로 그대가 기뻐하도록 내 갑옷을 입어야 겠군."

부차는 그런 서시를 사랑스럽다는 듯 쳐다보며 이마에 입맞춤을 한 뒤 관왜궁에 연회를 열라고 명했다.

그날 저녁 관왜궁에는 오색 등불이 걸리고 화려한 불빛이 밤새도록 타올랐다. 부차는 맛난 술과 산해진미를 맛보면서 무희들이 부르는 백륜무(白綸舞)를 감상했다. 수십 명의 무희가 연꽃으로 물들인 옷을 입고 손에는 구름처럼 흰 실을 들고 하늘하늘 춤을 췄다. 백륜무는 서시가 직접 지은 노래로 1절은 합창으로, 2절은 서시의 독무대로 구성되어 있었다. 제기에서 나는 백지(白芝)는 저라산(苧蘿山)의 특산물이었다. 부차 역시 서시가 직접 지은 노래의 가사를 줄줄 외우고 있었다. 그 가사는 다음과 같았다.

하얀 그대는 얼음 같이 희고
바람을 맞아 가득 쌓인 서리와 눈이 어렴풋이 보이네.
월나라 여인은 조심조심 다리미질하며,
군왕께 마음의 징표를 바치네.
기러기떼처럼 가지런히 춤추며,
물결을 가르고 찾아오는 봄은 급하기도 하네.
님께서 누가 백륜을 짜는지 물으니,
수정궁(水晶宮)의 교룡이 우는구나.

여러 무희들이 노래를 부르며 춤을 추는 모습은 그야말로 장관이었다. 옥룡(玉龍)이 꼬리를 내리고 물러가듯, 아름다운 봉황새가 고개를 들고 한데 모였다가 구름 흐르듯 퍼져나가는 모습은 속세의 것이 아닌

듯했다. 곡조가 바뀌더니 무대 한가운데 푸른 연꽃이 나타났다. 수줍은
듯 꽃잎을 가지런히 모은 연꽃이 서서히 열리더니 그 안에서 선녀로 분
한 서시가 나타났다. 서시는 비단 천을 밟으며 춤을 추기 시작했는데 마
치 그 모습이 이 꽃 저 꽃을 날아다니는 한 마리 나비 같았다. 하늘거리
는 서시의 옷자락이 바람에 흔들리며 그녀를 더욱 고혹적으로 만들었
다. 조금 전까지 춤을 추던 무희들이 어느덧 서시를 중심으로 둥그렇게
서서 박자에 몸을 맡기고 있었다. 서시는 연주에 맞춰 나지막이 노래를
부르기 시작했다. 그 목소리가 크지 않았지만 옥구슬 굴러가듯 아름다
워 모두들 귀를 기울이고 가사에 심취했다.

　천하무적인 아름다운 부차여,
　창을 들고 검을 차며 갑옷을 걸쳤네.
　화류에게 새 금 안장을 걸치고,
　풍운을 부리며 천하를 마음껏 주무르네.
　다만 그 마음에 야망이 없음이 아쉽고,
　고향에 편히 묻혀 시간을 보냄이 또 아쉽구나.
　님은 언제 천하를 다툴 것인지 묻노라.
　말에 단 북소리가 둥둥 울리는구나.

　가사를 들은 부차가 웃음을 터뜨렸다. 춤을 끝낸 서시가 치마를 살포
시 들고 옥계를 올라 부차의 옆에 다소곳이 앉았다. 부차는 서시의 어
깨를 쓰다듬으며 너털웃음을 터뜨렸다.
　"노래를 듣자 하니 갑옷을 걸친 내 모습을 좋아할 뿐만 아니라 북으
로 가서 노나라를 구해달라고 하는 것 같던데, 맞는가?"
　서시가 입을 달싹거렸다.

"노나라는 월나라처럼 약소국입니다. 비록 소국이라고 하나 공자(孔子)라는 위대한 사람을 배출한 땅이기도 하지요. 그런 나라가 어려움에 처했는데 어찌하여 구해주지 않는 것인지요?"

"후, 구해주기 싫어서가 아니라 그대와 떨어지기 싫어 이러는 것일세. 강대국과 전쟁을 치른다면 과인이 직접 출정해야 할 것이 뻔하니…."

"대왕께서 밤낮 할 것 없이 소첩의 곁에 계시니 다른 사람들은 분명 소첩이 대왕의 발목을 잡고 있다고 생각할 것이옵니다. 그래서 대왕께서 출정하지 않으신다고 쑥덕거리면 소첩은 어찌해야 좋을지…."

서시의 말에 부차는 진지한 표정으로 대답했다.

"제나라는 평소 남다른 야욕을 가지고 있어 노나라를 칠 궁리만 하고 있소. 오나라의 동맹국인 노나라에서 일찍이 공자의 제자인 자공(子貢)을 과인에게 보내 도움을 구했소만 내 그대와 헤어지는 것이 아쉬워 여태껏 확답을 주지 못하고 있었던 것이오."

말을 마친 부차가 술잔을 비우자 서시가 재빨리 술잔에 술을 따르며 부차의 어깨에 살포시 기댔다.

"노나라는 오나라의 동맹국이니 대왕께서 못 본 척하신다면 여러 제후들로부터 신뢰를 잃게 될 것입니다. 2년 전 대왕께서 북진하여서 중원으로 향하는 길을 여셨는데 소첩 때문에 중도에 포기하신다면 그 죄를 어찌 감당해야 할지…." 서시의 목소리가 잦아들었다.

가슴을 부여잡고 눈물이 맺힌 서시를 보자 부차의 가슴은 미어지는 듯했다.

"서시, 울지 말게, 울지 말게나. 그대가 울면 내 가슴은 찢어지는 듯 해."

"대왕, 소첩 때문에 큰일을 그르치셔야 되겠습니까? 소첩은 무탈할 것입니다. 게다가 소첩을 받드는 시중이 이리도 많으니 무슨 걱정이 있겠습니까? 대왕께서는 북상하여 노나라를 도와주십시오. 그리하면 노나라와 오나라, 그리고 소첩 역시 행복할 것입니다."

부차는 사랑스럽다는 듯 서시를 꼭 껴안았다.

"그대처럼 아름다우면서 마음씨도 고운 이가 세상 천하에 또 어디 있단 말인가? 내일부터 제나라를 토벌하고 노나라를 구하기 위한 대책을 논의하겠네. 그러니 그만 울게나."

거대한 관왜궁을 지키고 있는 궁인들은 일찌감치 자리를 떠났고 부차와 서시만 남았다. 결심을 굳힌 부차를 보며 울음을 멈췄던 서시가 무슨 연유에서인지 다시 울음을 터뜨렸다. 그 이유를 알지 못한 부차가 눈물 범벅이 된 서시를 어르고 달래며 침소에 들었다. 품에 꼭 안고 계속 서시를 달랬지만 달이 기울도록 서시의 울음소리가 관왜궁에 울려 퍼졌다.

얼마나 울었을까? 훌쩍거리던 울음소리가 잦아들고 고른 숨소리가 들려오자 부차는 서시가 잠이 들었다는 것을 알았다. 그런 서시의 곁에 누운 부차는 몸을 뒤척이며 잠을 청해봤지만 도무지 잠들 수 없었다. 제나라를 치겠다고 결심했지만 서시를 이곳에 두고 홀로 전장에 오를 생각을 하니 답답하기 이를 데 없었다. '오왕이 아니면 얼마나 좋겠습니까?'라는 정단의 말이 문득 머리를 스쳤다. '그래, 내가 오왕이 아니면 얼마나 좋을까? 평생 사랑하는 사람과 가정을 꾸리며 살아갈 수 있다면 얼마나 행복할까…'

하늘을 뒤덮은 깃발, 햇살을 받아 반짝이는 창검, 마침내 부차는 북방 정복의 길에 올랐다. 텅 빈 향리랑에 오른 서시는 부차의 모습을 보며 깊은 공허감을 느꼈다.

눈 깜짝할 사이 한 달이 훌쩍 지났다. 여름이 다가오자 숲은 짙은 녹음으로 옷을 갈아입었고 태양은 머리 위에서 이글거렸다. 습하고 무더운 날씨가 계속 이어지자 서시는 숨이 막혀 오는 듯했다. 자신이 조금이라도 힘들어하면 부차는 항상 자신의 입에다가 사향단을 넣어주었지만 지금 자신의 곁에는 선파만 있을 뿐이었다. 제아무리 절친한 선파라도 부차만큼 서시의 몸과 마음을 헤아리지는 못했다. 마음을 가다듬은 서시는 주랑의 난간을 붙잡고 한 걸음 한 걸음 침전으로 돌아갔다.

서시의 얼굴이 파리하게 변한 것을 본 선파가 급히 달려와 부축했다.

"마마님, 아니, 언니. 오래 서 있어서 힘이 들었나 보네요. 침소에 가서 눕는 게 좋겠어요."

"선파야, 마음이 아프구나."

"알아요. 언니. 부차가 제게 약을 맡겨놓고 갔답니다. 조금 있다 약을 먹으면 몸이 훨씬 편해질 거예요."

서시와 같은 고향 사람인 선파는 서시보다 두 살 아래로 남들이 보지 않을 때에는 서시를 언니라고 불렀고 부차의 이름도 존칭을 붙이지 않고 그대로 불렀다.

침전으로 돌아온 뒤 선파는 서시에게 약을 건네주었다. 약을 먹은 뒤 안색이 한결 편안해진 서시를 보며 선파가 조심스레 위로했다.

"언니, 정단 언니도 갔으니 더 몸조심을 해야죠. 언니는 가뜩이나 평소에도 몸이 약한데…. 부차가 북으로 갔으니 지금의 상황은 우리에게 유리해요."

"나도 알아, 하지만…."

"부차가 언니에게 각별했다는 것은 저도 잘 알아요. 하지만 범려님도 언니를 잊지 못하고 계시잖아요. 진정한 사랑은 평생 한 명밖에 없는 법이지요. 게다가 월나라를 위해 우리가 그동안 치른 외로움과 고통을 헛되이 해서는 안 돼요!"

"선파야, 말하지 않아도 나도 다 안다. 무엇이 더 중요하고 중요하지 않은지는 나도 다 안단다. 하지만 나도 한낱 감정 없는 돌멩이나 나무가 아닌 뜨거운 피가 흐르는 사람이고 여인이지 않니?”

“그건 그렇지만…. 저도 더 이야기하지 않으렵니다. 지난 시간 동안 언니 곁에 있으면서 언니의 고통을 저보다 잘 지켜본 사람이 어디 있답니까? 제가 밖을 지키고 있을 테니 언니는 좀 쉬세요.”

침전을 나선 선파가 조용히 사라지자 서시는 복잡한 심정으로 침전을 배회했다. 수정으로 만든 주렴, 옥으로 만든 창, 야광주, 백옥으로 만든 침상 등 침전 안은 온갖 화려한 장신구로 채워져 있었다.

‘나는 보석이니 장신구를 원하는 것이 아니야. 그런데 왜 나를 이런 곳에 가둬둔 것인가? 나는 그저 한 남자를 사랑했을 뿐인데 어이하여 두 사람이 나를 이리도 아껴준단 말인가? 오나라와 월나라는 어깨를 나란히 하고 있는 이웃국가이거늘 어찌하여 둘 사이에 전쟁이 끊이지 않는단 말인가? 공자님의 기다림, 부차의 한결같음을 나도 안다. 어찌하여 내가 아니라 정단 언니가 죽은 것인가?’ 서시는 분하고 서글픈 마음에 탁자 위에 있는 붉은 산호나무를 던져버리고 싶었지만 그랬다가는 밖에 있는 선파와 궁인들이 몰려올 것이라는 생각에 들었던 손을 내려놓았다. 하릴없이 창 앞에 서서 그저 창 밖을 멍하니 내다볼 뿐이었다.

그때 향리랑을 따라 육중한 군화 소리가 울려퍼졌다. 부차를 제외한 어떤 사내도 발을 들일 수 없는 금역(禁域)인 향리랑에 사내의 발소리가 들릴 일은 없었다.

“이 소리는? 아! 대왕께서 오셨구나! 선파, 선파, 빨리 나가보세. 대왕께서 돌아오셨어!” 기쁜 마음에 서시는 새된 소리를 지르며 향리랑을 향해 달려나갔다. 나풀거리며 달려가던 서시가 갑자기 발걸음을 멈췄다. 놀라 그 뒤를 따르던 선파와 궁인들 역시 얼어붙은 듯 그 자리에 우뚝 섰다. 향리랑을 오던 사람은 부차가 아니라 다름 아닌 오자서였다.

오자서는 두 명의 측근과 피리를 데리고 오고 있었다.

자신을 향해 다가오는 오자서를 보며 서시는 본능적으로 뒷걸음질 쳤다. '무슨 일로 예까지 온 게지? 하긴 출정을 갔다는 이야기는 못 들었으니, 원래 출정길에 오른 것이 아니었군….'

놀란 토끼마냥 자신을 향해 두 눈을 동그랗게 뜨고 있는 서시를 보며 오자서는 내심 감탄을 금치 못했다. '경국지색(傾國之色)이라는 것이 바로 저런 여인을 두고 하는 말이로구나. 아름다움에 눈이 멀어 그저 곁에만 두어도 행복하겠군.' 오자서는 피리와 측근들에게 물러가라고 명한 뒤 서시와 살짝 거리를 두고 입을 열었다. "낭자, 노신은 피리 장군과 성을 순시하다가 문안 인사를 여쭙고자 급히 발걸음을 관왜궁으로 돌렸나이다. 무례함을 부디 용서해주소서."

허리를 굽히는 오자서를 보며 서시는 순간 자신이 잘못 들었나 싶었다. 이해가 되지 않는다는 듯 서시가 오자서를 쳐다보자 옆에 있던 선파가 서시의 팔을 살짝 흔들었다. 이제야 정신을 차린 서시가 급히 예를 갖추었다.

"아… 상국이시군요. 미리 나가뵙지 못함을 용서해주십시오."

"낭자, 노신이 실례를 무릅쓰고 예까지 온 것은 낭자께 긴히 드릴 말씀이 있어서입니다."

"오상국께서는 선왕과 현왕을 두루 보필하신 원로대신이시니 당연히 말씀을 들어야지요. 안으로 드셔서 이야기를 하시지요."

서시는 오자서와 함께 편전에 들었다.

선파가 오자서에게 자리를 안내하고 차를 내주었다. 차를 마시는 서시는 차마 오자서를 정면으로 쳐다보지 못하고 오나라의 위대한 중신이자 충신인 오자서를 곁눈질로 몰래 살필 뿐이었다. 백발이 창창한 오자서였지만 총기가 가득한 두 눈과 건장한 몸을 보니 그 위세를 짐작할 수 있었다.

오자서 역시 서시를 유심히 관찰했다. 아름다움과 함께 고운 마음씨를 가진 여인이라는 것을 가히 짐작할 수 있었다. 서시에 대한 관찰을 마친 오자서가 먼저 입을 열었다.

"낭자, 대왕께서 제나라를 토벌하신다고 북상하였는데 이는 매우 어리석은 일이옵니다."

"상국, 대왕께서는 이미 제나라로 떠나시지 않았습니까?"

"네, 조회에서 노신은 죽음을 각오하고 대왕을 말렸지만 대왕께선 노신의 말 따위 흘려버리더이다."

"그럴 리가요? 상국은 선왕과 지금의 대왕을 보필하시는 나라의 중신이 아니십니까? 어찌하여 그런 상국의 말을 흘려들으셨겠습니까?"

"이미 지나간 일을 다시 꺼내 무엇하겠습니까? 낭자, 노신도 낭자와 같은 타향 사람입니다. 둘 다 오나라 사람은 아니지만 오나라를 내 나라로 섬기고 있지 않습니까? 노신이 이리 한 것은 선왕이 노신에게 베풀어주신 은혜를 갚기 위해서입니다. 낭자께서는 오나라에서 받으신 대왕의 은혜를 어찌 갚으실 것인지요?"

자리에서 일어난 서시는 잠시 왔다 갔다 하며 불편한 기색을 드러냈다. 오나라의 조정 대신들, 장수들, 백성들과 만났던 장면이 주마등처럼 머릿속을 스쳤다. 자신과 부차가 인파 속에 모습을 드러낼 때마다 어느 누구 하나 자신을 미워하기는커녕 하늘에서 내려온 선녀마냥 아끼고 사랑해주었다. 자신도 모르는 사이 오나라에 알 수 없는 정이 생겨버린 서시였다. 특히 자신을 향한 부차의 일편단심, 미련스러울 정도로 자신만 바라보는 부차의 마음에 서시도 크게 감동한 바가 없지 않았다. 정단을 죽게 한 오자서라고 하지만 지금까지 자신을 건드리지는 못했다. 적어도 정면으로 자신을 해하려 한 적이 없었다는 것을 떠올린 서시가 살짝 웃음을 지었다.

"소첩이 어찌 오나라 군신들과 백성들의 은혜와 사랑을 잊겠습니까?"

"그럼 대왕은 어찌하시겠습니까? 설마 낭자께서는 대왕님께서 낭자를 가장 우선시한다는 것을 모르시고 계시지는 않을 터이지요."

"소첩은…."

"아니 그렇사옵니까?"

"소첩이 병약한 탓에 대왕께서 유독 소첩에게 신경을 써 주시는 것을 잘 알고 있습니다."

오자서가 여유롭게 차를 한 입 마셨다.

"남녀간의 애틋한 정이야 무슨 잘못이겠습니까? 그저 대왕께서는 다른 사람 말은 듣지 않으시지만 낭자의 말씀은 귀담아 듣지 않습니까? 대왕께서 이토록 낭자를 애틋하게 생각하시니 낭자께서도 그 은혜를 저버리지 않도록 대왕님을 잘 보필해주셨으면 하옵니다."

오자서의 뜻을 알아차린 서시는 짐짓 모른 체하며 입을 열었다.

"대왕께서 어디 잘못된 곳이라도 있다는 것입니까? 소첩은 심궁에 줄곧 있어 자세한 이야기를 들은 적이 없습니다."

서시의 말에 오자서는 자리에서 일어나 웃음을 터뜨렸다.

"낭자, 노신도 다 아는 이야기를 어찌 모르신단 말입니까. 제 말이 무엇인지 아실 겝니다. 대왕에게 제나라를 공격하지 말라고 진언해주신다면 노부는 더 이상 아무것도 캐묻지 않겠습니다. 대왕께서 오나라만 지키고 계시면 오나라는 월나라의 계략에 빠지지 않는다는 것을 낭자께서도 아시리라 믿습니다. 지금 두 나라는 잠시 전쟁을 하지 않고 있지만 대왕께서 병사들을 이끌고 가신다면 월나라는 분명 갖가지 계략을 낼 것입니다. 그때가 되어서 오나라가 무너진다면 대왕의 목숨도 보전하기 어려울 것입니다."

서릿발 같은 오자서의 일갈에 서시는 그 자리에서 얼어붙고 말았다.

'내가 부차에게 북상하라고 권한 것은 우선 고향 월나라의 안전을 위함이었고 둘째는 약소국인 노나라를 향한 동정심 때문이었다. 오나라가 중원의 강대국으로 이제 막 발돋움하려는 중요한 시기에 한 나라의 군주인 부차가 병사들을 이끌고 멀리 출정길에 오르는 것은 분명 어리석은 짓이다. 다정한 부차는 내 소원을 들어주기 위해서 위험을 감수했는데 과연 그게 옳은 일이었을까? 나는 지금껏 범려님만을 은애하였다. 꿈에서도 공자님을 그리워했지만 그 꿈은 이미 산산조각 나고 말았다. 이제 그 모습도 가물가물하구나. 하지만 부차는 어떠한가? 아침저녁으로 내 곁에 머물며 내 손짓 발짓 하나도 눈에 담으려고 하지 않았던가? 그 눈빛, 그 모습, 힘차게 뛰는 그 심장 소리… 눈가에, 그리고 귓가에 맴도는구나. 나라와 사랑 사이에서 무엇을 선택해야 하는 걸까?' 자신을 아끼는 부차가 한순간에 목숨을 잃을 수도 있다고 생각하니 가슴을 억누르는 듯한 답답함에 서시의 이마에는 식은땀이 송골송골 맺혔다.

"상국, 몸이 좋지 않아 먼저… 먼저 자리를 뜨겠습니다." 자리에서 일어난 서시가 몸을 휘청거리자 선파가 급히 달려와 부축한 뒤 오자서를 향해 입을 열었다.

"오상국, 마마님께선 가슴병을 앓고 계십니다. 조금 전에 약을 드신 터라…."

마지못해 자리에서 일어난 오자서는 입가를 막은 채 연신 식은땀을 흘리고 있는 서시를 보며 걱정스럽다는 표정을 지었다.

"마마님 부디 보중하십시오. 오원은 물러나겠습니다."

자신을 마마라고 부르는 오자서를 보며 서시는 묘한 표정을 지었다. 오자서가 자신을 마마라고 부르는 것이 결코 쉽지 않다는 것을 서시도 잘 알고 있었다.

그때부터 서시는 몸져누웠다. 처음에는 온몸에 힘이 쭉 빠지며 시도 때도 없이 식은땀이 나더니 급기야 혼수상태에 빠져 헛소리까지 하는 지경에 이르렀다. 상황이 이렇게 되자 궁중 어의들의 발걸음이 분주해지기 시작했다. 어의들은 하나둘씩 관왜궁을 드나들며 서시를 간호했지만 서시의 병세는 도무지 호전의 기미를 보이지 않았다. 결국 어의들은 머리를 흔들며 긴 한숨을 토했다.

"마마님이 앓고 계신 것은 몸의 병이 아니라 마음의 병입니다. 마음의 병은 마음의 약으로 고쳐야 하거늘 이따위 탕약이 무슨 소용이 있겠습니까?"

하지만 어디서 서시의 아픈 마음을 낫게 해줄 약을 찾는단 말인가? 부차는 지금 제나라를 치기 위해 북상 중인데 이를 어찌해야 할지 관왜궁 궁인들과 어의들은 그저 난감할 뿐이었다. 만에 하나 부차가 돌아왔을 때 서시에게 변고라도 난다면 누가 책임질 것인가? 선파는 그저 서시의 병세가 호전되기만을 날마다 기도했다. 오자서에게 이야기를 해볼까 잠깐 생각한 적도 있었지만 혹여 서시가 다시 오자서를 봤다가 병세가 더 악화될 수도 있다는 생각에 결국 입을 다물고 말았다. 그러던 중 선파는 부차의 심복이자 백비와 같은 편인 왕손웅이 떠올랐다.

왕손웅이 항리랑에 들어서자 선파가 달려나와 땅에 엎드려 울음을 터뜨렸다.

"대장군, 우리 마마님을 살려주셔요!"

"엉? 일어서시게. 어찌하여 마마님께서 병에 걸리신 것이야? 지금 병세가 어떠하신가? 어서 말씀을 해보게!"

선파는 오자서와 피리가 관왜궁에 들른 후 서시가 마음의 병을 얻었고 지금껏 혼수상태에 빠져 헛소리까지 하고 있다며 그동안 있었던 일들에 대해 하나도 빼놓지 않고 자세히 털어놓았다. 선파의 이야기를 다

들은 왕손웅이 눈썹을 찌푸렸다. "오상국이 중간에 병에 걸렸다며 귀국했다고 하더니 마마님을 찾아뵈었을 줄이야…. 우습구만! 마마님에게는 피붙이도 없어 그 마음을 쓰다듬어줄 사람도 없는데… 차라리 마마님의 일을 대왕께 말씀드리면 어떨까? 마마님께 안 좋은 일이 생겼다고 하면 대왕께서도 그 죄를 묻지 않으실 듯한데…."

왕손웅의 말에 선파는 더욱 울음을 쏟아냈다.

"대장군, 어서 대왕께 돌아와달라 전해주셔요!"

"알겠소, 그만 우시오. 내가 얼른 대왕께 달려가겠소!"

왕손웅은 눈물로 젖은 선파의 볼을 살짝 꼬집은 뒤 성큼성큼 달려나갔다.

한편 부차는 구군(九郡)의 병사를 이끌고 강을 거슬러 올라가 제나라의 도성인 임치(臨淄)의 코앞까지 당도해 있었다.

부차는 여황대주에 서서 남쪽으로 유유히 흐르는 치수(淄水)를 보며 위풍당당한 모습을 자랑하고 있었다. 저 멀리 제나라의 도성을 바라보던 부차는 옆에 있는 중신들을 향해 웃음을 지었다.

"춘추시대 제환공(齊桓公)은 관중(管仲)의 보필을 받으며 제후를 모으고 천하의 민심을 사로잡아 결국 열국을 발밑에 두었소. 제경공(齊景公)이 왕위에 오르기 전 상국 안영(晏嬰)의 도움으로 밖으로는 진나라, 초나라, 노나라 등을 제압했고 안에서는 복숭아 두 개로 장수 세 명을 죽이는 교묘한 작전으로 내란을 평정했소. 현명한 두 상국은 제나라의 보물이라고 하겠소! 그랬던 제나라인데, 안영이 죽은 후 나라가 기울 줄 누가 알았겠소? 제경공이 승하한 후 여러 왕자들이 서로 죽고 죽이는 것도 모자라, 여러 중신들마저 서로를 모함하더니 끝내 나라의 기운이 땅바닥으로 추락하고 말았소. 지금 왕좌에 오른 제간공(齊簡公)은 대신들에게만 의지해 사리사욕을 채우고 쾌락만 좇고 있으니…. 군왕을 보필하는 자에 따라 나라의 흥망성쇠가 결정되나 보오."

백비가 맞장구를 쳤다.

"그렇사옵니다. 한 나라의 재상은 나라를 떠받드는 기둥입니다. 오상국이 그렇지 못함이 그저 아쉬울 뿐입니다. 그는 선왕과 함께 초나라를 치러 나섰을 때 개인적인 원한을 품고 선왕을 부추겼습니다. 하지만 지금 대왕께서 나라의 국력을 키우고 제나라를 치러 군대를 일으켰는데도 병을 핑계로 오나라로 돌아가고 말았습니다. 가서 무슨 영화를 보시겠다고…."

백비의 부추김에 부차는 생각하면 할수록 오자서의 작태에 화가 치밀었다.

"오상국이 개인적인 원한을 품고 선왕께 초나라를 치라고 부추기지 않았다면 오나라도 분명 초나라와 칼을 맞대지는 않았을 것이오. 그는 오나라가 제나라와 싸워봤자 자신에게 아무런 의미도 없기에 중요한 결전의 순간에 발을 뺀 것이 아니겠소? 과인이 몇 차례나 함께 북상하여 제나라를 공격하자고 권하기도 했는데…. 만일 오나라로 돌아가 소란을 일으켰다면 결코 두고 보지 않을 것이오!"

10만 명의 오나라 수군이 제나라의 수도를 향해 칼을 갈고 있었다. 비옥한 땅과 풍부한 수자원, 수원을 확보한 제나라의 땅을 보고 있자니 부차는 내심 욕심이 났다. 제나라와 노나라의 땅은 양자강과 태호에 둘러싸여 걸핏하면 물난리가 나는 오나라나 초나라와는 비교도 할 수 없을 정도로 넉넉함과 풍요로움을 자랑하고 있었다. 오악(五岳)의 하나인 태산, 넘실거리는 푸른 바다, 끝없이 펼쳐진 들판…. '노나라를 발판 삼아 제나라와 진나라를 정복하여 북방의 맹주로 자리 잡는 것도 어렵지는 않을 듯하구나. 우선 그러기 위해서는 천리 먼 길을 돌아가면 안 될 것인데, 오나라에 한구(邗溝)를 파야겠다. 군수품을 운반할 수 있는 기지를 세우고 한구를 파 그 물을 다스려야 비로소 북방의 맹주로 떠오를 수 있을 것이다!' 제나라를 바라보는 부차의 얼굴에 희미한 웃음이 비쳤다.

임치에 세워진 제나라의 도읍은 쭉 이어진 구릉 지대에 자리 잡고 있었다. 자연 지형을 이용해 세워진 이곳은 중원 동부 지역의 최대 도성이었다. 이날, 오나라 대군이 도성을 압박하고 임치성 주변을 물 샐 틈 없이(이때 제나라 대군 역시 노나라의 도읍을 포위하고 있었다) 포위하고 있었다. 첩루에 오른 제간공은 메뚜기 떼처럼 빽빽이 치수를 채우고 있는 오나라의 전함과 하늘을 뒤덮은 오나라의 깃발을 내려다보며 병사들에게 성문을 굳게 닫으라고 명한 뒤 문무백관을 불러 대책을 논의하기 시작했다. 부차도 서두르지 않고 성 주변에 진을 친 뒤 도성을 구하기 위해 회군하는 제나라 군대와 결전을 치르기 위해 전력을 비축하고 있었다.

다음 날 아침, 성 밖의 지형을 시찰하고 있던 부차의 눈에 저 멀리서 급히 자신을 향해 달려오는 병사가 보였다. 병사는 말에서 뛰어내리다시피 하며 부차의 발밑에 무릎을 꿇었다.

"대왕, 왕… 왕손웅 장군께서 대왕께 긴히 드리는 밀서이옵니다." 병사는 품 안에서 납환을 꺼내 부차의 시중에게 올렸다.

시중들은 부차에게 납환을 건넸다. 납환을 쪼개니 그 안에서 몇 글자가 쓰여 있는 흰 비단천이 나왔다.

'대왕 폐하, 서시 마마님의 병이 위중하여 보고드립니다.
왕손웅 올림.'

글을 읽은 부차의 얼굴이 흙빛으로 변했다. 잠시 생각을 하던 부차는 곧 숨이 넘어갈 듯 헐떡거리는 병사에게 가서 쉬라고 명한 뒤 잠시 넋이 나간 표정으로 도성의 지형을 돌아다니다가 본채로 돌아왔다.

"대왕, 제나라 사신이 뵙기를 청하였나이다!" 본채로 막 돌아온 부차의 귀에 제간공이 사람을 보냈다는 소리가 들렸다. 불현듯 정신을 차린 부차가 어서 사람을 들이라 명했다.

시중의 말이 떨어지기 무섭게 제나라의 사신이자 상대부인 고무평(高無平)이 모습을 드러냈다.

"소신 고무평, 대왕을 뵙나이다!"

"일어나시오, 여봐라, 자리를 내어드려라!"

좌정한 고무평이 조심스레 입을 열었다.

"대왕, 소신이 지금 이리 온 것은 제간공의 명을 받들어 대왕을 뵙기 위해서입니다."

"제왕(齊王)께서 과인에게 하실 말이 무엇인지 기탄없이 이야기해보시오."

"대왕께서는 제나라를 멸하시기 위해서 천리 밖에서 군대를 일으켜 이곳까지 오셨습니다. 허나 제나라는 줄곧 오나라의 동맹국이었사온데 아무런 이유도 없이 지금 도성이 오나라 병사들에 의해 포위되었습니다. 제후국 중에서도 제나라는 줄곧 고립되었으나 오나라 덕택에 허리를 펴고 중원에서 당당히 목소리를 내고 있습니다. 그래도 대왕께서 제나라를 치겠다고 하시면 제나라의 중신들이 교외로 나가 태형을 달게 받을 터이니 부디 도성과 무고한 백성들을 살려주십시오!"

고무평의 말에 부차는 희색을 보이며 입을 열었다.

"과인이 이번에 군대를 이끌고 제나라를 치려고 한 것은 제나라가 노나라를 공격하려고 했기 때문이오. 그대들이 노나라에서 철군을 한다면 오나라도 자연히 남쪽으로 돌아갈 것이오. 과인의 말을 제왕에게 전해주구려!"

예상과 달리 부차가 간단명료하게 결판을 짓자 고무평은 거듭 머리를 조아렸다.

"대왕의 명을 감히 누가 거부하겠습니까? 소신이 저희 대왕께 즉시 철군을 하라고 말씀드리겠나이다. 그럼 이만 물러나겠사옵니다."

고무평이 자리를 뜨자, 부차는 전령을 즉시 불러들였다.

"삼군의 장수에게 가서 도성에 대한 포위를 해제하라 명하라. 전방 부대는 호위대로, 후방 부대는 전방 부대로 진을 바꿔 퇴각할 준비를 하라!"

"옙!" 난데없는 부차의 퇴각 명령에 중군은 다소 우물쭈물하다가 명을 받들고 나갔다.

이 순간 부차의 마음은 온통 서시에게 쏠려 있었다. 그는 한자리에 가만히 있지 못하고 군막 안에서 불안한 마음을 떨치고자 계속 왔다 갔다 했다. 부차는 다시 정신을 차리고 부사(副師) 백비, 상군 장수 서문소(胥門巢), 하군 장수 왕자고조(王子姑曹)와 왕손락(王孫駱) 등을 급히 불러들이고 나머지 장수들에게는 군막 밖에서 대기하라고 명했다.

세 장수가 부차에게 인사를 올린 뒤 마치 약속이나 한듯 입을 열었다.

"대왕, 오나라 군대가 제나라의 도성을 포위한 지 겨우 하루인데 어찌하여 급히 퇴각을 명하시는 것인지 그 연유가 궁금합니다."

그러자 삼엄한 표정의 부차가 대답했다.

"여러 장수들은 잘 모르겠소만, 조금 전에 제나라의 사신이 제왕의 뜻을 받들고 과인을 보러 왔었소. 과인에게 동맹국으로서의 정을 생각해 포위를 풀어달라고 하더군…. 자신들도 노나라에 대한 포위를 푼다는 조건으로 말일세. 노나라를 구하기 위해 이번에 군대를 일으켰다는 것을 모두들 알고 있을 것이오. 그 목적을 달성했으니 제나라의 도성을 포위할 필요가 이제는 없어졌소이다. 그대들의 생각은 어떠하오?"

맹장인 서문소는 이해가 되지 않는다는 듯 큰 소리로 항의했다.

"대왕께서 잘못 생각하고 계시는 듯하옵니다. 노나라를 구하겠다는 것은 핑계에 불과합니다. 우리 오나라가 군대를 일으킨 것은 사실상 제나라를 발판 삼아 진나라를 제압하고 중원을 차지하기 위해서입니다. 이제 막 그 원대한 계획의 첫 걸음을 떼려고 하는 중요한 순간인데 퇴각이라니요? 이는 천부당만부당한 것이옵니다!"

그러자 부차가 불쾌한 표정을 지으며 소매를 크게 떨치더니 강한 어조로 말을 이었다.

"장수가 10만의 군대를 동원하여 천리길을 오르는 일은 국가의 큰일로 백성이 부담하는 비용과 국세가 하루에만 천금이 소비된다는 손자(孫子)의 말씀을 들으신 적이 없소이까? 오나라 군대가 천리를 달려 제나라에 왔는데 군사들과 전마를 먹이는 데 필요한 하루의 군수품은 천금을 주어도 모자를 판이오! 그리하여 과인은 어렵사리 철군을 결심한 것인데 그대는 이곳에서 계속 머물러 백성들의 어마어마한 혈세를 낭비하자는 것이오?"

부차의 불편한 심기를 눈치챈 백비가 재빨리 부차의 편에 섰다.

"대왕의 말씀이 옳습니다. 북방의 맹주가 되겠다는 패업은 하루아침에 이룰 수 있는 것이 아닙니다. 회군을 한 뒤에 다시 전력을 가다듬은 뒤 기회를 노리는 것이 현명할 것입니다." 자신의 말에 맞장구를 치는 백비를 보며 부차는 자신의 속마음을 어찌 저리도 잘 헤아릴 줄 알까 싶어 내심 감탄을 금치 못했다.

"과인이 제나라와 노나라에 발을 디딜 때부터 이미 다음 작전을 계획해두고 있었소. 중원의 제후국과 경쟁을 벌여 단번에 북방의 패주로 떠오르기 위해서는 강회(江淮)를 건널 한구를 파야 하오. 그리하면 군비를 절감할 수 있고 또 오나라의 국경을 노나라 주변까지 확대할 수 있으니 그야말로 일거양득이 아니겠소!"

부차의 말에 대항하던 서문소도 그의 말이 일리가 있다는 생각에 고개를 끄덕였다.

그다음 날, 제나라 군대가 노나라에서 철군하자 오나라의 삼군 역시 임치에 대한 포위 공격을 풀고 남으로 말머리를 돌렸다.

이때 서시의 병세는 조금 호전되어 있었다. 어의들이 지극정성으로 보살핀 결과였다. 한편 서시가 몸져누웠다는 소리를 듣고 부차의 아들이자 오나라의 왕세자인 태자 우(友)는 월나라의 태자 흥이와 함께 자주 병문안을 왔다. 이들의 방문은 병상 중인 서시에게 커다란 위로가 되었다. 덕분에 서시의 병세도 조금씩 나아지고 있었다.

태자 우는 어린 시절 모후를 잃고 오궁에서 외롭게 14년을 보냈는데, 몇 년 전 일곱 살 된 흥이가 오궁에 인질로 끌려온 뒤로 그와 사이좋은 친구가 되었다.

이날 태자 우와 흥이는 여느 때처럼 서시를 위문하러 관왜궁에 들렀다. 손에 꽃을 들고 향리랑을 걸어오고 있는 두 태자를 발견한 선파가 반갑게 이들을 맞이했다.

"태자님들, 마침 잘 오셨습니다. 그렇지 않아도 마마님께서 두 분을 보고 싶어 하셨습니다."

"마마님의 오늘 상태가 어떠신가? 향산(香山)에 가서 마마님 드릴 꽃을 좀 따왔네."

"아이고, 곱기도 해라. 마마님도 많이 좋아지셨답니다. 자, 어서 드시지요!"

"응."

백옥 침대에 누워 있던 서시가 두 태자를 보더니 웃으며 몸을 일으켰다.

"태자님들 오셨습니까?"

태자 우와 홍이가 절을 올렸다.

"서시 마마, 문안 인사 올립니다."

두 태자가 건네준 꽃을 건네받은 서시가 환하게 웃었다.

"별궁에서는 그리 예의를 갖추실 필요가 없습니다. 어서 일어나세요. 으음! 또 향산에 갔다 오셨나 보군요?"

태자 우와 홍이가 고개를 끄덕이자 선파가 서시에게서 꽃을 받아들고 꽃병에 꽂으며 웃었다. 태자 우가 서시를 향해 입을 열었다.

"부왕께서 병사들을 이끌고 북벌에 오르셨으니 마마님이 적적하실 듯합니다. 부디 보중하셔야 해요, 그래야 아바마마님도 기뻐하실 터이니…."

"두 태자님이 이리 자주 소첩을 찾아주시니 몸도 점점 좋아지고 있답니다. 아바마마가 돌아오셔서 태자님이 이리도 효심이 지극하신 것을 아시면 얼마나 기뻐하실지요? 홍이님, 안 그렇사옵니까?"

홍이가 고개를 끄덕였다.

"태자님은 마마님이 누님 같다고 자주 말씀하셨어요. 그리고 마마님의 병을 대신 앓을 수 있으면 좋겠다고도 하셨고요."

"그렇사옵니까?" 태자 우를 바라보는 서시는 콧등이 시큰거리는 것을 느꼈다.

태자 우는 생김새뿐만 아니라 그 성격까지도 제 아비인 부차를 쏙 빼닮았다. 태자라곤 하지만 아직 어린아이에 불과하니 그 성정은 부차보다 더 착했다. 하지만 가엾게도 어린 나이에 어미를 잃고 14년 동안 어미의 따뜻한 정을 그리며 심궁에 갇혀 있었던 것을 떠올릴 때면 서시는 자신도 모르게 눈물이 그렁그렁 차올랐다.

서시는 천천히 태자 우에게 다가갔다. "태자님은 참으로 훌륭하십니다. 홍이님에게도 잘 대해주신다고 들었사옵니다."

"『시경(詩經)』 중 〈연연(燕燕)〉이라는 시에 이런 구절이 있습니다. '두 마리 제비가 날고 있네, 오르락내리락 날고 있네.' 한낱 짐승도 그러할진대 하물며 만물의 영장인 사람이야 더욱 정겹게 지내야죠. 세상 사람들이 서로 싸우지 않고 사이좋게 지내면 얼마나 좋을까요? 흥이, 네 생각은 어떠니?"

우의 질문에 흥이는 머뭇거리더니 서시에게 질문을 던졌다. "마마, 왜 어른들은 노상 싸우는 건가요?" 서시는 두 태자의 머리를 쓰다듬어주며 동정을 담뿍 담은 두 눈을 반짝였다. "그렇네요. 싸우지 않으면 얼마나 좋겠어요? 소첩도 그리 생각합니다만…"

그때 밖에서 궁인의 외침이 들렸다.

"폐하 납시오!"

궁인의 말에 서시는 자리에서 벌떡 일어나 두 태자의 손을 잡고 궁을 빠져나왔다. 향리랑을 향해 달려가니 말채찍을 든 부차가 성큼성큼 걸어오고 있었다.

"소첩, 대왕을 뵈옵니다." 서시를 발견한 부차는 들고 있던 말채찍을 던져버리고 달려와 서시를 품에 꼭 껴안았다. "서시, 서시, 얼굴을 보여다오, 얼굴을!"

서시는 부끄러워하며 부차를 살짝 밀쳤다.

"대왕, 두 태자님도 여기 계십니다."

"소자, 아바마마를 뵈옵니다."

"흥이, 대왕마마를 뵈옵니다."

이제야 태자 우와 흥이를 발견한 부차는 급히 두 아이에게 팔을 벌렸다.

"두 사람은 고개를 들라, 어서!"

"아바마마, 아무 일도 없으시다면 소자와 흥이는 궁으로 돌아가겠습니다."

태자 우의 말에 부차와 서시는 서로를 바라보며 웃음을 터뜨렸다.

"알겠다, 돌아가거라. 과인이 시간이 될 때 너희 둘의 글 솜씨와 무예 솜씨가 얼마나 늘었는지 보러 갈 것이다."

"예, 아바마마." 태자 우는 부차에게 인사를 올리고 홍이를 끌고 오궁으로 뛰어갔다.

두 아이의 뒷모습이 완전히 사라진 것을 확인한 부차는 서시를 안고 관왜궁으로 들어왔다. 부차와 서시가 함께 있을 때에는 아무도 방해해서는 안 된다는 것을 잘 알고 있는 관왜궁의 궁인들이 눈치 빠르게 자리를 비웠다. 이때는 선파조차도 자리를 피했다. 일이 있으면 부차가 금방울을 흔들었기 때문에 궁인들은 멀리 있어도 그 방울 소리를 듣고 달려오곤 했다. 오랜만에 보는 서로의 모습에 부차와 서시는 갈로 형언할 수 없는 기쁨을 맛보았다.

부차는 오나라에 돌아오자마자 관왜궁으로 한달음에 달려가 목욕을 한 뒤 옷을 갈아입었다. 서시는 그런 부차를 위해 술상을 준비하려고 했다.

"대왕, 무희들을 부르고 술상을 차릴까요?"

"아니, 오늘 밤은 침전에서 그대와 술잔을 나누고 싶소. 어떻소이까?" 부차는 사랑스러운 눈으로 서시를 쳐다보았다. 백륜으로 짠 침의(寢衣)를 입은 부차를 보며 서시는 웃음을 터뜨리더니 탁자 위에 있는 황금 방울을 들어 살짝 흔들었다. 그 소리를 들은 선파가 즉시 달려왔다.

"대왕폐하, 분부하실 것이 있사옵니까?"

"우리 고향의 여아홍을 가져오시게. 그리고 안주거리도 좀 준비하시고. 오늘 저녁은 이곳에서 대왕과 술잔을 기울이겠네."

"네, 알겠사옵니다." 선파가 서시의 명을 받고 자리를 비웠다.

잠시 뒤 궁녀들이 여아홍과 맛난 안주거리를 줄줄이 들고 왔다. 두 궁녀는 평소 부차가 좋아하던 안주를 침전에 있는 탁자 위에 올려놓고 탁자 뒤에 서서 가볍게 부채를 흔들고 있었다. 좌우로 궁중의 악사들이 무릎을 꿇고 앉자 선파가 진주 주렴을 거두며 술상이 준비되었다고 고했다.

부차는 서시를 옆에 끼고 붉은 카펫을 밟으며 용과 봉황이 수놓아진 카펫 위에 앉았다. 그러자 궁인들이 술을 따르고 부채를 가볍게 흔들었다. 감미로운 음악 소리에 모든 것이 왕가의 규칙에 따라 절도 있게 펼쳐졌다. 북방 원정길에 나섰다 돌아온 부차를 위한 만찬은 그렇게 시작되었다.

비취로 만든 창문에 걸린 달빛이 짙어질수록 궁 안의 등불이 하나둘씩 궁문에 내걸리며 대낮같이 환하게 관왜궁을 비췄다. 편종(編鐘)소리가 한가롭게 울리자 왼손에는 횃불을, 오른손에는 서시를 안은 부차는 연신 여아홍을 마셨다. 향긋한 술과 아름다운 정인이 옆에 있자 원정길의 고단함이 순식간에 씻겨나가는 듯했다. 부차는 취기를 이기지 못하고 서시에게 입을 맞췄다.

"병에 걸렸다는 이야기를 듣고 과인이 얼마나 마음을 졸였는지 아시오? 어떻게 해서든 빨리 돌아오려고 했소. 오늘 평소와 다름없이 어여쁜 그대를 보자니 놀랐던 마음이 이제야 가라앉는 듯하구려."

"대왕께서도 소첩이 항상 가슴병을 앓고 있다는 것을 알고 계시지 않습니까? 하지만 이번에는…."

"이번에는 무엇이란 말이오?"

"아, 아니옵니다. 태자님과 홍이 태자가 자주 병문안을 와서 금세 병상에서 일어날 수 있었사옵니다."

"그렇소이까? 태자 우는 어린아이지만 세상 물정을 잘 알지, 학업 성

적도 좋고. 마술(馬術)과 검술뿐만 아니라 『육도(六韜)』와 같은 기서(奇書)에도 흥미를 가지고 있소. 강자아가 쓴 『육도』는 보통 어린아이가 좋아하기는 어려운 책인데 대단하지 않소? 언젠가 왕좌에 올라 천하를 다스려야 한다면 반드시 이 책을 읽어야 하는데 지금부터 흥미를 갖고 있다니 어린아이지만 참으로 기특하다오.”

“부전자전이라고 하지 않습니까? 허나 황후마마께서 일찍 돌아가셔서 가슴이 아플 따름이옵니다.”

“태자의 생모는 제희(齊姬)라고 하오. 제희는 겁이 많고 몸이 허약했지. 평소 연약했던 제희는 태자를 낳은 후 건강이 급속히 나빠져 그만 죽고 말았소. 비록 여린 여인이었지만 현모양처였소.”

말을 마친 부차가 맞은편에 앉은 서시를 보며 절절한 이야기를 풀어냈다.

“이미 죽은 사람 이야기를 더 해서 무엇하겠소? 우리 이야기만 합시다. 그대와 떨어져 있던 지낸 두 달이 얼마나 적적했는지…. 다시 만난 것을 축하하는 뜻에서 이 잔을 다 비우시오.”

“명 받자옵겠습니다!” 그렇게 해서 부차와 서시는 서로 술잔을 주거니 받거니 하며 둘만의 시간을 만끽했다.

서시는 일부러 손에 들고 있던 술잔을 가볍게 흔들며 깊은 생각에 잠기는 듯하더니 부차를 향해 고개를 들었다.

“대왕, 태자님과 홍이 태자가 소첩에게 어른들은 왜 싸우느냐고 물었습니다. 이번 제나라 원정 이후에 또 다른 계획이 있으신지요?”

부차가 쓸쓸한 미소를 지었다.

“어린아이는 거짓말을 못하지. 사실 누군들 세상이 태평해지기를 원하지 않겠소? 과인이 패업을 이루려고 하는 것은 천하를 통일하여 훗날 태자 우를 태평 제왕으로 만들기 위해서요. 그렇기 때문에 전쟁을 피할 수 없는 것이오."

서시는 부차의 어깨에 머리를 기댔다.

"아니 할 수는 없는 것입니까?"

서시의 어깨를 살며시 두드리며 부차가 입을 열었다.

"안 되오. 이번에 제나라에서 철군한 것은 그대 때문이었소. 사실 삼군에서 과인의 철군 명령에 불만을 내비쳤소. 그래서 과인은 여러 장수들에게 한구를 판 뒤에 양자강과 회하(淮河)를 연결하자는 새로운 전략을 제시했소. 이리하면 오나라의 국경을 노나라의 변경까지 확대할 수 있기 때문이오. 다행히 모두들 과인의 생각에 동의해주었소. 허나 이번 철군은 그대에 대한 나의 개인적인 감정 때문에 결정된 것이라는 것을 모두들 알고 있소. 겉으로는 아무 말도 하지 않고 있지만 모두들 하루라도 빨리 과인이 계획을 실천하기를 기다리고 있소이다. 그러니 내 어찌 그들의 기대를 저버릴 수 있겠소? 민심이라는 것은 자고로 물과 같아서 잘 다스리면 배를 띄울 수 있지만 잘못 다스리면 배가 뒤집히고 말 것이오."

부차의 말이 끝나자 서시의 눈에 그렁그렁 눈물이 차올랐다.

"소첩은… 두렵사옵니다…."

부차는 촉촉이 젖은 눈가를 닦아주며 그녀를 위로했다.

"서시, 두려워할 것 없소. 앞으로 오상국이 더 이상 그대를 괴롭히지 못하게 할 것이오."

"어떻게요? 오상국께서 대왕께 충성을 다하고 있음을 대왕께서도 익히 알고 계시면서 어찌…."

"걱정 마시오. 오상국이 과인에게 충성을 다하고 있음은 잘 알고 있소. 그대는 아무 이야기도 하지 않았지만 오나라에 돌아왔을 때 왕손웅 장군이 이미 과인에게 그동안 있었던 일을 모두 이야기해주었소. 앞으로 그 누구도 그대를 힘들게 하지 못하게 할 것이오. 이제는 오나라를 떠나 북벌에 오르더라도 내 반드시 그대를 데리고 갈 것이오. 그리하면 우리 모두 떨어져 지내며 서로를 걱정할 필요가 없을 것이오.”

부차의 말에 서시는 놀라움을 감출 수 없었다. 자신에 대한 부차의 감정을 모르는 바는 아니었으나 전쟁터에 데리고 다닐 정도로 자신에게 지극정성일 줄은 미처 몰랐기 때문이다. 서시는 눈썹을 살짝 찡그리며 조심스레 입을 열었다.

“대왕, 제왕께서 전쟁터에 여인을 데리고 다닌다는 게 천하에 알려지면 모두가 대왕을 비웃을 것입니다.”

그러자 부차는 크게 웃음을 터뜨렸다.

“하하하, 다른 사람들이 뭐라 떠들든 관심없소. 나는 이미 정단을 잃었소. 더 이상 과인이 사랑하는 사람을 잃고 싶지 않소! 대장부가 사랑을 위해 죽는 것이 뭐가 그리 흉이 된단 말이오? 오히려 사내대장부라면 자신의 정인을 위해 목숨을 내놓아야 하는 법이거늘! 그대는 아무 걱정하지 말고 그저 나만 바라보시오.”

자신을 향한 부차의 절절한 마음에 서시는 가슴이 벅차오름을 느꼈다. 서시는 불안한 마음을 겉으로 드러내지 않았지만 작은 것도 놓치지 않는 부차가 허겁지겁 서시를 끌어안았다.

“서시, 내 그대를 데리고 전쟁터에 나서지 않을 것이니 걱정할 필요 없소. 오나라와 노나라의 변경 지역에 그대가 머물 별궁을 미리 지어놓을 터이니 그대는 그곳에 기거하면 되오. 이리하면 쉽게 만날 수 있지 않겠소.”

“흑흑흑… 대왕, 제가 무서워하는 것은 그것이 아닙니다. 소첩은… 소첩은 이번 생에 소첩에 대한 대왕의 은혜를 갚지 못할까 두렵사옵니다.”

서시의 말에 무거운 짐을 내려놓은 듯한 표정의 부차가 서시에게 입을 맞췄다.

"천하제일 미녀를 위해 과인은 제환공처럼 중원의 패주가 될 것이오. 그리해야 비로소 절세미인인 그대에게 어울리는 사람이 될 것이라고 생각하오."

그날 저녁 서시의 곁에는 앞으로의 춘추시대를 이끌 새로운 패주가 되겠다며 달콤한 꿈에 취한 부차가 내내 머물러 있었다.

하지만 얼마 뒤 오나라의 장락궁에는 한 치의 양보도 없이 팽팽한 설전이 펼쳐졌다. 어좌(御座)에 앉은 부차는 검미를 잔뜩 세운 채 오자서의 간언을 한 귀로 듣고 한 귀로 흘려보내고 있었다.

평소 오자서를 존경하여 항상 조심스럽게 대했던 부차였지만 점점 쇠락해지는 오자서가 예전만큼 커 보이지는 않았다. 조회에서 부차가 중신들에게 강회로 통할 하천을 세워 북방의 패주가 되겠다는 계획을 밝히자 역시나 오자서가 가장 먼저 반기를 들고 나섰다. 가뜩이나 오자서에 대해 탐탁지 않게 생각하던 부차의 심기가 편할 리 만무했다.

사실 그날 오자서는 강경하게 간언을 하지는 않았다. 다소 완곡한 어조와 공손한 태도로 북진 계획을 포기하라고 부차를 계속 설득하고 있었다.

"대왕께서 북방의 패주를 꿈꾸시는 것은 선왕의 유지를 받드는 것이며 오나라의 국력을 키우는 것입니다. 허나 노신이 보기에 북방의 패주가 되려면 먼저 월나라를 멸해야 합니다. 그런 연후에 하천을 세우고 북방에 발을 들여놓아야 할 것입니다."

그 말을 들은 부차가 불쾌한 듯 입가를 씰룩거렸다.

"월나라는 이미 우리 오나라에 복종하고 있는데 어찌하여 오상국은 그런 월나라를 매일 치라고 하는 것이오? 그리하면 제후국들로부터 신뢰를 잃을 수 있다고 생각지 않소이까?"

“대왕께서는 다시 생각해보심이 어떻겠습니까? 오나라와 월나라는 어깨를 나란히 하고 있습니다. 두 나라를 잇는 교통이 발달해 있고 그 문화와 말 또한 같기 때문에 오나라는 월나라를 쉽게 부릴 수 있습니다. 하지만 노나라는 상황이 다릅니다. 문화가 다르고 말도 통하지 않아 오나라 백성들이 노나라에 가도 살 수 없고 또한 오나라에서 노나라를 부리는 것 또한 쉬운 일이 아닙니다. 그러한데 대왕께서는 어찌하여 가까운 것은 버리시고 먼 데 있는 것만을 구하려고 하시옵니까? 제나라를 토벌하는 것 또한 오나라에 백해무익하옵니다.”

다시 한 번 부차가 눈썹을 찌푸렸다.

“오상국의 말은 모순적이지 않소이까? 조금 전에는 과인이 북방에 진출하는 것은 패업을 닦는 길이자 선왕의 유지를 받드는 것이라고 칭찬하더니 지금은 제나라와 노나라를 얻는 것이 무익하다고 하니 도대체 그게 무슨 말이오?”

“노신이 보기에 당장 제나라나 노나라보다는 월나라가 오나라의 커다란 후환이 되겠기에 드리는 말씀이옵니다. 무엇보다도 중요한 것이 바로 월나라를 치는 일입니다. 구천은 겉으로 오나라 왕실에 머리를 조아리고 있으나 속으로는 부국강병책을 펼치는 등 호시탐탐 오나라를 칠 궁리만 하고 있습니다. 하지만 제나라와 노나라는 우리 오나라를 칠 생각을 감히 품지 못하고 있습니다. 대왕께서 백성들을 동원해 하천을 판다면 그들로부터 원성을 사게 될 것입니다. 득보다 실이 많다는 얘깁니다. 이러한 상황이 된다면 그때는 후회해도 소용없을 것입니다!”

오자서의 말에 부차는 할 말을 잃었다. 이때 옆에 있던 백비가 부차를 대신해 입을 열었다.

“오상국, 소신은 도무지 오상국의 뜻을 알 수가 없습니다. 대왕께서 노나라를 발판 삼아 제나라를 치고 진나라를 제압하려 하시는 것이 무엇이 그리 잘못 되었다는 것입니까? 만일 오나라가 제나라를 치면 진나라도 분명 머리를 조아릴 것입니다. 이리되면 한 번에 제나라와 진나라를 우리 영토로 삼을 수 있지 않소. 두 나라가 오나라에 항복한다면 천하가 우리의 손에 떨어질 것인데 어찌하여 월나라같이 작은 나라를 두려워한단 말입니까?"

그러자 왕손웅도 백비의 말에 맞장구를 쳤다.

"제방을 쌓고 하천을 파서 강회와 통한다면 천하를 얻을 수 있습니다. 또한 오나라와 노나라의 변경 지역에 우리 백성들을 이주시킬 수도 있습니다. 그리되면 오나라의 국경이 확대될 것인데 이것이 어찌 우리 오나라에 무익하단 말입니까?"

이때 왕자고조, 왕손락, 전여, 서문소 등의 장수들도 부차의 편에 서서 제나라와 노나라를 제압해야 한다고 주장했다. 피리는 오자서의 편에 서고 싶었지만 정황상 오자서가 불리하다는 것을 깨닫고 그저 입을 다물고 있을 수밖에 없었다.

아무도 자신의 편에 서지 않는 것을 보고도 오자서는 조금도 기죽지 않고 여전히 간언을 올렸다.

"제나라는 강대국으로 도성과 그 성을 둘러싼 지형이 견고합니다. 임치성에만 수십 만 명도 넘는 백성들이 있어 중원 동부 최고의 도성으로 불리고 있습니다. 제나라 사람들은 용맹하고 전쟁을 좋아하는데 그런 제나라와 대적한다는 것은 결코 현명한 것이 아니라 사료됩니다."

정색한 부차가 입을 열었다.

"다른 나라를 내버려두고 우리 오나라를 망하게 할 생각이신 게요? 상국의 연세가 이미 많으시니 혹시 그 때문에 시비(是非)도 제대로 못 가리는 것이 아니오?"

"대왕!"

얼굴이 시뻘겋게 달아오른 오자서가 입을 열려는 순간 한 궁인이 급히 아뢰었다.

"대왕 폐하, 월나라의 사신인 문종이 편전 밖에서 성지를 기다리고 있습니다."

그 말에 부차는 중신들을 둘러봤다.

"월나라는 오나라의 속국으로 그 사신 역시 오나라의 신하라 하겠소. 그러니 기다리게는 할 수 없지." 궁인에게 문종을 들라고 명했다.

"월나라 사신 문종은 올라오시오."

문종이 급히 뛰어올라 오더니 부차 앞에 엎드려 절을 올렸다.

"소신 문종, 대왕 폐하를 뵈옵니다. 만세, 만세, 만만세!"

부차는 문종에게 고개를 들라 했다. 평소처럼 느긋하고 점잖은 모습이 아닌 창백한 안색과 다급한 모습의 문종을 본 부차는 놀라움을 금치 못했다.

"문종, 어이하여 그대의 안색이 그리되었소? 무슨 일이 있었는지 과인에게 이야기해보시오."

"네, 대왕 폐하. 불행히도 올해 봄에 월나라에 홍수가 났지만 그동안 열심히 곡식을 가꾸면 가을에 한겨울을 지낼 양식을 얻을 수 있을 거라고 기대했었습니다. 허나 근래에 생각지도 못한 거대한 홍수가 나는 바람에 논밭이 모두 물에 잠기고 말았습니다. 결국 속왕(屬王) 구천께서 소신에게 대왕을 찾아뵙고 월나라 백성들의 고충을 말씀드리라 명하셨습니다. 가여운 월나라 백성들을 위해서 곡식 만 석을 부디 빌려주소서!"

부차가 막 입을 열려는 순간 오자서가 냉큼 끼어들었다.

"대왕, 문종은 거짓을 아뢰고 있나이다! 월나라가 수재를 입은 것은 사실이오나 작년에 풍년을 거뒀으니 백성들을 먹여 살릴 만한 식량이

곳간에 있을 것이옵니다!"

문종으로부터 일찌감치 뇌물을 받은 백비가 오자서의 말에 냉소를 금치 못했다.

"오상국, 오상국! 월나라가 수재를 당한 것이 사실이라고 하면서 어찌 그 백성들을 먹일 수 있는 충분한 식량이 있다 하십니까? 월나라는 나라에서 난 모든 것을 오나라에 바치고 있음을 모르시지는 않을 테지요. 그런 월나라가 수재까지 겪었다고 하는데 이를 조금도 가엽게 생각지 않으시니 너무하십니다! 사람이라면 본디 태어날 때부터 측은지심이 있기 마련인데 너무 무정하십니다, 무정해요!"

한바탕 설전이 일어날 듯하자 부차가 입을 열었다.

"과인은 아직 이번 사태의 전말에 대해 정확히 들은 바가 없거늘 어찌하여 이리 싸우신단 말이오? 걸핏하면 이리들 싸우시니 어찌 제대로 정사를 돌볼 수 있단 말이오!"

자신을 향해 눈을 부릅뜬 오자서를 보며 부차는 다시 이야기를 이었다. "과인은 한 나라의 군주로 월나라에 곡식을 빌려줄 것인지의 여부를 신중히 검토하고 결정할 것이오. 멋대로 일을 처리하지는 않을 것이오!"

부차는 문종에게 먼저 객잔에 가서 쉬라고 명한 뒤 중신들을 훑어 봤다.

"월나라는 오나라의 속국으로 그 백성들과 군신들이 배를 곯고 있다면 주군인 과인이 어찌 마음이 편안할 수 있겠소? 허나 이 일은 먼저 정확히 조사한 후에 결정할 것이오. 왕손웅 장군!"

"네!"

"그대는 월나라에 가서 이번 수재로 인한 피해를 조사하고 과인에게 진실만을 고하도록 하라!"

"명 받자옵겠습니다."

"그리고 한구를 세우는 일은 과인이 이미 결정한 것이오. 태재 백비는 내일부터 나라의 장정을 소집하여 부역을 담당토록 하시오. 한구에 큰 성을 세워 군수품 보급기지로 활용하고 한구의 물을 강회와 연결토록 하겠소. 그만 물러들 가시오!"

중신들은 모두 해산했지만 오자서 혼자 남아 있었다. 주변을 살피던 오자서는 분한 마음에 뜨거운 눈물을 흘렸다.

"현명하신 선왕께서 먼저 가신 것이 원통하고 분할 따름이로구나! 충신의 충언은 흘려버리고 간신의 말에 속아 넘어가다니…. 오나라의 사직은 앞으로 기울어질 날만 있겠구나. 결국 이렇게 망하는 것인가!" 오자서가 눈물을 흘리며 밖으로 나오자, 그때까지 멍하게 서 있던 피리가 다가왔다. 오자서가 비틀거리자 놀란 피리가 급히 달려와 그를 부축했다.

"오상국, 오상국! 괜찮으시옵니까?" 그런 피리를 미처 보지 못했는지 오자서는 여전히 혼잣말을 중얼거리며 자리를 떴다. 그런 오자서의 뒷모습을 보며 피리 역시 고개를 내흔들고 한숨을 쉬었다.

한편 화가 난 부차는 관왜궁에 들어서서도 여전히 씩씩거리고 있었다. "화가 나는구나, 미칠 듯이 화가 나!"

놀란 서시가 달려 나와 부차의 의관을 벗겨주고 속루검을 벽에 걸었다. 그녀는 따뜻한 차를 들고 부차의 곁에 앉아 다정한 목소리로 입을 열었다.

"대왕, 어인 일로 그리 심기가 불편하신지요?"

"오자서 때문이 아니겠소! 하는 일마다 과인과 대립하려 하다니…."

"누군가 했더니 이번에도 오상국 때문에 그리 역정이 나신 것이로군요. 오상국께서도 연세 지긋하시니 예전만 못하시겠습니다. 허나 여전히 충성스러운 사람이라는 것을 대왕께서도 아시지 않습니까?"

차를 한 입 마신 부차가 더욱 성난 표정을 지었다.

"그런 사람이 어찌하여 과인이 하는 일마다 가장 먼저 발 벗고 반기를 든단 말이오? 그가 관왜궁에 쳐들어와 그대를 위협하는 바람에 그대가 크게 앓았다는 것도 내 그 죄를 묻지 않았거늘!"

"대왕, 오상국은 소첩에게 불경한 짓을 하지는 않았습니다. 혹여 소첩 때문에 대왕께서 오상국을 안 좋게 보신다면…."

불쾌한 서시의 표정을 본 부차가 급히 웃음을 지었다.

"그대는 사리에 밝은 사람인데 어찌 과인이 그리 함부로 사람을 대하겠소? 오늘 조회에서 오상국과 나랏일로 언쟁을 벌인 것이오. 그대와는 아무 상관도 없는 일이었소."

뒤이어 부차는 조금 전에 있었던 일에 대해서 서시에게 상세하게 이야기해주었다.

"대왕, 꼭 북으로 가셔야겠습니까?"

"내 이미 전국에 장정을 모아 하천을 판다는 공문을 내렸소."

부차의 마음이 이미 굳었다는 것을 확인한 서시는 아무 말도 하지 못했다. 그리고 잠시 뒤 월나라에 큰 물난리가 났다는 이야기를 들은 서시가 다급한 마음을 감추지 못하고 눈물을 훔쳤다.

"월나라는 소첩의 고향이옵니다. 고향에 그런 난리가 났다 하는데 소첩이 어찌 마음을 놓을 수 있겠습니까?"

서시의 얼굴이 새하얗게 질리자 부차가 연신 서시의 어깨를 감싸 안으며 진정시키려고 했다.

"울지 마시오, 울지 마시오. 그대는 걱정할 것이 없소. 월나라는 그대의 고향인데 내 어찌 가만히 앉아 두고 볼 수 있겠소? 문종이 객잔에 머무르고 있고 내 이미 왕손웅 장군에게 월나라에 가서 사태를 조사하라고 명했소이다. 사실인 것이 확인되면 즉시 태창(太倉)의 곡식 중 만

석을 월나라에 보낼 것이니 걱정하지 마시구려."

부차의 위로에 서시는 평정을 되찾았지만 북진하겠다는 부차의 결심이 확고한 걸 확인하고선 마음이 편치 않았다. 한편으로는 오나라를 걱정하고 다른 한편으로는 월나라를 걱정하는 서시의 마음을 전혀 눈치채지 못한 부차였다.

부차의 명령으로 오나라의 장정들이 긴급 소집되었는데 그중 일부는 양자강 북쪽 연간의 한강(邗江) 대성을 짓는 데 동원되었고 나머지는 한구를 파는 사업에 동원되었다. 양자강, 회화와 이어진 한구는 북쪽으로는 기수(沂水), 서쪽으로는 제수(濟水)와 맞닿아 있었다. 오나라의 국경을 넓히기 위해서 부차는 많은 백성들의 호적을 강북 쪽으로 옮기고 강남과 강북의 황무지를 개간하는 사업에 착수했다.

그리고 이때부터 중원의 강대국과 대등한 세력을 갖추기 위해서 오나라의 수군은 고된 훈련을 겪어야 했다. 합려가 보좌에 있었을 때 손무로부터 고도의 군사훈련을 받은 오나라 군대는 당시 천하무적이라고 불리던 초나라의 군대를 물리칠 수 있는 무적의 부대를 거듭 태어나 천하에 그 이름을 알릴 수 있었다. 부차 역시 그 누구도 감히 대항할 수 없는 군대를 만들기 위해서 정규군인 사군(四軍) 외에도 현량군(賢良軍)이라는 직속부대를 양성해 자신의 명령이라면 죽음도 불사하는 전사들로 키웠다.

계속되는 혹독한 군사 훈련과 거대한 운하 건설 사업으로 인해 오나라 백성들 사이에서 원성이 점차 퍼지기 시작했다. 오나라가 한구를 세워 북진정책을 추진한다는 소식을 접한 월나라에서 만 명의 일꾼들을 보냈지만 시간이 지날수록 오나라의 국력과 국고는 바닥을 드러내기 시작했다. 하지만 부차는 자신의 북진 정책을 실천하기 위해 박차를 계속해서 가하는 한편, 오나라와 노나라의 국경 지역인 구곡(句曲)에서 서시에게 약조한 대로 오궁(梧宮)이라는 별궁을 완공했다. 그해 봄에서 여름으로 넘어가던 시기(BC 484년)에 중원을 정벌하여 단번에 패업을 완성할 계획이었던 부차는 서시가 혹여 더위라도 먹을까 봐 새로 지은 별궁의 주변에 오동나무를 심도록 명했는데, 바로 그것에서 오궁이라는 이름을 딴 것이다.

그해 4월의 어느 날, 계획했던 일들이 어느 정도 마무리 선상에 오르자 부차는 장락궁에서 중신들을 불러모아놓고 오만한 표정으로 입을 열었다.

"중원의 여러 나라들이 줄곧 남녘땅을 야만족의 땅이라 업신여기며 '존왕양이'라는 기치를 내세우자, 주변 국가에서 그것을 함부로 도용하여 남녘땅을 괄시했소. 오나라는 주나라 왕실과 그 성(姓)이 같은데도 줄곧 따돌림을 당해왔음을 중신들도 모두 잘 알고 계실 것이오. 지금 과인은 초여름에 제나라와 전쟁을 치르려고 하오. 오상국, 전쟁을 선포하는 글을 써서 제나라로 들고 가시오. 그런 연후에 대전을 치를 날을 잡아오시구려."

이미 되돌리기에 너무 먼 길을 돌아왔다는 것을 안 오자서는 자포자기한 심정으로 부차의 명을 따랐다.

"명 받잡겠습니다."

예상 밖으로 오자서가 단번에 자신의 명에 따르자 부차의 얼굴에 미소가 걸렸다.

"늦거나 실수가 없도록 어가를 불러 가시오."

"성은이 망극하옵니다"

이어서 부차는 사군의 장수들을 불렀다.

"사군 중 중군은 왕손락 장군이 맡으시오. 서문소!"

"네!"

"과인은 그대를 상군의 대장으로 삼겠소."

"성은이 망극하옵니다."

"왕자고조!"

"네."

"그대는 하군의 대장을 맡으시오."

"명 받잡겠나이다."

"전여는 계시오?"

"예, 있습니다."

"그대를 우군의 대장으로 임명하겠소."

"성은이 망극하옵니다."

각 중신들에게 임무를 나눠주었을 무렵, 월나라에서 오나라의 북진 성공을 위해 보낸 3000명의 군사가 제계영의 지휘 하에 오나라의 도읍에 곧 당도한다는 보고가 들어왔다. 이 소식을 들은 부차는 크게 기뻐하며 목소리를 더욱 높였다.

"오상국이 제나라와 전쟁을 치를 날을 결정한 연후에 길일을 골라 북진할 것이오, 오늘 조회는 여기서 마치겠소!"

그날 백비는 첩자에게서 승상부(丞相府)로 돌아간 오자서가 몰래 아들 오봉(伍封)을 데리고 제나라로 떠날 채비를 하고 있다는 보고를 받았다.

그로부터 한 달 후, 부차는 관왜궁에서 서시와 함께 시간을 보내던 중에 백비가 알현을 요청했다는 보고를 받았다. 그날은 오자서가 임무를 마치고 홀로 오나라로 돌아오던 날이었다. 별것도 아닌 일로 관왜궁까지 자신을 찾으러 올 백비가 아님을 알았기에 부차는 서시에게 침소에서 기다리라고 한 뒤 편전에 나가 홀로 백비를 맞았다.

뭔가 이상한 낌새를 눈치챈 서시는 정확한 상황을 알지 못해 답답했지만 부차의 명대로 그저 침소에서 잠자코 기다리고 있을 수밖에 없었다. 얼마 뒤 선파가 흥분한 표정으로 뛰어 들어왔다.

"언니, 조금 전에 대왕께서 크게 역정을 냈다고 합니다. 오자서가 오나라를 버리고 제나라와 손을 잡았다고요! 보아하니 그 늙은이도 죽을 날이 멀지 않았나 봐요!"

"뭐라? 무슨 말이야?"

"오자서가 나라를 배반했다고 백비가 고하자 대왕께서 오자서를 죽이라고 명했답니다!"

"대왕을 배반했다고?"

"아들을 제나라에 데리고 가 포(鮑)라는 자에게 맡겼다고 합니다. 그 말을 들은 부차가 불같이 화를 냈다고 해요."

"아닐 것이야, 제아무리 대왕이라고 해도 오자서를 죽이지는 못할 것이야!" 침소에서 나온 서시는 편전을 향해 냅다 달려갔다. 편전의 입구에 막 들어섰을 때 안에서 부차의 목소리가 쩌렁쩌렁 울려퍼지고 있었다.

"저런 쳐 죽일 것을 보았나! 육시(戮屍)를 해도 모자를 것이야!"

그동안 한 번도 저렇게 화가 난 부차를 본 적이 없던 서시는 그제야 왕으로서 부차가 내뿜는 위엄이 얼마나 대단하고 무서운 것인지를 깨달았다. 문 밖에서 잠시 망설이던 서시는 용기를 내 안으로 발걸음을 내디뎠다.

"서시!" 갑자기 나타난 서시의 모습을 발견한 부차가 놀라움을 감추지 못했다.

"대왕, 오상국을 죽이시면 아니 되옵니다."

"그 무슨…." 예상치 못한 서시의 간청에 부차는 다시 한 번 크게 놀랐다.

"처음이자 마지막인 소첩의 간청을 부디 들어주소서!"

"서시, 여태껏 정사에 간섭을 한 적이 없는 그대가 어찌하여 나서는 것이오? 이 일에 그대가 나설 필요 없소!" 불쾌한 표정의 부차였다.

"오상국은…."

"오상국이 어떻다는 것이오?"

"오상국은 옳은 일을 하셨습니다." 한참의 머뭇거림 끝에 서시는 눈물을 흘리며 고했다.

"뭐라? 오상국이 과인을 배반한 것이 잘한 것이라는 뜻이오? 과인이 총애하는 그대가 어떻게 그리 말할 수 있단 말이오?"

"대왕…." 연신 눈물만 흘리는 서시를 보며 부차는 더 이상 심한 말을 하지 못했다.

"서시, 그대 말이라면 무조건 들어주었소만 이번에는 늦었소. 속루검을 이미 승상부에 보냈소!"

부차의 허리춤을 보자 과연 평소 부차가 손에서 놓지 않던 속루검이 보이지 않았다. 순간 눈앞이 캄캄해진 서시가 몸을 크게 휘청거리더니 부차의 품 안으로 쓰러졌다.

얼마 뒤 가까스로 정신을 차린 서시가 촉촉이 젖은 눈을 들어 부차를 찾았다.

"대왕, 부디 오상국을 살려주시옵소서!"

서시의 비단결 같은 머리를 부드럽게 쓰다듬으며 부차는 고개를 내저었다.

"서시, 내 말을 들어보시오. 오상국은 스스로 자신의 무덤을 판 것이오. 그는 사사건건 과인과 충돌했었소. 과인이 한 나라의 군주로서 북진 작전으로 제나라와 진나라를 제압한 후에 패업을 달성하려 하는데 감히 자신의 아들을 적국에 맡기고 대담하게도 그들과 내통을 하다니…. 그런 자를 죽이지 않으면 어찌 과인이 삼군을 통솔할 수 있겠소?

어찌 과인을 오나라의 왕이라고 부를 수 있겠소?”

부차의 결심이 확고하게 섰다는 것을 깨달은 서시는 몸을 일으켜세웠다.

“좋습니다. 대왕께서 이미 마음을 정하셨다니 소첩도 더 이상 간청을 드리지 않겠습니다. 하지만 승상부에 가서 오상국께 마지막 인사를 드리려고 하니 이것만은 윤허해주소서.”

아무 말 없이 생각에 잠겼던 부차가 입을 열었다.

“그대가 이미 마음을 정했다니 내 윤허하겠소.” 부차는 궁인에게 어가를 준비하라고 이른 뒤 선파에게 서시를 모시고 승상부에 다녀오라고 명했다. 부차에게 감사의 인사를 올린 뒤 서시는 급하게 승상부로 총총걸음을 옮겼다.

서시를 태운 가마가 영암산을 떠나 오자서의 관저인 승상부에 도착했다. 어가를 장식한 종소리가 길거리에 울려퍼지자 길을 가던 백성들은 화려한 그 모습에 모두 시선을 빼앗겼다. 승상부에 도착한 서시가 가마의 문을 살짝 열어보니 문에는 ‘상(喪)’이라고 쓰여진 하얀 등이 걸려 있었다. 슬프게 목 놓아 우는 사람들의 울음소리가 문 밖에까지 들리는 것으로 보아 이미 일이 일어났음이 분명했다. 허나 이상하게도 중신들의 모습은 하나도 보이지 않고 그저 행인들만 바쁘게 발걸음을 재촉하고 있어 적막감을 더하고 있었다.

“오상국, 대왕을 대신해 제가 오상국의 마지막 길을 배웅하러 왔나이다.” 서시는 눈물을 흘리며 승상부의 안으로 들었다.

정문의 대청에는 오자서가 왕권을 상징하는 속루검을 마주한 채 앉아 있었다.

“어르신, 서시가 왔습니다.” 자신을 부르는 서시의 말에 고개를 돌린 오자서는 천천히 몸을 일으켜세운 뒤 서시의 발밑에 꿇어앉았다.

"마음이 참 고운 낭자구려. 내 그동안 그대를 무던히도 괴롭혔는데 이 늙은이 마지막 가는 길을 배웅하러 오다니…."

"오상국, 상국께서는 오나라의 진정한 충신이십니다. 그런 충신을 대왕께서 못 알아보시다니…. 소첩이 이곳으로 온 것은 그런 대왕을 대신해 상국께 용서를 구하기 위해서입니다. 또한 상국에 대한 소첩의 존경심 때문이옵니다. 상국…."

서시의 말에 오자서가 한 줄기 눈물을 흘렸다.

"내 마음을 아는 것은 오직 서시뿐이구려! 그대도 나처럼 사람들로부터 온갖 모함을 받았겠지. 그대가 월나라에서 보낸 첩자라는 것을 세상 사람이 다 아오만 나는 그대가 조정의 일에 단 한 번도 간섭하지 않았다는 것을 아네. 그런 착한 사람이 난세에 태어나 이런 기구한 운명에 휘말리고 말았으니…. 백옥처럼 맑은 마음씨에 사리를 분별하는 지혜까지 갖춘 여인이 어쩌다 이리 되었단 말인가? 나의 죽음은 그대와 아무런 관계도 없소이다. 내가 목숨을 끊기 전에 뜻밖에도 먼저 나를 찾아와 위로해주니 내 죽어도 여한이 없겠소!"

"소첩이 대왕께 명을 거둬달라 여러 번 청했으나 제 말은 듣지도 않으셨습니다. 허나, 대왕께서도 분명, 분명 후회하고 계실 것입니다."

승상 부인이 두 딸을 데리고 달려나오는 것을 보자 서시는 오자서와 그들을 향해 떨리는 목소리로 입을 열었다.

"상국 어르신, 그리고 부인, 비록 소첩은 미약한 몸이지만 반드시 오상국의 가문을 지켜드리겠습니다. 식솔들이 초나라로 가실 수 있도록 소첩이 국경을 넘을 수 있는 문첩을 드릴 테니 초나라에 가서서 편히 사십시오. 상국께서도 남은 식솔들 걱정은 안 하셔도 될 것입니다."

오자서와 그 가족들은 서시에게 연신 감사의 뜻을 전했다.

드디어 시간이 왔다. 백비는 계속해서 사람을 보내 오상국에게 길에 오르라는 뜻을 전했다. 부차 역시 세 번이나 궁인을 보내 서시에게 어서 궁으로 돌아오라는 명을 내렸다. 모두가 울음을 터뜨리는 가운데 궁인들에 의해 억지로 어가에 오른 서시가 침통한 심정을 감추지 못하고 관왜궁으로 돌아왔다. 훗날 서시의 도움으로 오자서의 식솔들은 무사히 초나라로 도망칠 수 있었다.

오자서는 죽기 전 식솔들에게 월나라 병사들이 오나라로 들어오는 성문인 동문(東門)에 자신의 머리를 걸어두라고 당부했다. 그 말을 들은 부차는 화를 참지 못하고 오자서의 머리와 시신을 모두 강에 던진 후 5월 하순에 제나라를 칠 군사들을 소집했다. 부차의 명에 대항하는 자가 있으면 모두 오자서처럼 자결토록 했다. 이 소식을 들은 태자 우는 커다란 고민에 빠졌다.

초여름의 어화원은 푸르른 녹음을 자랑했고 귀를 따갑게 하는 매미 소리로 온통 가득했다. 조회에서 돌아온 부차는 마침 꽃밭을 지나 동궁(東宮)을 향해 걸어가고 있었다. 곧 있으면 병사들을 이끌고 북진할 계획이었기 때문에 부차가 왕좌를 비우는 동안 태자 우가 오나라의 정사를 돌볼 예정이었다. 출병 전 부차는 당부할 일들을 전해주기 위해 우를 찾았다.

어화원을 지나던 부차의 눈에 버드나무에 오른 한 젊은이가 보였다. 손에 활을 쥐고 있는 젊은이는 나뭇가지에 앉아 있는 꾀꼬리를 향해 활시위를 겨누고 있었다. 자세히 보니 그 젊은이는 태자 우였다.

버드나무로 다가간 부차가 나무 위를 올려다보며 외쳤다.

"태자, 아비와 함께 새를 잡겠소?"

부차의 외침에 놀란 새가 푸드덕거리며 달아났고 고개를 돌린 우는 나무 밑에 있는 부차를 발견하고는 급히 내려와 절을 올렸다.

"가을 매미가 높은 나무에서 운다는 이야기를 들은 적이 있습니다.

나무를 자세히 보니 가을 매미는 그저 울기만 하느라 나뭇가지 위에 앉은 사마귀를 보지 못했다 하지요. 그 사마귀는 가을 매미를 향해 앞발을 들이대느라 수풀에 숨어 있는 꾀꼬리를 미처 발견하지 못했습니다. 그리고 그 꾀꼬리 역시 소자가 나무에 올라 자신을 향해 활시위를 겨누는 것도 모르고 그저 사마귀를 먹을 궁리만 하고 있었습니다. 소자 역시 꾀꼬리를 잡을 생각에 아바마마께서 소자를 부르시는 것도 몰랐습니다. 결국 아바마마의 부름에 꾀꼬리가 날아갔네요.”

“태자는 일어나시오. 눈앞의 작은 이익에 정신이 팔려 뒤에 숨어 있는 커다란 위험을 미처 알아채지 못한 것이오. 천하에 이보다 어리석은 것이 어디 있겠소?”

“약소국인 노나라를 괴롭히는 제나라는 우리 오나라가 자신들을 노리는 것을 모르고 있지요. 오나라가 제나라를 치려고 하지만 다른 나라가 남몰래 우리의 뒷덜미에 칼을 꽂으려는 것을 혹시 우리가 간과하고 있지는 않은가요? 아바마마, 천리 먼 곳에 있는 중원을 정복한다면 병사들을 마음대로 부리는 것이 어려울 것입니다. 그런데도 어이하여 병사들을 이끌고 북진을 하시겠다는 건지요? 전쟁은 우리 오나라의 목숨과도 관계된 중대한 일이 아니옵니까?”

“설마 하니 태자가 오자서 그 대역 죄인과 같은 말을 할 줄은 몰랐소! 이번 북진에 대한 과인의 결정을 다시 입에 담는다면 태자라고 하여서 봐주는 일은 없을 것이오! 태자의 나이 또한 이제 어리지 않거늘 그런 어리석은 짓을 하지는 않을 것이라 믿겠소. 이번 출병 후 태자가 나라를 지키고 있으시오. 왕자지(王子地), 왕자산(王子山), 왕손미용(王孫彌庸)을 줄 테니 그들과 함께 궁으로 돌아가시구려!” 성난 부차의 모습에 놀란 태자 우가 급히 물러났다.

반년 후 부차는 왕자지, 왕자산, 왕손미용에게 태자 우를 보필하여

나라를 지키라고 명한 뒤 전국의 병사들을 이끌고 북상했다. 그 행군에
는 서시도 함께했다. 이로써 수년 동안 부차가 야심차게 준비한 피비린
내 나는 전쟁의 서막이 서서히 시작되고 있었다.

9장

약야계의 비극

　가을빛이 완연한 10월, 높고 푸른 하늘에 두둥실 떠 있는 흰 구름은 아름다운 산수화를 떠올리게 했다. 하늘이 높고 말이 살찐다는 가을이 왔지만 오나라에게는 아무 희망도 없는 참담한 계절이 되고 말았다. 부차가 제나라를 치기 위해 대군을 이끌고 원정을 떠난 뒤로 심한 가뭄과 지진이 찾아오는 바람에 오나라는 심각한 기황에 시달리고 있었다. 주린 배를 부여잡은 수많은 백성들이 조금이라도 배를 채울 생각에 바닷가에 나아가 소라나 조개를 줍기에 바빴다. 가뜩이나 바쁜 가을, 부차를 대신해 오나라의 정사를 잠시 돌보게 된 태자 우는 오나라에 인질로 끌려왔던 월나라의 태자 홍이를 월나라로 되돌려 보내겠다는 결정을 내렸다.

　쌀쌀한 가을날이었다. 스산한 가을바람에 고소의 영암산에 자리 잡은 객잔 앞은 낙엽으로 뒤덮여 있었다. 푸른 새벽, 몇몇 소년들이 산길을 따라 걷고 있었는데 그들에게서 왠지 모를 기품이 느껴졌다. 맨 앞에는 관(冠)을 쓴 한 소년이 늠름한 모습으로 말을 달리고 있었는데 빛나는 눈동자와 새하얀 얼굴의 그 소년은 한 눈에 봐도 남다른 카리스마를 보여주고 있었다. 그 소년은 바로 부차가 아끼는 아들이자, 오나라의 차세대 왕위 계승자인 태자 우였다. 날카로운 매의 눈과 호리호리한 체격의 한 청년이 그 뒤를 바짝 쫓고 있었는데 그는 바로 오나라에 끌려왔던 월나라의 태자 흥이였다. 평소 돈독한 우정을 나누던 흥이가 오늘 오나라를 떠나 월나라로 돌아가게 되자, 그냥 보낼 수 없다는 생각에 우가 몸소 배웅에 나선 것이었다. 물론 우의 곁에는 왕자지, 왕자산과 백영(伯英:백비의 아들)이 동행하고 있었다.

그들 뒤로 산해진미가 담겨 있는 찬합을 든 시종들이 따르고 있었다. 오나라의 풍습에 의하면 귀빈을 배웅할 때 반드시 여비와 술, 먹을 것을 대접해야 하는데 하물며 평소 형제처럼 지내던 흥이가 고향땅에 가게 되었으니 어찌 빈손으로 돌려보낼 수 있겠는가?

우를 비롯한 오나라의 귀족 자제들에게 배웅을 받게 된 흥이는 북쪽에서 남쪽으로 유유히 날아가는 기러기를 바라보며 복잡한 심정을 가눌 수 없었다. '드디어 고향으로 가는구나. 낯설지만 따뜻한 내 고향, 기억조차 가물거리는 부모의 곁으로 돌아가는구나. 일곱 살이 되던 해 아바마마의 명으로 오나라에 인질로 끌려왔지만 여태껏 오나라에서 귀빈 대접을 받으며 편히 살아왔다. 게다가 여러 자제들과 사귀며 좋은 우정을 나누었는데…' 사실 흥이는 자신의 고향보다는 많은 시간을 보낸 오나라에 머물고 싶다는 생각으로 가득 차 있었다.

영암산을 따라 북쪽으로 쭉 들어가니 천평산(天平山)이 나왔다. 천평산에는 오나라에서 가장 맑고 아름다운 샘이 있는데 매해 여름마다 흥이는 여러 친구들과 이곳에서 물놀이를 즐기곤 했다. 아련했던 기억이 떠오르자 흥이는 지금의 헤어짐이 괴롭기만 했다. 언제 이들을 다시 볼 수 있을지 아무도 알 수 없는 상황에서 친구들과의 즐거웠던 기억은 괴롭기만 할 따름이었다. 괴로운 마음에 흥이는 말머리도 돌리지 않고 천평산을 따라 묵묵히 말고삐를 흔들며 갈 뿐이었다. 다른 사람들도 그런 흥이의 심정을 눈치챘는지 묵묵히 말을 몰았다.

눈앞에 아름다운 경치를 자랑하는 산의 모습이 눈에 들어왔다. 사시사철 꽃이 피고 그 향기가 수 리까지 펼쳐진다고 하여 '향산'이라 이름 붙여진 곳이었다. 향산의 산자락에 말을 세운 흥이는 말에서 내려 마지막으로 그 아름다운 경관을 감상했다. 평소 향산에는 이름 모를 아름다운 꽃들이 사시사철 피어 달콤한 향기를 뿜어냈다. 흥이는 자주 이곳에서 태자 우와 함께 서서 마마에게 줄 꽃을 따곤 했는데 지금 서시 마마는 부차를 따라 북으로 떠나시지 않았던가! 설상가상으로 지금 오나라는 심각한 자연재해로 허덕이니 누가 꽃 따위를 돌아볼 여유가 있을까? 평소와 달리 향산에 만개한 꽃들은 이미 다 시들었고 푸르른 초목도 빛이 바래면서 향산은 더 이상 예전의 정취를 잃었다. 그 생각에 흥이는 그저 긴 한숨만 내쉴 뿐이었다.

"이보게, 동생, 저길 보게나! 저기 백마령(白馬嶺)의 단풍나무 숲은 서리를 맞았는데도 그 잎이 하나도 떨어지지 않았어. 아침 일출보다 훨씬 붉군!" 우의 외침에 말을 세운 흥이가 돌아보니 과연 향산 동쪽에 있는 백마령에는 탄성을 자아낼 정도로 붉은 단풍나무가 선명한 빛을 자랑하고 있었다. 비록 그 모습을 여유롭게 감상할 심정은 아니었지만 복잡한 심정의 흥이를 알아챈 우가 그 마음을 달래주고자 그의 시선을 이끌 만한 뭔가를 찾은 것이었다. 자신의 절친한 친우를 보내는 우 역시 그 심정이 복잡하기는 마찬가지였다. 하지만 이왕이면 자신의 벗이 기쁜 마음으로 고향땅과 부모에게 돌아갔으면 좋겠다는 생각에 우는 조금이라도 흥이의 무거운 마음을 덜어주고자 했다. 그런 우의 배려를 깨달은 홍이는 백마령의 모습을 보며 감탄한 뒤 우에게 앞서서 갈 것을 권했다. 그렇게 해서 우와 홍이가 태호에 있는 여포교(呂浦橋)를 향해 말을 달리자 나머지 사람들도 조금은 홀가분한 심정이 되어 그 뒤를 따를 수 있었다.

태호에 있는 일곱 개의 다리 중 하나인 여포교에서 배를 타고 며칠을 가다 휴리를 거쳐 전당(錢塘)으로 들어가면 월나라의 도성인 회계 대월성에 도착할 수 있었다.

우 일행은 말을 달려 여포교의 관조정(觀潮亭)에 도착했다. 태호를 마주하고 세워진 관조정에 오르면 3만 6000경(頃)에 달하는 태호의 모습이 한눈에 들어왔다. 한 치의 티끌도 없는 맑은 호수 위로 72개의 봉우리가 고스란히 비춰지고 있었다. 사람들에 의하면 태호의 파도가 잠잠한 날은 별로 없었다고 한다. 태호에 거친 파도와 비바람으로 날이 갑자기 어두워지면 이무기가 나타난다는 소문이 있을 정도로 거친 태호의 물살은 난폭하기로 유명했다.

하지만 관조정에서 내려다본 태호는 처량할 정도로 잔잔했다. 관조정 주변의 대나무가 바람에 흔들리며 이별의 순간을 더욱 힘들게 만들고 있었다. 말에서 내린 우 일행은 고삐를 시동에게 넘기고는 관조정에 올랐다. 우는 홍이의 손을 잡으며 관조정에 올랐고 나머지 사람들이 그 뒤를 따랐다. 관조정에는 이미 음식과 술이 한상 푸짐하게 차려져 있었다. 술병을 든 우가 모두를 향해 입을 열었다.

"이보게, 홍이 동생. 그동안 아침저녁으로 붙어 다니다가 동생과 헤어질 날이 있을 것이라고는 생각도 못했네. 하지만 오나라와 제나라 사이의 전쟁이 임박해 있고 설상가상 오나라에 기근까지 들어 동생이 오나라에 머무는 것도 어렵게 되었군. 고향에 돌아가는 길에 부디 보중하기를 바라네." 그는 말을 마치고서는 들고 있던 술잔을 단숨에 비웠다.

흥이가 잔을 받으며 처량한 표정을 지었다.

"제 마음속에는 대왕의 은덕과 여러 왕손(王孫), 공자님들과의 우정에 대한 좋은 기억만 남아 있습니다. 게다가 오나라의 상황이 여의치 않을 때 오나라를 떠나게 되어 마음이 무겁습니다." 흥이의 눈에서 뜨거운 눈물이 뚝뚝 떨어졌다.

왕자지가 그 모습에 가슴이 찡해오는 것을 느꼈다.

"흥이 동생, 지금의 오나라는 예전만 못하네. 지난 몇 년 내내 전쟁을 치르느라 국고가 텅텅 비었네. 게다가 올해 큰 가뭄으로 논밭이 쩍쩍 갈라지고 백성들도 배고픔에 허덕이고 있다네. 월나라 사람인 자네가 이곳에서 괜히 생고생할 필요가 있겠나? 태자 형님께서 그런 그대를 생각해 고향으로 보내는 것이니 부디 그 하해와 같은 마음을 헤아려주시게. 힘들게 그러고 있지 말고 얼른 돌아가는 것이 좋겠네."

그 말에 왕자산이 긴 한숨을 쉬었다.

"에잇! 솔직히 말해서 원망할 사람은 바로 아바마마이시네. 아바마마께서 대군을 이끌고 멀리 있는 제나라를 치겠다고 결심만 하지 않으셨다면 지금의 기근 따위야 문제도 아닐 것을…. 그리고 동생을 보낼 필요도 없었을 것을!"

"흥이 형님이 가시면 우리 형제 중 한 명이 없어지는 셈이니 얼마나 적적하겠습니까? 가지 않는다면 매일 우리와 함께 지낼 수 있을 텐데…."

모두들 제나라와 벌이는 전쟁에 대해 불만을 떠뜨렸다. 헤어질 시간이 되자 우와 흥이는 서로를 껴안으며 뜨거운 이별의 눈물을 흘렸다. 일국의 태자들이 체면을 무시한 채 서로에 대한 각별한 우정을 아쉬워하며 흘리는 눈물에 주변에 있던 사람들도 어느새 눈물을 글썽였다. 잠시 뒤 눈물을 그친 흥이가 억지로 미소를 지었다.

"형님, 그리고 동생들, 너무 슬퍼하지 마세요. 만남이 있으면 헤어짐도 있다고 하지 않습니까? 게다가 오나라와 월나라는 어깨를 나란히 하고 있는 이웃국가니 오나라로 오는 게 그리 어렵지는 않을 것입니다. 자, 이제 그만 눈물을 거두세요!"

"홍이 형님 말씀이 옳소. 오나라와 월나라는 모두 양자강 하류에 있고 그 문화와 말이 같으니 다시 만나는 것도 어렵지는 않을 것입니다. 언젠가 우리 꼭 다시 볼 날이 올 것입니다. 자! 오나라, 월나라가 하나임을 축하하며 건배합시다!"

백영의 말에 모두들 술잔을 들고 단번에 비웠다.

홍이가 다시 입을 열었다.

"나라로 치면 우리는 이웃국가이고 사람으로 치자면 형제나 다름없지 않습니까? 태호는 오나라와 월나라를 품고 있고, 두 나라를 흐르는 강물은 동해에서 만납니다. 오나라에 어려움이 있다면 어찌 그 형제인 월나라가 모른 체할 수 있겠습니까? 월나라로 돌아가 아바마마께 월나라를 도와달라고 청해보겠습니다. 그러니 모두들 안심하시고 좋은 소식이 있기만을 기다려보세요."

홍이의 말에 모두들 고마움의 뜻을 전하자, 우가 신중한 표정을 지었다.

"말만 들어도 고맙네. 허나 오나라는 오랫동안 월나라로부터 많은 공물을 받았네. 이번에도 제나라와의 전쟁을 위해 월나라에서 수많은 장정들을 보내주었는데 무슨 염치로 다시 도움을 구한단 말인가?"

우의 말이 떨어지기도 전에 홍이가 냉큼 대답했다.

"제 아비는 대왕께서 다시 살 수 있는 기회를 주신 것을 여전히 잊지 못하고 밤낮으로 감사의 절을 올리고 있습니다. 이번에 월나라로 돌아가 오나라의 어려운 상황을 아바마마에게 있는 그대로 이야기해드리면 분명 도움을 드릴 것이니 아무 걱정도, 사양도 하지 마십시오."

이제 곧 떠나게 될 홍이의 고마운 마음을 거절하지 못한 우는 그러겠노라 약조하고 다시 고맙다는 뜻을 전했다.

술잔이 세 번 돌고 나자 뱃사공이 곧 출발한다고 알려왔다. 시종이 남은 술과 음식을 치우는 동안 홍이는 태자 우와 여러 공자들의 배웅 속에 여포교에 묶여 있는 배를 향해 내려갔다.

오래된 버드나무와 길을 따라 여포교에 가던 홍이는 돌 벽돌로 만든 여포교의 난간을 붙잡으며 이곳의 모습을 떠올렸다. 고기를 잡던 어부들의 굵은 팔뚝과 땀방울, 반짝거리는 햇살, 만선을 꿈꾸며 태호를 누비던 배, 어부들의 흥겨운 노랫소리가 울려퍼지던 태호의 모습은 보기만 해도 즐거웠다. 황혼녘이 되면 한가득 물고기를 실은 배들이 속속 등불을 밝힌 채 여포교로 몰려들었다. 만선을 기뻐하는 어부들의 환호성이 울려퍼지는 강가는 그야말로 불야성을 이뤘다. 어부들과 그들로부터 생선을 사려는 장사꾼들이 한바탕 실랑이를 벌이며 시끌벅적한 소리를 만들어내곤 했다. 예전에는 펄떡거리는 태호의 싱싱한 생선을 팔면 귀한 쌀이나 옷감을 얻을 수 있었지만 지금은 생선을 팔아도 필요한 물품을 구입할 수 없었다. 결국 어민들은 모두 동해로 달려가 소라나 조개를 주으며 주린 배를 채워야 했다. 여포교 주변은 과거와 같은 활기를 잃어버렸고 어민들이 사라진 여포교에서는 더 이상 어부들의 노랫소리가 들려오지 않았다.

저 멀리 백성들의 모습이 보였다. 홍이가 월나라로 돌아간다는 소식을 접한 백성들이 모두 나와 월나라 태자의 마지막 길을 배웅하러 모인 것이었다.

성큼성큼 여포교로 걸어간 홍이는 배가 정박되어 있는 곳을 향해 재빨리 발걸음을 옮겼다.

"홍이 태자님, 진짜 가시는 겝니까?"

"흥이 태자님, 별것 아니지만 제 성의입니다. 이 달걀을 받아주세요."

"가시는 길에 이 과일이라도 드시면서 목이라도 축이세요."

그렁그렁 눈물이 가득 찬 눈을 한 오나라 백성들이 손에 먹을 것을 들고 나와 흥이에게 바쳤다. 가뜩이나 심각한 기근에 시달리고 있는데도 자신을 위해 귀한 먹을거리를 바치는 오나라 백성들에게 흥이는 뜨거운 눈물을 흘리며 고마움의 뜻을 전했다.

"이 은덕을 어찌 갚아야 할지요? 못난 저를 위해 형제들과 백성들이 나와 직접 배웅해주시니 그 마음에 몸 둘 바가 없습니다. 흥이에게 분부하실 일이 있다면 저에게 알려 주십시오. 반드시 그 뜻을 이루어드리겠습니다."

그러자 인파 사이에서 백발이 성성한 한 노인이 두 손으로 술잔을 쥐고 흥이를 향해 걸어 나왔다. 노인의 옆에는 연노란색 옷을 입은 아리따운 소녀가 있었는데 흑진주 같은 눈동자와 눈처럼 흰 피부를 가지고 있었다. 자신을 바라보는 그 소녀의 모습에 흥이는 순간 낯이 익다고 생각했지만 아무리 생각해봐도 그녀가 누구인지 떠오르지는 않았다. 소녀의 부축을 받으며 흥이에게 온 노인이 술이 든 잔을 건넸다.

"오나라와 월나라가 전쟁을 하는 것은 서로에게 해가 될 뿐입니다. 흥이 태자님은 인의를 아시는 분이고 우리 태자님과 형제와 다름없는 사이이시니 이번에 고향에 돌아가 훗날 왕좌에 오르신다고 해도 우리 오나라와 사이좋게 지내도록 해주십시오. 전쟁을 주장하는 무리들의 도발에 귀 기울이지 마시고 우리 태자님의 성은을 저버리지 말아주십시오."

노인으로부터 술잔을 받아든 흥이가 진지한 표정을 지었다.

"오나라와 월나라는 같은 말과 문화를 지닌 이웃나라로 같은 배를 탔다고 해도 과언이 아닐 것입니다. 풍랑을 만났을 때 서로를 도와야 할 것입니다. 흥이는 비록 월나라 사람이지만 태호의 물을 마시며 자랐습니다. 저는 제 아비처럼 영원히 오나라 왕실의 은혜를 잊지 않을 것입니다. 누군가 두 나라 사이를 이간질시켜 전쟁이라도 일으키려고 한다면 가만히 두지 않을 것입니다. 이를 하늘에 맹세하겠습니다!" 흥이는 노인이 건넨 술을 단숨에 들이켰다.

이렇게 해서 태자 우를 비롯해 여러 공자들과 이별의 인사를 나눈 흥이는 모두의 배웅을 받으며 넓고 넓은 태호의 물결 속으로 사라졌다.

흥이를 태운 목선이 태호의 깊은 곳을 지나고 있었다. 배에는 선장 외에 네 명의 선원들이 타고 있었다. 배의 창고에는 음식을 해먹을 조리 도구와 이불, 충분한 먹을거리로 가득 차 있었는데 먼 길을 떠나는 흥이를 위해 우가 직접 하나하나 고른 것이었다. 창고 안을 물끄러미 바라보는 흥이의 두 눈이 또다시 촉촉이 젖어왔다. 갑판에 오른 흥이는 조용히 불어오는 가을바람을 맞으며 눈물을 삼켰다.

거대한 태호에는 여러 섬들이 숨어 있었는데 짙은 안개 속에 모습이 드러났다가 재빨리 사라지기도 했다. 호수 위에는 수많은 배들이 떠 있었는데 모두 한 줄로 선 채 강물에 몸을 맡기고 있었다. 마치 정지한 것처럼 천천히 강물 위에 떠 있는 배들은 사실 거친 물살을 피하며 물결 위에 몸을 맡기고 있는 것이었다.

당시 오나라의 조선 기술은 기술적으로 월나라에 훨씬 앞서 있었다. 월나라가 주로 전쟁을 위한 전함을 만들었다면 오나라는 세상에 둘도 없는 여황대주를 만들었을 뿐만 아니라 500~600명을 한꺼번에 태우고 바다를 누빌 수 있는 상선과 거대한 범선을 만들 수 있었다.

바람을 등지고 빠르게 물결을 가르는 배들을 보며 흥이는 감탄을 금치 못했다.

"오나라 사람들은 태풍처럼 배를 달린다고 하더니 그 말이 사실이구나!"

키를 돌리던 선장이 입을 열었다.

"바람이 거세지고 안개가 심해지고 있으니 태자님께서는 배 안으로 드시지요!"

노를 젓고 있던 나머지 선원들도 흥이에게 안으로 들어가라고 권하자 그들의 말대로 흥이는 허리를 숙이고 배 안으로 들어갔다. 창가에 기댄 흥이는 묵묵히 강물을 바라보고 있었다.

돛을 펼친 배는 물결을 가르고 바람을 등진 채 월나라를 향해 나아가고 있었다.

잠시 후 바람이 불기 시작했다. 저 멀리 하늘에서 시커먼 구름이 점점 몸집을 키우더니 남동쪽을 향해 뻗어 나오기 시작했다. 그러자 갑자기 바람이 거세게 불면서 하늘을 찢는 듯한 거대한 천둥소리가 울려퍼졌다. 호수 한가운데서 거센 바람을 만난 배가 심하게 흔들거렸다. 선장과 선원들은 그동안의 경험을 통해 거대한 돌풍이 불기 직전이라는 것을 깨닫고는 급히 돛을 내리고 배의 키를 잡으며 소리를 질렀다.

"모두들 꽉 잡아라, 그리고 흥이 태자님을 보호해라!" 선장의 말뜻을 알아차린 선원들은 흥이를 보호하기 위해 급히 손을 놀렸지만 이미 거센 물살에 휘말린 배 때문에 술에 취한 것처럼 배 위에서 비틀거리고 있었다. 비틀거리는 몸을 이끌고 흥이에게 기어간 선원들은 흥이를 꽉 잡았다.

광풍에 호수의 물결이 요동치고 시커먼 먹을 풀어놓은 듯한 구름이 더욱 어두워지면서 그사이로 천둥과 번개가 번쩍거렸다. 설상가상으로 누군가 물을 퍼다 붓는 것처럼 장대비가 쏟아지자 2~3장(丈)에 달하는 거대한 물결이 거센 소리를 지르며 일어나기 시작했다.

거대한 물결로 푸른 산도, 호수의 물고기도 모두 모습을 감추었다. 호수 위로 연신 일어나는 거센 파도는 하늘과 땅을 뒤덮으며 당장이라도 배를 집어삼킬 듯했다. 그 모습에 제아무리 노련한 선장과 선원들이라고 해도 눈앞이 캄캄해지는 것을 피할 수 없었다.

힘 없는 낙엽처럼 거대한 태호 한가운데 있는 목선은 거센 파도에 의해 높이 올라갔다가 갑자기 툭 떨어지며 심하게 요동치고 있었다. 배를 타고 있던 사람들은 심한 배 멀미와 공포에 시달리고 있었지만 여전히 홍이를 보호하기 위해 필사적이었다. 선원들은 바다에 빠지지 않도록 홍이를 밧줄로 돛대에 묶어두었다. 배가 뒤집혀지지만 않는다면 홍이가 죽을 가능성은 절대로 없다고 판단해 내린 조치였다. 바로 그 순간 태산과 같은 기세의 거대한 파도가 배를 향해 달려들자 공포에 질린 홍이는 두 눈을 질끈 감았다. '참으로 박복하구나! 오나라 백성들에게 약조한 것도 제대로 지키지 못하고 곧 있으면 뵐 수 있는 부모님도 못 뵈게 되다니…. 태자님의 은혜는 또 어떻게 갚을 것인가….' 거대한 물결이 배를 덮치는 순간 홍이의 눈앞이 새까맣게 변했다.

태풍이 불고 있는 태호에 생긴 거대한 소용돌이가 수많은 배를 집어삼키고 있었다. 홍이를 태운 배 역시 가까스로 거대한 파도를 견뎌내고 있었지만 홍이를 제외한 선장과 선원들은 모두 시커먼 물속으로 사라지고 말았다.

꼼짝 없이 죽겠다는 생각이 드는 순간 저 멀리서 빠르게 달려오는 작은 배가 홍이의 눈에 들어왔다. 노를 젓고 있는 것은 고작해야 18~19세 정도로 보이는 여린 소녀로 연노란색 옷을 입고 있었다. 시커먼 강물에 비친 그녀의 모습이 유독 도드라졌다. 거대한 소용돌이의 가장자리까지 배를 몬 소녀는 소용돌이의 중심을 향해 빠르게 노를 젓기 시작했다. 홍이가 자세히 보니 그 소녀는 여포교에서 자신에게 술을 따라주던 노인을 부축하고 있던 소녀였다.

갑자기 배가 높이 치솟아 올라 멀리 밀려나더니 펑 소리와 함께 물속으로 빨려들기 시작했다. 배에 물이 차는 것을 본 소녀가 물속으로 뛰어들어 배까지 헤엄쳐 가더니 잽싸게 배에 올라 훙이를 묶고 있던 밧줄을 푼 뒤 갑판으로 끌고 왔다. 이때 훙이는 이미 정신을 잃은 상태였다. 먹은 물을 뱉어내지 않으면 죽을 것이라는 것을 깨달은 소녀는 조금의 망설임도 없이 몸을 기울여 훙이의 입에 자신을 입을 대고 숨을 불어넣기 시작했다. 잠시 뒤 창백한 훙이의 얼굴에 혈기가 돌자 소녀가 그의 몸을 일으켜세웠다. 정신을 차린 훙이가 먹은 물을 뱉어냈지만 두 사람을 태운 배는 서서히 가라앉고 있었다. 결단이라도 내린 듯 소녀는 훙이를 안고 물속에 뛰어든 후 자신의 배로 헤엄쳐 갔다. 소녀가 배 안에 훙이를 눕히고 재빨리 노를 저은 덕분에 두 사람은 무사히 소용돌이를 빠져나올 수 있었다. 조금 전 훙이를 태웠던 배는 이미 시커먼 태호의 물 아래로 감쪽같이 자취를 감춘 상태였다.

거칠었던 바람이 언제 그랬냐는 듯 잠잠해지자, 태호는 다시 수줍은 소녀의 얼굴처럼 잔잔해졌다. 거울처럼 맑은 호수의 모습에서 조금 전 무섭고 잔혹한 모습을 떠올리기는 어려웠지만 호수 위를 둥둥 떠다니는 시체와 산산조각 난 배의 파편을 통해 이곳에 돌풍이 지나갔음을 짐작할 수 있었다.

바람이 잦아들고 빗줄기 역시 점점 가늘어지기 시작했다. 배를 오른쪽 강가로 몬 소녀는 대나무가 울창하게 자라고 있는 인적 드문 곳에 배를 정박했다. 버드나무에 배를 묶은 줄을 단단히 맨 소녀는 잔뜩 젖은 훙이의 옷을 하나씩 다 벗기고 이불을 잘 덮어준 뒤 강가에 불을 피워 훙이가 깨기 전에 옷을 말릴 준비를 하고 있었다.

타닥거리는 소리와 함께 피어오르는 모닥불, 그 옆에 쌓여 있는 장작을 보며 비로소 안도의 한숨을 가볍게 내쉰 소녀의 얼굴에 작은 미소가 번졌다.

‘하늘의 뜻, 이것이 과연 하늘의 뜻일까?’ 오왜(吳娃)라는 이름의 소녀는 올해 열일곱 살로 부모 없이 할아버지의 손에 키워졌지만 작년에 할아버지가 돌아가시면서 천애고아가 되고 말았다. 원래 오왜의 할아버지는 배를 잘 만들기로 유명한 장인이었는데 자신이 만든 오나라의 최대 전함인 여황대주를 비롯한 전함들이 월나라를 공격하는 데 쓰인다는 것을 알고 강호로 돌아가 고기를 잡으며 살고 있었다. 할아버지는 죽기 바로 직전 오왜에게 17년 전 어느 봄날, 갓 태어나 버려진 그녀를 거두어들였으며 친부모가 누군지는 모른다는 이야기를 들려주었다. 연로한 할아버지가 병에 시달려 집안 형편이 기울어졌을 때, 오왜는 태자 우와 함께 빈민들에게 구제미를 나눠주던 홍이를 만난 적이 있었다. 그저 스치듯 지나친 잠깐의 만남이었지만 오왜는 자신들을 향해 웃던 홍이의 모습을 잊지 못하고 있었다. 그해 여름, 배고픔을 견디지 못한 할아버지가 죽기 직전 오왜에게 평생 배를 만들면서 얻은 지식을 정리한 양피지를 건네주었다. 오왜는 할아버지의 유지를 받들어 그 양피지를 품에 넣은 후 할아버지를 목관(木棺)에 묻었다. 천애고아가 된 오왜였지만 물에 익숙한 그녀는 물고기를 잡으며 생계를 유지하고 있었다. 그런 그녀는 힘든 삶을 보내면서도 홍이에 대한 연심을 남몰래 키우고 있었는데 홍이가 월나라로 돌아간다는 소식에 사람들과 함께 그를 배웅해주러 여포교로 달려온 것이었다. 홍이를 태운 배가 떠난 뒤에도 그 애절한 마음을 접을 수 없어 조금이라도 더 배웅하겠다는 마음에 남몰래 홍이의 배를 뒤쫓다 절체절명에 빠진 홍이를 보고 앞뒤 가리지 않고 물속으로 뛰어든 게 하늘의 뜻인가, 아니면 우연일까? 쓴 웃음을 지은 오왜는 홍이의 바지가 다 마른 것을 확인하고 천천히 배에 올라 허리를 굽혀 배 안으로 들어갔다. 홍이는 여전히 혼수상태에서 헤어나오지 못했지만 파리했던 얼굴이 점차 붉어지는 걸 보니 어느 정도 안정을 되찾은 듯했다.

그 모습에 다시 한 번 안도의 한숨을 내쉰 오왜는 흥이가 두른 이불을 살짝 들추고는 두근거리는 마음으로 얼른 흥이에게 속옷을 입혀주었다. 오나라와 월나라에서는 남녀가 함께 목욕을 하는 풍습이 있다지만 이번처럼 가까이에서, 그것도 벌거벗은 남자를 본 건 처음이었다. 얼굴이 벌겋게 달아오른 오왜는 자신의 손가락이 흥이의 단단한 몸에 닿을 때마다 살짝 떨려오는 것을 느꼈다.

"추… 추워, 추워…." 흥이는 덜덜덜 이를 떨고 있었다. 몇 번의 경험을 통해 물에 빠진 사람에게는 따뜻한 국물이나 물을 먹여 체온을 올려주어야 한다는 것을 알고 있던 오왜는 흥이에게 이불을 잘 덮어준 뒤 뭐라도 끓여 먹여야겠다는 생각에 몸을 돌렸다. 오왜의 온기를 느끼고 흥이가 본능적으로 오왜 쪽으로 손을 뻗었다. 오왜는 지금 흥이의 추위를 녹이는 데 사람의 체온 만한 게 없다는 걸 알고는 있었지만 여인의 몸으로 수줍어 어쩔 줄을 몰랐다. 부끄러움에 본능적으로 오왜가 몸을 피하자 흥이는 그 온기를 쫓아 몸을 옮기며 연신 춥다며 중얼거렸다. '여기서 더 생각할 것도 없어. 사람을 구하는 게 먼저야!' 결단을 내린 오왜가 이불 한쪽을 들고 그 안으로 살짝 들어가자 흥이는 재빨리 오왜의 허리춤을 껴안고 연신 등에 머리를 비볐다. 몸을 돌린 오왜는 오른손으로 흥이의 머리를 껴안고 왼손으로는 그의 상체를 끌어안은 채 자신의 온기를 흥이에게 나누어주었다. 어린 여인의 몸으로 소용돌이에 뛰어들고 그 속에서 빠져나왔기 때문일까, 아니면 짝사랑하던 사람을 잃을 뻔했다가 구했다는 안도감 때문일까? 오왜는 어떻게든 정신을 차리려고 했지만 눈꺼풀이 천근처럼 무겁기만 했다. 잠시만이라도 눈을 붙이자고 생각했던 오왜는 자신도 모르는 사이에 깊은 잠에 빠져들고 말았다. 새벽녘에 지저귀는 새소리에 눈을 뜬 오왜는 순간 이곳이 어디인지 어리둥절했다. 오왜는 주변을 살펴보다 어제 있었던 일들이 모두 생각났다. 곁에 흥이의 모습이 보이지 않아 놀란 오왜가 배 밖으로 나가보니 흥이가 의관을 갖추고 뱃머리에 서 있었다. 묵묵히 호수를 바라보던 흥이 뒤에서 오왜가 가볍게 헛기침을 하자 그제야 흥이가 뒤를 돌아보았다. 흥이의 얼굴에는 눈물자국이 남아 있었다. 아마도 자신을 보호하려다가 죽은 선장과 선원들을 애도하며 흘린 눈물일 것이리라.

"어제는 정말 고마웠소. 그대가 아니었다면…."

"아니옵니다, 태자 저하. 사람이 죽어가는 것을 보고 가만히 있을 사람이 어디 있겠습니까? 출출하실 터인데 잠시만 기다리세요. 제가 얼른 가서 요기할 만한 것을 만들게요."

배 안으로 들어간 오왜는 쌀 포대기에서 쌀을 꺼내 화롯가에 걸어둔 항아리에 부은 뒤 호수 물을 부어 죽을 쑤기 시작했다. 흥이 역시 강가에서 마른 나뭇가지를 주워 땔감을 마련했다.

보글보글 끓어오르는 항아리를 보며 흥이가 입을 열었다.

"올해는 특히나 쌀이 귀할 텐데… 나는 됐으니 그대 식구들에게 주시오."

"저는 배불리 먹고 있어요. 그리고 제 식구들은 배고픔을 모르니 격정하실 필요 없답니다."

"그것이 무슨…?"

흥이의 물음에 오왜는 타고 있는 장작불을 보며 담담히 대답했다.

"소녀는 오왜라고 하옵니다. 부모에게 버려진 저를 주워 지금껏 길러주신 할아버지께서 돌아가신 후 혼자 살아가고 있지요. 제 할아버지는 배를 만드는 유명한 장인이셨어요."

"아, 부모에게 버려졌다? 나 역시 그대와 다를 것이 없군 그래. 일곱 살이 되던 해 오나라에 인질로 끌려왔으니…."

"태자님처럼 귀한 분이 어쩌다…."

오왜의 말이 끝나기도 전에 흥이는 오왜의 손을 가볍게 잡았다.

"앞으로 어찌할 것인지 나에게 알려주시오."

얼굴이 달아오른 오왜가 수줍어하며 자그맣게 속삭였다.

"앞으로 어찌하다니요? 저를 낳아주신 부모님을 찾고 싶은데 이 세상 천지에서 어떻게 그분들을 찾아야 할지 막막하기만 할 따름이에요."

"죽을 고비를 넘기며 만난 사이인데 어찌 다시 헤어질 수 있겠소? 나를 따라 월나라로 갑시다."

"진짜요? 허나… 허나 저는 오나라 여인인지라 월나라 사람들이 가만히 내버려두지 않을 텐데….."

흥이는 조금의 망설임도 없이 자신 있게 대답했다.

"그럴 일은 없을 것이오. 오히려 그대에게 고마움을 표할 거요. 그대는 내 목숨을 구해준 은인이 아니오?"

흥이의 말에 오왜가 기뻐하는 사이, 치익 소리와 함께 항아리에서 김이 솟아올랐다. "에구머니, 죽이 끓나 봐요!" 항아리를 열어본 오왜는 물을 조금 더 부은 뒤 휘휘 저었다. 얼마 뒤 죽이 다 끓자 오왜는 흥이에게 죽을 덜어주었다. 추위와 배고픔에 허겁지겁 죽을 거의 마시다시피 하니 금세 그릇의 바닥이 드러났다. 그 모습에 오왜는 자기 그릇의 죽을 덜어주려고 했지만 흥이는 한사코 이를 거절하고 오왜에게 먹으라고 했다.

붉은 해가 서산 너머로 모습을 감추고 밝은 달이 서서히 바다 위로 솟아올랐다. 그날 저녁 한 이불을 덮고 누운 두 사람은 서로에 대한 감정을 다시 한 번 확인했다. 오왜는 자신의 감정을 보여주는 뜻에서 흥이에게 할아버지가 발견했을 때부터 지니고 있었다는 옥패를 건넸고 조용히 들려오는 호수의 파도 소리에 둘은 행복한 밤을 보냈다.

새벽안개가 걷히고 가을 해가 태호 위로 눈부시게 솟아올랐다. 푸른 파도가 아침 햇살에 황금빛으로 물들자 푸르른 호수를 바라보던 두 사람은 배를 띄워야 할지 망설이고 있었다. 그도 그럴 것이 배를 띄웠다가 어제처럼 배가 뒤집힐 수도 있기 때문이었다. 특히 이번 돌풍을 겪으면서 오왜는 물길보다는 육로를 이용하는 게 더 안전하다고 확신했다.

"본디 강은 위험해요. 게다가 8월에는 비가 많이 내려서 더욱 위험하니 길을 바꿔 월나라로 가는 것이 좋을 듯해요."

"다른 방도가 있을까?"

"우리 비밀 통로로 가요."

"응? 그런 길이 있어?"

"항상 물 위에서 살았기 때문에 어릴 때부터 자주 할아버지를 따라다녔답니다. 어렸을 때 할아버지가 저를 데리고 독파산(瀆破山)에서 서진(西津)으로 가 조호(阼湖)를 거쳐 서릉호(西陵湖)를 통해 장호구(長湖口)로 가신 적이 있어요. 거기서 다시 마간(麻澗)을 거쳐 회계산 산맥으로 들어가 약야계로 갔다가 강물을 타고 성에 들어가신 적이 있었어요. 할아버지는 오나라와 월나라의 강물에 대해 손바닥 들여다보듯 훤하셨는데 이 길이 오나라에서 월나라로 넘어가는 가장 빠른 길이라고 하셨죠. 하루면 충분해요. 다행이 이 길을 아는 사람은 거의 없으니 안전할 거예요. 약야계는 오호(五湖)와 통할 뿐만 아니라 강과 바다로 흘러 들어가기 때문에 아는 사람이 없죠. 배를 만드셨던 할아버지는 물길이라면 훤하셔서 민물 게나 민물 생선을 잡으면 이 물길을 타고 월나라로 자주 넘어가셔서 쌀로 바꿔 오셨어요."

"오, 잘 되었구나. 그럼 우리도 네가 말한 길을 타고 월나라로 돌아가자. 월나라에 가면 아바마마와 어마마마에게 너를 정식으로 맞겠다고 말씀 드릴 거야. 네가 아니면 장가 안 가겠다고 졸라야지."

그 말에 오왜 역시 활짝 웃었다.

“저도 태자님이 아니면 시집가지 않을 거예요!”

두 사람을 태운 배가 서진을 향해 뱃머리를 돌리고 오독산(吳瀆山)까지 달려갔다. 산자락 옆에 있는 수정(水晶) 동굴에서 오왜는 배를 멈췄다.

“태자님, 여기가 바로 월나라로 가는 출입구예요.”

오왜의 손짓에 흥이가 자세히 보니 강물에 반쯤 잠긴 동굴 안에서 샘물이 퐁퐁퐁 솟는 소리가 들려오고 있었다.

“이곳으로 들어가는 거야?”

“호호호, 태자님은 그저 배에 가만히 누워 계세요. 동굴에 들어선 다음에 일어나시면 돼요.”

오왜의 말대로 배에 누운 흥이는 동굴을 향해 배가 천천히 들어가는 것을 느꼈다. 동굴 안에 들어서자 눈앞에 새까만 어둠이 덮쳐왔다. 오왜가 켠 등불에 모습을 드러낸 동굴 안으로 온갖 기암괴석이 촘촘히 자리 잡고 있었다. 노 젓는 소리와 물방울이 떨어지는 소리 외에 동굴 안에는 아무 소리도 들리지 않았다. 구불구불한 동굴의 물길을 따라 배가 흘러가고 있었다.

“이런 곳에 월나라로 통하는 비밀 통로가 있을 줄은 정말 몰랐어.”

“우리 할아버지는 물길에 훤해요. 약야계의 원공(袁公)하고 오랜 친구세요. 원공을 보러 갈 때 항상 이 길을 따라 저를 데리고 월나라로 몰래 가시곤 했죠. 그래서 저도 이 길이라면 할아버지 못지않게 훤하답니다!”

“원공이라는 분도 배를 만드시나?”

“그분은 은사(隱士)예요. 검술이 대단한 분이시죠. 그분한테는 월녀(越女)라는 손녀가 있어요. 제가 소개시켜드릴게요.”

“네 할아버지와 원씨 할아버지라는 분은 모두 속세를 등진 은사시구나. 게다가 두 분 다 손녀까지 있으시고, 기막힌 우연이네.”

"맞아요. 저랑 월녀 언니는 자매처럼 지내요. 제가 월녀 언니보다 세 살 적답니다."

두 사람이 오순도순 이야기를 나누는 사이 배는 동굴 밖으로 나왔다. 동굴 밖에는 울창한 수풀이 자라고 있어 동굴의 입구를 감추고 있었을 뿐만 아니라 조호의 수면 위를 빽빽이 뒤덮고 있었다. 물길을 찾기 위해 오왜는 연신 노로 수풀을 걷어내고 있었다.

"할아버지가 살아 계실 때 신기한 이야기를 들려주신 적이 있어요. 천하가 어지러우면 조호가 수풀로 뒤덮이고 천하가 태평해지면 조호를 뒤덮은 수풀이 사라져 호수가 모습을 드러낸다고요."

수풀을 헤치며 서서히 앞으로 나가는 배는 조호를 지나 서릉호로 들어갔다. 두 사람을 태운 배는 방리를 향해 빠르게 나아가기 시작했다.

방리강(榜李江)을 따라 내려가던 배는 고릉(固陵)의 한 지방에 도착했다. 멀리 고릉성이 보였는데 성은 북쪽으로 오나라와 초나라를 바라보고 있었다. 하늘을 향해 치솟은 성의 처마와 웅장한 모습은 마치 용이나 호랑이가 기거하는 곳처럼 함부로 접근할 수 없는 신비한 분위기를 물씬 뿜어내고 있었다. 두 사람을 태운 배가 성 주위를 휘감은 강까지 내려왔다. 배에서 보니 고릉성이라고 쓰여 있는 커다란 글씨가 보였다.

월나라의 성에 도착한 것을 확인한 흥이가 성 안으로 들어가 보자고 권했다. 물론 오왜 역시 한 치의 망설임도 없이 흥이의 뜻에 따랐다. 배를 버리고 땅에 내리려던 순간, 성루에서 고함소리가 들려왔다.

"어이, 거기 누구냐? 더 접근해온다면 내 활이 너희들을 용서치 않을 것이다!"

하늘에 울려퍼지는 듯한 천둥소리처럼 쩌렁쩌렁 울리는 목소리에 놀란 흥이가 고개를 들어보니 장군인 듯한 사람의 모습이 들어왔다. 늠름하게 생긴 사내는 활시위를 당긴 채 자신을 바라보고 있었고 그 옆으로 손마다 활시위를 당기고 있는 병사들의 모습이 보였다. 마치 엄청난 적이라도 만난 듯 모두들 눈에 불을 켜고 있었다.

물 샐 틈 없는 군기에 감탄이 절로 나오던 순간 불길한 생각이 머릿속을 스쳤다. ‘평소 저렇게 삼엄하게 경비를 하지는 않을 터인데 혹여 누구와 전쟁이라도 치르는 것인가? 그렇다면 어디지? 어느 나라와 싸우는 거지?’ 놀란 마음에 오왜를 바라보니 그녀는 겁에 잔뜩 질린 모습을 하고 있었다. 우선 오왜를 안심시켜야겠다는 생각에 홍이는 성을 향해 소리를 질렀다.

“무엄하구나! 나는 월나라의 태자 홍이다!”

“홍이든 홍의든 간에 범려 대부님의 허가가 없으면 성에 한 발자국도 들여놓을 수 없다!”

홍이는 비록 어린 나이에 어쩔 수 없이 고향을 떠나기는 했지만 그래도 자신을 기억해주는 사람이 있으리라 생각하며 따뜻한 환대를 내심 기대하고 있었는데 태자인 자신을 향해 활시위를 겨누고 있는 병사들을 보니 아무도 자신이 누구인지 모르는 듯했다.

고향으로 돌아오자마자 자신을 알아보지도 못하고 무례하게 구는 자들을 보니 홍이의 마음은 복잡하기 이를 데 없었다. 마음 같아서는 당장이라도 들어가 자신이 누구인지 알려주고 싶었지만 자신의 옷자락을 쥔 오왜의 말에 마음을 돌려야 했다. “오라버님, 저 사람들 너무 흉악하네요. 여기 말고 대월성으로 바로 가는 게 좋겠어요.”

성 위에 서 있는 병사들을 보며 잠시 생각에 잠겼던 홍이는 고개를 끄덕이며 오왜와 함께 다시 배에 올랐다. 마간을 거쳐 울창한 회계산 산맥에 이르자 오왜와 홍이는 비밀 동굴에 배를 숨기고 산에 올랐다. 험준한 산맥을 따라 남동쪽으로 계속 나아가던 그들 앞에 거대한 회계산의 울창한 산림이 모습을 드러냈다. 이곳을 통해 약야계로 간 뒤 월왕성에 들어갈 준비를 하고 있던 그들은 가는 김에 남쪽 산림으로 내려가 원씨 할아버지와 그 손녀를 만나보기로 했다.

회계산의 울창한 수풀을 헤치던 중 오왜는 이 산이 예전과는 사뭇 다르다는 느낌을 받았다. 적근산에서 멀지 않은 이곳은 폐광들만 가득한 곳이었는데, 뜻밖에도 멀리서부터 나무를 베거나 철을 두들겨대는 듯한 소리가 시끄럽게 들리고 있었다. 이미 폐광으로 변한 이곳에, 그것도 인적이라고는 찾아볼 수 없는 깊은 산중에 저런 소리가 날 리 만무했다. 뭔가 이상하다는 생각에 오왜는 더욱 조심스레 주변을 살피며 적근산을 향해 나아갔다. 그러던 중 산 위에서 가마와 막사를 발견했고 그 주변에 수많은 남녀가 모여 북을 두드리며 염료를 쏟아 붓는 등 분주하게 일하고 있는 모습이 보였다. 그 옆으로 제작이 완성된 창, 검 등의 무기가 한가득 쌓여 있었고 가마꾼들은 계속해서 동굴을 왔다 갔다 하며 무언가 나르고 있는 듯했다.

거대한 나무 뒤에 숨어 이 모습을 몰래 지켜보던 홍이와 오왜는 깊은 산속에서 느닷없이 나타난 모습에 감탄을 금치 못하고 있었다. 보아하니 몰래 무기를 만들어 전쟁을 준비하고 있는 것이 분명했다. 하지만 월나라가 도대체 누구와 싸운단 말인가? 어리둥절해진 두 사람은 서로 쳐다만 볼 뿐 아무 말도 하지 못했다. 그러다가 오왜가 홍이의 옷소매를 살며시 끌어당겼다.

"가요, 괜히 여기 있다 잡히면 첩자라고 오해 받을 것이 뻔하니 원씨 할아버지와 월녀를 보러 가요."

"그래, 그게 좋겠어."

이렇게 해서 두 사람은 남쪽을 향해 내려갔다.

멀리서 남쪽 산림에 숨어 있는 원공의 집을 발견한 오왜는 예전에 느끼지 못했던 공허함을 느꼈다. 예전의 집은 허물어지고 집 주변으로 풀이 잔뜩 나 있는 것을 보니 두 사람이 이미 이곳을 떠난 듯했다. 그것도 이미 오래전에.

옛날에 월녀와 즐겁게 보냈던 추억을 잠시 떠올리던 오왜는 홍이를 약야계로 이끌었다. 봉우리가 툭 튀어나와 있지만 가운데 넓은 공터가 있는 약야계의 주변에는 귤나무가 빼곡히 심어져 있었고 가장자리에는 강물을 마주하고 있는 낭떠러지가 있었다. 낭떠러지 아래로 깊이를 가늠해볼 수 없는 깊은 연못이 있었다. 푸른 잎과 노랗게 익은 귤나무를 하염없이 바라보던 오왜가 귤나무를 한 그루 한 그루씩 세기 시작했다.

"여기 있는 귤나무는 옛날에 저랑 월녀 언니가 함께 심었어요. 제가 심은 건 오나라의 귤나무이고, 월녀 언니는 월나라의 귤나무를 심었어요. 귤이 노랗게 익을 때쯤이면 할아버지가 저를 데리고 이곳에 왔죠. 그때가 1년 중에서 가장 기쁜 날이었어요. 어, 이상하다? 귤나무가 늘었네? 보세요. 게다가 이건 오나라나 월나라의 귤나무가 아니라 초나무의 귤나무예요!"

홍이도 오왜가 건네준 단맛이 강한 월나라 귤과 신맛이 적절히 들어가 있는 오나라의 귤을 맛봤다. 분명 확연히 다른 맛이었다. 그런데 누군가 여기에 초나라의 귤나무를 또 심었단 말인가? 작은 귤나무 밭을 들여다보며 두 사람은 알 수 없는 의문에 휩싸였다.

귤 한쪽을 입에 넣으며 홍이가 오왜에게 물었다.

"그런데 어찌하다 귤나무를 심을 생각을 한 거지?"

"할아버지랑 원공께서 귤은 겨울을 견디고 추위를 이기는 성질이 있다고 하셨죠. 흰 꽃이 피는 귤나무는 서리나 눈을 맞아도 그 지조를 버리지 않는다고요. 아무 곳에나 잘 자라고 낙엽이 떨어지는 가을에도 푸른 잎과 노란 과실이 가득 열린다고 하셨어요. 두 분은 저랑 월녀 언니가 지금과 같은 난세 속에서도 귤나무처럼 항상 사람들에게 향기를 주고 쓰러지지 않으며 사람들의 상처를 쓰다듬어줄 수 있는 사람이 되기를 바라셨죠."

"아, 한 분은 깊은 산속에, 다른 한 분은 강가에 숨어 사셨지만 세상에 대한 걱정은 여전하셨군. 정말 훌륭하신 분들이야."

"맞아요! 젊으셨을 때 두 분은 밤낮으로 붙어 다녔다고 해요. 비록 나중에는 멀리 떨어져 살아야 했지만 가능한 자주 만나셨죠. 술잔을 기울이며 시를 읊거나 소나무 아래에서 거문고를 뜯고, 장기를 두기도 하셨어요. 가끔이지만 한 분이 노래나 악기를 연주하면 그 소리에 맞춰 다른 한 분이 검무를 추기도 하셨어요. 세상을 멀리한 두 분은 초탈한 삶을 사시다가 우리 둘을 얻으면서 부모로서의 즐거움을 알게되었다고 입이 닳도록 이야기하셨죠. 하지만 좋은 일은 오래가지 못하는 법이라고, 우리 할아버지가 이곳에 드나든다는 것을 오자서한테 들킨 후론 두 분이 만나시는 일이 줄었어요. 그러다가 결국 연락이 끊어지고 말았죠."

"만남이 있으면 헤어짐도 있는 법, 언젠가 다시 만날 날이 올 거야." 바로 그때 홍이와 오왜가 있는 곳으로 누군가 걸어오고 있는 게 보였다. 두 사람이 귤나무 밭 사이로 재빨리 몸을 숨겼을 때 부드러운 목소리가 들려왔다.

"언니, 올해는 풍년인가 봐요. 오곡이나 과실도 풍성하고 게도 살이 부쩍 올랐어요. 여기 귤나무에도 가지가 휘어질 정도로 잔뜩 귤이 달렸고요!"

그러자 언니로 보이는 듯한 사람이 입을 열었다.

"네가 초나라의 귤나무를 이곳에 옮겨 심은 후 오나라와 월나라의 귤나무들도 부쩍 잘 자라는 것 같아. 과실도 더 커지고 잎도 더 푸르러지고…"

두런두런 이야기를 나누던 두 사람은 귤나무 앞에서 발걸음을 멈췄다. 그중 한 명이 놀란 목소리로 새된 소리를 질렀다. "언니, 보세요! 감히 누가 몰래 우리 귤을 훔쳐 먹었어요! 귤껍질이 땅바닥에 떨어져 있네요."

서로의 얼굴을 바라보던 오왜와 홍이는 자신들이 딴 귤을 보고 있었다. 손에 쥐고 있는 귤을 보며 오왜가 홍이에게 귓속말을 했다. "홍, 내가 심은 귤나무 밭에 훔쳐다 심은 주제에 누구보고 훔쳐 먹었다고 하는 건지…." 씩씩거리는 오왜는 냉큼 귤나무 밭 밖으로 나갔다.

"이봐요! 여기 귤나무는 나랑 월녀 언니가 심은 거예요. 댁들은 도대체 누구예요?"

"월녀? 너는 누구냐?"

"오왜라고 해요. 그러는 당신은…."

"오왜, 내가 월녀야!"

기쁜 듯이 반겨주는 사람을 뚫어지게 쳐다보던 오왜는 무장한 사람이 월녀라는 것을 알아차렸다.

"언니!" 서로를 얼싸안은 두 사람은 뜨거운 재회의 눈물을 흘렸다. 눈물을 닦으며 월녀는 옆에 있던 사람을 오왜에게 소개했다. "오왜야, 이 사람은 초아(楚娥)라고 해. 월나라 상대부이신 문종 어르신의 조카 따님이시지. 초아 언니라고 부르렴! 그리고 초아, 여기는 내가 자주 이야기했던 오왜라고 해."

"오왜!"

"초아 언니!" 이렇게 해서 만난 세 소녀는 즐거운 듯 서로의 얼굴을 마주보며 손을 잡았다. 한쪽에서 웃음을 지으며 서 있던 홍이는 세 사람의 모습을 찬찬히 훑어보았다. 섬세하게 생긴 초아의 수줍은 눈동자를 보니 세상일을 잘 모르는 천진한 소녀 같았다. 월녀라는 여인은 속세에서 벗어난 듯한 초연한 표정과 함께 늠름하면서도 아리따운 몸매를 가지고 있었다. 그런 두 사람에 비해 오왜는 아직 어린 탓인지 귀여운 소녀의 모습을 갖고 있었다. 세 사람을 보면서 홍이는 그녀들의 매력에 남몰래 감탄을 금치 못했다.

'저 세 사람은 마치 귤나무에 열린 귤처럼 서로 다른 매력을 가지고 있구나. 한 명은 신선함, 한 명은 고결함, 그리고 나머지 한 명은 향긋함을…' 생각에 잠긴 홍이에게 달려온 오왜가 그의 옷자락을 끌며 홍이를 소개했다. "이분은 월나라의 태자 홍이님이세요. 지금 막 저와 함께 오나라에서 돌아오셨답니다."

"월나라의 태자시라고?" 토끼 눈마냥 동그랗게 눈을 뜬 두 사람은 홍이를 훑어보았다. 월나라의 태자라고 불리는 사람은 흡사 월왕을 닮았지만 월왕에 비해서는 강인함이 조금 부족한 듯 보였다. 하지만 남다른 기품과 풍부한 감성을 지닌 사람인 듯했다. 월나라의 태자라는 말에 월녀와 초아는 어리둥절했다.

자신을 바라보는 두 사람의 마음을 읽은 홍이는 가볍게 웃으며 입을 열었다.

"일곱 살이 되던 해 인질이 되어 오나라로 끌려갔다가 이제야 돌아오게 되었소."

"아, 그런 것이옵니까? 소녀, 태자님을 뵈옵니다!"

"그리 예를 차리실 필요 없소. 오왜의 자매라고 하니 다 같은 식구가 아니겠소?"

홍이의 격식 없는 말에 월녀는 크게 기뻐했다.

"네, 정말 기적이라고 할 수밖에요! 약야계에서 이렇게 다시 만날 줄은 꿈에도 몰랐답니다. 그것도 우리가 함께 심은 귤나무 앞에서 다시 만나게 되니 그 기쁨을 어찌 표현해야 할지…"

오왜가 두 눈을 반짝였다.

"제게 좋은 생각이 있어요! 귤을 따서 연못 위에 있는 돌 위에 놓고 먹으면서 옛날이야기라도 나누는 게 어떨까요?"

"좋은 생각이야!" 오왜의 말이 떨어지기 무섭게 세 사람은 한가득 귤을 따서 계곡으로 가져가 물로 깨끗이 씻은 뒤 자신들의 이야기를 나누기 시작했다.

월녀는 3년 전 월왕 구천의 부름으로 거액의 돈을 받고 월나라에 월녀 검법을 전수해주기 위해 산을 나섰다고 했다. 자신이 산을 떠나기 전 할아버지가 먼저 산을 떠났는데 지금까지 그 행방이 묘연한 바람에 월왕이 자신을 부른 것이라고 했다. 처음엔 그 부름에 응하지 않다가 자신을 세 번이나 직접 찾아온 것에 황송하여 결국 부름에 응하게 된 것이었다. 협녀(俠女)인 월녀는 고귀한 신분인데도 직접 자신을 찾아와 도움을 청하는 월왕에게 결국 마음을 열고 산을 나오기로 결심했다. 3년 동안 할아버지에게서 배운 월녀 검법을 여러 번 전수했던 월녀는 지금은 왕명에 따라 이천조류(二千刁流: 사병)라는 정예부대의 훈련을 담당하고 있었다.

문종의 조카딸인 초아는 3년 전 누에 기술을 가르쳐주기 위해 계완으로부터 초청을 받아 월나라에 들어오게 되었다. 당시 월나라에서는 야생에서 자라는 누에를 가지고 실을 얻거나 거친 마로 옷감을 짜는 기술을 가지고 있었다. 이에 반해 중원과 가까운 곳에 있는 초나라에서는 양식용 누에를 기르는 기술이 상당히 널리 보급되어 있었는데 그중에서도 초아는 전문가 뺨칠 정도의 솜씨를 가지고 있었다. 그녀의 가르침으로 지금 월나라에서는 누에를 길러 실을 짓고 그 실로 고운 옷감을 얻을 수 있게 되었다. 월나라 사람들은 거친 베옷에 비해 수십 배나 비싼 옷과 누에실을 도자기, 청동그릇과 함께 몰래 중원으로 내다 팔아

막대한 군수품을 사들이고 있었다.

대대로 배와 물을 가까이 한 집안에서 자란 오왜는 어업이 발달한 양자강과 태호 유역에서 할아버지로부터 배에 관한 지식을 배웠다. 비록 어린 나이였지만 어려서부터 배를 만드는 일에 유달리 관심을 가지고 있어 할아버지가 평생 익힌 기술을 모조리 물려받았다. 할아버지가 세상을 뜨기 전 자신에게 물려준 전함 설계도는 이제 보지 알아도 술술 그릴 정도로 정통해 있었다. 그 밖에도 장어, 청어, 메기, 대구 등의 주요 어류의 산란기와 좋아하는 먹이, 회유(回遊), 좋아하는 수온에 대해서도 훤히 꿰뚫고 있었다. 절기에 따라 다양한 장비를 동원해 제철인 생선을 잡는데 오왜를 따라올 자는 오나라에서도 손에 꼽혔다.

말문을 열며 흥이가 오나라에서 오랫동안 태자 우와 함께 글을 배우고 무예를 익히는 등 후한 대접을 받았노라고 하자 월녀는 순간 이해가 가지 않는다는 표정을 지어 보였다.

"태자님을 후하게 대접했단 말입니까? 그리고 아무 이유도 없이 풀어 주었고요?"

"그렇다네. 그대와 오왜가 사이좋은 자매인 것처럼 나와 우, 왕자지, 왕자산은 좋은 형제였네. 훗날 내 형제들을 초대해 직접 보면 그대들도 알게 될 걸세."

깐 귤을 흥이에게 건네주며 초아가 다소 겁에 질린 표정으로 입을 열었다.

"오나라와 월나라는 서로 원수 사이인데 여기 왔다가는 뼈도 못 추릴 것입니다."

"적이 벗이 될 수도 있지 않겠는가? 여기 이 귤을 보게. 오나라와 월나라, 그리고 초나라의 귤이 있네. 비록 그 씨는 다르지만 월나라 땅에서 함께 자라고 있으니 이 얼마나 좋은가? 하물며 사람은 안 그렇겠나?"

돌 위에 놓인 서로 다른 크기의 귤을 보던 월녀가 조심스레 입을 열었다.

"귤이 지역에 상관없이 아무 곳에서나 자라듯이 사람도 내 땅 네 땅 가리지 않고 살면 얼마나 좋겠습니까? 하지만 아쉽게도…."

"무엇이 아쉽단 말이오?"

"태자님, 저기를 보십시오. 성에서 멀지 않은 곳에 양식장이 있사옵니다. 저기는 견산(犬山)이고 여기는 계산(鷄山)입니다. 그리고 저기 좀 떨어진 곳에 녹산(鹿山), 그리고 마산(麻山)이 있습니다. 저곳은 무예를 연마하는 사적산(射的山)이고 그 안에 연병장이 있습니다. 월나라 병사들은 모두 그곳에서 훈련을 받습니다. 그리고 적근산에는 제련장이 있습니다. 이것들이 무엇에 사용되는지 아시옵니까?"

"무엇을 위해 쓰인단 말이오?"

"모두 부국강병을 위해서입니다. 3년 전 월왕께서 저를 이곳에 부르셨을 때 하셨던 말씀입니다. 허나… 3년 동안 소녀가 보아온 바로는 대왕께서는 부국강병 외에 또 다른 큰 뜻을 품고 계신 것 같습니다."

월녀의 말에 초아가 맞장구를 쳤다.

"그렇사옵니다. 소녀 역시 월나라에 부름을 받고 왔을 때 제 숙부께서 저에게 누에 기술을 가르쳐주라고 분부하시면서 그리 말씀하셨습니다. 숙부께서는 매일같이 어떻게 병사들을 부려야 할지를 고민하신다고 하지만 사실 전쟁을 준비하시느라 바쁘신 것 같습니다."

두 사람의 말에 홍이는 무릎을 칠 뻔했다.

'설마 고릉성의 경비가 그렇게 삼엄한 게 오나라에 대항하기 위한 것이란 말인가? 그렇다면 고릉성은 오나라를 막는 월나라의 최전방 기지란 말인가?'

솔직한 성격의 오왜는 모두가 저마다의 깊은 생각에 빠져 아무 말도 하지 않는 것을 보며 웃음을 터뜨렸다.

"월나라는 오나라, 초나라와 줄곧 사이좋게 지냈는데 설마하니 이웃 국가끼리 전쟁을 할까요? 다들 너무 심각하게 생각하는 거 같은데…. 자, 자, 날도 어두워졌으니 태자님을 모시고 월왕성으로 들어가요. 대왕께 태자님이 오셨다는 것을 빨리 말씀드려야죠!"

월녀가 고개를 끄덕이는 사이 앉은 초아가 지금 월왕과 군부인이 성에 없다는 것을 알려주었다.

"두 분은 지금 어디에 계시오?"

"이 산에 짓고 있는 별궁에 계십니다."

그러자 월녀가 두 사람의 최근 행적에 대해 상세한 이야기를 들려주었다.

"평소 대왕과 군부인께서는 산에서 일을 하십니다. 산 아래 회계 대월성의 소성과 대성은 모두 범려 대부님을 비롯한 여러 대부님들이 지키고 계시죠. 문종 대부님은 대왕과 함께 회계산의 별궁을 지키고 계십니다. 다른 나라의 사신이 오면 소성의 첩루에서 먼저 이를 확인하고 활 세 개를 쏘아 암호를 보냅니다. 그러면 대왕께서 약야계에서 배를 타시고 곧장 대월성으로 돌아오시죠."

"그렇다면 이 산에 있는 별궁에서 부모님을 뵐 수 있단 말인가?"

"네, 그렇사옵니다. 어서 가시지요!" 말을 마친 월녀와 초아가 앞장서서 길을 인도했다. 네 명의 젊은이들은 남은 귤을 모두 나눠 먹은 뒤 산속에 있는 별궁을 향해 발걸음을 재촉했다.

흥이의 갑작스러운 귀국에 월나라 왕실과 조정은 모두 기쁨을 감추지 못했다. 하지만 흥이의 곁에 있는 오나라 소녀를 본 구천 내외는 회계산에 있는 와신루에서 깊은 생각에 빠져 있었다. 흥이가 데리고 온 소녀는 적국인 오나라에서 건너왔고 신분이 분명하지 않아 오나라의 첩자일 수 있다는 생각에 구천은 마음이 석연치 않았다. 정녕 그 소녀가 오나라의 첩자라면 그동안 오나라의 감시를 피해 이룬 성과가 하루아침에 물거품이 될 수 있다는 생각에 구천은 눈앞이 아득해졌다. 게다가 아직 어리지만 미모의 모습을 갖춘 오왜를 보면서 이것이 어쩌면 월나라의 기밀을 정탐하라고 파놓은 오나라의 미인계일 수도 있다는 생각을 떨쳐버릴 수 없었다. 보아하니 홍이와 오왜는 서로 사랑하는 사이로 이미 혼인까지 약조한 것 같던데 그렇게 되면 위험부담이 커질 수밖에 없었다. 게다가 구천은 미래의 며느리 감으로 월녀를 생각하고 있던 차였다.

별궁의 배나무 밭을 배회하던 계완 역시 깊은 고민에 빠져 있었다. 깊어지는 가을, 배나무 밭에선 벌써부터 스산한 기운이 감돌았지만 휴리에서 친딸을 잃은 뒤로 고민이 생길 때마다 자신도 모르게 배 밭을 헤매는 게 버릇이 되었다.

구천과는 달리 계완의 걱정은 단순했다. 계완은 미래의 며느리 감으로 초아를 염두에 두고 있었다. 그도 그럴 것이 초아는 문종의 조카딸로 그 신분이 분명할 뿐만 아니라 오나라 왕실을 떠받들고 있는 중신의 혈육이자 자신의 동생인 계청의 딸이니 더 정이 갈 수밖에 없었다. 초나라의 도읍이 오나라 군대에 의해 점령당한 후 태후 맹영은 계완과 계청에게 심궁(深宮)에 머물도록 했다. 당초 합려가 맹영을 위협하며 자신의 수청을 들라고 강요했지만 맹영이 이를 끝까지 거부하자 합려도 감히 그들 모녀를 건드리지 못했다. 그러던 어느 날 계청이 감쪽같이 사라지는 사건이 일어났다. 내막을 조사해보니 초나라 왕궁의 한 궁인이 매수되어 자고 있던 계청을 몰래 궁 밖으로 빼돌린 것이었다. 한 달 후 사라졌던 계청이 다시 나타났는데, 당시의 계청은 예전의 계청이 아니었다. 누군가에 의해 겁탈당한 계청은 아이를 배고 있었다. 아이를 가진 채 반미치광이가 되어버린 둘째 딸을 보면서 태후 맹영은 가슴이 미어진 나머지 눈물도 흘리지 못했다. 그렇게 10개월이 지난 후 계청은 딸을 낳았는데, 그때 마침 문종이 왕궁에 들어와 있었다. 계청에 대한 추잡한 소문을 가라앉히기 위해서 맹영은 문종에게 막 태어난 자신의 손녀를 맡기고 궁 밖으로 데리고 나가 키우도록 했다. 맹영과 문종, 그리고 계완 외에 이 일에 대해 아는 사람은 아무도 없었다. 훗날 계완은 계청이 딸을 궁 밖으로 보낸 다음 해 호수에 투신해 죽었다는 소식을 접했다. 그때 계완은 억울하게 죽은 동생을 위해 복수를 다짐했다. 태어나자마자 어미의 품을 잃고 걸음도 떼기 전에 어미를 하늘로 보낸 어린 조카딸을 보며 계완은 훗날 자신의 며느리로 삼아 친딸처럼 대해주리라 마음먹었다. 어미를 잃은 초아에게는 혈육의 정을 주고 친딸을 잃어버린 자신에게는 조금이나마 그 아이에 대한 죄책감에서 벗어나고 싶다는 생각에 오랫동안 초아를 눈여겨봐 왔는데, 난데없이 흥이가 다른 사람을 데리고 온 것이었다. 그 소녀는 흥이의 목숨을 구해준 은인인데다 두 아이는 서로를 깊이 사랑하고 있는 듯하였다. 계완은 자신의 계획이 순간 물거품이 될지도 모른다는 생각에 초조함을 감추지 못했다.

제아무리 자식 이기는 부모 없다지만 구천과 계완은 흥이가 데리고 온 오왜를 받아들일 수 없었다. 궁리 끝에 구천은 흥이와 오왜를 와신루로 부른 뒤 월녀에게도 함께 들라고 명했다. 이렇게 해서 모인 세 사람이 절을 올리자 구천이 이들을 바라보며 입을 열었다.

"지금 우리 월나라는 부국강병을 위해 국력을 쏟아 붓고 있음을 너희들도 다 알 것이다. 허나 흥이와 오왜는 오나라에서 막 건너왔으니 국정에 대해 잘 모를 것이다. 그러니 앞으로 우리 월나라의 국정에 대해 열심히 배우고 공부해야 할 것이다."

"예, 아바마마."

구천은 오왜를 쳐다보며 넌지시 물었다.

"월나라의 군민들은 모두 저마다의 기술을 가지고 있소. 외부 사람이라고 해도 월나라에 발을 들인 이상 자신만의 힘을 길러야 하오. 그렇지 않으면 월나라에서 발을 붙이고 살아갈 수 없소. 신분고하를 막론하고 여기에 예외란 없는데 낭자는 어떤 기술을 가지고 있소?"

구천의 물음에 오왜는 배를 만드는 집안에서 자랐고 할아버지로부터 배를 만드는 기술을 배웠다고 이야기하려고 했다. 하지만 할아버지가 평생에 걸쳐 얻은 지식과 수고를 쉽게 넘길 수 없다는 생각과 함께 구천이 하는 말의 속뜻을 깨달은 오왜가 재빨리 머리를 굴려 말했다.

"물고기를 기르는 것이라면 자신 있습니다."

"오, 양식에 대해 일가견이 있다니 잘 되었구려. 마침 이 산에 범려 대부가 직접 지은 양식장이 있소. 그곳에서 일손을 도우면 되겠군. 허나 그 전에 한 가지 시험할 것이 있소."

"시험이라면 어떤?"

"양식장에서 어떤 먹이를 쓰는지 말해보시오."

"그것은 물고기의 종류에 따라 달라질 수 있습니다. 민물고기나 민물새우라면 조개, 지렁이, 번데기를 모두 사용할 수 있고 바다에서 자라는 물고기라면 새우, 게, 조개, 지렁이, 작은 물고기 등을 먹이로 쓸 수 있습니다."

"양식장을 세운 지 얼마 지나지 않아 물고기의 비늘에 흰 서리와 같은 상처가 생겼는데 그 연유가 무엇인지 아시오?"

"새로 지은 양식장에는 먼저 물을 채워놓고 열흘 정도 지난 후에 물고기를 넣어야 합니다. 지은 지 열흘도 안 되는 곳에 물고기를 푼다면 백상병(白霜病)을 앓다 죽고 말 것입니다. 대왕, 소녀가 말씀드린 것이 맞는지요?"

오왜의 물음에 구천은 아무 말도 하지 못하고 그저 고개만 끄덕였다.

"보아하니 낭자는 양식에 대해 일가견이 있는 듯하구려. 부디 가서 힘이 되어주시오! 그리고 흥이 너는 오나라에 있는 동안 무엇을 배웠는지 말해보거라."

오왜에게 함부로 대하는 부왕을 보며 내심 불쾌하게 생각했던 흥이가 자신에게 화살이 날아오자 화를 참을 수 없었다.

"소자는 어릴 때부터 나약하여 부왕처럼 나라를 평안케 할 학문도, 천하를 평정할 무예도 배우지 못했습니다. 오나라에 있는 시간 동안 아무것도 배우지 못하고 그저 술이나 마시고 밥이나 축내며 살아왔습니다."

화가 난 구천은 흥이의 말이 끝나기도 전에 옆에 있던 탁자를 주먹으로 내리쳤다.

"이런 미련한 놈을 보았나! 너는 엄연한 월나라의 태자이거늘 어찌 아무것도 배우지 못했단 말이냐? 오늘부터 당장 월녀에게서 검법을 배우고 진음(陳音)에게서 궁술을 배우도록 해라. 그런 뒤에는 범대부에게서 전술을 배우고…."

"부왕! 자고로 군주라는 것은 민심을 하나로 하여 천하를 따뜻하게 품을 수 있는 자라고 합니다. 그런데 어찌하여 부왕께서는 소자에게 그런 것들을 배우라 아니하시고 사람을 죽이는 것만 배우라 하시는지 도무지 이해할 수가 없습니다. 세상을 살피는 눈을 가리고 민심을 하나로 뭉치게 할 수 있는 입을 다문 채 어찌 인애로운 군주가 될 수 있겠습니까?"

자신의 앞에서 인의니 민심이니 조목조목 따지는 흥이를 보며 구천은 치밀어 오르는 화를 참지 못했다. 눈에 불이 난 구천은 흥이를 향해 버럭 소리를 질렀다.

"인의니 인애니 하지만 네가 이 시대의 냉혹함이 뭔지 알기나 하느냐? 살아남기 위해서라면 의리도 인정도 다 필요 없다! 네가 이리 못난 놈인 줄은 내 정녕 몰랐다. 보아하니 여색에 홀려 앞뒤 분간을 못하는 것 같으니 오늘부터 과인과 월녀의 허락 없이는 어떠한 여인과도 만나서는 아니 될 것이다!"

등을 돌린 부자를 보며 월녀는 얼른 상황을 파악했다. '대왕께서 저리하시는 것은 분명 오왜를 태자님에게서 멀리 떨어뜨려놓기 위함인데 차라리 조용히 따로 불러서 잘 이야기하신 후에 상황을 보고 처리하시면 되실 것을 어찌 저리 성급하게 일을 매듭지으시려고 하시는 걸까?' 더 이상 내버려두었다가는 서로 마음만 상하게 될 것 같아 월녀는 냉큼 중재에 나섰다.

"대왕, 인질로 오나라에 끌려가신 태자님께서 돌아오신 지 얼마 되지 않으셨기에 아직 특별히 생각해두신 바가 없을 것으로 헤아려집니다. 월나라의 모든 것을 처음부터 배우셔야 하니 대왕께서는 부디 너무 서두르지 마십시오. 소녀가 태자님을 보필해드린다면 금세 성과가 나타나실 것이옵니다."

말을 마친 월녀가 오왜를 슬며시 쳐다보자 월녀의 말에 동의라도 한다는 듯 오왜가 살며시 고개를 끄덕였다. 생각지도 못하게 월녀가 나서서 태자를 보필하겠다고 하자 구천은 내심 기뻐하며 물러가라고 명했다. 돌아오는 길에 월녀는 오왜에게 태자님과의 약속은 자신이 몰래 잡아놓을 테니 걱정하지 말라고 위로했다. 자신을 향해 웃음을 지으며 궁인들을 따라 발걸음을 옮기는 오왜를 보자 흥이의 마음은 복잡하기만 했다. 이렇게 횡포를 부리는 부왕을 보자마자 흥이는 실망감과 함께 반항심이 생겼다. 특히 자신과 오왜를 떨어뜨려놓으려는 모습에 화가 났지만 다행히 월녀의 중재로 더 이상 문제가 커지지 않은 것만도 다행이라며 안도의 한숨을 쉬었다. 자신 하나만 보고 태호의 시커먼 소용돌이로 뛰어들고, 자신 하나를 위해 험한 산길과 물길을 헤치며 여기까지 온 오왜인데 부왕의 명으로 그녀와 떨어져야 한다는 사실에 흥이는 분개하고 말았다. 그리고 자신의 무력함에 대해서도….

한편 오왜는 궁인을 따라 양식장으로 향했다. 회계산 월왕궁의 왼쪽에 세워진 양식장의 크기는 약 10무(畝)로 지상과 지하를 합쳐 도합 8층짜리 성루였다. 지하실, 저장실, 저수지, 여과지 등을 갖추고 있었고 정중앙에는 천연 양식장 18곳이 세워져 있었다. 고루(鼓樓) 모양의 수탑(水塔)에는 새로 넣은 40여 종의 물고기가 유유히 헤엄치고 있었다. 양식장에서 일하게 된 오왜는 매일 이곳에 나와 일을 하다가 틈틈이 높은 곳에 올라 연병장에서 훈련 중인 흥이를 훔쳐보며 외로움을 달랬다.

계완은 월왕이 흥이에게 월녀로부터 검법을 전수받으라 명하고 오왜를 양식장에 배치했다는 소식을 듣고 내심 기뻐하며 월녀를 회계산에 있는 직조궁에 들라고 명했다. 직조궁에 들어간 월녀가 계완의 방을 찾아가 인사를 올렸다.

월녀가 온 것을 본 계완은 베틀북을 내려놓고 대나무로 만든 평상으로 데리고 와 자신의 곁에 앉도록 했다.

"월녀 낭자, 흥이가 그대에게서 검법을 배우고 있다고 하던데?"

"네, 맞습니다. 군부인."

"태자는 어릴 때부터 부왕을 무서워했지. 부왕에게서 조금 멀어지면 내 걱정도 좀 줄어들 것인데…. 잘 되었네. 낭자에게 검법을 배우면 나라에도 도움이 될 것이니 낭자가 잘 이끌어주게."

"네. 군부인. 소녀가 최선을 다해 태자님을 이끌어드리겠나이다."

"그래, 그래, 그럼 부탁하네. 태자는 어릴 적에 부왕 때문에 오나라에 인질로 끌려갔다가 이제야 고향땅을 밟았는데 그 곁에 오나라의 여인이 있는 것을 보고 대왕께서 여간 노하신 게 아니야."

계완의 말에 월녀는 짐짓 모른 척을 하며 입을 열었다.

"이 일은 잘 모르겠습니다. 소녀가 보기에 오왜는 어디 하나 나무랄 데가 없는 아이입니다. 태자님과도 천생배필 같은데…."

그러자 계완이 손을 휘휘 내저었다.

"나도 처음에 그 아이를 봤을땐 괜찮은 아가씨라고 생각했네. 허나 대왕과 태자가 만나자마자 저리 싸우는 게 다 오왜 때문이 아닌가 아무래도 이 일로 오랫동안 부자가 서로 등을 돌리지 않을까 그저 걱정스러울 뿐이네."

월녀가 아무 말도 없이 고개를 끄덕이자 계완은 계속해서 자신의 생각을 넌지시 털어놓았다.

"그래서 하는 말인데, 우선 이 일은 뒤로 미뤄놓고 우선 흥이가 전념할 수 있는 일을 주려고 하네. 그러니 낭자는 태자에게 열심히 검법을 가르쳐주게나. 그리고 태자가 일상 생활에서 배워야 할 부분은 초아에게 맡기면 어떨까 싶네. 자네와 의자매인 초아가 자네와 함께 흥이를 보필한다면 나도 한결 마음을 놓을 수 있을 듯한데…." 한참 둘러대는 계완의 말에 월녀는 비로소 그 뜻을 알아차렸다. '군부인께서 초아를 태자님의 짝으로 맺어주려 하는 모양인데, 내가 초아와 미리 입을 맞춘다면 일이 훨씬 수월하게 이루어지겠군.' 월녀는 아무것도 모른다는 표정으로 활짝 웃음을 지었다.

"참으로 현명하십니다. 초아는 섬세하고 꼼꼼한 아이니 분명 태자님이 월나라의 생활에 금세 적응하실 수 있도록 도울 수 있을 것입니다."

월녀의 말에 계완은 크게 기뻐했다.

"대왕께서 낭자를 그리 칭찬하신 이유를 내 이제 알겠군. 낭자처럼 이리도 남을 위하는 사람은 요새 같은 세상에서 정말 보기 힘들지."

"과찬이시옵니다. 더 이상 내리실 말씀이 없으시다면 소녀 이제 물러

날까 하옵니다." 월녀가 방 문을 나서자 방 안에서 활기찬 버들 소리가 울려퍼지기 시작했다.

한편 홍이는 월녀로부터 월녀 검법을 전수 받고 있었다. 사실 홍이는 오나라에 있었을 때부터 태자 우와 함께 무예를 연마했기 때문에 검술에도 일가견이 있을 뿐 아니라 각종 무예에도 정통했다. 월녀는 검술 연습 틈틈이 초아와 입을 맞춰 떨어져 있는 연인이 남들의 눈을 피해 만날 수 있는 장소를 마련해주곤 했다. 네 사람은 약야계에 있는 귤 밭에서 만나 서로 이야기도 나누고 각자의 기술을 자랑하기도 했다. 시간은 그렇게 흘러 가을이 가고 어느새 겨울이 찾아왔다. 그러던 어느 날 오나라로부터 태자 우가 왕자산, 왕자지 두 아우와 함께 홍이를 보러 월나라를 방문할 것이라는 소식이 전해졌다. 그 소식에 구천은 급히 산에서 내려와 중신들과 함께 이번 일을 어떻게 처리해야 할지 논의했다. 중신들은 태자 우가 홍이를 보러 월나라에 오니 우선 홍이에게 우를 맞도록 해야 한다는 데 의견을 모았다. 아울러 부차가 전쟁을 하러 북상해 있고 태자 우가 왕자지와 왕자산과 함께 오나라를 지키고 있으니 이들을 붙잡으면 전쟁을 치르지 않고도 부차에게서 항복을 받아낼 수 있다고 판단했다. 비록 그들 곁에 왕손미용이 있지만 일개 무사이니 별다른 문제가 없을 것이라는 생각에 구천은 사람을 보내 월녀와 홍이가 입궁하도록 했다.

한편 부왕의 명령으로 홍이는 월녀 검법과 함께 궁술을 배우고, 사적산에서는 진음으로부터 연속 활쏘기 기술을 배우고 있었다.

초나라 사람인 진음은 대대로 활을 다루는 집안에서 태어나 어릴 적부터 활을 잘 다루기로 유명했는데 특히 세 번 연속 활을 쏘는 기술은 그 누구도 따라오지 못했다. 초나라에서 사람을 죽인 죄로 월나라로 도망쳐와 살던 진음은 2년 전 범려의 눈에 띄어 구천 곁에 머무르게 되었다. 그의 활솜씨를 높이 산 구천은 그를 연노장군(連弩將軍)으로 부르고 월나라 병사들에게 연달아 활을 쏠 수 있는 기술을 가르치도록 했다.

회계산의 산맥 중 하나인 사적산은 험준한 산세로 유명했는데 그 가운데 천연 연병장이 있었다. 사적산의 서쪽 산머리에는 장군동(藏軍洞)이라는 동굴이 있었고 산의 동쪽 봉우리에는 높은 첩루가 세워져 있었다. 첩루에 있는 석벽(石壁)에는 북 모양의 하얀 바위가 박혀 있어 멀리서 보면 마치 과녁처럼 보였다. 그래서 사람들은 이곳이 신선들이 활을 가지고 놀던 과녁이라 하여 사적산이라고 부르고 있었다.

새벽 아침부터 흥이와 월녀는 사적산에 올라 험준한 산길을 따라 첩루에 당도했다. 첩루에는 이미 무장을 한 채 날카로운 표정으로 아래를 내려다보고 있는 진음이 보였다. 다부진 체구와 엄한 표정, 활쏘기의 달인이라는 말에 미래의 월나라 왕은 경외심을 느꼈다.

흥이와 월녀가 연병장의 한가운데 도착했을 때 마침 첩루에서 호각 소리가 울려퍼지며 장군동에 있는 궁수들이 쇠뇌를 밀며 나타났다. 하지만 태자 일행이 이미 당도했다는 것을 확인한 진음이 정지 명령을 내린 뒤 병사들을 이끌고 연병장으로 내려갔다.

"소인, 태자 전하님을 뵈옵니다!"

"일어나시게." 흥이는 누런 눈썹에 녹색 눈을 지닌 진음의 모습에 다소 당황했지만 그가 내뿜는 위엄과 카리스마에 금세 빨려들었다.

"월녀 장군도 오셨습니까?"

"진장군을 뵈옵니다."

서로 예를 올린 뒤 진음은 쇠뇌 장비를 끌고 오라 명하고 흥이에게 자세히 그 기능과 효과를 설명해주었다. 진음의 명령으로 순식간에 무기를 장착한 쇠뇌가 세워지자 이를 자세히 훑어보던 흥이는 쇠뇌란 게 사람이 인위적으로 조작하는 대형 활임을 대번에 알아차렸다.

진음이 만든 쇠뇌는 복숭아나무로 만든 것이었다. 작은 대포 포대(炮臺)모양을 한 쇠뇌에는 굴대가 있어 가시나무를 깎아 만든 화살 세 발을 각각의 굴대에 따라 넣고 화살의 꼬리를 홈에 잘 고정시킨 뒤 발로 아래 있는 발판을 밟으면 한꺼번에 화살 세 발을 쏠 수 있었다. 빠르고 조작하기가 쉬울 뿐만 아니라 사정거리가 멀고 파괴력이 크다는 장점이 있어 실제 전투에서 크게 효과를 발휘할 듯했다.

사람이 직접 한 발 한 발 쏴야 하는 활보다 분명 뛰어난 효과를 거둘 수 있을 것 같았다. 진음의 설명을 들으며 연심 감탄사를 터뜨리던 흥이가 직접 다루고 싶다고 말을 꺼내려던 순간, 저 멀리서 궁인이 급히 달려왔다.

"태자 저하, 대왕께서 월녀 장군과 함께 어서 소성으로 오시라는 명을 내리셨습니다."

궁인의 말에 흥이는 이맛살을 찌푸리며 한숨을 내쉬었다.

"진장군, 보아하니 오늘은 시간이 아니 될 듯하오. 내일 다시 오겠소." 그러고는 손에 들고 있던 화살을 진음에게 건네주었다.

"알겠사옵니다!"

누군가 미리 대기시켜 놓은 말을 타고 흥이와 월녀는 산자락을 따라 순식간에 월왕성에 도착했다. 성문 앞에서 한 궁인이 이들을 맞이했다.

"대왕께서 비익루에서 태자 전하와 월녀 장군을 기다리고 계십니다." 말에서 내린 두 사람은 궁인의 안내를 받으며 비익루로 발걸음을 옮겼다.

높이 솟은 비익루는 여느 때보다 더 삼엄한 경계를 취하고 있었다. 난데없이 비익루로 오라고 명한 것이나 평소보다 더 긴장감이 흐르는 병사들의 모습에서 흥이와 월녀는 무슨 큰일이라도 생긴 게 분명하다고 생각했다. 하지만 두 사람은 별다른 말없이 눈빛으로만 서로의 생각을 주고받을 뿐이었다.

비익루의 굽은 계단을 따라 두 사람은 밀실로 들어갔다. 이곳 밀실은 비익루에서도 높은 곳에 위치하고 있을 뿐만 아니라 사방이 뚫려 있어 동서남북이 훤하게 내려다 보였다. 밀실의 정 가운데 앉아 있는 구천을 중심으로 범려, 문종, 부동, 예용, 호진, 계예 등의 중신들이 모두 자리하고 있었다. 평소보다 조심스러운 그들의 표정에서 무언가 중대한 이야기가 오가고 있음을 알 수 있었다. 흥이와 월녀를 발견한 문무백관들은 마치 약속이라도 미리 한듯 흥이를 뚫어지게 쳐다보았다.

이때 구천이 입을 열었다. "태자, 이리로 들게. 월장군도 드시오." 평소보다 부드러운 부왕의 부름에 흥이는 구천의 오른쪽에 앉았고 월녀는 맨 아래 자리에 앉았다.

문종이 흥이를 향해 몸을 굽히며 입을 열었다.

"태자 전하, 오나라의 태자 우와 그 형제들이 태자님을 뵈러 오나라로 오신다고 합니다."

"사실인가? 언제 오신다고 하던가?"

"지금 오시는 중이라고 하니 오늘 중으로 당도할 것입니다."

"잘 되었구나. 내가 가서 직접 맞이해야겠다!" 형제처럼 지내던 태자 우가 자신을 보러 직접 오고 있다는 소식에 흥이는 뛸 듯이 기뻤다. 이미 두 달 동안 제대로 된 대화를 나눠보지 못해 답답해하던 차에 형님처럼 모시던 우가 온다는 소리에 신이 난 흥이가 몸을 일으키려는데 누군가에 의해 저지당하고 말았다. 뒤를 돌아보니 구천이었다.

"태자가 과거의 일을 잊지 못하는 것은 분명 좋은 일이나 개인적인 감정에 휩싸여 나라의 이익을 버리고 월나라가 당한 수치를 잊는다면 안 될 것이다. 네가 월나라의 왕위 계승자라는 사실을 잊지 말아라!"

"무슨 말씀이온지 소자 그 뜻을 모르겠나이다. 소자가 오나라 태자를 맞이하러 가는 것과 무슨 관계가 있는지요?"

그런 홍이를 보며 범려가 슬며시 미소를 지었다.

"입신양명하려면 먼저 나라의 이익을 중시해야 한다는 말이 있습니다. 즉 개인적인 감정은 접어두어야 한다는 말이지요. 비록 그것이 쉽지 않다는 것을 소신도 잘 알고 있습니다만 나라의 이익을 위해서는 사사로운 개인의 감정을 접어두는 용기와 결단이 필요합니다."

"범대부가 말씀하신 입신양명이라는 것은 분명 맞는 말씀이옵니다. 범대부는 나라의 이익을 위해 사랑하는 사람의 손을 놓아버리고 개인적인 감정을 버리실 수 있겠지요. 허나 누군가 그 뒤에서 몰래 울고 있다는 것은 모르시나 봅니다!"

"그 무슨…." 홍이의 말에 범려의 안색이 시퍼렇게 변했다.

구천 역시 화를 참지 못하고 앞에 있던 차 주전자를 바닥에 집어던졌다.

"머리에 피도 안 마른 게 어디서 감히 함부로 입을 놀린단 말이냐! 네놈이 왕도라는 것을 알기나 한단 말이냐? 어리석은 것과 더 이상 이야기를 할 필요가 없다. 어쨌든 오나라의 태자가 왔다니 성에 들어오면 모두들 논의한 대로 일을 진행하시오!"

홍이의 반응에 중신들은 연신 고개를 내저었고 회의는 불쾌한 분위기 속에 끝났다. 중신들이 하나씩 비익루를 내려가자 구천 역시 자리를 뜰 준비를 했다. 멍하게 서 있는 홍이를 보자니 그저 울화통만 터지는 구천이었다. 홍이와 함께 비익루로 온 월녀를 본 구천이 한숨을 쉬며 자신의 곁으로 그녀를 불렀다.

"저 어리석은 녀석을 잘 돌봐주시오. 저렇게 멍하게 서 있지 말고 얼른 정신 차리고 오나라의 태자를 맞으라고 하시오."

구천의 말에 월녀는 난색을 표하더니 조그맣게 속삭였다.

"대왕, 태자님께서는 소녀의 말을 제대로 들으려 하지 않습니다."

"오나라의 태자를 붙잡아 부차를 굴복시킬 계획이오. 낭자가 내 심복이 되어 저 녀석을 잘 챙겨주시오. 그럼 밑에서 기다릴 터이니 저 녀석을 잘 설득해서 데리고 오시오."

"네, 가서 말씀을 드려보겠습니다."

그제야 안심이 된 구천은 서둘러 비익루를 내려갔다. 부왕이 막 계단을 돌자 그때까지 멍하게 있던 홍이가 월녀의 팔을 잡아당겼다.

"누이, 태자님이 성에 들어오시면 화를 당하는 것인가?"

"그렇사옵니다. 이미 월나라에 들어오셨다고 하니 지금 연락을 취해도 늦을 것입니다. 게다가 저희에게 직접 가서 맞이하라는 명령이 떨어졌으니…. 이를 어찌해야 할지요?"

"아! 오나라의 물길로 통하는 비밀 통로가 있네. 이 일을 오왜에게 알려주게. 오왜가 길목을 지키고 있다가 태자님에게 돌아가라고 말씀드리면 아무 일도 없을 것일세!"

"좋은 생각이시옵니다. 여기서 조용히 기다리세요. 소녀가 가보겠습니다."

"아, 잠깐만!"

"무슨 일이시옵니까?"

"누이가 오왜한테 가서 이곳은 오래 머무를 수 없는 곳이니 태자님과 함께 오나라로 돌아가라고 전해주게. 내… 내… 그녀를 잊지 않겠다고…."

홍이의 말에 월녀는 잠시 머뭇거리더니 이내 결심을 굳힌 듯 입을 열었다.

"알겠습니다. 분명 이곳은 오왜에게는 숨 막히는 곳이지요. 여기서 손발이 묶여 살 바에야 차라리 오나라로 돌아가라고 하겠습니다. 대왕께 가서 태자님이 마음을 돌리셨다고 말씀드리겠습니다."

월녀가 급히 계단을 내려가고 얼마 뒤 흥이가 천천히 내려갔다. '태자님께서 부디 오나라로 무사히 돌아가시기를…. 그리고 오왜가 이곳에서 멀리 떠나기를….' 흥이는 묵묵히 두 사람의 안녕을 빌었다.

태자 일행이 올 때만을 목이 빠져라 기다리던 구천과 월나라 병사들에게 청천벽력 같은 소식이 전해졌다. 오나라 태자 일행이 갑자기 뱃머리를 돌려 가버렸다는 것이다. 부차의 세 아들을 붙잡으려던 계획이 물거품이 되자 구천과 월나라 조정은 큰 혼란에 휩싸였다. 누군가 계획을 발설한 것이 틀림없었다. 그렇지 않고서야 아무 생각 없이 월나라까지 와서 이미 이곳에 발을 들여놓은 오나라 태자 일행이 갑자기 발길을 돌릴 이유가 없었다. 구천이 사건을 조사하던 중 한 어부가 오나라에서 온 배가 남동쪽을 향해 내려오고 있었는데 연노란색 옷을 입은 소녀를 태운 배가 오나라의 배에 접근했다고 알려왔다. 오나라의 배에 오른 소녀가 청년들과 이야기를 주고받더니 갑자기 방향을 바꿨고 그 소녀는 원래의 길로 돌아갔다는 것이었다.

소녀의 정체에 대해 하루 종일 머리를 쥐어짜던 구천의 머리에 순간 한 사람의 모습이 떠올랐다. "오왜구나!" 이 일을 밝히기 위해 구천은 비밀리에 양식장에 사람을 보내 오나라 태자 일행이 들어오던 날 그녀가 양식장에 있었는지를 조사하도록 했다. 조사 결과 오왜는 예상대로 양식장에 있지 않았고 늦은 밤이 되어서야 돌아왔다는 사실을 들을 수 있었다. "오왜, 과연 네가 오나라의 첩자로구나!" 눈앞에서 성공을 놓친 구천은 원통한 마음에 먹지도 못하고 제대로 잠도 자지 못했다. 어떻게 오왜를 처단할지 고민하던 중 불현듯 월녀가 마음에 걸렸다. 구천은 결국 두 사람을 치기로 결정했다. 비록 아쉽긴 하지만 오왜와 한통속일 가능성이 높은 월녀를 자신의 며느리로 삼을 수는 없었다. 계완이 미리 점찍어둔 초아는 문종의 조카딸이기도 하니 신분도 확실하고 왕실과 혼례를 올리는 데 조금도 손색이 없었다. 게다가 조신한 모습에 어려서부터 좋은 교육을 받고 자랐으니 미래 월나라의 군부인감으로 적격이었다. 다음 날 날이 밝자 구천은 배를 타고 급히 회계산의 별궁으로 가 산길을 따라 계완이 있는 직조궁으로 발걸음을 옮겼다.

"대왕, 납시오!" 궁인의 외침에 시녀들을 이끌고 나온 계완이 구천을 맞이했다.

"갑자기 이른 아침부터 무슨 일로 예까지 몸소 납시었습니까?"

구천은 절을 올리는 계완의 손을 잡으며 궁녀들에게 하던 일을 계속하라고 명하고는 모두 밖으로 내보냈다. 그런 후 계완과 함께 방에 들어가 자리에 앉았다.

"흥이 이 녀석이 이제 가정을 이룰 때가 되지 않았소?"

"혹시 마음에 두고 계신 아가씨가 있으십니까?"

"초아가 좋을 듯하오. 부인도 그리 생각하고 있는 듯한데 어떠시오?"

"소첩도 그리 생각하옵니다만 태자의 마음은 다른 곳을 향하고 있사옵니다."

"그것이라면 신경 쓸 필요 없소!"

"허나 우리 흥이의 목숨을 구해주었는데 잘못하면 흉흉한 소문만 돌 것입니다."

"그깟 소문 따위가 뭐가 대수란 말이오? 오왜는 오나라의 첩자요! 오늘 삼경에 그 목숨을 끊도록 내 이미 계획을 세웠소!"

"첩자요?" 첩자라는 말에 크게 놀란 계완에게 구천은 이번 오나라 태자 암살 계획이 실패하게 된 경위와 자신이 조사한 내용을 모두 들려주었다. 구천의 말에 계완은 연신 고개를 내저으며 한숨을 쉬었다. "어찌도 그리 사람 보는 눈이 없는지…. 어쩌다가 그런 사악한 것을 생명의 은인이라고 생각하는 것인지…. 쯧쯧. 그렇다면 대왕께서는 그 아이를 어찌 처단하실 생각이시옵니까?"

구천은 살기 가득한 눈을 부릅뜨며 입술을 깨물었다.

"평소 내 월녀를 믿었건만 그 아이 역시 나를 배반할 줄은 몰랐소. 월녀가 이야기해주지 않았다면 어찌 오왜가 우리의 계획을 알 수 있었겠소? 오왜에게 사람을 보내 홍이가 오늘 저녁 오왜와 함께 월나라를 떠나 오나라로 갈 것이라 했다고 일러줄 것이오. 사람들의 눈을 피하기 위해 남장을 하고 검은색 망토를 두른 채 기다리라 한 뒤, 월녀에게 오늘 저녁 검은색 옷을 입은 자가 과인을 암살하려 한다고 일러줄 것이오. 약야계의 귤 밭에서 암살자가 동료들을 기다리고 있으니 삼경에 그곳으로 가서 암살자를 죽이고 그 피가 묻은 검을 과인에게 바치라고 이를 것이오. 이리하면 두 사람을 한번에 처단할 수 있소!"

"그리하면 월녀는 어찌합니까? 자신이 오왜를 죽였다는 것을 알면 분명 죄책감에 괴로워할 텐데, 그러다 자결이라도 하면⋯."

"부인에게 솔직히 이야기하겠소. 내 한때 월녀를 홍이의 짝으로 맺어주려고 했었소. 하지만 지금은 이런 뜻을 저버렸소. 과인을 배반한 월녀의 목을 당장이라고 치고 싶지만 월녀의 가르침으로 우리 월나라 병사들의 무예 실력이 늘었기에 그나마 목숨은 살려두는 것이오. 평생 자신의 죄를 뉘우치며 살도록!"

구천의 말에 계완은 입을 다물었다. 그렇게 두 사람은 오랫동안 말이 없었다.

그날 저녁 밝은 달빛을 등불 삼아 계완은 직조궁을 빠져나와 가까운 곳에 있는 문종의 임시 관저로 발걸음을 향했다.

관저라고 하지만 진짜 관저라기보다는 그저 임시로 얼렁뚱땅 지은 집에 불과했다. 임시 관저에는 모두 네 개의 방이 있었는데 한가운데에 있는 방은 손님을 맞거나 식사를 하는 거실이었고 왼쪽 방은 둔종 내외의 방, 오른쪽은 초아의 방, 그리고 뒤에 있는 방은 누에를 기르는 곳이었다. 문종의 관저에 도착한 계완이 사람을 부르자 한 노인이 문을 열어주었다. 계완이 왔다는 시종의 부름에 문종 내외는 놀란 나머지 허겁지겁 문 밖으로 달려나왔다. 문종의 부인이 연신 머리를 조아리며 초아를 불렀지만 초아의 모습은 보이지 않았다. 그러자 옆에 있던 문종이 그제야 생각 난 듯 계완을 향해 입을 열었다.

"군부인, 초아가 요새 밤마다 새끼 누에들을 돌보느라 제 방에 없는 듯합니다. 연일 밤을 새는 바람에 아이의 얼굴이 많이 상했습니다. 부인은 어서 가서 초아를 찾아보시오." 그러자 계완이 미소를 지으며 만류했다. "내버려두십시오. 제가 오늘 이곳에 온 것은 초아가 아니라 문대부와 그 부인을 뵙고 나눌 이야기가 있어서입니다. 아마 두 분도 좋아하실 듯합니다."

계완의 말에 문종 내외는 상석에 앉으라고 권한 뒤 차를 내오도록 했다. 군부인이 납시었다는 소식을 들은 초아가 방 안으로 들어가려고 문에 손을 대는 순간, 안에서 들려오는 소리에 그녀는 숨을 틀어막고 문가로 다가가 귀를 기울였다.

차를 한 모금 마신 계완이 가볍게 웃음을 지었다.

"조금 전에 제가 말씀드린 것처럼 좋은 소식을 전해드리러 왔습니다. 대왕께서 초아를 태자비로 삼으시려고 하시는데 두 분 생각은 어떠신지요? 이 일을 상의하러 이 밤에 제가 직접 오게 되었습니다."

문종이 이름을 세상에 알리기 전에 시집 온 문종의 부인은 언문을 알지 못하고 교양도 없는 여인이었다. 욕심 많고 이기적인 그녀는 문종이 아비 어미도 없는 핏덩이를 집으로 데리고 오자 문종의 사생아라는 생각에 질투에 눈이 멀어 무던히도 문종과 어린 초아를 괴롭혔다. 계속된 괴롭힘을 견디지 못한 문종이 사실을 털어놓자 그녀는 반신반의하며 어린 초아를 받아들였지만 그렇다고 해서 초아를 마음으로 들이지는 못했다. 문종 부인은 자신이 낳은 아들만 예뻐하며 초아를 종 부리듯이 부렸다. 3년 전 아들이 초나라에서 작은 관직에 오른 뒤 계완에 의해 월나라로 가게 된 초아를 따라 그녀도 남편이 있는 월나라로 함께 왔다. 이때부터 초아도 당당히 허리를 펴며 살 수 있게 된 것이었다. 자신의 출생에 대해 아무것도 모르는 초아가 이제는 월나라의 태자비가 된다는 사실에 문종의 부인은 뛸 듯이 기뻐하며 입을 다물 줄 몰랐다.

"아이고, 개가 월나라의 태자비가 되다니! 그간 힘들게 기른 보람이 있습니다. 갑자기 상공께서 어린 핏덩이를 데리고 오더니 초나라의 공주가 겁탈당한 후 미치광이가 되어 낳은 딸이라고 했을 때 얼마나 놀랐는지요. 훗날 그 어미가 호수에 빠져 죽었다는 이야기를 듣고는 무서워 죽는 줄 알았답니다. 하지만 그 모든 게 액땜이었나 보네요. 그 딸이 지금은 월나라의 태자비가 될 몸이라니, 호호호. 참, 소인이 평소 초아를 얼마나 예뻐하는지 아시나요? 친딸처럼 대해주고 그 아이 역시 저를 친어미처럼 따른답니다. 아이고, 정말 제가 복이 많나 봅니다. 호호호."

태자의 장모가 될 생각에 흥분한 나머지 큰 소리로 이야기를 늘어놓는 아내를 보며 문종은 탁자를 치며 당장 입을 다물라고 호통을 쳤다.

그제야 입을 다문 부인을 매섭게 째려본 문종은 난처한 표정으로 계완을 바라봤다.

"허나 태자마마님은 오왜라는 소녀와 이미 은애하는 사이인 것으로 아옵니다. 혼사를 대왕 혼자 결정하신 것이라면…"

"초아는 제 외조카가 아닙니까? 그리고 홍이는 제 아들이니 무엇이 걱정이십니까? 오왜는 오나라의 첩자로 오늘 삼경에… 월녀의 검에 목숨을 잃게 될 것입니다!"

목소리를 낮춘 계완은 문종에게 구천의 계획을 알려주었다.

문 밖에서 이 소리를 듣고 있던 초아는 월왕이 자신을 태자비로 삼겠다고 결심했다는 이야기에 크게 놀랐다. 하지만 뒤에 나온 자신의 출생에 대한 비밀을 듣는 순간 가슴이 찢어져 하마터면 자리에 주저앉을 뻔했다. 그런 그녀의 발을 멈추게 한 것은 바로 월녀를 이용해 오왜를 처치하겠다는 구천의 소름끼치는 음모였다. "삼경… 삼경…" 덜덜 떨리는 몸을 가까스로 추스르며 문종 내외의 방으로 들어간 초아는 옷상자를 뒤져 문종이 자주 입고 다니던 검은색 망토를 찾아낸 뒤 자신의 방으로 돌아가 손가락을 깨물어 월녀에게 줄 혈서를 썼다. 혈서를 품에 넣은 뒤 거실 밖을 지나는 초아의 귀로 계완과 문종 내외의 웃음소리가 끊임없이 들려왔다. 희미한 달빛을 등불 삼아 초아는 몰래 관저를 빠져나와 약야계를 향해 쏜살같이 달려갔다.

약야계의 귤 밭에 도착한 초아는 계곡물 옆에 앉아 달빛에 빛나는 강물을 바라보며 흐느끼기 시작했다. 오나라와 초나라의 전쟁에서 강간을 당해 미치광이가 되었다가 호수에 빠져죽은 어미와 얄궂은 운명의 소용돌이에 휘몰린 불쌍한 친구들, 그리고 자신을 생각하며 연신 울음을 터뜨렸다. "어머니, 불쌍하신 우리 어머니. 하지만 어머니, 소녀 역시도 어머니 못지않게 불쌍하답니다. 어릴 때에는 부모의 따뜻한 정을 한 번도 느끼지 못하고 주워온 개나 고양이마냥 천대를 받고 자랐어요. 실을 뽑아야 하는 누에는 배불리 뽕잎을 먹었지만 저는 항상 굶고 살았답니다. 누에실로 짠 고운 옷은 다 남이 입고 저는 항상 추위에 떨며 살아야 했지요. 오늘 밤에 저도 어머니처럼 물에 빠져 죽으려고 했습니다만 이렇게 허망하게 갈 수는 없습니다. 박복하고 불쌍한 저지만 이 세상을 살면서 행복한 순간이 있었거든요. 바로 저를 아껴주는 친구들을 만난 것이죠. 그중 한 명은 아비의 손에 오나라에 인질로 끌려갔습니다. 자신을 낳아준 부모가 어엿이 있는데도 고아처럼 제대로 된 부모의 정을 느끼지 못하면 자랐죠. 또 다른 친구는 부모 없이 외로이 지내다가 어렵사리 자신을 사랑해주는 사람을 만났는데, 생이별을 하여 매일 눈물을 흘리며 살고 있습니다. 그리고 마지막 친구 또한 부모가 없답니다. 여인의 몸으로 힘들게 검술을 하는 그 친구는 살인에 이용될 운명에 처했어요. 제 친구들은 모두 함부로 버려진 불쌍한 사람들이에요. 저의 죽음으로 제 친구들이 행복해질 수 있다면 무엇이 무섭겠습니까? 어머니, 소녀가 갑니다. 이 초아가 갑니다. 이생에서 못 다한 모녀간의 정을 구천에서나마 나누렵니다!"

울음을 그친 초아는 그 자리에서 일어나 허리춤에 묶고 있던 끈을 초나라에서 가져온 커다란 귤나무의 가지에 걸고 매듭을 묶었다. 그런 뒤 나무에 올라 밧줄에 목을 걸고 나무에서 뛰어내렸다. 흔들거리는 귤나무 가지 사이로 초아의 흰 발이 처량하게 흔들거렸다.

삼경이 되었을 무렵 달은 이미 서쪽 하늘에 걸려 있었다. 바람 소리가 귤 밭에 울려퍼지더니 한 손에 검을 든 그림자가 약야계에 나타났다. 월녀였다. 월녀의 그림자는 무엇을 찾는 듯 이리저리 서성거렸다. 그때 갑자기 노인의 목소리가 들려왔다.

"찾을 것 없다. 누가 대신했구나…."

"누구냐? 할아버지…?"

월녀의 외침에 원공이 수풀 사이에서 모습을 드러냈다. 문종의 관저에서 계완에게 문을 열어주던 노인, 그가 바로 원공이었다! "할아버지!" 월녀는 재빨리 검을 거두고 할아버지에게 달려가 안겼다.

"가엾게도… 죽고 말았구나."

원공의 말에 월녀는 그를 밀치며 외쳤다.

"누가 죽었다는 거예요?"

"너를 위해서 그리고 나머지 두 사람을 위해서 죽었다. 내가… 내가 한 발 늦고 말았어. 초아… 초아 말이다. 그 아이가… 죽었다."

"초아가 죽었다고요?"

"그렇단다."

원공이 가리킨 곳에서 한 여인의 시신과 날아가지 못하게 돌을 올려놓은 흰 천이 보였다. 자신이 목격한 사실을 믿을 수 없다는 듯 월녀는 주춤거리며 뒤로 물러났다.

"아, 아닐 거예요. 초아가 아닐 거예요, 초아 아니죠?"

비틀거리는 월녀를 부축하는 원공의 눈에서도 뜨거운 눈물이 흘렀다.

"초아가 맞다. 저 흰 천은 너에게 남긴 혈서란다. 보면 알 것이다." 원공은 초아의 시신 곁으로 걸어가 혈서를 주워들고 월녀에게 건넸다. 희미한 달빛에 의지해 초아가 죽기 전 자신에게 남긴 혈서를 읽은 월녀는 공포와 분노에 몸을 떨기 시작했다. 혈서에는 초아의 출생 비밀과 어젯밤에 자신이 들은 이야기, 그리고 자신의 죽음을 너무 슬퍼하지 말라는 이야기가 쓰여 있었다.

초아의 시신에 엎드려 대성통곡을 하는 월녀가 초아의 곁을 떠나려고 하지 않아 원공은 조심스레 입을 열었다.

"너무 슬퍼하지 말아라. 한 번 죽은 사람이 다시 살아올 수는 없는 법. 사실 나 역시 너에게 들려주지 않은 이야기가 있다. 너의 출생에 대해서 말이다."

원공의 말에 월녀는 눈물을 닦으며 그 이야기를 들려달라고 했다.

"사실 너도 초아와 다를 것이 없다. 오나라와 월나라 사이에 있었던 휴리 전투에 대해서 들어본 적이 있느냐?"

"네, 들어본 적이 있습니다. 그런데 그것이 제 출생과 무슨 관련이 있다는 것입니까?"

"휴리 전투에서 오나라 군대는 대패하고 부상을 입은 합려는 죽고 말았다. 당시 천하무적이었던 오나라 군대가 대패했던 것은 월왕이 죄인 300명에게 전선에서 스스로 목을 베 오나라 군대의 사기를 떨어뜨리라고 한 작전 덕분이었다. 바로 그 300명의 죄인 중에 너의 아비가 있었다. 네 아비가 자결했다는 이야기를 들은 네 어미가 너를 버리고 물에 빠져 죽고 말았지. 담요에 쌓여있던 너는 거대한 바위 위에 숨겨져 있었단다. 당시 검술을 연습하고 있던 나는 난데없이 들리는 아기 울음소리를 따라가다가 울고 있는 너를 발견했다. 네가 굶어 죽지 않을까, 혹여 얼어 죽지 않을까 하며 내 너를 안고 왔다. 네 어미의 기일을 기리기 위해서 네가 장성한 후에 그날 네게 월나라의 귤나무를 심으라고 한 것이었다. 지금 너에게 이 이야기를 들려주는 것은 네가 겪은 불행이 되풀이되지 않기를 바라는 심정에서 비롯한 것이다. 그러니 지금 하고 있는 정예부대의 훈련을 그만두어라."

엄청난 사건을 연거푸 겪은 월녀는 당장이라도 정신을 잃을 듯했지만 가까스로 자신을 다잡았다. 더 이상 이런 일을 겪고 싶지 않다는 생각에 월녀는 오왜와 홍이에게 조금이라도 빨리 월나라를 떠나라고 말해주고 싶었다.

자리에서 일어나는 월녀를 원공이 가볍게 막아섰다.

"사람들이 오고 있으니 너도 어서 빨리 피하는 것이 좋을 것이다. 초아는 이미 세상을 떴고 오왜에게는 태자님이 있으니 괜찮을 것이다. 숨어 살다보면 언젠가 다시 만날 날이 올 것이니 그만 떠나거라!"

원공의 말에 월녀 역시 초아가 남기고 간 흰 천에 이별을 알리는 혈서를 쓴 뒤 초아의 시신과 자신의 어미가 물에 빠져 죽었다는 곳을 향해 절을 올리고는 원공을 따라 천모산 쪽으로 사라졌다. 월왕이 자신을 가만두지 않을 것이라는 생각에 월녀는 원공과 다시 헤어져야 했다.

그날 저녁, 문종 부인의 간곡한 청을 못 이기고 문종의 관저에서 하룻밤을 청한 계완은 오경이 되자 몸을 일으켰다. 구천이 부국강병책을 실시한 때부터 매일 오경이면 이렇게 일어나 하루의 고된 일을 시작했다. 문종의 관저에서 나온 계완은 지금쯤이면 홍이도 깨어 있을 것이라는 생각에 동궁(東宮)으로 발걸음을 돌렸다. 계완에게는 홍이를 제외하고 열여섯 살, 열다섯 살 된 아들이 있었다. 그들이 아직 어린 까닭에 자신이 데리고 있었고, 새로 지은 동궁에 홍이를 위한 거처를 따로 마련해두었다. 마침 문종 대부의 관저에서도 그리 멀지 않으니 나중에 이곳을 초아와 홍이를 위한 신궁(新宮)으로 삼으면 좋겠다는 생각에 계완은 흐뭇했다.

동궁에 계완이 도착했을 무렵, 막 자리에서 일어난 홍이는 청동으로 된 등불 아래서 무언가를 보고 있었다. 모후가 갑자기 들어서자, 깜짝 놀란 홍이는 재빨리 손 안에 들고 있던 것을 뒤로 숨겼다.

"무슨 보물이길래 그리 숨기시오? 나에게도 보여주시구려."

"별것 아닙니다. 아무것도 아닙니다."

"별것 아니라니 나에게 보여주어도 되겠구려. 자, 가지고 와보시구려."

보통 때보다 유달리 호기심을 보이는 계완의 모습에 홍이는 어쩌면 그녀가 자신을 도와줄 수도 있다고 생각하며 뒤로 숨기고 있던 반쪽짜리 옥패를 꺼내 보였다. 그것을 받아본 계완은 살며시 웃음을 지었다.

"이런, 이런…. 알고 보니 태자가 내 옥패를 훔쳤구려. 내 잘 보관해두겠소. 그런데 어떻게 이 옥패를 훔친 것이오?"

"이 옥패는 소자가 정인에게서 받은 것입니다. 어찌하여 모후는 이 옥패가 모후의 것이라 하십니까?"

"정인? 누구란 말이오?" 계완의 눈동자가 심하게 흔들렸다.

"제 정인은… 제 정인은 오왜입니다! 오왜가 소자에게 정표로 이것을 주었습니다."

“아…오왜! 어찌… 어찌… 그 아이가 이 옥패를!” 하얗게 질린 모후를 보면서 홍이는 일이 잘못되어도 무언가 단단히 잘못되었음을 직감했다. ‘이것이 어떻게 된 일이냐? 설마 하니 오왜가 모후의 옥패를 훔쳤다는 말인가? 하지만 말이 안 된다. 이 옥패는 내가 태호에서 오왜와 사랑을 나눌 때 정표로 받은 것인데…. 그렇다면 오왜의 식구 중에 누군가 저지른 소행이란 말인가? 아니다, 오왜를 거둬주신 할아버지도 친할아버지가 아니라고 했는데…’ 이리저리 고민을 해도 도무지 말이 되지 않자 홍이는 조용히 대답했다.

“어마마마, 그것은 오왜가 소자에게 나눠준 정표이지 어마마마의 것이 아니옵니다.”

홍이의 말에 계완이 자세히 옥패를 들여다보니 ‘과(戈)’라는 글자가 보였다. 계완은 예전 오나라로 끌려가던 중 길에서 낳은 핏덩어리를 버려야 했을 때 자신이 가지고 있던 옥패를 잘라 걸어주었다. ‘무(戊)’라는 글자 중 ‘과(戈)’가 새겨진 옥패는 아이에게 걸어주고 자신은 ‘민엄호(厂)’ 변이 새겨진 옥패를 가졌갔던 것이다. 홍이가 건네준 반쪽짜리 옥패를 보니 오왜가 자신의 딸임이 분명했다! 세상 천하에 이렇게 무섭고 슬픈 일이 어디 있단 말인가!

“홍이야, 혹시… 오왜의 어깨에 이빨 자국이 있더냐?”

“있습니다. 그런데 어마마마 어찌 그것을 아시옵니까?”

“하늘이시여! 어떻게 이럴 수가! 너는 빨리 가서 오왜를 찾아오거라! 여봐라, 당장 대왕을 이곳으로 모셔오거라!”

얼마 지나지 않아 구천과 오왜가 모두 동궁전에 모였다. 계완은 한 손으로는 구천을, 나머지 한 손으로는 오왜를 붙잡은 뒤 떨리는 목소리로 간신히 입을 열었다.

“대왕, 이 아이가 우리 딸입니다. 오왜야, 우리가 너의 친부모다. 그리고 흥이야, 너도 이리 오거라. 오왜가 바로 네 동생이다."

갑작스러운 계완의 부름과 지금 눈앞에서 펼쳐지고 있는 상황에 구천은 그저 어리둥절하기만 했다.

"부인, 어디 몸이 편치 않으신 것이오? 어디서 그런 망언을 하시는 것이오?" 구천은 불쾌한 표정을 짓다가 역시나 어리둥절한 표정을 짓고 있는 오왜를 보며 호통을 쳤다.

"오나라의 첩자가 무슨 낯짝으로 아직까지 죽지 않고 살아 있는 것이냐? 월녀가 일을 망쳤나 보구나, 여봐라!"

구천의 차가운 반응에 계완이 급히 뜯어말렸다.

"대왕, 소첩이 어디 거짓과 망언을 고하겠습니까? 저 아이는 옛날 오나라로 끌려갈 때 휴리의 작은 정자에서 제가 낳은 아이입니다. 이 옥패를 보세요. 아이를 버리고 나올 때 소첩이 아이의 목에 걸어주었던 옥패를 기억하시는지요? 이것이 바로 그 옥패입니다!"

옥패를 받아온 구천의 눈이 휘둥그레졌다. 계완은 휘청거리는 몸을 끌며 오왜를 자신의 앞으로 잡아끌었다.

"자, 네 어깨를 보자, 이빨 자국이 있을 게다!" 오왜의 의사와는 상관없이 계완은 오왜의 왼쪽 소매를 올렸다. 새하얀 어깨 위로 희미한 두 줄의 이빨 자국이 보였다. 순간, 구천과 계완은 숨이 멎는 듯했다.

"아냐! 난 당신들의 딸이 아냐, 아니라고!"

오왜가 새된 소리를 질렀다. 그 모습에 홍이의 가슴속에서 시뻘건 것이 울컥 솟아올랐다. 그것은 부모에 대한 원망과 실망, 그리고 자신의 가혹한 운명에 대한 분노였다.

"어찌하여, 어째서, 왜 버린 것입니까? 저 아이는 당신들의 딸이 아냐, 딸이 아니라고…. 저 아이는 내 정인이야, 내 것이라고!"

새벽이 오기 전의 어둠이 가장 어두운 법이다. 하지만 젊은 남녀는 한 치 앞도 분간할 수 없는 어둠을 뚫고 뜨거운 울음을 쏟아내며 달려 나갔다. 서러운 울음소리가 회계산에 울려퍼졌고 그 소리에 놀란 사람들이 잠에서 깼다.

계완이 급히 그 뒤를 쫓았다. 자칫했다가 더 큰 일이 일어날 수도 있겠다는 생각에 구천은 서둘러 시중들을 불렀다.

"빨리 가서 저들을 잡아와라, 어서!" 마침 동궁에는 세 명의 내인이 불침번을 서고 있었다. 난데없는 구천의 명에 한 내인이 홍이를 가까스로 붙잡았다. 나머지 두 사람 역시 홍이에게 달려들어 그 발목을 붙드는 데 성공했다. 제아무리 무예를 연마한 홍이라고 해도 혼자 힘으로 세 사람을 당해낼 수 없었다. 홍이를 뒤쫓느라 오왜를 놓친 내인들이 홍이만 붙잡아 동궁으로 돌아왔다. 이때 약야계의 귤 밭으로 도망친 오왜는 계곡 근처에서 초아의 시신과 초아와 월녀가 남긴 흰 천을 발견했다. 돌 위에 눕혀놓은 초아의 시신 앞에서 흰 천에 쓰여 있는 내용을 다 읽은 오왜가 온몸을 내리누르는 슬픔을 견디지 못하고 약야계로 몸을 던졌다. 사람들이 달려와 그녀를 발견했을 때에 그녀는 이미 싸늘한 주검이 되어 있었다.

구천은 홍이가 더 이상 상처입지 않도록 계완의 반대에도 아랑곳하지 않고 그를 동궁전에 가뒀다. 생전에 의자매였던 초아와 오왜는 죽어서 같은 무덤에 묻혔다. 하룻밤 사이에 피붙이를 둘이나 잃은 계완은 혼절을 거듭하며 정신을 차리지 못했다. 가까스로 기력을 찾는가 싶으면 연신 초아와 오왜의 이름을 부르며 끝이 보이지 않는 전쟁을 저주했다.

큰 충격을 이기지 못한 홍이는 병을 치르며 그만 정신을 놓고 말았다. 동궁전에서 나와도 된다는 허락을 받은 홍이는 귤 밭을 자주 배회했다. 그는 귤이 익으면 새로 딴 귤을 약야계에 있는 돌 위에 올려놓고 혼자 중얼거리다가 돌 위에 가만히 앉아 있곤 했다. 마치 옆에 누가 있는 것처럼…. 이런 아내와 아들의 모습에 구천 역시 가슴이 미어지는 듯했지만 무엇보다도 나라가 먼저였다. 구천은 나라의 힘을 키워 천하를 평정해야만 자신뿐만 아니라 백성들도 편히 살 수 있다는 생각에 최후의 전투를 준비했다.

고소산의 슬픔

거대한 오나라의 수군이 강물을 거슬러 북쪽을 향해 천천히 이동하고 있었다. 그 모습이 마치 수면을 향해 서서히 모습을 드러내는 거대한 바다거북 같았다.

화려하게 장식된 세 척의 교선(橋船)이 오나라 수군을 맨 앞에서 이끌고 있었다. 부차와 그의 애첩인 서시는 그 세 척의 교성 중에서도 거대한 선채를 자랑하는 교선에 타고 있었다. 그 배를 보필하고 있는 나머지 두 척의 배에는 궁빈(宮嬪: 나인)과 호분군이 타고 있었다. 모든 배의 한가운데에는 중사군의 병사들로 구성된 방진(方陣)이 있었고 배 뒷전에는 가지런히 정렬된 오나라의 수군들이 타고 있었다. 10만여 개의 여단(旅團)으로 이루어진 오나라 수군은 사수(泗水)를 거쳐 기수(沂水)를 향해 돌진하고 있었다.

서시와 함께 진군하기 위해서 부차는 평소 타고 다니던 여황대주를 빠르고 편한 교선으로 개조했을 뿐만 아니라 중간에서 명령을 내리기 위해 왕으로서의 권위를 버리고 맨 앞에서 대군을 이끌도록 대형을 수정했다.

교선은 파도를 가르고 바람을 거스르며 앞으로 계속 나아가고 있었다. 뱃머리에 서 있던 부차는 유유히 남쪽으로 흐르는 기수를 보며 기쁨을 감출 수 없었다.

한구가 완공되기만 하면 오나라에서 중원으로 통하는 활 모양의 물길은 쭉 뻗은 직선형이 된다. 그리되면 남동쪽에서 북서쪽으로 가는 길을 단축시킬 수 있었다.

서쪽으로 제수(지금의 허난성[河南省] 지역), 북쪽으로 기수(지금의 산둥성[山東省] 지역)를 마주하고 있는 한구를 세우면 각각 진나라, 위(衛)나라의 경계와 노나라, 제나라의 영토를 오나라의 지배하에 둘 수 있었다. 중원에서도 나름 알아주는 강대국인 진나라와 제나라는 아래로 여러 제후국을 거느리고 있었다. 지난 몇 년 동안 이 두 나라는 맹주의 자리를 놓고 끊임없이 치열한 신경전을 벌이고 있었다. 고래 싸움에 새우 등 터진다는 속담처럼 진나라와 제나라의 이웃국가인 노나라와 위나라는 중간에 끼어 전쟁의 화염에 휩싸였다. 진나라와 제나라가 치열하게 격돌하는 틈을 이용해 오나라는 노나라, 위나라와 손을 잡고 몰래 정예병을 모은 뒤 제나라를 협공하기로 뜻을 모았다. 우선 제나라를 물리친 뒤 진나라를 압박하면 중원이라는 호박이 넝쿨째 굴러들어오리라는 것이 이들의 계획이었다. 모든 것이 자신의 뜻대로 착착 진행되자, 부차는 만족스러운 얼굴로 크게 웃음이라도 터뜨리고 싶었다. 하지만 속으로만 그 마음을 삭인 채 묵묵히 강물만 바라보았다.

배에 오른 후로 줄곧 답답해하던 서시는 지독한 외로움에 시달려야 했다. 중원의 강대국을 물리치고 북방의 맹주가 되라는 것이 선왕의 유지이자 서시의 소원이었지만 어찌된 영문인지 서시의 표정은 어둡기만

했다. 손으로 턱을 괸 채 창밖의 기수를 멍하게 쳐다보는 서시의 이맛살이 잔뜩 찌푸려져 있는 것을 보자니 분명 마음속에 풀지 못한 매듭이 있음이 분명했다. 그 모습에 가볍게 한숨을 내쉰 부차가 배 안으로 천천히 걸어 들어왔다. 부차가 오자 서시를 모시고 있는 선파와 이광이 조용히 물러났다.

부차의 발소리를 들은 서시가 정신을 차리고 일어나려고 하자 부차는 그녀의 어깨를 가볍게 누르며 앉으라고 한 뒤 그녀의 턱을 가볍게 만지작거렸다.

"보아하니 기분이 울적한 듯한데 무슨 일인지 과인에게 이야기해보시오!"

"아무 일도 없습니다. 그저 이곳이 너무 낯설고 삭막하여서…."

서시가 자신에게 뭔가 숨기는 게 있다고 생각한 부차가 빙그레 웃었다.

"과인이 어찌 그대의 마음을 모르겠나? 오나라 땅을 떠나 향수병이 생긴 게지?"

자신의 속마음을 부차에게 들킨 서시는 부끄러웠는지 부차의 품에서 빠져나와 탁자 위에 올려져 있는 문무칠현금(文武七弦琴 : 고대 중국에서 사용하던 현악기의 일종으로 거문고의 원조로 추측된다─옮긴이)쪽으로 걸어갔다. 그 소리에 세숫물이 든 청동 세숫대야를 든 이광과 선파가 나타났다. 선파가 깨끗한 물과 수건을 준비하는 동안 이광은 용이 새겨진 향로에 향을 피웠다. 향기로운 향 사이로 깨끗하게 손을 씻은 서시가 머리를 단정하게 정리하더니 조용히 앉아 칠현금을 뜯기 시작했다. 칠현금을 오가는 서시의 다섯 손가락은 때로는 폭풍우가 몰아치는 것처럼 거칠게 칠현금을 뜯다가도 스산하게 내리는 빗줄기처럼 가볍게 칠현금을 흔들었다. 아름다운 칠현금 소리에 맞춰 부르는 서시의 애절한 노랫소리에 강물 속의 물고기도 물거품을 일으키지 않고 강물 위를 날던 새들도 조용히 입을 다물었다.

아침에는 양자강의 입구를 출발해,
저녁에는 회수 위에서 잠을 자네.
하염없이 기수를 향해 나아가나,
그 마음은 이리저리 방황하네.
사람의 마음은 고향땅을 그리워하는데,
하늘과 땅 사이처럼 어찌 그리 떨어져 있는가?
강남이 좋다는 것을 결코 잊지 못하고 있으니,
물 위로 기러기떼가 날아가는구나.

고향을 향한 자신의 애절한 마음을 서시는 칠현금에 모두 실었다.

짝짝짝! 난데없는 박수 소리에 서시가 박꽃처럼 하얀 얼굴을 드니 부차가 자신을 향해 미소를 지으며 박수를 치고 있었다. 그 눈빛을 보아하니 자신의 노래와 칠현금 소리에 취했을 뿐 그 속에 담긴 자신의 슬픔까지는 이해하지 못한 듯했다. 조그맣게 한숨을 내쉰 서시는 칠현금을 밀어두고 객실 밖으로 나갔다. 갑작스러운 서시의 행동에 부차는 어리둥절한 표정을 지으며 그 뒤를 급히 쫓았다.

갑판에 오르니 강한 강바람이 연신 불어대고 있었다. 눈앞에는 넓은 강물이 흐르고 있었고 강가 주변에는 푸르른 산이 첩첩이 쌓여 있었다. 다른 곳으로 시선을 돌리니 강 위를 가득 채운 전함과 하늘을 가득 덮은 깃발, 그리고 수풀처럼 빽빽한 노만 보일 뿐이었다. 저절로 탄성을 자아내게 할 만큼 거대한 위용을 자랑하는 오나라의 수군이었지만 그것을 바라보는 서시의 심정은 참담하기 이를 데 없었다. 여전히 이맛살을 잔뜩 찌푸리고 있는 서시의 눈동자에 눈물이 고이기 시작했다. 한시도 가만히 있지 못하는 저 강물의 물결이 마치 자신의 마음 같았다. 평온하지 못하고 항시 바람에 이리저리 휩쓸리고 정처 없이 흐르는 강물….

'꿈엔들 잊을 리 없는 강남, 그곳에 내가 태어나고 자란 고향땅 월나라가 있다. 하지만 힘없이 온갖 시련만 겪는 월나라는 마치 저 파도처럼 한시도 편할 날이 없구나. 도대체 언제쯤이면 다른 나라로부터 유린당하지 않고 편히 살 수 있을까? 과연 그런 날이 오기나 할까? 이에 반해 오나라는 얼마나 강한가! 강대국이었던 초나라도 오나라에 머리를 숙였고 내 고향 월나라도 그 발밑에 엎드렸으니…. 어째서 나는 내 나라를 짓밟은 그 사람을 마음에 둔단 말이냐? 한 나라의 군주인 그가 나에게 머리를 숙였고 내 치마폭에 눕기를 자청했다. 이제 그 사람이 나를 떠나 전쟁을 치르러 가면 생이별이 될지, 다시는 볼 수 없는 저 세상 사람이 될지 누가 안단 말이냐? 내 곁의 그 사람은 나에게 흔들리지 않는 깊은 사랑을 주었다. 부디 이번 전쟁에서 승리해서 내 곁에 무사히 올 수 있도록 하늘에 비노라. 그리되면 내 그에게 왕위를 버리고 둘이서 함께 강가에서 물고기나 잡으며 살자고 할 테다. 물 위를 훨훨 나는 저 기러기처럼 세속이라는 갑갑한 새장을 벗어나 자유롭게 살자고….'

"서시, 이제 곧 구곡에 도착할 것이야. 저기 보게, 왕손락이 마중나왔군."

부차의 부름에 정신을 차린 서시가 고개를 들어보니 바람을 한가득 머금었던 범선의 돛이 서서히 내려가고 배는 강물에 몸을 맡긴 채 미끄러지듯 구곡을 향해 나아가고 있었다. 왕손락은 오궁의 궁인들과 병사들을 데리고 부차를 마중하러 나왔다가 생각지도 않게 부차가 앞장서서 배에서 내리자 급히 달려 나가 절을 올렸다.

"대왕처럼 귀하신 분이 어찌하여 앞장서 오시옵니까? 호위병들은 그 죄를 어찌 갚으려 하는가!"

"하하하, 무슨 상관인가? 과인이 그리하라 명한 걸세. 설사 군법을 어겼다고 하여 제왕인 과인에게 죄를 물을 셈인가?"

부차의 말에 왕손락은 식은땀을 뻘뻘 흘렸다.

"그것이 아니옵고…."

부차는 서시의 어깨를 가볍게 쓰다듬으며 입을 열었다.

"됐네, 왕장군은 일어서시게. 자네도 자네의 전함을 맨 앞에 세워 병사들을 이끈다면 그 위세가 더 높아지지 않겠나?"

"네, 맞는 말씀이옵니다!"

왕손락이 수신호를 내리자 물 위에 있던 세 척의 거대한 전함이 유유히 대형을 바꿨다. 배가 구곡에 도착한 후 부차는 사군의 장수와 병사들에게 배에서 대기하라고 명한 뒤 자신은 서시와 함께 강가에 올랐다.

본래 허허벌판이었던 구곡은 노나라의 영토였다. 한구가 개통되지 않았을 때는 교통이 불편해 인적이 드물었지만 부차가 오나라 백성들을 이곳으로 대규모 이주시킨 뒤 영암산의 석성(石城)과 같은 성루를 짓도록 했다. 아무것도 없는 땅에서 오나라 백성들이 황무지를 개간해 씨를 뿌리며 열심히 작물을 키운 끝에 구곡은 비로소 활기를 띠는 곳으로 발전할 수 있었다. 비록 자신들의 땅이었지만 오나라의 도움을 받는 입장이었기에 노나라에서는 이곳의 상황을 눈감아주며 별다른 간섭을 하지 않았다.

오왕과 서시를 태운 어가가 도착했다는 소식이 삽시간에 퍼지자 그 모습을 보기 위해 오나라 백성들이 너나 할 것 없이 선착장으로 몰려들었다. 서시가 꽃을 좋아한다는 것을 알고 있기에 오나라 백성들은 서시를 향해 갖가지 색깔의 꽃을 던졌고 무리를 지은 어린아이들은 오나라 말로 서시를 환영하는 노래를 불렀다.

오동잎이 새로 나면, 마마님이 꽃을 밟고 가시네.

오동잎이 푸르게 짙어지면, 마마님의 얼굴이 눈처럼 하얗게 빛나네.

자신을 뜨겁게 환대하는 오나라 백성들의 모습에 감동한 서시는 아주 오랜만에 진심에서 우러나오는 환한 미소를 가득 지었다. 중년의 어느 여인이 서시의 머리에 화관을 씌워주자 그녀는 보답의 뜻으로 자신의 머리에 꽂고 있던 옥비녀를 건넨 뒤 화려한 꽃잎이 깔린 길을 걸으며 어가에 올라 오궁으로 향했다.

구곡의 남쪽에 지어진 오궁은 관왜궁과 마찬가지로 옥으로 된 난간과 황금벽돌로 지어진 화려한 성이었다. 오궁의 궁벽은 매화꽃 무늬가 새겨진 작은 벽돌로 뒤덮여 있었고 궁벽 안팎으로 오동나무가 빼곡히 심어져 있었다. 연신 불어오는 강바람에 오동잎이 흔들리며 한여름의 무더위를 식혀주었다. 관왜궁을 떠올리게 하는 오궁이었지만 관왜궁에는 없는 것들이 있었는데, 그중에 가장 대표적인 것이 바로 북쪽을 향해 지어진 후군대(候君臺)였다. 고소대를 떠올리게 하는 후군대는 서시를 위해 특별히 지어진 곳으로 이곳에 오르면 구곡의 모습뿐만 아니라 까마득한 곳까지 한눈에 들어왔다. 자신이 보고 싶을 때 이곳에 오르라는 부차의 배려로 지어진 곳이 바로 후군대였다.

저녁을 먹은 후 부차는 서시를 방으로 이끌었다. 방 안을 장식한 가구, 도자기, 장신구에 이르기까지 어느 하나 귀하지 않은 것이 없었다. 관왜궁보다 더 화려했으면 화려했지 결코 뒤지지 않는 모습에 서시는 깜짝 놀랐다.

"하하, 이것은 별것도 아니지. 원대한 뜻이 이루어지면 중원에서 우리 오나라에 온갖 귀한 것을 진상할 것이오. 그것들 중에서도 고르고 골라 가장 좋은 것, 가장 귀한 것만 그대에게 주겠소."

“외람된 말씀이오나 대왕께서는 이번 전쟁에서 승전하실 것이라 확신하시옵니까?”

서시의 물음에 부차는 오른손으로 허리춤에 차고 있던 속루검을 꼭 쥐었다.

“오나라는 대의를 위해 군대를 일으킨 것이오. 노나라를 괴롭히는 못된 제나라를 토벌하여 노나라를 구하기 위함이지. 원래 이 땅에 사는 모든 백성들은 염황(炎黃: 염제[炎帝]와 황제[黃帝]의 후손―옮긴이)의 자손이거늘 제나라가 무슨 자격으로 약소국인 노나라를 이렇듯 괴롭힌단 말이오? 또한 진나라 역시 무슨 근거로 위나라를 공격한단 말이오? 과인과 주나라 천자는 숙부와 조카의 관계요. 게다가 오나라에는 10만 명의 정예병이 있으니 승전을 하지 못할 이유가 어디 있겠소?”

“대왕과 주나라 천자가 숙부와 조카 사이란 말입니까?”

“그렇소. 오나라의 시조이신 태백(太伯)은 후직(后稷: 주왕실의 시조―옮긴이)의 후손이오. 족보를 따지자면 지금의 주나라 천자가 과인을 숙백(叔伯)이라고 불러야 하오.” 이때 선파와 이광이 목욕물이 준비되었다고 알려왔다.

서시를 자신의 곁에 둔 후부터 부차는 줄곧 서시의 목욕을 손수 챙겨왔다. 목욕물이 준비되었다는 말에 부차는 서시의 손을 잡고 어지(御池)로 향했다. 역시나 화려하게 지어진 어지에는 옷을 갈아입는 곳에서부터 잠시 쉴 수 있는 휴식터 등에 이르기까지 완벽한 시설이 갖춰져 있었다. 여러 개의 작은 문을 밀고 들어가자 눈앞에 신선 세계와도 같은 천지(天池)가 그 모습을 드러냈다. 진주로 만든 주렴, 백옥으로 깎아 만든 계단, 산호로 만든 나무, 야광주로 만든 등, 천지의 물은 옥을 깎아 만든 용의 입에서 연신 쏟아져 내리고 있었다. 하지만 바닥이 훤히 들여다보이는 욕지(浴池)에는 어울리지 않게 따듯한 물이 들어 있는 주황색 목욕통이 둥둥 떠 있었다. 오나라와 월나라에서는 남녀가 함께 같은 강가에서 목욕하는 것이 지극히 흔한 일이었는데 화려한 욕지 안에 느닷없이 목욕통이 등장한 까닭은 무엇일까?

사실 범려와 혼인을 올리기로 약조했던 서시는 제기 사람들은 목욕통에서 목욕을 한다는 핑계를 대며 부차와 함께 목욕하는 것을 줄곧 거절해 왔다. 부차도 더 이상 강요하지 않고 서시의 의견을 존중해 주었고 그때부터 서시가 목욕하는 자리에는 항상 목욕통을 준비했다.

옷을 벗고 하늘거리는 욕의로 갈아입은 서시가 어지에 나타났을 때 부차는 서시를 맞이하느라 분주했다. 의관을 전부 벗은 부차는 손을 넣어 직접 목욕물의 온도를 잰 후에 욕의로 꽁꽁 몸을 감싼 서시를 안더니 천천히 목욕통 안으로 넣어주었다. 따듯한 물이 차오르자 서시는 두 눈을 감고 고된 여정의 피로를 풀기 시작했다. 부차는 목욕통 옆에 앉아 작은 바가지로 연신 서시에게 **따뜻한** 물을 뿌려주었다. 머리에서 흘러내리기 시작한 물방울이 그녀의 가녀린 목선을 타고 둥근 어깨까지 부드럽게 흘러내렸다. 백옥처럼 빛나는 서시의 모습을 바라보며 부차는 자신의 심장이 쿵쿵 뛰어오르는 것을 느꼈다.

"서시, 과인이 그대를 얼마나 사랑하는지 그대는 알지 못하오?"

"압니다. 그런데 대왕, 이번 전쟁이 끝난 연후에 어떤 계획이 있으신지 여쭤봐도 될까요?"

"그대와 함께 여러 나라를 돌아다닐 것이오. 우선은 과인의 위엄을 세상에 알리기 위함이요. 둘째는 세상에 둘도 없는 절세미인이 그대라는 것을 알리기 위함이네."

부차의 말에 실망을 금치 못한 서시가 조심스레 입을 열었다. "소첩의 보잘것없는 자태를 세상 사람들에게 자랑해서 무엇하겠습니까? 실로 그리하신다면 소첩은 부끄러워 얼굴도 들지 못할 것입니다."

서시의 흑단 같은 머리를 부드럽게 쓰다듬으며 부차가 입을 열었다.

"천하에서 가장 아름다운 여인을 얻은 과인은 정말 행운아요. 그러니 그 행운을 세상 사람들에게 널리 알려야 하지 않겠소? 그렇지 않다면 화려한 옷을 입고 어두컴컴한 밤길을 걷는 것과 뭐가 다르겠소?"

"대왕, 소첩은 그만 나가겠습니다!" 서시의 목소리가 굳어 있었다.

서시의 모습에 부차는 다소 당황했지만 부끄러워 그러는 것이라며 대수롭지 않게 생각했다. 이내 부차는 진지한 표정으로 서시를 바라봤다.

"내일 아침 출정을 하기 전에 그대에게 청할 것이 있소. 꼭 들어주었으면 하오!"

"무엇을 말씀이시옵니까?"

"그대와 함께 목욕할 수 있도록 해주시오!"

"그것은 아니 됩니다." 부끄러운 표정의 서시가 거절했지만, 부차는 재차 청했다.

결국 서시는 목욕통에 걸어둔 옷을 허겁지겁 집으며 몸을 가렸다. 목욕통에서 나가겠다는 무언의 표시였다. 어쩔 수 없다는 생각에 부차는 목욕통을 어지의 가장자리로 밀고 서시를 꺼내주었다. 어지에서 나온 서시가 탈의실로 달려나가더니 부차를 내버려둔 채 탈의실의 문을 쿵 하고 닫았다.

'저 모습에 아쉬움이 없다면 거짓일 것이리라. 하지만 또 어쩌겠는가? 내가 이렇게 저 사람을 사랑하니…' 어지 옆에 선 부차는 그저 쓴웃음만 지을 따름이었다.

다음 날 날이 밝자 침전 밖에서 왕손락이 출정할 시간이 다가왔음을 알려왔다.

그 소리에 잠에서 깬 부차가 옆을 돌아보니 단잠에 빠진 서시가 보였다. 조용히 침상에서 내려온 부차는 침전의 문을 나섰다. 출정 전 부차는 완전무장한 왕궁의 호분대를 향해 서시의 안위에 대해 신신당부했다.

"과인이 이제 곧 출정을 하니 너희들은 목숨을 바쳐 마마를 보필하거라. 내 곧 돌아올 터이니…"

말을 마친 부차는 자신의 애마인 화류에 훌쩍 올라타 자신을 기다리고 있는 대군을 향해 말머리를 돌렸다. 하지만 부차는 단잠에 빠진 줄 알았던 서시가 자신을 걱정하느라 눈물로 베개를 적시며 잠들지 못했다는 사실을 결코 알지 못했다.

'과연 살아서 다시 볼 수 있을까?'라는 생각에 서시는 그저 눈을 감은 채 눈물만 흘릴 뿐이었다.

다시 배에 오른 부차는 대익(大翼)에 올라 대군을 끌고 막 당도한 노나라의 애공(哀公)과 위나라의 출공(出公), 그리고 그 휘하의 여러 제후들과 함께 제나라의 판도를 바라보고 있었다.

노나라 애공이 바친 양피지에는 중원에 대한 자세한 지형이 묘사되어 있었는데 제나라는 마치 바다거북이와 같은 형상을 하고 있었다. 거북이의 머리마냥 툭 튀어나온 지형은 발해와 황해의 사이에 해당했고 거북이의 등껍질처럼 울퉁불퉁 튀어나온 지형은 태산과 닿아 있었다. 사방팔방으로 갈라진 등껍질의 무늬처럼 황하, 치수, 유수, 문수, 기수 등의 여러 하천이 복잡하게 얽혀 있었고 제나라에 흩어진 70여 개의 성은 거북이의 등처럼 견고함을 자랑하고 있었다.

이맛살을 찌푸리며 한참 동안 양피지를 들여다본 부차는 미간을 피고 여러 장수들을 향해 시선을 돌렸다.

"난세인 세상에서 강대국이 약소국을 괴롭히는 것으로 모자라 약육강식을 자행하는 일이 비일비재하게 일어나고 있소. 오나라, 노나라, 그리고 위나라는 하늘의 뜻을 받들고 천하의 민심을 하나로 모으기 위해 함께 손을 잡고 제나라와 진나라를 제압하기로 했소. 우리들의 사명이 이루어질지의 여부는 이번 전투에 달려 있소. 부디 모두들 한마음 한뜻으로 단번에 제나라 군대를 쓸어버립시다!"

부차는 수군에게 태산의 양기수(陽沂水) 동쪽으로 가 배를 버리고 상륙한 뒤 제나라와 노나라의 국경 지역에서 적들의 동태를 살피라고 명했다. 부차의 환심을 사기 위해 노나라 애공은 노나라에서 가장 아리따운 여인 둘을 부차의 침소로 보냈다. 부차는 그중에서 풍만한 여인을 자신의 막사로 보내고 나머지 한 여인은 태재 백비에게 주었다.

며칠이 지난 어느 그믐 밤 두 무리의 군대가 제나라의 성을 향해 접근했다. 제나라의 최전방인 박성(博城)과 영성(嬴城)의 장수들은 설마 적들이 그믐날에 습격할 것이라고는 꿈에도 생각하지 못하고 있었다. 병가(兵家)에서는 그믐날을 금기시하고 있었기 때문에 제나라의 장수들은 별다른 경계를 취하지 않고 있었다. 이런 적의 허점을 노린 오나라, 노나라, 위나라의 삼군이 박성과 영성을 포위했고 오나라의 대군은 평탄한 지형에 자리를 잡고 결전을 치를 준비를 하고 있었다. 제나라 정벌 전쟁의 첫 막이 올라가는 순간이었다.

당시 전략을 살펴보면 부차의 계획은 상당히 주도면밀했다. 먼저 쉽게 제압할 수 있는 세력을 자신의 영향권 아래 두고 기습작전을 통해 적의 허점을 파고들며, 승리를 거둔 뒤에는 전군의 힘을 하나로 결집시켜 최후의 목표물을 제거하겠다는 것이 부차의 생각이었다. 이러한 전략은 멀리 남쪽에서 북상한 오나라 병사들에게 쉴 수 있는 기회를 제공해 대군의 전투력을 최대로 끌어올릴 수 있었다. 또한 부차는 박성과 영성을 지키고 있는 제나라의 장수 진서(陳書)와 동곽서(東郭書)의 평소 성품에 대해서 손바닥 들여다보듯이 훤히 꿰뚫고 있었다. 그래서 술과 여자를 좋아하며 죽음을 두려워하는 두 장수가 지키고 있는 박성과 영성을 제나라 정복 전쟁의 첫 목표로 삼은 것이었다.

노나라 애공과 위나라 출공이 병사들을 이끌고 어두운 틈을 타 박성을 향해 기습 작전을 펼치고 있을 때 진서는 전날 저녁 마신 술에 곯아떨어져 잠이 들어 있었다. 적들이 성을 공격하고 있다는 소식에 놀란 그는 제대로 몸도 가누지 못하며 허겁지겁 갑옷과 무기를 챙겼지만 무장을 다 하기도 전에 노나라 군대에 의해 성을 빼앗기고 말았다. 식솔들만 이끌고 간신히 성을 탈출한 진서는 북으로 꽁무니 빠지게 달아났다. 영성에서 가까스로 적들의 공세를 막아내고 있던 동곽서도 적군의 기세에 눌려 임치로 도망가 구원병을 요청했다.

다음 날 날이 밝았을 때 노나라와 위나라는 두 성을 점령하는 데 성공했다. 이 소식에 부차는 크게 기뻐하며 애릉(艾陵 : 지금의 산둥성 타이안현[泰安縣] 지역)으로 군대를 이동시킨 뒤 막사를 세웠다. 애릉의 남쪽에는 광활한 평원이 펼쳐져 있었는데 이곳의 지형을 확인한 부차는 병사들에게 남동쪽에 깊은 도랑을 파 방공호를 만든 뒤 주변에 끝을 날카롭게 자른 대나무와 거대한 바위 등의 장애물을 설치하라고 명령했다. 그런 후 자신은 도랑 뒤에 있는 이름을 알 수 없는 산에 올라 적들의 동태를 살피며 지휘를 하고 있었다. 방어선이 세워지자 부차는 만 명의 현랑군에게 작은 징을 차라고 명령했다. 보통 전투에서 사용되는 징은 북을 치지 말라는 뜻, 즉 퇴각한다는 의미로 사용되었다. 난데없이 현랑군에게 징을 치라는 부차의 지시에 백비가 그 뜻을 물었다.

"보통 징은 병사들에게 후퇴한다는 것을 알릴 때 사용되오만 그것으로 공격을 지휘할 수도 있지 않겠소?"

"당연히 그렇사옵니다. 지당한 말씀입니다. 허나 양군은 진법을 중시하니 마땅히 방진으로 결전을 벌여야…"

"승리를 거두려면 남이 생각하지 못하는 것을 생각해내야만 하오. 어찌하여 케케묵은 전법 따위를 그대로 따라해야 한단 말이오?"

오자서에게 자결하라고 속루검을 내린 뒤 사실 부차는 크게 후회하고 있었다. 오자서에게 자결할 것을 종용한 백비에게 부차는 점차 염증을 느끼고 있었다. 설상가상으로 자신의 작전에 토를 달자 부차는 무미건조한 목소리로 백비를 꾸짖었다. 이것을 모를 리 없는 백비는 자신도 오자서의 꼴이 될까 싶어 가능한 부차와 마주치지 않도록 요리조리 피해다녔다.

더 이상 입을 열지 않는 백비를 본 부차가 다시 시선을 돌려 중군이 결전을 앞두고 도랑으로 들어가고 있는 모습을 보았다.

"산 위에 웅호기(熊虎旗)가 흔들리면 징소리에 맞춰 도랑에서 뛰어나와 제나라 군대를 향해 돌격하라! 그리고 삼군의 장수들은 들으시오. 전여 장군은 우군을 이끌고 적들의 선발부대를 맡으시오. 서 있는 자리에서 물러서서는 안 된다는 것을 명심하시오! 그리고 왕자고조는 좌군을 이끌고 나가 제나라의 왼쪽 날개를 꽉 물고 절대로 놓아주지 마시오. 서문소 장군은 상군을 이끌고 제나라의 중군을 상대하시오. 후퇴하는 척하며 적들을 우리의 포위망으로 끌어들여야 하오. 10만 대군이 일사분란하게 움직여야 일거에 적군을 섬멸할 수 있으니 부디 맡은 바 임무를 다해주시오!"

부차의 막사에서 나온 삼군의 장수들 중 과거 합려를 보필하던 몇몇 노장들은 몰래 개탄을 금치 못하고 있었다. "이거 무슨 어린애 장난도 아니고…. 이렇게 싸우다간 애릉 전투에서 승리한다는 보장이 있을 것 같소? 과거 선왕께서 공자광(公子光)으로 불리셨을 때 귀신처럼 전략을 짜 계부전투에서 아군의 수십 배에 달하는 초나라 군대를 물리치고 대승을 거머쥐셨는데, 지금의 대왕은 어째…." 그들은 한숨을 내쉬며 부차의 작전에 강한 의구심을 품는 눈치였다.

며칠 뒤 제나라에서 오나라와 결전을 치르겠다는 서신이 전해졌다.

결전을 앞두고 오나라 군대는 조용히 진영을 풀었다. 삼군의 병사들은 숨을 죽인 채 제나라 군대와 맞서 결전을 치르기만을 기다리고 있었다.

누런 흙먼지가 일었다. 제나라의 삼군이 임치성을 출발해 북쪽에서 남쪽으로 말을 달린 뒤 오나라 군대에서 멀지 않은 곳에 진영을 세우며 두 군대 사이의 피할 수 없는 전쟁이 시작되었다. 사방에서 북소리와 칼 부딪치는 소리, 전마와 사람의 울음소리, 비명소리가 들려왔다. 작은 언덕에서 부차는 그 모습을 보고 있었다.

"태재, 저기 보시오. 아군과 적군이 대치하고 있소. 깃발이 잔뜩 꽂혀져 있는 곳에 바로 제나라 군대를 이끌고 있는 주사(主師)가 있소. 아군이 주사를 유인해 포위한 뒤 우리의 주력부대가 도랑에서 뛰어나와 적들을 모조리 섬멸하면 그 진영이 깨져 제나라 군대는 혼란에 빠지고 말 것이오. 저절로 무너져내리는 제나라 놈들을 향해 그저 칼만 휘두르면 이번 전투가 끝나는 것이라오. 하하하!"

높은 곳에 오른 백비는 오나라의 삼군을 맞아 싸우고 있는 제나라의 삼군이 도랑 속에 매복해 있는 주력군의 존재를 결코 깨닫지 못했음을 발견했다.

"오! 대왕이 말씀하신 대로입니다. 참으로 대단하십니다!"

자신만만한 표정의 부차가 옆에 있던 월나라의 장수 제계영에게 입을 열었다.

"제계영 장군이 이끄는 3000명의 월나라 병사들은 그저 앉아서 보고 계시오. 월나라 병사들이 악전고투를 치르기에는 아직 부족한 듯하오. 뭐, 이렇게 앉아 전투를 보다 보면 배우는 것도 있지 않겠소?"

오만한 것도 모자라 허풍을 떨고 있는 부차가 월나라 병사들을 얕잡아보는 말을 했지만 제계영은 그저 고개를 숙일 수밖에 없었다.

“뉘가 그 뜻을 거스를 수 있겠습니까? 배울 수 있는 기회를 주시다니 성은이 망극할 따름이옵니다.”

부차의 웃음소리가 끝나기도 전에 하늘을 울리는 북소리가 요란스럽게 울려퍼졌다. 오나라의 우군을 맡고 있는 전여가 말을 타고 나아가 우군의 맨 앞에 서서 제나라의 상군을 향해 도발하자 제나라에서도 한 장수가 나와 대적했다. 그는 바로 제나라의 노장인 고무평이었다. 치열한 신경전 끝에 전여가 긴 창을 들며 우군에게 돌격할 것을 명령하자 오나라와 제나라 사이에 결전이 벌어졌고, 이내 고무평이 이끄는 상군에게 전여가 밀리기 시작했다. 설상가상 서문소의 부대 역시 제나라의 중군과 한창 칼날을 부딪치고 있었다. 제나라의 중군을 이끌고 있는 국서(國書)가 양손에 긴 창을 들고 허리에 긴 검을 찬 채 서문소를 향해 쏜살같이 말을 달렸고, 오나라의 우군이 제나라의 좌군을 물고 늘어지면서 여기저기서 칼부림이 일어났다.

하지만 그것도 잠시, 고무평의 기세에 눌린 서문소가 계속 후퇴하며 고전을 면치 못하다가 어디서엔가 쉭 하는 소리와 함께 날아든 화살에 말에서 떨어지고 말았다.

“하하하, 저놈을 산 채로 데려와라!” 계속해서 전세가 밀리는 것도 모자라 서문소마저 부상을 당하자 오나라 병사들은 무기를 버리고 꽁무니 빠지게 도망치기 시작했다. 가만히 앉아 적들이 도망가는 것을 구경만 할 제나라 병사들이 아니었다. 설상가상으로 나머지 제나라 병사들도 도망치는 오나라 병사들의 목을 베기 위해 합류했다. 맞은편 산 정상에 숨겨진 웅호기가 보이자 제나라 병사들은 그곳에 부차가 숨어 있다고 짐작하고 부차의 목을 베 큰 공을 세우기 위해 앞뒤 가리지 않고 미친 듯 말을 몰았다.

그때 갑자기 산 쪽에서 귀를 찢는 오나라의 징소리가 울려퍼졌다. 그 소리를 들은 제나라 병사들은 퇴각 명령인 줄 알고 말머리를 돌리며 경계를 늦추는 순간, 도망치던 오나라 병사들이 몸을 돌려 제나라 병사들을 향해 달려들었다. 함정에 빠졌다는 것을 깨달은 제나라 병사들이 후퇴하기 위해 몸을 돌렸지만 등 뒤에서 또 다른 오나라 병사들이 성난 파도처럼 밀어닥쳤다. 그야말로 사면초가에 빠진 제나라의 삼군은 터진 제방에서 쏟아지듯 몰려드는 오나라 병사들에 의해 섬멸되었다.

제나라가 대패하면서 제나라의 장수 국서, 공손하(公孫夏), 여구명(閭丘明)과 공을 세워 박성을 빼앗긴 죄를 용서받으려던 진서, 동곽서 등이 모두 오나라의 포로가 되었다. 이들 포로 외에 부차는 800여 대의 혁차(革車: 가죽으로 만든 병거—옮긴이)도 손에 쥐었다.

애릉 전투를 통해 군사 지략가로서 부차의 면모가 입증되자 반신반의했던 중신들도 그제야 몰래 안도의 한숨을 쉬며 크게 기뻐했다. 동맹군을 통해 박성과 영성을 점령한 후 단번에 제나라의 대군을 물리친 부차의 기지가 선왕인 합려를 훌쩍 넘어섰다며 사람들은 청출어람이라고 칭찬을 아끼지 않았다.

부차와 합려 모두 전투에 임할 때 적의 허점을 노리는 전략을 구사하는 공통점이 있었다. 하지만 부차에게는 지구전이 필요한 공성전보다는 단시간에 승부를 볼 수 있는 야전(野戰)이 훨씬 맞았다. 이러한 능력에도 불구하고 사람들은 여전히 부차를 '팔자 좋은 도련님'이라고 폄하했다. 선왕인 합려가 닦아놓은 길을 그저 아무 생각 없이 걷고 있다고 생각한 철부지 도련님이 중원의 패주를 넘볼 것이라고는 그 누구도 예상하지 못했다.

제나라를 물리친 뒤 부차는 노나라, 위나라 대군과 박성에서 합류했다. 연합군의 승전을 축하하기 위해서 부차는 진서가 기거하던 장군부에 임시로 자신의 처소를 마련했다. 부차는 이번 대승을 축하하기 위해서 병사들에게 일일이 상을 내린 뒤 승리를 만끽하는 연회를 열었다. 하지만 전투에 참여하지 않은 제계영은 연회의 구석에 앉아 조용히 술을 마시고 있었다.

승리와 술, 그리고 미녀에 취한 부차가 제계영을 향해 입을 열었다.

"그래, 오나라 병사들의 용맹함을 본 소감이 어떻소? 월나라 병사들에 비해 어떻소?"

제계영은 황공하다는 표정으로 바닥에 엎드려 절을 하며 입을 열었다.

"오나라 병사들의 용맹함을 세상에 누가 막을 수 있겠습니까? 천하무적의 오나라 병사들과 소국의 병사들을 함께 논하는 것 자체가 불가능하옵니다."

제계영의 대답에 부차는 만족스럽다는 듯 웃음을 터뜨리더니 노나라 애공에게 시선을 돌렸다.

"비록 월나라 병사들은 전투에 참여하지는 않았으나 천 리 먼 길을 돌아 여기까지 달려왔소. 비록 전과가 없으나 과인에 대한 충성심을 보였다고 할 수 있소. 그런 뜻에서 상을 내리는 것이…"

부차의 말에 노나라 애공은 그 자리에서 제계영에게 갑옷 한 벌을 내려주고 월나라 병사들에게도 상을 내렸다.

연회의 분위기가 한창 달아올랐을 무렵, 제나라의 사신이 알현을 청한다는 보고가 들려왔다. 부차가 이를 수락하자 제나라의 사신은 한걸음에 달려와 머리를 조아리며 사죄했다.

"제나라의 죄를 사죄하고 오나라와 화친을 맺기 위해 저희 주군께서 대왕께 금화 열 수레와 50명의 미인을 보내셨습니다."

사죄도 모자라 화친까지 청하는 제나라 사신의 태도에 부차는 내심 기쁨을 감추지 못했다. 사실 부차에게 이번 전투의 최종 목적은 제나라를 섬멸하는 것이 아니라, 제나라를 정복하고 진나라를 압박하여 북방의 패주로 우뚝 서기 위함이었기 때문이다. 생각지도 못하게 제나라가 사신을 보내 화친을 청해오고 사죄의 뜻으로 후한 예물을 바치겠다고 하니 그야말로 커다란 호박이 넝쿨째 굴러들어오는 듯했다.

"일어나거라. 너희 대왕이 무릎을 꿇고 오나라와의 화친을 구하고, 과인 역시 전쟁을 좋아하지 않으니 그 뜻을 받아들이도록 하겠다. 허나 화친을 맺기 전에 두 가지 조건이 있다. 하나는 더 이상 노나라를 업신여기지 말고 두 나라가 서로 화평을 유지해야 할 것이다. 그리고 나머지 하나는 오나라를 위시한 연합군에 참여하여 과인의 명령에 복종해야 한다는 것이다."

화친을 받아들이겠다는 부차의 말에 제나라 사신은 안도의 한숨을 몰래 내뱉었다. 제나라에서는 발등에 떨어진 불을 먼저 끄고 훗날을 도모하기 위해 부차에게 미인과 재물을 바치는 전략을 펼친 것이기 때문이다.

"대왕의 하해와 같은 은혜로 제나라의 종묘사직이 무사하게 되었으니 어찌 그 명에 불복할 수 있겠나이까? 대왕께서 우리 제나라를 살려만 주신다면 그 명은 무엇이든 따르겠나이다."

"그리하면 되었다. 너희 군주인 간공에게 가서 과인이 제나라와의 화친을 윤허했다고 전하라. 또한 제나라는 과인을 대신해 송나라와 진나라, 그리고 중원의 제후국에 가서 연합군에 참가할 것을 설득하라고 전하라. 누구라도 이를 거절한다면 과인과 결전을 치러야 할 것이라고!"

부차의 엄명에 제나라의 사신을 연신 머리를 조아렸다.

제나라의 박성과 영성이 모두 오나라의 소유가 되자 부차는 제나라에서 받은 예물을 장수들에게 골고루 나누어준 뒤 50명의 미인을 자신의 방으로 들여보내도록 했다.

잠시 뒤 향긋한 분내음과 함께 50명의 아름다운 여인들이 온갖 치장을 하고 부차의 방에 나타났다. 자리에서 일어난 부차는 뒷짐을 진 채 한 명씩 살펴보다가 맨 마지막에 서 있던 소녀 앞에서 발걸음을 멈췄다. 엷은 분홍색 옷을 걸친 소녀가 재빨리 무릎을 꿇자 부차는 그녀의 손을 잡고 일으켜세웠다.

"그대의 이름은 무엇인가?"

"소녀, 소문(小文)이라 하옵니다."

"이름대로 단아하고 우아하구나. 오늘 밤 내 침소에 들라!"

부차는 나머지 미녀들을 제나라와의 전투에서 큰 공을 세운 장수들에게 보냈다. 제나라와의 전투에서 대승을 거둔 기쁨에 부차는 경계심을 풀고 잔뜩 술을 마신 후 소문의 부축을 받으며 비틀거리는 발걸음으로 임시 침전에 들었다. 나머지 장수들도 부차가 내려준 제나라의 여인들을 옆에 하나씩 끼고 자신의 숙소로 돌아갔다. 묵묵히 그 모습을 지켜보고 있던 제계영은 사람들이 모두 흩어지자 뒷짐을 진 채 진서의 장군부를 나왔다.

연일 계속되는 작전 회의와 전투로 부차는 상당히 지쳐 있었다. 며칠 동안 제대로 씻지도 못하고 하루 종일 온몸을 내리누르는 철갑옷을 걸치고 있었는데다 이제 제나라와 화친도 맺었으니 당장이라도 무거운 몸과 마음의 짐을 내려놓고 씻고 싶었다. 눈치가 빠른 소문은 부차의 이런 마음을 알아차리고 부차를 침전이 아닌 욕지로 안내했다. 욕지에는 피로를 풀기에 적당한 온도의 물이 채워져 있었다. 욕지 옆에 있는 푹신한 의자에 부차를 앉힌 후 소문은 부차의 갑옷, 투구와 장화를 벗긴 뒤 속옷을 벗겼다. 그런 후에 자신도 모두 벗은 뒤 부차를 부축해 욕지로 향했다.

따듯한 물과 향긋한 향, 그리고 소문의 부드러운 안마를 받으며 부차는 더할 나위 없는 편안함을 만끽하고 있었다. 소문으로부터 안마와 목욕 시중을 받은 부차는 그녀의 손을 잡고 침전으로 향했다. 깜빡거리는 촛불 아래, 아늑한 침상 위에서 그날 밤 부차와 소문은 마음껏 서로를 탐했다. 부차에게 오궁의 서시는 이미 까맣게 잊혀진 존재였다.

보름 뒤 부차는 제계영에게 월나라 병사들을 데리고 먼저 남쪽으로 가라고 명한 뒤 자신은 오나라 병사들과 함께 계속 제나라에 남아 있기로 결정했다. 그렇게 시간은 흘러 어느새 겨울이 되었고, 오궁 주변의 오동나무에서는 오동잎이 하나둘씩 떨어지고 있었다. 그때 진나라에서 부차의 명령에 따르겠다는 소식이 전해져왔다. 하지만 각 제후국들은 일괄적으로 주나라 경왕(敬王)에게 보고를 올린 뒤 연합군에 가입하겠다는 뜻을 전해왔다. 결국 부차는 박성과 영성에 자신의 장수를 남겨둔 뒤 문비(文妃)로 책봉한 소문을 데리고 병사들과 함께 구곡으로 향했다.

한편 오궁에서는 네 명의 호분군이 드는 가마에 탄 서시가 후군대에 올라 있었다. 부차가 자신의 곁을 떠난 후로 서시는 거의 매일같이 이곳에 올라 언제 올지 모르는 부차를 기다리며 그가 무사히 돌아올 수 있도록 보살펴달라고 하늘에 기도를 올리곤 했다.

평소처럼 아침 일찍 후군대에 오른 서시의 눈에 저 멀리 기수 위로 함대의 모습이 서서히 나타났다. 함대는 곧장 구곡을 향해 달려오고 있었다. 서시는 선파와 이광을 데리고 후군대를 내려와 기수 강가로 헐떡거리며 달려갔다.

함대가 점점 다가오자 배와 돛대에 꽂혀 있는 깃발의 모습이 보였다. 검은색 까마귀가 그려진 깃발이었다. 그리고 뱃머리 위에는 월나라의 장수 제계영이 서 있었다. 부차인 줄 알고 한걸음에 달려온 서시는 월나라 장수를 보게 되었다는 기쁨은 잠시, 부차가 아니라는 사실에 실망감을 감추지 못했다.

　제계영 역시 강가에서 자신을 기다리고 있는 듯한 호분대의 무리를 발견했다. 자세히 들여다보니 그 가운데 서시가 보였다. 그 모습에 제계영은 급히 배를 강가에 대라고 명한 뒤 재빨리 돛을 내리고 서시를 향해 달려갔다.

　"마마, 소장 인사 올리옵니다."

　"제장군님, 그리 예를 갖추실 필요 없습니다. 어서 일어나세요."

　"제장군을 뵈옵니다."

　제기 사람인 제계영을 본 선파와 이광 역시 반가운 마음에 절을 올렸다. 두 낭자의 인사에 제계영은 기쁘게 웃으며 인사를 받았다.

　인사를 마친 선파와 이광은 서시가 말을 하기도 전에 재빨리 배로 달려가 고향 사람을 찾으며 고향의 소식을 물었다. 강가에서 서시 역시 제계영에게 전쟁에 대한 소식을 물었다. 이번 전투에 대한 대략적인 상황과 결과를 들은 뒤 서시는 부차에 대한 소식을 물었다. 부차의 이름이 나오자 제계영의 얼굴에 순간 당혹감이 배어나왔다.

　"별것 없습니다. 그저…."

　"그저 무엇이란 말입니까?"

　"그저…. 에잇, 부차는 한 시도 술과 여자를 떠나지 못했습니다. 노나라와 제나라로부터 아리따운 미녀들을 받았고, 그중에서도 제나라에서 보낸 문비에게 빠져 지낸다고 합니다."

　"문비?"

　"제나라의 간공이 부차의 환심을 사기 위해 보낸 미녀 중 한 명입니다. 가희(歌姬) 출신으로 이름은 소문이라고 하는데 부차의 총애를 받아 문비로 책봉되었다 합니다."

　"아, 그렇습니까…."

　제계영이 들려준 이야기에 서시는 무언가에 의해 뒤통수를 맞은 듯 정신이 멍해지는 것을 느꼈다. 그렇지 않아도 파리했던 얼굴이 무서울 정도로 하얗게 질려 있었다. 스산히 불어오는 강바람에 가녀린 서시의 몸이 흔들거리더니 다리에 힘이 풀려 주저앉으려던 찰나 눈치 빠른 제계영이 서시를 부축했다.

“마마, 마마! 어인 일이시옵니까? 설마….”

“아무것도 아닙니다. 소첩은 이제 돌아가야 할 듯합니다.”

고향 사람을 만나 이야기를 나누던 선파와 이광이었지만 자신들의 임무를 잊을 리 만무했다. 제계영이 서시를 부축하는 것을 본 두 사람은 서시의 가슴병이 도졌음을 깨닫고 재빨리 서시의 곁으로 달려와 부축했다. 그들은 서시를 가마에 태운 뒤 제계영에게 인사를 올리고 급히 오궁을 향해 발걸음을 옮겼다. 그 모습에 제계영은 연신 깊은 한숨을 내쉬며 배에 다시 올랐다.

이후로 서시는 한 달 동안 병상에 누워 있어야 했다. 몸져누운 서시가 흘린 눈물에 그녀의 베갯머리는 하루도 마를 날이 없었다.

‘사람에게 진정한 사랑이라는 것이 있다는 말인가? 나를 새장 같은 오궁에 가둬두고 후군대를 지어 날마다 그곳에서 님을 부르게 하더니…. 매일같이 후군대에 올라 홀로 외롭게 방황하며 지낸 나는 도대체 무엇이란 말인가? 하루에도 수십 번씩 북쪽을 바라보며 님이 돌아오기만을 손꼽아 기다리던 나는 무엇이란 말인가? 내 곁을 떠나자마자 다른 이에게서 기쁨을 찾고 알지도 못하는 여인의 품에 덥석 안긴 사람은 또 어디의 누구란 말이냐? 기껏해야 월나라와 제나라를 얻은 지금도 저러하니 앞으로 더 많은 나라를 제 발밑에 둔다면, 초나라를 정복했던 합려처럼 수많은 처녀들이 그의 마수로 떨어질 것이 뻔하겠구나!’ 여기까지 생각이 미치자 서러운 마음에 서시는 주체할 수 없이 뜨거운 눈물이 흘렀다.

순간 서시는 무서운 생각이 들어 온몸을 부들부들 떨었다.

'부차는 손바닥 들여다보듯이 나를 잘 알고 있다지만 이에 반해 나는 무얼 알고 있단 말이냐? 과연 내가 알고 있는 것이 있기나 하더냐? 내 마음이 다른 곳에 있다는 것을 뻔히 알면서도 여태껏 한 번도 내색하지 않을 정도로 대단한 사람이 부차 아니던가? 그동안 달콤한 말과 부드러운 눈빛에 내가 그만 속고 말았구나! 정말이지 대단한 자로구나! 단순히 여인의 몸뚱이를 얻으려고 하는 것이 아니라 그 마음까지 얻고자 하는구나. 나라를 집어삼킨 것처럼 여인의 마음을 가지고 놀며 정복하는 자가 바로 부차로구나. 정단 언니 역시 이리 당한 것이구나. 그에게 마음을 연 언니는 죽을 때까지도 이것이 여인의 마음을 얻기 위한 부차의 악랄한 수단임을 몰랐구나! 내가 미련했다, 미련했어! 그의 마음을 어지럽히기 위해서 범려님의 마음까지 버리고 여기에 온 것이거늘 도리어 내가 부차에게 당하다니…. 정단 언니처럼 죽지 않으려면 정신을 바짝 차려야겠구나. 그렇지 않으면 나도….'

큰 병을 앓은 후 서시는 전혀 다른 사람이 되어 버린 듯했다. 옛날처럼 하루 종일 한숨을 내쉬거나 걸핏하면 울음을 터뜨리던 여린 서시는 사라지고 대신 자신을 지키기 위해, 부차의 마음을 돌리기 위해 독기를 품은 서시가 그 자리를 채웠다.

부차가 대군을 이끌고 구곡에 도착했다는 소식에 서시는 가마를 타고 후군대에 올라가 부차를 태운 전함이 오기만을 기다리고 있었다.

부차가 이끄는 대군이 서서히 구곡으로 다가와 상륙할 준비를 하자, 후군대에 있던 서시는 부축을 받으며 부차의 모습을 찾았지만 이상하게도 그의 모습은 보이지 않았다. 그때 갑자기 강가에 있던 군대의 방진이 이동하는 것이 보였다. 연주 소리에 맞춰 화려하게 장식된 배가 강가로 다가오더니 한 쌍의 남녀가 주렴을 걷고 배에서 나오고 있었다. 서시가 자세히 들여다보니 남자는 다름 아닌 부차였다. 그리고 그 옆에 찰싹 붙어 있는 것은 분명 문비일 것이었다. 서시가 고개를 돌리자 선파와 이광은 서시가 충격을 견디지 못할까 봐 그녀의 어깨에 얼른 망토를 둘러주며 화제를 돌리려고 애썼다.

"언니, 여긴 바람이 세니 궁으로 돌아가요."

"아니다. 여기서 그를 봐야겠다. 나에게 뭐라고 둘러댈지 내 눈으로 봐야겠다!"

후군대에 서 있는 서시를 발견한 부차는 몸을 돌려 문비에게 가볍게 속삭였고, 문비는 고개를 끄덕이더니 홀로 가마에 올랐다. 화류에 오른 부차가 후군대를 향해 쏜살같이 달려왔다.

후군대 아래에서 있던 궁인들이 가마를 준비했지만 부차는 이를 물렸다.

"아니다. 과인이 직접 걸어서 올라갈 것이다. 서시에 대한 내 마음을 보여줄 것이다."

부차는 헐떡거리는 숨을 고르며 직접 걸어서 후군대 정상에 올랐다. 하지만 어찌된 영문인지 서시는 자신을 향해 눈길 한 번 주지 않았다. 그는 의관을 바르게 하고 먼지를 털어낸 뒤 난감한 표정으로 서시에게 다가갔다.

"내 직접 그대를 보러 후군대를 걸어올라 왔는데 어찌하여 그대는 모른 척하고 있는 겐가? 혹시 언짢은 일이라도 있는 것인가?" 부차가 자신의 발밑에 무릎을 꿇자 서시는 부차를 일으켜세우며 담담한 목소리로 입을 열었다.

"대왕께서 어찌 이러십니까? 후궁을 데리고 왔으면 좋지 않으십니까? 전하를 보필할 사람이 하나 더 늘었으니…"

질투 어린 서시의 말에 부차는 내심 기쁨을 감추지 못했다. 그저 자신만 혼자 서시를 바라볼 뿐이라고 생각했던 부차는 서시를 볼 때마다 이게 자신의 일방적인 마음인지, 서시가 억지로 자신에게 끌려오고 있는 것은 아닐지 항상 두려워했었다. 그런데 서시가 문비를 보자마자 냉랭한 태도를 보이니 부차는 자신에 대한 그녀의 마음에 확신이 생겼다.

"과연 그대는 현명한 사람이군. 사실 내가 문비를 들이기는 했으나 그녀는 그저 몸종에 불과하네. 과인의 마음속에는 오직 그대 한 사람만 있다는 것을 왜 몰라? 서시, 오직 그대만이 나를 죽일 수도, 살릴 수도 있네. 그대만이 내 마음과 침상을 차지할 수 있어!"

그 말에 서시는 가볍게 부차를 밀었다.

"말을 타고 오시느라 힘드셨을 겝니다. 소첩이 이미 술상을 준비하라고 일렀으니 대왕께서는 먼저 몸을 씻으시지요. 그리고 문비에게도 술자리에 나오라 하시구요."

말을 마친 서시가 후군대의 예궁(蘂宮)으로 들어가자, 당황스러운 표정의 부차가 허겁지겁 그 뒤를 쫓았다.

마흔일곱 살의 부차가 책봉한 문비는 겨우 열세 살로, 스무 살을 넘긴 서시에 비해 성숙한 여인으로서의 아름다움을 갖추고 있지는 못했다. 반대로 절세미녀라고 칭송 받던 서시는 이제 막 소녀티를 벗기 시작한 문비의 풋풋한 매력 앞에서는 고개를 숙일 수밖에 없었다.

또한 가희 출신인 문비는 사람의 심금을 울리는 아름다운 노래를 부를 수도 있었다. 한편 후군대로 불려간 문비는 서시를 보자마자 불안한 마음을 감추지 못했다. 부차의 눈빛으로 미루어보건대 서시는 자신의 연적임이 분명했다. 서시 역시 가까이서 문비를 보며 아직 나이가 어려 부차를 따라 전쟁터를 다닐 수 있을 것이라는 생각에 부차에게 가장 잘 맞는 상대라고 나름대로 평가를 내리고 있었다.

서시가 문비에게 자리에 앉을 것을 권했지만 문비는 한사코 이를 거

절하며 결국 부차의 곁에 섰다. 문비의 계산된 행동을 못본 척한 서시
는 그저 선파, 이광과 함께 미소를 지을 뿐이었다.

그날 저녁 서시는 몸이 좋지 않다는 이유로 심궁에서 혼자 잠을 자
며 부차에게는 절대로 들어오지 말라고 청했다. 전쟁터에서 돌아온 부
차는 서시와 오랜만에 회포를 풀고 싶었지만 그녀의 당부에 어쩔 수 없
이 문비와 함께 후군대를 내려와 자신의 침소로 향했다. 그날부터 서시
가 몸이 좋지 않다는 핑계로 부차와의 동침을 거절하자 부차는 문비를
찾아가 외로움을 달래는 수밖에 없었다. 자신을 향한 문비의 사랑과 기
대에 찬 눈빛, 환한 웃음을 볼 때마다 부차는 이전에는 미처 느껴보지
못한 새로운 애정에 조금씩 빠져들고 있었다.

오나라와 제나라가 애릉 전투에서 승부를 가리고 있는 동안 비익루
의 대간각에 오른 구천은 목을 길게 빼고 먼 곳을 바라보고 있었다. 그
는 매서운 매의 눈빛처럼 높은 산과 구름, 평원, 호수와 연못을 하나하
나 살펴본 뒤 옥대(玉帶)처럼 생긴 긴 하류에 시선을 고정시켰다. 그 강
은 수년 전 월나라 백성들이 파놓은 수로로 대월성과 동소성을 연결하
고 있었다.

운하 위에 몇 척의 배가 점점이 떠 있었다. 높은 곳에서 내려다보니
수면은 마치 정지한 듯 고요하기 짝이 없었지만 다시 자세히 들여다보
니 배들이 조금씩 물결에 흔들리고 있었다. 이번에는 바다 쪽으로 눈을
돌렸다. 수면 위에서 깃발을 잔뜩 꽂은 단선(檀船: 월나라 백성들이 바다에
서 조업을 할 때 사용하던 배)들이 줄지어 떠 있었다. 마침 밀물이 들어오
고 있을 때라서 단선이 조금씩 높아지는 파도에 제 몸을 맡기고 덩실덩
실 춤을 추고 있는 듯했다. 어민들도 하루 두 차례 들어오는 밀물에 맞
춰 재빨리 어구(漁具)를 챙기고 있었다.

3000명의 월나라 병사들을 이끌고 제계영이 북으로 간 지 이미 수

개월이 지났다. 첩자의 보고에 의하면 오나라 군대는 애릉 전투에서 대승을 거두었고 부차는 제계영에게 먼저 남쪽으로 돌아가 있으라는 명을 내렸다고 한다. 지금쯤이면 그가 월나라에 당도했어야 하는데 고기잡이배만 보이니 구천이 느낀 실망감은 이만저만한 것이 아니었다. 창에서 고개를 돌린 구천은 천천히 자신의 보좌로 돌아와 앉았다.

대간각은 어느덧 무거운 분위기로 가득 차 있었다. 모두가 제계영이 오기만 손꼽아 기다리고 있는 건 오나라와 제나라의 전투에서 월나라의 '첩자'로 간 제계영이 도움이 될 만한 정보를 가져다줄 것이라는 기대 때문이었다. 지피지기면 백전백승이라는 말처럼 직접 오나라의 힘을 목격한 제계영이라면 오나라 타도를 외치는 월나라에게 큰 도움이 될 게 분명했다.

과거와 달리 오나라와 제나라의 애릉 전투는 제나라 군대에게만 큰 피해를 주었을 뿐만 아니라 진나라에도 커다란 위협이 되었을 것이 분명했다. 오나라가 중원을 압박하여 성을 함락하고 재물을 빼앗으며 서서히 자신의 야욕을 드러내자 제나라와 진나라는 부차의 뜻에 복종하고 화친을 맺는 한편, 월나라에 사신을 보내 도움을 청한 상태였다.

제나라에서는 제나라의 승상 진항(陳恒)을, 진나라에서는 상경(上卿)인 조간자(趙簡子)를 각각 사신으로 임명하여 월나라에 파견했다. 중원에서 높은 명망을 자랑하는 두 사람은 평소 문종과 막역한 사이였으며 외교 전문가로 크게 이름을 날리고 있었다. 지금의 상황을 차근차근 되짚어보며 구천은 깊은 생각에 잠겼다.

'월나라는 줄곧 제나라와 결맹을, 초나라와는 화친을, 그리고 진(陳)나라와는 그 뜻을 같이하고 손을 잡는 외교 전략을 취하고 있었다. 월나라보다 강대한 이 나라들이 허리를 굽히고 사자까지 보낸다는 것은 그만큼 상황이 위태롭다는 뜻일 것이다. 동맹국으로서 다른 나라들의 어려움을 모른 척할 수 없으나 군사 강국이라는 제나라마저 오나라의 공격에 무너져 내리지 않았던가? 오나라를 불구대천의 원수라고 생각하고 있는 초나라와 손을 잡아야 하겠지만 초나라는 지금 새로운 어린 왕을 맞아 나라 안이 어지러워 나라 밖의 일에 신경 쓸 여력이 없지 않은가? 이 두 나라와 손을 잡을 수밖에…. 이보다 더 큰 문제는 지금의 상황을 역전시킬 수 있는 대책이 필요하다는 것이다. 부차를 파멸의 길로 빠뜨릴 수 있는…. 그러기 위해서는 제계영이 도움이 될 만한 정보를 가지고 와야 할 터인데…. 중원이 위기에 처해 있는 상황에서 천하의 민심을 하나로 모아 그들을 돕는다면 세상에 월나라의 힘과 지혜를 보여 줄 수 있는 절호의 계기가 될 것이다.'

당장이라도 자신이 직접 제계영을 찾아 달려 나가고 싶은 심정이었지만 구천은 조급한 마음을 다스리며 대간각의 여러 중신들과 제계영이 돌아온 후의 대책을 마련하는 것이 더 옳다고 판단했다.

"대왕 폐하, 바다에 월나라의 수군이 나타났습니다. 지금 물을 거슬러오고 있다 합니다!"

성루에 있는 병사로부터 보고를 받은 구천과 여러 중신들의 얼굴에 화색이 돌았다. 모두 약속이라도 한듯 자리에서 벌떡 일어나 창가로 달려 나갔다. 과연 광활한 바다 위로 대형을 갖추고 동소강을 향해 오고 있는 수많은 전함이 거대한 위용을 드러냈다. 파도를 가르며 월나라를 향해 미끄러지듯 오던 전함은 금세 운하로 들어왔다. 운하 주변에는 병사들의 무사귀환을 축하하는 백성들이 계속 모여들고 있었다. 백성들의 환호성을 들으며 대간각의 중신들도 눈물을 글썽이고 안도의 한숨을 내쉬었다.

"제계영 장군에게 속히 대간각으로 들라는 전갈을 전하거라!" 구천의 명을 받은 병사가 급히 비익루를 뛰어 내려갔다.

조금은 안심한 듯한 구천이 찌푸렸던 이맛살을 피며 제나라와 진나라의 사신을 불러들였다.

"제장군이 돌아왔으니 그대들도 더 이상 염려하실 것 없소. 자, 자리에 앉아 조금만 기다리시오. 중신들도 좌정하시구려."

구천의 권유에 제자리에 앉은 중신들은 다양한 반응을 보이며 제계영을 기다렸다. 속닥거리며 귓속말을 하는 이, 조용히 눈을 감고 정신을 집중하는 이, 차를 마시며 바짝 마른 입술을 축이는 이…. 구천은 진항, 조간자와 함께 둘러 앉아 조용한 목소리로 무언가에 대해 열심히 논의 중이었다.

얼마의 시간이 흐른 뒤 급한 발걸음 소리가 밑에서부터 들려오기 시작했다. 제계영 역시 마음이 급하기는 매한가지였다. 새로운 갑옷으로 갈아입은 제계영은 전쟁으로 인한 피곤함을 얼굴 한가득 드러낸 채 모습을 드러냈다. 비록 초췌하고 피곤한 모습이었지만 두 눈 가득 이채를 띠고 있어 오히려 호걸다운 면모가 두드러졌다.

"소장, 대왕을 뵈옵니다."

"제장군, 일어서시오. 강대국인 제나라가 애릉 전투에서 어찌하여 오나라에 연패를 당한 것인지 모두에게 설명해주시오. 부차가 어떤 장수를 기용하였기에 제나라 군대가 어이없게도 순식간에 무너져 내렸단 말이오?"

어릴 때부터 구천와 허물없이 동고동락했던 제계영은 구천의 물음에 아무런 기탄없이 자신이 본 바를 이야기했다.

"우리들 모두 부차의 능력을 과소평가했던 것 같습니다. 부차는 군사가로서 상당한 지략을 선보였습니다. 이번 전투에서 부차는 삼군의 수장이자 일국의 수뇌로서 용맹한 자질과 기지를 마음껏 발휘했습니다. 상대방의 약점을 찾아 주도면밀히 작전을 짠 후에 유인술과 매복 작전으로 제나라 군대를 단번에 무너뜨렸습니다. 소장은 부차로부터 전투를 관전할 수 있는 기회를 부여 받아 운 좋게도 그 모습을 가까이서 이 두 눈으로 직접 볼 수 있었습니다. 그에게 그런 능력이 있다는 것을 알고 소장 역시 놀라움을 감추지 못했습니다."

이어서 제계영은 제나라 병사들이 미처 예상하지 못한 그믐날에 부차가 박성과 영성을 함락한 경위, 매복 작전으로 제나라의 삼군을 물리친 이야기, 오나라를 두려워한 제나라를 이용해 진나라를 압박한 전술에 대해 자세한 이야기를 보고했다.

"대왕, 소장은 대신들이 계신 곳에서 결코 거짓을 고하거나 겁을 주려는 것이 아니옵니다. 또한 아군의 사기를 떨어뜨리고자 하는 것도 아닙니다. 그저 이 두 눈으로 본 것을…."

제계영의 말에 그 자리에 있던 진항은 속으로 어리석기 짝이 없는 제나라의 고무평을 실컷 헐뜯었고 구천은 제계영의 단호한 눈빛과 당당한 태도에서 한 치의 거짓도 없음을 확신했다.

"지피지기면 백전백승이라 하지 않소? 그저 그대가 본 그대로 전해주었음을 과인도 알고 있소. 어찌 그것을 나무랄 수 있겠소? 허나 제아무리 대단한 실력을 갖췄단 한들 반드시 어딘가에 약점은 있는 법. 혹시 부차에게서 허점을 발견한 것이 있소?"

"부차는 겉으로는 노나라를 돕기 위해 군대를 일으킨 것이라고 하지만 사실 속으로는 천하를 얻겠다는 허황된 꿈을 꾸고 있습니다. 노나라 땅을 빼앗았을 뿐만 아니라 노나라에게 군수품을 제공하라고 협박까지 일삼았습니다. 그로 인해 오나라와 부차에 대한 노나라의 원망은 점점 커지고 있습니다. 애릉 전투에서 부차가 승리하자 제나라는 어쩔 수 없이 성을 바치고 화친을 구했습니다. 하지만 부차는 여기에 만족하지 않고 성과 재물, 미녀들을 빼앗고 진나라와 제나라에게 중원의 여러 제후들이 연합군에 가입하도록 종용하라는 명까지 내렸습니다. 그러면서 자신을 천하에 둘도 없는 영웅이라고 자처하고 있습니다. 오만불손한 그의 태도가 점차 사람들로부터 손가락질당하고 있다는 사실을 꿈에도 알지 못하고 있으니, 이것이 바로 그가 저지른 최대 실책일 것입니다."

제계영의 말에 자리에 있던 대신들은 너나 할 것 없이 고개를 끄덕이며 제계영의 정확하고 날카로운 분석을 높이 평가했다. 이때 심각한 표정의 월왕이 입을 열었다.

"제장군의 말을 듣자 하니 당사자보다는 그 옆에 있는 사람이 더 정확하게 사태를 파악한다는 말이 떠오르는구려. 혼란한 세상에서 맹주가 되겠다는 야욕에 천 리 먼 길 원정길에 오른 부차는 제나라, 진나라를 공격하는 비열한 수단을 택했소. 허나 지금 제나라와 진나라의 유명한 현자들께서 우리 월나라와 손을 잡고 함께 오나라에 대항하자는 뜻을 전해오셨소. 두 분께서 오나라를 무너뜨리기 위한 생각이 있으시다면 조금의 망설임도 없이 이야기해주시오."

"그렇사옵니다. 월나라는 비록 중원과 멀리 떨어져 있으나 저희들은 이미 월나라와 손을 잡았습니다. 그야말로 한 배를 탄 운명공동체입니다. 부디 청컨대 여러 대부들과 중신들께서는 저희를 벗으로 삼아주시고 오나라를 물리칠 수 있는 방법을 알려주십시오!" 진항과 조간자가 월나라 중신들을 향해 머리를 숙였다.

급한 성격의 부동이 입을 열었다.

"대왕, 소신의 생각으로는 합려가 초나라를 쳤던 것처럼 고소성을 습격해 북쪽에 있는 오나라 군대를 유인하는 것이 좋지 않을까 합니다."

그 말에 계예가 펄쩍 뛰며 반대했다.

"천부당만부당하옵니다. 병법은 마치 흐르는 물과 같아서 정체된 틀이나 고정된 작전은 피해야 한다는 가르침이 있습니다. 항상 쓰던 전법

을 쓰다가는 되려 실패할 수 있을 뿐만 아니라 도리어 전쟁의 불씨를
월나라에 끌어들일 수 있으니 이는 절대 불가할 것이옵니다.”

계예의 말에 모두들 쑥덕거리며 그 말에 동조했다.

이번에는 노신 예용이었다.

“소신의 짧은 생각으로는 이간책이 어떨까 하옵니다. 노나라의 군신들
을 부추겨 오나라의 동맹군에 대한 약간의 의심을 심어주면 제나라와
오나라에서 부차는 더 이상 발을 붙이지 못할 것입니다. 손가락 하나
까딱하지 않고 승리를 거둘 수 있는 방법이라 하겠습니다.”

그러자 진음이 웃으며 반대 의견을 펼쳤다.

“자고로 노나라는 성인을 배출하고 예의를 중시하는 나라입니다. 이
미 오나라와 동맹을 맺었으니 제아무리 오나라를 못마땅하게 여긴다고
해도 손바닥 뒤집듯 그리 간단하게 등을 돌리지 못할 것이옵니다. 자칫
하면 다른 나라로부터 비웃음거리가 될 수 있으니 말입니다.”

아무 말도 하지 않고 골똘히 생각에 잠긴 문종과 범려를 보며 월왕
은 두 사람이 이미 속으로 대책을 마련했음을 깨닫고는 그 의견을 물
었다.

“문종과 범려 두 대부께서는 어떤 고견이 있는지 모두에게 들려주실
수 있겠소?”

범려가 먼저 입을 열었다.

“오왕 부차는 한구를 파고 제나라와의 전쟁을 치르기 위해 모든 국력
을 기울였을 것이 분명합니다. 10만여 명의 오나라 대군은 이번 전쟁을
위해 수년 동안 고된 훈련을 견뎠고 또한 제나라와의 전투에서 승리했
으니 그 어느 때보다도 사기와 전력이 하늘을 찌를 것이옵니다. 사람이
면 누구나 약점은 있기 마련입니다만 부차는 현재 그 어느 때보다도 강
합니다. 부초전투에서도 이미 두각을 드러내기는 했지만 지금의 부차와

비교하면 아무것도 아닐 것입니다. 애릉 전투를 보더라도 그가 얼마나 대단한 군사적 재능을 가지고 있는지 알 수 있습니다. 소신의 생각으로는 적들의 사기가 한창 올라 있을 때 상대적으로 약세에 놓인 아군으로는 대적할 수 없을 것입니다. 지금은 최대한 전쟁을 피하고 정세를 조용히 지켜보면서 적들의 세력이 약해지기를 기다려야 할 것입니다.”

기다렸다는 듯 문종이 입을 열었다.

“소신의 생각으로는 양전(糧戰)이 가장 좋을 듯합니다.”

“양전?”

“네, 양전을 써야 할 것입니다.”

“군대에 군량이 없으면 패배는 불 보듯 뻔한 것입니다. 부차가 제나라를 치기 전에 한구에 성을 세우고 그곳을 통해 오나라의 군량을 보급했습니다. 이 점으로 볼 때 부차 역시 전쟁에서 군량이 얼마나 중요한지 안다고 볼 수 있습니다. 허나 10만 대군에게 군량을 보급하기 위해서는 천 리나 되는 오나라의 국경을 거쳐야 합니다. 또한 최근 오나라는 수년째 계속 자연재해에 시달리고 있어 원정길에 나선 병사들에게 군량을 보급하기 위해 백성들의 배를 곯게 하고 있다고 합니다. 이러한 상황에서 군량을 운반하기 위한 한구나 성이 무슨 소용이 있겠습니까? 지금의 상황을 종합적으로 고려했을 때 오나라 병사들이 스스로 물러나도록 해야 할 것입니다.”

문종의 말에 구천의 얼굴에 순간 화색이 돌았다.

“문대부께서는 좋은 생각이 있으시오?”

수염을 쓰다듬는 문종이 슬며시 미소를 지었다.

“대왕께서는 몇 해 전 오나라에서 만 석의 곡식을 빌려왔던 일을 기억하시옵니까?”

“당연히 기억하오. 그때 문종 대부가 직접 오나라로 가서 빌려 오셨지 않소."

"네. 그때 소신이 갔었지요. 이제는 그때 빌렸던 곡식을 갚아줄 때입니다."

"대부는 도대체 무슨 생각이오? 지금 오나라에 곡식을 돌려준다면 패주가 되려는 부차에게 날개를 달아주는 것이 아니겠소? 우리 월나라에게 도움은커녕 도리어 위험이 될 수 있소!"

"후후, 대왕, 걱정하실 것 없습니다. 빌려온 것은 언젠가 갚아야 하는 법이지요. 허나 날 것을 준다는 말은 한 적이 없습니다. 오히려 소신은 볍씨 만 석을 찐 뒤 오나라에 돌려주려고 합니다. 그리고 이것으로 파종을 하라 권할 생각입니다. 이리되면 내년에 아무것도 수확하지 못할 것입니다. 먹을 것이 없으니 어찌 10만이나 되는 대군을 부릴 수 있겠습니까? 부차는 자연스레 패주가 되겠다는 꿈을 접어야 할 것입니다. 허나…."

"허나 무엇이라는 것이오?"

"먼저 제나라와 진나라의 도움이 필요합니다. 두 나라에서 오나라를 상대로 지구전을 펼쳐주어야 합니다. 부차가 제나라와 진나라에게 연합군에 가입하라고 강요하는 지금으로부터 딱 2년 뒤에 오나라 군대가 전쟁을 포기하고 스스로 물러날 것이라고 소신이 두 분께 약조를 드리겠습니다!"

문종으로부터 자세한 설명을 들은 진항이 고개를 끄덕였다.

"문종 대부의 계획은 정말 대단합니다! 부차는 이미 각국에 연락을 취해 황지에 집결하라는 명을 제나라에게 내렸습니다. 문종 대부의 계획대로 그때까지 이 일을 미룬 후에 집결일을 정하도록 하겠습니다. 구곡에서 기다리는 부차에게 더 많은 미녀와 술을 보내 그 눈을 멀게 할 것입니다."

조간자 역시 머리를 조아렸다.

"진나라는 그저 백성들이 편안하게 살기만을 바랄 뿐입니다. 전쟁도 원치 않고 백성이 도탄에 빠지지 않기를 바랄 뿐입니다. 오나라가 스스로 전쟁을 포기하고 물러나도록 할 수만 있다면 무슨 일이든 월나라의 명을 따를 것입니다."

이렇게 해서 월나라는 그다음 해(BC 483년) 겨울에 오나라로부터 빌려온 곡식 10만 석을 되돌려주기로 결정했다.

한편 월나라가 제나라, 진나라와 비밀리에 계획을 짜고 있는 동안 부차는 하루 종일 미인과 술에 빠져 살았다.

구곡에서 편안한 시간을 보내고 있던 부차는 왠지 모를 불안감에 여러 차례 제나라 간공에게 사람을 보내 연합군 소집에 대한 일을 재촉했고, 그때마다 간공은 상국에게 나라 일을 맡기고 자신은 정신없이 사방을 돌며 연합군을 모으기 바빴다. 시간은 흘러 다음 해 가을이 되었다. 깊어가는 가을밤 문비와 함께 오궁에서 잠을 청하고 있던 부차는 한밤중에 아이들의 재잘거리는 소리에 잠에서 깨고 말았다. 늦은 밤인데도 아이들이 자지 않고 시끄럽게 떠들고 있자 호기심이 발동한 부차는 가만히 그 소리에 귀를 기울였다. 자세히 들어보니 아이들은 노래를 부르고 있었다.

오동잎이 식어가는데 오왕은 잠에서 깼는가?
오동잎이 가을에 물드는데, 오왕은 걱정에 또 걱정이로구나.

아이들마저 저리 노래할 정도라면 이미 백성들과 다른 나라들도 오나라의 사정을 뻔히 안다는 뜻이라는 생각에 부차는 그다음 날 제나라에 사람을 보내 제간왕에게 즉시 들라는 명을 내렸다. 부차는 제간왕을 불러 직접 연합군의 소집에 대해 물을 생각이었다.

며칠 후 제간왕이 부차 앞에 끌려왔다.

"제간왕, 네가 네 죄를 알렸다?"

"제가 무슨 죄를 지었습니까?"

"보아하니 네 죄를 정녕 모르나 보구나. 그럼 과인이 묻는 말에 대답해보거라. 제후국을 돌며 연합군을 소집하는 일은 어떻게 진행되고 있느냐?"

"그 일이라면 막 처리했습니다. 이것이 바로 각국의 문서이옵니다. 확인해보십시오!"

제간왕이 건넨 각국의 공문을 보니 과연 그의 말대로 중원의 진나라, 제나라, 송나라, 채나라, 노나라, 위나라, 진(陳)나라, 정(鄭)나라, 허(許)나라, 조(曹)나라, 거(莒)나라, 주(邾)나라 등의 서약이 담겨져 있었다. 또한 다음 해 5월 주나라 왕실의 사자인 단정공(單定公)이 맹주로서 황지(黃池: 지금의 허난성 지역)에서 회의를 진행한다는 내용도 포함되어 있었다. 자신이 기다리던 소식을 접해들은 부차는 크게 기뻐하며 제간왕의 외교 수완을 크게 칭찬했다. 그러고는 오나라로 돌아갈 테니 내년 황지에서 다시 보자는 말을 남겼다.

며칠 뒤 부차는 병사들에게 고소성으로 돌아간다는 명령을 내렸다. 오나라로 돌아가는 부차를 위해 제나라, 진나라, 송나라, 진나라, 거나라, 서(徐)나라의 제후와 왕들이 혹시라도 눈 밖에 날까 싶어 모두 구곡으로 몰려와 배웅에 나섰다. 부차를 배웅하기 위해 몰려든 사람들로 인해 기수 강가는 그야말로 인산인해를 이뤘다. 강바람에 펄럭이는 각국의 깃발과 햇살에 반짝이는 병사들의 칼날은 장관을 이뤘다. 기수에 정박한 오나라의 전함은 일찌감치 북쪽에서 남쪽을 향해 나란히 줄지어 서 있었고 전함 위의 돛 역시 바람을 잔뜩 머금고 있었다. 부차가 배에 오르기만 하면 언제든지 강물을 따라 오나라로 돌아갈 수 있게 만반의 준비가 마쳐진 상태였다.

가을 해가 서서히 동쪽에서 떠올랐다. 아침 안개로 뒤덮인 강물은 붉게 떠오르는 아침 햇살을 받아 새빨갛게 물들어 대기 중인 오나라의 전함을 불태우는 듯했다. 물안개가 조금씩 걷히면서 푸른 하늘이 모습을 드러냈다. 구름 한 점 없는 높고 푸른 가을 하늘 사이로 아름다운 연주 소리가 서서히 울려퍼졌다. 모두의 시선이 오궁과 통하는 길로 모였다. 현량군의 엄호 아래 일곱 마리의 말이 끄는 화려한 마차가 강가를 향해 천천히 움직였다. 그 모습에 사람들은 길 양옆으로 비켜섰고 부차를 한 번도 본 적 없는 제후와 왕들이 허겁지겁 마차에서 내려왔다. 어떻게든 눈도장을 받겠다는 심산이었다. 하지만 마차는 이들을 아랑곳하지 않고 부두에 정박해놓은 전함까지 묵묵히 달려갈 뿐이었다. 마차가 부둣가에 닿자 부차가 드디어 그 모습을 드러냈다. 하지만 허리를 펴지 않고 다시 마차 쪽으로 몸을 돌리더니 두 미녀를 데리고 화려한 모습으로 나타났다. 서시와 문비가 각각 부차의 왼손과 오른손을 잡으며 등장하자 사람들 사이에서 커다란 탄성과 환호성이 터져 나왔다. 이제야 자신을 배웅하기 위해 모인 제왕들의 존재를 발견한 부차는 군왕으로서의 면모를 보여주듯 근엄한 미소를 지었다.

"부디 무사히 돌아가시옵소서!"

"대왕의 건강을 빌겠사옵니다!"

"경하드리옵니다!"

자신을 칭송하는 소리에 부차는 손을 모아 이별을 고한 뒤 기쁜 마음으로 배에 올랐다. 부차를 태운 배가 파도를 가르며 저 멀리 사라져가자, 조금 전만 해도 환호를 지르던 제왕들이 부차를 욕하며 불쾌한 것이라도 본 듯 얼른 자리를 떠났다.

"대왕, 대왕! 부차가 수군을 이끌고 고소로 돌아가고 있다고 합니다."

다급한 제계영의 목소리에 와신루의 가시 위에 앉아 있던 구천이 크게 놀라며 신발도 대충 구겨 신은 채 문을 열어젖혔다. 차가운 바람에 구천은 순간 정신이 번쩍 들었다. 구천은 숨을 헐떡이는 제계영을 와신루로 불러들었다.

"부차가 돌아왔다는 말이 사실이더냐? 언제?"

"돌아왔다고 합니다. 황혼 무렵에 도착했다고 합니다!"

제계영을 놓아준 구천은 천천히 가시 침대로 돌아와 거친 베옷을 입고 머리를 단정히 한 뒤 책상다리를 하고 앉았다. 그는 머리를 들어 이미 바짝 말라버린 쓸개를 핥더니 조용히 중얼거렸다.

"받은 것을 돌려줄 때가 되었구나, 때가 되었어. 몇 시인가?"

"벌써 자시(子時: 저녁 11시~새벽 1시)가 지났습니다."

"아, 그대는 가서 문종 대부를 불러오게. 내 긴히 상의할 것이 있다고…."

"네. 다녀오겠습니다."

잠시 뒤 성큼성큼 와신루를 나선 제계영이 졸린 눈을 비비고 있는 문종과 함께 구천이 있는 곳을 찾았다. 문종이 절을 올리기도 전에 구천이 급히 물었다.

"문종 대부, 조금 전 제장군으로부터 부차가 황혼 무렵에 오성에 돌아왔다는 보고를 받았소. 그대는 지금 동굴로 가서 곡창 안의 만 석을 꺼내 찐 뒤 내일 아침에 과인과 함께 부차를 방문하도록 합시다."

구천의 말에 문종은 놀라움을 감추지 못하더니 이내 침착한 표정을 되찾았다.

"알겠사옵니다. 곡식을 대월성의 백성들에게 나눠주고 찌라고 하겠습니다. 찐 곡식은 배에 실어둘 터이니 대왕께서는 심려치 마십시오!"

다음 날 날이 밝자 오나라로 향하는 수로에는 곡식을 실은 수많은 월나라 양선(粮船)이 즐비해 있었다. 오나라 사문의 선창으로 향하는 양선을 타고 오나라에 도착한 구천과 월나라 백성들은 직접 푸대자루를 등에 짊어지고 내렸다. 포구의 한쪽에 싣고 온 곡식 푸대를 차곡차곡 쌓아올린 후 구천은 백성들에게 곡식을 지키라고 있으라고 명한 뒤 문종과 함께 부차를 알현하러 오궁으로 향했다.

구천이 문종과 함께 오궁의 장명궁(章明宮)에 들어섰을 때 부차는 문비와 단잠에 취해 있었다. 장명궁을 지키고 있는 호분군이 구천 일행을 보고 부차에게 보고하려고 하자 구천은 이를 말린 뒤 문종과 함께 편전 밖에서 정오까지 묵묵히 기다렸다. 드디어 잠에서 깬 부차가 편전 밖에서 구천 일행이 오랫동안 기다렸다는 보고를 받고는 급히 안으로 들라고 명했다.

"죄인 대왕을 뵈옵니다. 만세, 만세, 만만세!" 구천과 문종이 부차를 보자마자 절을 올렸다.

"일어나시게, 어서 일어나시게. 구천, 일찍 왔다고 하던데 그럼 내인에게 고했어야지 어찌하여 편전 밖에서 기다리고 있었는가? 게다가 문종 대부까지 함께 왔는데 이 무슨 고생이란 말인가?"

뒤에서 쟁반과 수건을 든 두 시녀가 나타나자 구천이 시종으로부터 이를 받아들고 세숫대야에 물을 부어주었다. 세수를 마친 부차에게 구천은 무릎을 꿇고 두 손으로 수건을 머리 위로 올려 바쳤다. 그 모습에 흡족한 미소를 지은 부차는 거울 앞으로 천천히 걸어가 자신의 모습을 살펴보기 시작했다.

"죄인이 대왕을 곁에서 보필하게 되어 영광이옵니다."

거울 앞에 선 부차는 뒤를 돌아보지 않은 채 입을 열었다.

"구천, 더 이상 자신을 죄인이라 부르지 말게. 과인에 대한 충성이 한결같은 자네가 어찌 죄인이라는 말인가? 자네 같은 사람이 조정에 있다면 내 무슨 근심이 있겠는가? 그대의 지극한 충정에 내 그대에게 땅을 내릴까 하는데 어떠한가?”

그러자 구천이 땅에 엎드려 머리를 조아렸다.

“대왕께서는 이미 소신에게 700리의 땅을 내려주셨사옵니다. 허나 죄인의 힘이 미약하여 땅을 더 내려주신다면 그것을 감당하지 못할까 두렵사옵니다. 원컨대 그 명을 거두어주십시오.”

거울을 통해 그 모습을 보던 부차가 몸을 돌리더니 엎드려 있던 구천을 일으켜 세웠다.

“다른 사람은 과인이 상을 내리면 성은이 망극하다며 그저 연신 절을 올릴 뿐인데 그대는 상을 거둬달라며 절을 올리는구려. 더 넓은 영토를 다스릴 힘이 없다고 하니 내 그 명을 거두겠소. 그런데 어인 일로 과인을 찾아온 것이오?”

“소신이 문종과 함께 대왕을 찾아뵌 것은 우선은 대왕의 개선을 경하드리기 위함입니다. 그리고 과거 월나라에 빌려주셨던 만 석의 곡식을 돌려드리기 위해 이렇게 대왕을 뵈러온 것입니다.”

“오! 몇 년 전 월나라에 심한 기근이 들어 과인이 빌려주었던 일을 말하는 것이오? 그대가 이야기를 하지 않았으면 까맣게 잊을 뻔했구려. 과인도 잊은 일을 아직도 잊지 않고 그 은혜를 갚겠다니 구천 자네는 정말 약속을 지킬 줄 아는 자로군!”

문종이 앞으로 몇 걸음 나아가 비단 천에 곱게 싼 낱알을 바쳤다.

“대왕, 이것은 월나라에서 거둔 곡식의 낱알입니다. 낱알이 실한 것이 파종을 하는 데 제격일 것입니다.” 물건을 파는 장사치마냥 문종이 월나라에서 거둔 낱알에 대해 자세히 설명하기 시작했다. 그 말에 부차는 껄껄 웃음을 터뜨리더니 비단 천으로 싼 낱알을 들여다보았다. 토실토실 살이 오른 낱알을 하나하나 만져본 부차는 이내 흡족한 미소를 지었다.

"과연 상품(上品)이로군. 내년 파종기에 이 낱알들을 쓰도록 하겠네."

부차가 비단 천을 옆에 있던 시종에게 건넨 뒤 월나라에서 보낸 곡식을 태창으로 옮기라는 명을 내렸다. 그러자 급히 구천이 입을 열었다.

"대왕, 죄인이 이미 월나라 백성들과 곡식을 선창에 내려놓았습니다. 모두들 선창에서 기다리고 있으니 죄인이 이를 태창으로 옮기겠습니다."

몸을 일으키는 구천을 부차가 급히 붙잡았다.

"이 일은 감독관에게 맡기면 될 것을 어찌하여 자네가 직접 실어 나르겠다는 겐가? 제아무리 백성을 위한 것이 군왕이라고 하지만 군왕은 백성들의 위에 서는 자일세. 위엄과 권위를 잃어서는 안 된다는 말이야. 장수들의 수고를 치하하는 뜻에서 문대에 연회를 준비하라고 일렀으니 자네는 과인을 따르게. 과인이 제나라에서 비를 하나 들였는데 아직 어리지만 재주가 많은 아이이니 가서 한번 보게나."

부차가 구천과 함께 장명궁을 나서자 나머지 일은 문종에게 일임되었다.

눈 깜짝할 사이 겨울이 지나고 따뜻한 봄이 찾아왔다. 씨를 뿌릴 절기가 되자 부차는 가을에 대풍이 들기를 기대하며 월나라로부터 받은 만 석의 곡식을 백성들에게 나눠주었다.

춘추시대 중국 남쪽의 벼농사는 지금과 달리 1년에 한 번씩 지을 수밖에 없었다. 파종과 경작 모두 1년에 한 번씩만 할 수 있었지만 다행히 중국 남부 지역은 날이 따뜻하고 비가 많아 벼농사가 잘 되는 편이었다. 봄에 씨를 대충 뿌려두었다가 가을에 낫을 들고 베기만 하면 되었다. 이렇게 해서 곡식을 거두고 남은 볏짚은 밭이나 들에 쌓아두었다가 불에 태운 뒤 그 재를 비료로 재활용했다. 그래서 가을이 되면 남부 지역의 논밭에는 짙은 연기가 피어올라 마치 봉화불을 피운 듯했다.

부차의 명령에 따라 오나라 백성들은 봄에 씨를 뿌렸지만 어찌된 일인지 도무지 싹이 나지 않아 경작은커녕 모내기를 할 생각조차 못하고 있었다. 환경이 다른 월나라의 씨를 뿌렸으니 평소보다 조금 늦게 싹이 나오는 것이라고 생각했지만 여름까지 기다려도 논밭에 새싹이 나지 않자 오나라 백성들은 혼란에 빠지기 시작했다. 계속되는 기근으로 배고픔에 허덕이던 오나라 백성들은 손꼽아 기다리는 싹은 보이지 않고 잡초만 나는 논밭을 바라보며 하늘이 무너져내리는 것 같은 충격을 받았다. 하늘에 대한 원망은 어느덧 나라에 대한 원망으로 변하여 오나라 조정에 대한 백성들의 분노와 불신은 점차 짙어졌다.

그럼에도 불구하고 월나라에서 받은 씨앗으로 파종을 하라는 명을 부차가 직접 내렸으니 어느 누구 하나 감히 사실을 고하지 못하고 있었다. 모두들 직언을 했다가 비참한 죽음을 당해야 했던 오자서를 잊지 않고 있었던 것이다. 씨를 뿌리고도 싹이 나지 않는 것은 백성들의 일이지 자신들과 무관하다고 생각한 관리들은 그저 부차의 비위를 맞추기에 급급했다. 왕명을 거스르지만 않으면 목숨도 보전하고 여느 때처럼 편히 국가의 녹을 받을 수 있기 때문이었다. 결국 리, 향, 읍에서부터 최고 관직에 있는 관리에 이르기까지 아무도 이 일을 입 밖에 꺼내지 않은 채 그저 수수방관하고 있었다. 그러던 어느 날 공손(公孫)이라는 성을 가진 한 지방관이 부차에게 달려와 사실을 고했다.

"대왕, 오나라의 논밭을 둘러봐도 푸른 싹은 보이지 않고 땅바닥에 앉아 울음을 터뜨리고 있는 백성들의 모습만 들어옵니다. 월나라에서 보낸 씨앗은…"

그의 말에 부차는 내심 크게 놀랐지만 겉으로는 태연을 가장했다.

"기름진 월나라의 땅에서 자란 곡식은 모두 실하지 않은가? 환경조건이 달라 싹이 나지 않나 본데 빨리 가서 다시 파종을 하면 될 것 아닌가?”

“씨를 뿌릴 때가 이미 지나서 다시 파종을 할 수는 없사옵니다!”

노여움이 한껏 묻어난 눈빛의 부차가 대사농(大司農)인 피리를 매섭게 쏘아보았다.

“이런 큰일을 어찌하여 과인에게 일찍 고하지 않았는가?”

크게 놀란 피리가 그 자리에서 땅에 엎드렸다.

“소신은 고하려 했으나 자칫하다가….”

“자칫?”

“소신이 이를 고해 대왕께서 역정이라도 나시면 오상국처럼 화를 당할 수도 있다는 생각에 그만….”

“그 일은 다시는 입에 담지 마라, 과인은 이미 잊은 일이다! 사실 그동안 네가 여러 번 왕명을 어겼다는 것을 내 익히 알고 있었다. 게다가 대사농이라는 자가 어찌하여 상황을 해결하기는커녕 사실을 숨겨 일을 더 어렵게 만들었단 말인가? 여봐라! 피리의 머리를 밀어 본보기로 삼도록 해라!”

호분군의 손에 의해 끌려 나가는 피리를 보며 부차가 왕손웅을 찾았다.

“왕장군, 그대는 속히 월나라로 가서 구천에게 곡식을 내달라고 하라. 조금도 지체해서는 안 될 것이야!”

그 뒤로부터 보름도 채 지나지 않아 월나라에서 곡식을 보내왔다. 비로소 오나라의 기근을 해결할 수 있게 되자 부차는 월나라에서 돌아온 왕손웅을 반갑게 맞이했다.

“오자서가 저지른 가장 큰 실수는 바로 월나라를 어떻게 이용해야 하는지 몰랐다는 것일세. 사실 과인은 중원을 차지하기 위해서는 먼저 월나라를 제압해 오나라의 후방기지로 삼아야 한다고 생각하고 있었네.

월나라가 오나라에 충분한 군량을 제공하도록 하기 위해 월나라를 섬멸하지 않고 그저 그 발밑에 두었다는 걸 오자서는 죽어도 모르겠지."

"과연 대왕의 안목은 대단하십니다. 월나라를 살려두어 오나라의 말이라면 무조건 따르게 한다는 묘책을 감히 누가 생각이나 할 수 있겠습니까?"

왕손웅의 칭찬에 부차는 호탕하게 웃음을 터뜨렸다.

그 후 왕손웅이 곡식을 내놓으라고 할 때마다 월나라에서는 수레 가득 곡식을 실어 보냈다. 부차에게 좋은 말 몇 마디 해주기를 바라는 마음에 왕손웅이 월나라에 올 때마다 구천은 직접 나가 그를 맞이했다. 매번 구천으로부터 깍듯한 대접을 받은 왕손웅은 구천의 희망대로 부차에게 구천과 월나라의 충성심에 대해 입에 침이 마르도록 칭찬을 아끼지 않았다. 비록 논밭에는 거둬들일 만한 작물이 자라지 않고 있었지만 월나라로부터 계속해서 식량을 공급받아 백성들의 굶주린 배를 채워주자 오나라는 상당한 안정을 유지할 수 있게 되었다.

BC 482년 봄, 중원의 제후국들이 황지에서 만나기로 한 날이 다가오고 있었다. 부차는 태자 우와 왕자지, 왕손미용 등에게 나라를 지키라고 한 뒤 자신은 13만 명의 정예병을 이끌고 직접 황지로 발걸음을 옮겼다.

행군 전 부차는 서시와 문비를 새로 지은 지하 수궁(水宮)인 용서궁(龍瑞宮)에 머물게 했다. 구곡에서 돌아온 부차가 지은 용서궁은 오궁에 있는 지하입구를 통해서만 들어갈 수 있었는데, 주계성의 선궁과 연결되어 삼강으로 통했다. 부차는 두 사람의 안위를 보장하기 위해서 세 개의 용부(龍符)를 만들어 하나는 자신이 갖고 나머지 두 개는 각각 서시와 문비에게 건네주었다. 황지에서 결맹에 성공하면 패주의 자리에 오르겠지만 만에 하나 실패할 경우 천하 사람들로부터 손가락질 당할 수도 있었기 때문에 다시 만날 날을 기약하며 두 사람을 용서궁으로 보낸 것이었다.

모든 일이 정돈되자 부차는 길일을 골라 한구를 따라 회수를 넘어 북으로 향했다.

활기가 넘쳤던 약야계가 하얀 옷으로 갈아입었다. 회계산 산맥에서부터 불어오는 겨울바람이 회계산의 둥근 허리를 쓰다듬으며 동쪽에 있는 운하까지 내달렸다. 바람이 불어올 때마다 나뭇가지에 쌓인 눈이 사방으로 흩어졌고, 50리에 달하는 수면에선 그야말로 은빛 세계가 펼쳐졌다.

운하의 남동쪽에 자리 잡은 산에는 예로부터 공작석(孔雀石)이 많이 생산되었는데 겨울 햇살을 받아 반짝이는 그 모습을 멀리서 보면 마치 은빛의 산으로 보일 정도였다. 그래서 월나라 사람들은 이곳을 은산(銀山)이라고 불렀다. 은산에서 채굴된 공작석은 일련의 제련 과정을 거쳐 주석으로 만들어졌는데, 주석을 제련하는 곳이 있어 은산은 석산(錫山)이라고 불리기도 했다. 주석에 순동(純銅)을 넣으면 바로 청동이 되는데 이를 위해서는 숯이 반드시 필요했다. 그래서 석산에는 매일같이 제련에 필요한 숯이 잔뜩 쌓여 있어 탄취(炭聚)라고 불리기도 했다.

흑자의 집은 석산의 맞은편에 있는 칭산이었다. 잘 구운 숯의 무게를 다는 곳이라고 하여 사람들은 말 그대로 이곳을 칭산이라고 불렀다. 칭산에는 쓸 만한 목재가 많아 이곳에 있는 사람들은 대대손손 나무를 벌채해 숯을 구웠다. 흑자의 집안 역시 가문 대대로 숯을 구워 팔며 생계를 이어왔다. 조부모와 어머니, 그리고 여섯 살 된 흑유(黑姛)와 다섯 살 된 흑입(黑囚)이라는 여동생과 함께 살고 있던 흑자는 집안의 가장이었다. 흑자가 어릴 적 닥치는 대로 일을 하던 아버지가 병으로 쓰러졌고, 3년 전 돌아가신 후로 흑자는 혼자 생계를 꾸려나가야 했다.

흑자는 의전에서 논밭을 갈고 운하를 세운 뒤 집으로 돌아와 예전처럼 숯을 구우면서 살았다. 집안의 유일한 장정이었던 흑자는 혼자서 나무를 베어 숯을 구워 내다 파는 일을 도맡았다. 힘들게 구운 숯을 배로 옮기고 양질의 숯을 일일이 골라 석산에 있는 탄관(炭官)에게 팔면 숯의 무게에 따라 돈 몇 푼을 가까스로 손에 쥘 수 있었다. 힘들게 번 돈을 가지고 시장에서 식구들이 먹을 음식을 사는 일 또한 흑자의 몫이었다.

부차가 병사들을 이끌고 황지로 떠난 지 2개월이 지났을 무렵 월나라 백성들은 우묘에 제사를 지내가 위한 준비로 분주했다. 숯을 판 돈으로 바꾼 곡식을 멜대에 지고 집으로 돌아오면서 흑자는 고된 일상에 한숨을 내쉬었다.

'악귀 같은 오나라 놈들! 처음에는 곡식을 빨리 내놓으라고 재촉을 하더니 이제는 아예 대놓고 곡식을 빼앗아가는구나. 낯짝도 두껍지! 덕분에 백성들의 뱃가죽이 등가죽에 붙어 있지 않은 날이 하루도 없구나. 오늘도 푸성귀로 배를 채워야 하는 건가….'

배에 오른 흑자의 눈에 끝없이 펼쳐진 의전의 모습이 보였다. 의전에 심어진 온갖 곡식의 낟알이 바람에 흔들리는 게 마치 녹색의 바다 위에 거칠게 요동치는 물결 같았다. 그 모습에 흑자는 잠시나마 고된 일상을 잊을 수 있었다.

"이삭이 저리 튼실한 것을 보니 올해도 틀림없이 풍년이겠구나. 눈앞의 어려움만 넘기면 가을에 우리들도 배를 두들길 수 있겠는걸!"

혼잣말을 중얼거리던 흑자는 오늘 사온 쌀을 생각하니 왠지 모를 힘이 솟았다. 여전히 배가 고프기는 했지만 그래도 조금씩 나아지고 있다는 생각에, 지금 사온 쌀로 식구들의 굶주린 배를 달래줄 수 있다는 생각에 산자락에 위치한 석실로 향하는 발걸음이 가벼웠다. 석실 밖에는 숯을 굽는 가마와 그 돌로 만든 절구, 계단이 있었다. 석실로 다가간 흑자가 싱글거리며 크게 소리쳤다.

"나 왔다, 뭘 가지고 왔게?"

와아, 하는 소리와 함께 흑자의 누이 둘이 석실 안에서 달려 나왔다.

"먹을 거지? 오빠, 오빠, 한 입만, 한 입만!"

멜대를 푼 흑자가 두 동생을 꼭 안으며 쪽쪽 입을 맞췄다.

"먹을 거다, 먹을 거! 오빠가 쌀을 사가지고 왔네. 엄마한테 얼른 찧어서 뜨끈뜨끈한 밥을 해달라고 하자!"

"응응, 난 두 공기!"

"나도, 나도, 나도 두 공기 먹을 거야!"

"그래, 오빠 걸 덜어줄 테니 배불리 먹으렴."

지팡이를 짚은 할아버지와 할머니가 어머니의 부축을 받으며 석실 안에서 나왔다. 흑자의 할아버지는 몇 번 기침을 하더니 떨리는 목소리로 아이들을 불렀다.

"너희들은 그만 안으로 들어가거라, 할아버지는 오빠랑 할 이야기가 있단다."

할아버지의 말에 두 소녀는 고개를 끄덕이며 재빨리 오빠의 품에서 빠져나왔다.

문 앞에 있는 돌 의자에 앉은 할아버지가 자신의 며느리와 손자를 향해 입을 열었다.

"우선 어멈은 이 쌀을 단지에 넣어라. 나중에 쓰게…"

"네, 아버님."

멜대 안에 있는 쌀을 꺼낸 어머니가 묵묵히 쌀독으로 가는 것을 보고 놀란 흑자가 할아버지에게 따졌다.

"할아버지, 저건 왜…"

지팡이를 짚은 할아버지가 근엄한 목소리로 흑자를 꾸짖었다.

"6월 6일은 대우님의 생신이시다. 월나라 사람이면 누구나 곡식을 바쳐 제사를 지내야 하는 걸 너도 모르진 않겠지?"

"그걸 어찌 잊겠습니까? 허나… 허나 어린 동생들이 주린 배를 움켜쥐고 있는데 어떻게 그걸 모른 척할 수 있단 말입니까? 그저 조금만 꺼내서 그 녀석들이라도 먹게 하는 것이…"

"네가 가기 전에 나 먹으라고 준 주먹밥이 아직 있으니 그걸 먹이면 된다. 해가 중천에 떴는데 너는 아직 먹은 것이 없겠구나. 네 어미가 야채를 삶았으니 쌀겨랑 비벼서 먹도록 해라."

아이들을 불러낸 뒤 할아버지는 품에서 꺼낸 주먹밥 두 덩어리를 건네주었다. 두 말 하지 않고 맛있게 먹는 어린 동생들과 그런 손녀들을 뿌듯하게 바라다보는 할아버지를 보면서 흑자는 목이 메어왔다. 곧이어 어머니가 잘 삶은 야채죽을 가져와 각자의 그릇에 덜어주었다. 쌀독에 쌀이 있는 것을 알았지만 어느 누구 하나 불평 한마디 없이 삶은 야채를 쌀겨와 맛있게 섞어 먹었다.

이때 문 밖에서 말발굽 소리가 들렸다. 밥그릇을 들고 문 밖을 나와 보던 흑자의 눈이 쟁반만 하게 커지더니 급히 몸을 숨겼다.

"어머니, 빨리 곡식을 숨기세요, 오나라 놈들이 식량을 빼앗으러 왔어요!"

흑자의 말에 그 어미는 밥그릇을 내려놓고 재빨리 안채로 뛰어 들어갔다.

말에서 구르듯 내린 오나라 병사들이 흑자에게 다가오자 흑자는 본능적으로 밥그릇을 몸 뒤로 숨기며 대장으로 보이는 자를 향해 입을 열었다.

"곡식은 없소!"

"곡식이 없다고? 그럼 네놈이 먹고 있는 것은 무엇이냐?"

"야채 삶은 것을 먹고 있었소."

"야채라고?"

흑자에게서 밥그릇을 빼앗은 오나라 병사가 그릇을 들여다봤다.

"왕손웅 장군, 야채 속에 쌀겨가 있습니다."

"하하하, 쌀겨가 있다면 쌀이 있다는 것이 아니겠는가? 가서 뒤져라!"

"안 되오, 아무것도 없다 하지 않았소!"

흑자의 외침에도 오나라 병사들은 아랑곳하지 않았다.

"찾아봐서 곡식이 한 톨이라도 나오는 날엔 모두 죽음뿐이니 각오해라. 여봐라, 저놈들을 묶어라!" 왕손웅의 명에 따라 오나라 병사들이 흑자를 밧줄로 꽁꽁 묶었다.

집 안으로 들이닥친 오나라 병사들은 집 안 구석구석을 뒤지더니 끝내는 쌀을 모아둔 쌀독을 찾아냈다. 오나라 병사들은 시시덕거리며 왕손웅에게 쌀독을 내밀었다.

"장군, 이것 보십시오. 여기 쌀이 있습니다. 이놈들이 쌀을 감추고 있었습니다!"

"쌀독을 몰수해라!"

떨리지만 노기가 어린 목소리가 울려퍼졌다.

"내 두 눈에 흙이 들어가기 전까지 그 쌀독을 네놈들에게 넘겨줄 수 없다!" 흑자의 할아버지였다.

"뭐라? 이 늙은이가 죽고 싶은 게로구나!" 왕손웅은 코웃음을 쳤다.

"죽이려거든 죽여라, 이놈들! 이 쌀은 대우님께 바칠 귀한 것인데 네놈들에게 넘겨줄 것 같으냐?"

"이런 오만방자한 놈을 보았나? 네놈이 망령이 들었구나? 여봐라, 이 괘씸한 놈들을 묶어 방망이 맛 좀 보여주거라!"

왕손웅의 명령에 오나라 병사들은 일제히 흑자의 식구들에게 달려들었다. 놀란 흑자의 두 어린 누이가 엄마의 다리 뒤에 숨어 울음을 터뜨렸지만 밧줄에 묶여 있던 흑자는 꼼짝도 하지 못했다.

어디서 힘이 나왔는지 흑자의 할아버지가 대나무 지팡이를 왕손웅에게 휘둘렀다. 가까스로 지팡이를 피한 왕손웅이 검을 빼들고 노인의 가슴 한가운데를 찔렀다. 한 손에 지팡이를 쥐고 다른 한 손으로 왕손웅의 검을 쥔 노인은 왕손웅을 매섭게 쏘아보았다. 입에서 '울컥' 피가 쏟아지자 노인은 왕손웅을 향해 피를 뱉었다. 노인이 뱉은 피를 뒤집어쓴 왕손웅의 얼굴에서 피가 뚝뚝 흘러내렸다.

"영감!" 땅으로 주저앉는 노인을 향해 그 옆에 있던 노부(老婦)가 달려들었지만 이미 노인은 숨을 멈춘 상태였다.

"영감, 이게 무슨 일이오? 한날 한시에 같이 죽자고 하더니 이게 무슨…. 영감, 조금만 기다리시오. 내가 따라갈 터이니…." 사람들이 노부의 말뜻을 알아차리기도 전에 노부는 돌의자에 머리를 세게 박더니 그 자리에서 숨을 거두고 말았다.

"할아버지, 할머니!"

식구들이 숨을 거둔 두 노인을 향해 달려들며 울음을 터뜨렸다. 이 순간 밧줄에 온몸이 제압당한 흑자는 성난 야수처럼 오나라 병사들을 향해 달려들었다. 놀란 오나라 병사들이 흑자를 발로 차 땅바닥에 쓰러뜨렸지만 이미 이성을 잃은 흑자를 당해낼 수는 없었다. 오나라 병사들이 흑자에게 심하게 얻어맞자 왕손웅은 반역이라며 고래고래 소리를 지르더니 노인의 몸에서 보검을 뽑아 흑자의 가슴을 향해 내리꽂았다. 순간 '아악' 하는 비명과 함께 흑자가 오나라 병사들의 발밑으로 쓰러졌다. 왕손웅은 쓰러진 흑자 앞에서 검을 뽑아들고 웃음을 터뜨리며 그 자리를 떴다.

하지만 왕손웅의 웃음소리는 오래가지 못했다. 머리를 풀어헤친 초췌한 얼굴의 월나라 백성들이 자신들을 향해 다가오고 있었기 때문이다. 분노로 이글거리는 눈동자는 마치 불을 뿜는 듯했다. 청동 낫이나 도끼를 든 월나라 백성들의 모습에 오나라 병사들은 지레 겁을 먹고 뒷걸음치기 시작했다.

그 모습에 왕손웅은 검을 휘두르기 시작했다.

"네 이놈들, 네놈들이 지금 반역을 일으키는 것이냐?"

한 젊은이가 으르렁거리며 왕손웅을 노려보았다.

"반역을 일으킨다면 어쩌겠다는 것이냐? 나는 칭산촌의 리정인 제발(諸發)이다. 곡식을 빼앗은 것도 모자라 무고한 사람까지 죽이는 네놈들이 정녕 사람이란 말이냐?"

"하하하, 그럼 내 목숨이라도 내놓으라는 것이냐? 네놈들이 모시는 구천이라는 자도 우리 오나라 왕실의 종이거늘 버러지만도 못한 놈들을 몇 죽였다 하여 그게 큰 죄란 말이냐? 그러는 네놈도 정녕 내 칼에 목숨을 잃고 싶은 게로구나!"

자신을 향해 칼을 내리치는 왕손웅을 피한 제발의 신호에 맞춰 주변의 월나라 백성들이 재빨리 이들을 포위했다.

자신들을 압박하는 월나라 백성들의 시퍼런 서슬에 놀란 왕손웅이 병사들에게 후퇴를 명한 뒤 자신도 말머리를 돌렸다.

"좋다, 네 이놈들! 네놈들이 숯을 굽는 척하더니 사실은 역모를 꾸미고 있었구나. 조금만 기다려라. 내 대군을 끌고 와 너희 마을을 흔적도 없이 없애주마. 그런 연후에 월나라의 종묘도 똑같이 짓밟아주겠다!"

왕손웅은 이렇게 큰소리를 친 뒤 재빨리 북쪽을 향해 도망치기 시작했다.

왕손웅이 칭산에서 식량을 빼앗고 백성들을 죽인 일은 금세 구천에게도 보고되었다. 흑자에게 일어난 비극을 알게 된 구천은 범려와 함께 재빨리 칭산으로 말을 달렸다. 석실 밖에 가지런히 놓여 있는 세 구의 시신을 확인한 구천은 구르듯 말에서 내려와 석실 밖에 있던 흑자의 시신을 끌어안고 뜨겁게 오열했다.

"흑자야, 네 식구들이 항상 굶주려 있다는 이야기를 듣고 이곳에서 나는 숯을 팔아 생계를 유지토록 했을 때 기뻐하던 너의 모습이 아직도 선하거늘…. 과인은 네가 더 이상 배를 곯지 않을 것이라 생각했는데 지금 네가 이런 꼴이 될 줄 그 누가 알았겠느냐? 이게 모두 과인의 무능함 때문이구나. 너를 제대로 돌봐주지 못한 것도 모자라 이런 개죽임을 당하게 하다니, 이 모든 것이 나의 잘못이다…."

그 옆에 누워 있는 노부부의 시신을 바라보며 구천은 이를 악물었지만 눈에서는 여전히 뜨거운 눈물이 연신 흘러내리고 있었다.

"어르신들, 제대로 먹지도 못하고 모은 쌀을 대우님께 바치려 하셨던 두 분이 어쩌다 이리 되셨습니까? 천수(天壽)를 제대로 누리지도 못하고 이리 가시다니…. 이 모든 것이 나라에 힘이 없기 때문이 아니겠습니까? 무고한 백성들을 적군의 손에 내어준 것도 모자라 나라의 종묘사직을 위험에 빠뜨린 제가 바로 죄인입니다, 죄인입니다…."

군왕의 체면도 잊은 채 땅바닥에 무릎을 꿇고 오열하는 구천에게 제발이 다가왔다.

"대왕, 울 일이 무엇입니까? 두 어르신은 죽음 따윈 두려워하지 않으셨습니다. 흑자도 그러했습니다. 우리 칭산촌 사람들도 죽음 따위 두렵지 않습니다."

제발의 말에 구천은 번개를 맞은 듯 정신이 번쩍 들었다.

"자네는 죽음이 두렵지 않은가?"

"두렵지 않습니다."

“너희들도 죽음이 두렵지 않다?”

“죽음 따위 하나도 무섭지 않습니다!”

남녀노소 할 것 없이 모두 한 목소리를 내는 칭산촌 사람들의 얼굴을 하나하나 돌아보며 구천은 가슴에 무언가 울컥 치밀어 오르는 것을 느꼈다. 눈물을 거두고 어느새 매서운 매의 눈으로 돌아간 구천이 범려에게 말했다.

“범려 대부, 월나라 백성들은 죽음이 두렵지 않다 하오!”

자신을 부르는 구천의 부름에 범려가 성큼성큼 앞으로 나왔다.

“대왕, 부차가 회맹(會盟)에 참가하기 위해 북진하는 동안 오나라는 모든 식량을 월나라에 의존하고 있습니다. 이로 인해 월나라 백성들은 허리가 휠 지경이옵니다. 곡식을 내놓지 못하면 죽음을 면치 못하고 곡식을 내놓아도 이는 마찬가지입니다. 허나 하늘이 무너져도 솟아날 구멍이 있다 하지 않습니까? 왕손웅을 생포해 오성을 공격하는 것이 어떻겠습니까? 빠르면 빠를수록 좋을 것입니다.”

“전쟁을 하면 피를 봐야 하거늘, 차라리 과인이 무릎을 꿇는 것이 어떻겠소?”

칭산촌 사람들은 구천의 말에 수군거리기 시작했다. 제발은 모두 조용하라고 손짓을 하더니 구천을 향해 입을 열었다.

“대왕, 범려 대부님의 말이 옳습니다. 이리해도 저리해도 죽기는 다 매한가지이옵니다. 그럴 바에야 먼저 선수를 쳐 왕손웅을 붙잡은 뒤 오성을 공격하는 것이 좋을 듯합니다. 대왕께서는 어찌 망설이시옵니까?”

“그대는 칭산의 리정이오? 이름이 무엇인가?”

“제가 칭산의 리정인 제발이라 하옵니다.”

“제발, 그대는 죽음 앞에서도 눈 하나 까딱하지 않는 영웅이로군. 죽음을 두려워하지 않는 칭산촌 사람들 역시 영웅이라 불러도 손색이 없을 것이오. 그런 그대들을 보니 내 무척이나 기쁘오. 허나 28개 읍의 사람들이 모두 그대들과 같지 않을 것이오. 과연 그들도 죽음을 두려워하지 않을까?”

침통한 표정의 구천은 시신을 들여다보며 절을 올렸다. “이들을 잘 묻어주어라. 흑자야, 걱정하지 말고 눈을 감거라. 네 어미와 두 동생은 내가 잘 보살펴주마.”

구천의 명에 월나라 병사들이 시신을 거둬 묻어주려고 하자 누군가 비명을 지르며 달려왔다. 눈앞에서 벌어진 참극을 감당하지 못해 제정신이 아닌 듯한 흑자의 어미였다. 흑자의 어미는 싸늘하게 식은 세 시신을 붙잡고 놓아주지 않았다.

“안 돼, 이리 묻을 수 없소! 내 아들 흑자가 아직 제대로 눈도 감지 못했소. 대왕께서 군대를 일으켜 내 식구들의 억울한 죽음을 복수해주지 않는다면 내 대왕 앞에서 죽어버릴 테요!”

땅바닥에 주저앉아 서럽게 우는 흑자의 어미와 어린 두 자매를 보던 구천은 하늘을 올려다보며 긴 한숨을 내쉬었다.

“과인이라고 어찌 이 설욕을 갚고 싶지 않겠소? 오나라의 종이 되어 무릎을 꿇고 동정을 구걸하는 짓 따위 누가 하고 싶겠소? 작은 월나라가 오나라에 저항했다가 무슨 더 큰 화라도 당할까 과인은 그게 두려울 뿐이오.”

무릎을 꿇고 복수를 청하는 칭산촌 사람들의 간청에도 불구하고 구천은 그저 시신을 잘 묻어주라고만 일렀다. 이때 범려가 제발에게 다가가 몇 마디 주고받더니 가볍게 고개를 끄덕였다. 갑자기 제발이 돌 의자 위로 올라가 모두를 향해 소리를 질렀다.

“마을 사람들, 내 말을 좀 들어보시오! 대왕이 오나라에서 당한 고초를 모르지 않을 것이오. 대왕께서 스스로 오나라의 종으로 사셨던 것은 모두 우리 백성들의 목숨을 살리기 위함이셨소. 지금 대왕께서 병사를 일으키지 않겠다고 하는 것 역시 더 많은 사람들이 목숨을 잃을까 걱정하시기 때문이오. 내게 대왕의 마음을 돌릴 방법이 있소!"

"얼른 말해보시오!"

"지금 흑자와 두 노인의 시신을 대월성의 점대 위에 가져다놓읍시다. 가서 우리 형제들이 오나라 사람 손에 어떻게 죽임을 당했는지를 월나라 백성들에게 보여줍시다! 백성들의 마음이 하나라는 것을 증명합시다!"

일제히 환호를 지르는 청산촌 사람들은 재빨리 세 개의 나무판을 만들어 세 구의 시신을 실은 뒤 흑자의 어미와 어린 두 누이를 데리고 대월성으로 향했다.

검은 물결처럼 보이는 한 무리의 사람들이 목선을 타고 수로를 통해 대월성을 향해 나아갔다.

구천과 범려 역시 말을 타고 육로를 통해 대월성을 달려갔다. 가던 길에 범려는 구천에게 자신만만한 표정으로 입을 열었다.

"대왕, 이번에 왕손웅은 반드시 멸할 것이옵니다. 어리석은 왕손웅은 자신이 죽을 때조차 노전(怒戰 : 적과 싸울 때 적에 대한 적개심을 불러일으켜 장병들의 사기를 북돋우는 전법—옮긴이)에 죽었다는 사실을 모를 것입니다."

그러자 구천이 냉소했다.

"밥 먹듯 악행을 저질렀으니 제 스스로 무덤을 판 것이지. 병법에도 노전은 병사들의 사기를 높이는 가장 확실한 방법이라고 하지 않소? 흑자의 그 식구들이 비참한 죽임을 당했으니 내 반드시 그들을 위해 설욕을 할 것이오. 왕손웅의 피로 그들의 넋을 위로할 것이오!"

죽음을 불사하고 오나라에 대한 분노를 불태우는 백성들을 보며 구천은 더 이상의 망설임 없이 지금껏 쌓아왔던 울분을 터뜨리기로 마음을 굳혔다.

노전은 전쟁을 앞둔 병사들의 사기를 최고로 끌어올릴 수 있는 전략이다. 분노심에 불타는 병사들을 막을 수 있는 것은 아무것도 없다. 오히려 건드리면 건드릴수록 더욱 뜨겁게 타오른다. 전략적으로 월나라는 오나라의 발끝에도 미치지 못했기에 이 사실을 아는 월나라의 백성들은 줄곧 몸을 사려왔다. 하지만 지금의 상황을 전환하기 위해서는 병사들과 백성들의 사기를 끌어올려야 했는데 범려의 노전이 바로 그 시작이었다. 왕손웅을 죽여 오나라에 대한 월나라 백성의 공포심을 없애고 사기를 높여주는 것, 그것이 바로 범려의 노림수였다.

구천이 예상한 대로 월나라를 떠나지 않은 왕손웅은 대월성 곳곳을 돌아다니며 약탈과 폭력을 일삼고 있었다. 월나라 병사들에게 끌려온 왕손웅은 사태를 파악하지 못하고 고래고래 소리를 지르고 있었다.

"이제 주사위는 던져졌습니다! 대왕, 지난 3일 동안 백성들은 점대에 모여 있습니다. 그들은 흑자와 두 노인의 시신을 묻지 않고 있습니다. 이제 대왕께서 나서야 할 때입니다!"

문종의 보고에 구천은 초췌한 얼굴을 들었다. 구천 역시 지난 3일 동안 제대로 눈도 붙이지 못하고 회계산에 있는 연산(燕山)의 석실에서 장수들과 오나라에 대항하기 위한 작전을 세웠다. 충혈된 눈의 구천이 마른기침을 했다.

"모두 세 개 노선으로 나눠 오성을 공격한다. 중군은 왕손웅을 인질로 삼아 그 아들인 왕손미용을 출전시키시오. 제계영이 이끄는 우군은 오나라 군대에 보낸 군수품과 군량미를 탈취하시오. 이번에 좌군에게 오나라를 공격하는 주력군의 자리를 일임하겠소. 태자 우와 왕자지를 유인해 성 밖으로 나오게 하고 오성을 포위하시오. 흠, 그런데⋯ 태자 우와 흥이는 그 관계가 돈독하니 그들을 생포해오시오. 그렇지 않으면 태자의 병세가 더 악화될 수 있으니…."

이어서 구천은 범려에게 우묘에 제사를 올린 후 5일이 지난 병자일(丙子日: 6월 11일)에 오나라를 공격할 것을 명했다.

구천의 명령이 떨어지자 점대에 모여 있던 월나라 백성들은 환호성을 질렀다. 칭산촌의 사람들 역시 진음이 이끄는 좌군에 편성되었고 진탁이 이끄는 만 명의 군자군(君子軍)은 범려의 중군에 합류했다. 우군 장수인 제계영이 이끄는 3000명의 병사들은 오나라의 실정에 훤해 오나라 섬멸 작전에 유용한 정보를 제공하는 등 큰 활약을 했다. 월나라 백성들도 모두 자신의 목숨을 내놓겠다고 했지만 구천의 설득으로 눈물을 머금고 구천과 함께 흑자와 두 노인을 묻어주었다. 계완 역시 흑자의 어미와 어린 두 동생을 궁으로 불러들여 따뜻이 대해주었다. 매일 배가 고프다고 울던 두 아이가 궁에 들어와 배불리 먹고 마음껏 뛰어노는 것을 보며 흑자의 어미는 눈물을 흘렸다. 그녀가 너무 과한 은혜를 입었다며 병중에 있는 태자 흥이를 돌보겠다고 하자, 계완은 고맙다며 그녀에게 흥이를 맡겼다.

한편 태자 우는 월나라 병사들이 오나라를 향해 전쟁을 준비 중이라는 이야기를 듣고 왕자지와 왕자산을 불러들였다.

"부왕께서 정예병을 이끌고 멀리 북방으로 가시는 바람에 지금 나라를 지키고 있는 것은 노인과 어린아이뿐이오. 만에 하나 월나라로부터 공격을 당해 오나라의 얼굴에 먹칠을 한다면 내 무슨 면목으로 부왕을 뵐 수 있겠소? 하지만 가능한 전쟁을 피하는 것이 좋다 생각하오."

"태자 형님의 말씀이 옳습니다. 게다가 월나라에는 우리 형제인 흥이가 있지 않습니까? 형제 사이에 승부를 내는 것은 아무 의미도 없습니다."

왕자산 역시 고개를 끄덕였다. 결국 세 사람은 성문을 굳게 닫고 성 밖으로 나가지 않기로 결정했다.

동궁에서 세 사람이 한창 논의를 벌이고 있을 때 왕손미용이 숨을 헐떡거리며 뛰어 들어왔다.

"태자 전하, 큰일 났사옵니다. 월나라 병사들이 오성을 이미 포위했다 하옵니다!"

"미용 장군, 병사들에게 성 문을 닫아걸고 방어선을 펴라고 하시오. 짐은 어떠한 경우에도 출전하지 않을 것이오!"

"전하, 그것이 무슨 말씀이옵니까? 출전을 하지 않는다니요? 소신의 아비가 지금 월나라에 인질로 잡혀 있습니다!"

왕손웅이 월나라 군대에 인질로 잡혀 있다는 말에 태자 우는 크게 놀랐다.

"뭐라? 왕손웅 장군이 어쩌다 월나라 군대에 잡혀 있다는 것이냐?"

"그놈들이 제 아비를 전차에 묶어둔 것을 소신이 두 눈으로 똑똑히 보았습니다. 전하, 얼른 성문을 열고 월나라 놈들을 물리쳐주시옵소서. 제 아비를 살려주시옵소서!"

일이 복잡해진 것을 깨닫고 태자 우는 왕손미용을 위로했다.

"왕손웅 장군은 오랫동안 월나라에서 공사(公使)로 일하셨소. 어쩌다 그들에게 인질로 잡혔는지 사태를 정확하게 파악한 후에 출전 여부를 결정해야 할 것이오."

태자 우의 말에 왕손미용은 피가 거꾸로 치솟는 듯했다.

"어찌하여 제 아비를 이리 홀대한단 말입니까? 전하께서 나서지 않는다면 제가 직접 갈 것입니다!"

콧김을 내뿜으며 나가는 왕손미용을 태자 우가 붙잡으려 했지만 그는 이미 자리를 떠난 뒤였다.

어리석게도 구천이 파 놓은 함정에 보기 좋게 걸린 왕손미용은 제대로 싸워보지도 못하고 월나라 병사들에게 사로잡혀 제 아비의 옆에 나란히 묶이고 말았다. 오성을 포위한 월나라 병사들이 태자 우를 도발하기 위해 온갖 욕설을 퍼부었다. 태자 우는 겁쟁이라는 둥, 거북이마냥 성에 갇혀서 머리도 못 내밀고 숨어 있어 제 신하들이 죽도록 내버려두고 있다는 둥의 온갖 비방과 조롱을 퍼부었다. 제아무리 인내심이 강한 우라 해도 월나라 병사들의 욕설을 참아내긴 어려웠다. 그는 왕자지와 왕자산에게 오성을 맡긴 채 성 밖을 나와 월나라와 맞섰다. 하지만 군자군의 강력한 공격을 견디지 못하고 생포되고 말았다. 또한 제계영이 이끄는 3000명의 월나라 병사들은 오나라에게 빼앗긴 곡식과 부차가 타고 다니던 여황대주를 얻는 데 성공함으로써 월나라의 삼로군은 모두 개선의 나팔을 불었다.

오나라와의 전투에 직접 출전하지 않은 구천은 그저 매일같이 와신루에 올라 전쟁터에서의 소식을 마음 졸이며 기다리고 있었다.

잠 못 이루는 밤이 계속 되었다. 전쟁터의 칼부림 소리가 들리고 역겨운 피비린내가 진동을 하는 듯했다. 멀고 먼 북녘 땅으로 떠난 부차의 동맹은 어찌 되었는지…. 구천은 하늘 위에 뿌려진 별을 올려다보며 매일같이 가슴을 졸였다.

보름 뒤 제계영이 이끄는 우군은 전쟁 포로와 전리품을 가지고 월나라로 돌아왔고 범려가 이끄는 주력군은 오나라와 월나라의 변경 지역에 남아 물 샐 틈 없는 방어전을 펼치고 있었다. 비록 월나라가 승리를 거두긴 했지만 적지 않은 사상자가 발생해 전사한 월나라 병사들의 시신을 오나라에서 옮겨와 장례를 치르느라 여러 대부들 역시 분주하게 움직이고 있었다. 영웅, 그것은 사람의 뼈와 살이 쌓여 만들어지는 것이다. 만 명의 장정이 남긴 뼈가 한 명의 영웅을 탄생시키는 법이다. 다른 누군가를 밟고 일어서는 것이 바로 영웅이라는 것이다. 이 얼마나 잔혹한 이야기인가! 새로 지은 무덤과 그 앞에서 울고 있는 병사들의 유족을 바라보며 구천은 미간을 찌푸렸다.

나라를 위해 목숨을 잃은 월나라 병사들을 몽산(蒙山)에 매장한 구천은 월왕궁으로 돌아오고 있었다. 길을 따라 가슴을 저미는 울음소리가 연신 귓가를 맴돌았다. 가슴에 커다란 돌덩이라도 올려놓은 듯 답답한 마음을 조금이라도 달래기 위해 구천은 계완이 있는 직조궁을 찾았다.

"대왕, 안색이 좋지 않으십니다." 평소와 다른 구천을 계완이 재빨리 알아보았다.

"그렇소이까? 속이 울렁거릴 정도로 셀 수 없이 많은 시체를 봤더니 그러나 보오."

"네, 전쟁에는 항시 누군가가 죽어나기 마련이지요. 저… 대왕께 드릴 말씀이 있습니다."

"무슨 일인지 말씀해보시구려."

"오나라의 태자 우가 포로로 잡혔다 들었습니다."

"사실이오."

"대왕께서는 그를 어찌하실 생각이신지요?"

"부인의 의견을 듣고 싶구려."

잠시 머뭇거리던 계완이 무언가 결심한 듯 입을 열었다.

"병중에 있는 홍이가 태자 우의 이름을 자주 부르곤 합니다. 홍이가 이렇게 그를 마음에 두고 있고 태자 우 역시 그 아비와 달리 품행이 올바르다 들었습니다. 소첩의 짧은 생각으로는 저희 세대의 원한을 그 후손들에게 물려주어서는 안 된다고 생각합니다."

잠시 생각에 잠긴 구천이 계완을 쳐다보았다. "그렇소. 사실 홍이가 월나라로 무사히 돌아올 수 있었던 것도 태자 우의 힘이 컸소. 그가 지금은 월나라의 포로가 되었으나 과인 역시 그를 괴롭힐 생각이 없소. 부인의 뜻대로 그를 풀어주겠소.”

“성은이 망극하옵니다.”

직조궁에서 나온 구천은 연대(燕臺)에 있는 석실로 발걸음을 옮겼다. 장수들을 소집한 후 승전 후의 상황에 대해서 평가를 내리고 나니 무거웠던 마음이 한결 가벼워지는 듯했다. 하지만 구천의 마음은 여전히 북녘을 향하고 있었다. 지금쯤 북쪽의 상황은 어떻게 되어가고 있는 건지 알 수 없어 그는 하루하루 마음을 졸이고 있었다.

이날 구천은 부차가 5월 초에 황지에 도착했다는 첩보를 받았다. 주왕의 명으로 단정공이 회맹을 주최했고, 황지의 제후국들은 진나라 정공이 온 것을 보고 아무 말 하지 않고 회맹에 참여했다. 그렇다면 과연 누가 먼저 맹세의 피를 마셨을까? 진나라 정공은 오랫동안 중원의 패주로 숭상을 받아왔기 때문에 자신이 맹주라 주장했지만 부차는 자신이야말로 주나라 왕실의 어른이기 때문에 서열 순으로 봤을 때 자신이 맹주가 되어야 한다고 주장했다.

7월 초까지 두 나라는 이 문제로 팽팽히 대치했다. 허나 월나라가 오성을 공격하여 태자 우를 포로로 사로잡았다는 소식이 황지에 전해지자 부차는 마음이 급해졌다. 그는 주왕을 옆에 끼고 지지를 받는 한편, 패대(覇臺)에서 조금 떨어진 곳에 진을 세우고 무력으로 진나라를 정복할 준비를 했다. 주나라 경왕(敬王)은 부차를 두려워한 나머지 그를 ‘백(伯 : 큰아버지)’이라고 부르며 부차의 고귀함을 찬송하는 뜻에서 화려하게 조각된 활과 깃털이 달린 화살을 보냈다. 월나라가 오나라를 공격했다는 것을 뻔히 알면서도 이곳 황지에서 자신만만하게 자신과 신경전을 벌이고 있는 부차를 보며 진나라 정공은 부차에게 어딘가 믿는 구석이 있을 것이라고 생각했다. 그는 결국 오나라의 무력을 두려워한 나머지 부차에게 먼저 맹세의 피를 마시도록 청했다(고대에서 동맹을 세울 때, 희생양의 피를 입술에 칠해 맹세를 하는 전통이 있었다). 이로써 맹주의 자리에 오른 부차는 오공(吳公)이라 불리며 각 제후국들로부터 영지와 미인 등의 선물을 받고 새로운 패주로서 온갖 영광을 누렸다. 득의양양해진 부차는 급히 남쪽으로 내려오던 중 회맹을 할 때 부차에게 애매한 태도를 취했던 송나라를 지나면서 송나라의 도읍을 불태우고 몇몇 성을 빼앗았다.

이 소식을 들은 구천은 깊은 생각에 빠졌다. 이번에 부차가 돌아오면 분명 사생결단을 내려고 할 것인데 지금의 월나라는 어느 모로 보나 오나라에 견줄 수가 없었다. 비록 지난 20년 동안 부국강병책을 실시하여 어느 때보다 막강한 전력을 가지게 되었지만 천하무적이라는 오나라 군대에 맞선다면 그 결과는 볼 보듯 뻔한 것이었다. 이에 생각이 미친 구천은 주저하지 않고 급히 문종을 불러 대책을 논의했다. 문종은 백비에게 뇌물을 주고 이번 일의 모든 책임을 왕손웅에게 떠맡긴 뒤 태자 우 등은 오나라로 돌려보내 화친을 구하기로 했다. 구천도 여기에 동의하고 재빨리 일에 착수하기 시작했다. 혼란에 빠진 오나라의 상황에서 더 이상의 전쟁은 부담스럽다는 생각에 부차 역시 월나라와 화해하기로 결정한 뒤 백비를 불렀다.

"월나라는 오나라를 공격하지 않을 것이라고 그대가 이야기하지 않았는가? 지금 월나라에 다녀와 그 뜻을 확인하고 오시오. 오자서를 죽인 검이 아직 여기에 있다는 것을 잊지 마시오!"

백비가 부차로부터 이러한 명을 받았을 때 사실 문종은 태재부에 있었다. 두 나라 모두 전쟁을 할 생각이 없었기 때문에 두 사람은 쉽게 의견 일치를 보았다. 그다음 날, 백비는 문종과 함께 부차를 찾아가 평화

조약을 맺었다. 이번 사태의 원흉으로 지목된 왕손웅 부자가 구천의 손에 맡겨지고 태자 우가 무사히 오나라로 돌아오면서 사태는 조용히 마무리되었다.

사실 부차가 전쟁을 치르지 않기로 한 데는 다른 이유가 있었다.

오성으로 돌아온 부차는 가장 먼저 용서궁으로 달려가 서시와 문비를 찾았다. 용서궁에 있던 두 애첩과 중원 제후국에서 받은 미인들의 미모를 비교하기 위해서였다. 허나 잔뜩 기대에 부푼 부차가 용서궁의 문을 열었을 때에는 서시와 이광, 선파만이 남아 있을 뿐, 문비의 모습이 보이지 않았다. 부차가 문비를 모시던 시녀를 불러 그녀의 행방을 추궁하자 시종은 그동안 있었던 일을 술술 털어놓기 시작했다. 사실 부차가 북진하던 바로 그날 문비는 제나라에서 함께 왔던 한 청년과 몰래 도망을 쳤다는 것이다. 그 청년은 제나라와의 전쟁에서 포로로 잡혀와 궁 안의 꽃과 나무를 돌보는 일을 맡고 있었다. 언제 두 사람의 눈이 맞았는지, 자신이 오나라를 떠나자마자 도망쳤다는 사실에 부차는 충격을 금치 못했다. 문비를 위해서 오랫동안 사랑했던 서시를 외면하지 않았던가! 화가 머리끝까지 난 부차였지만 이내 생각을 바꾸고 스스로를 위로했다.

'서시만 곁에 있으면 괜찮을 것이야. 오랫동안 서시를 바라보던 내 정성이 아직 헛되지는 않았으니…. 서시를 불러 용서궁에서 정궁(正宮)으로 삼아 오나라의 국모로 삼아야겠구나. 서시 역시 기쁘게 받아들일 것이 분명해.'

하지만 이러한 부차의 기대와 달리 부차를 바라보는 서시의 모습은 냉랭하기 이를 데 없었다.

"대왕의 뜻은 알겠습니다. 대왕께 드릴 말이 있사오니 부디 들어 주소서."

"오! 과인에게 할 말이 있다니 내 당연히 경청하겠네."

"여인의 나이와 위장은 오래 되면 결국 들통이 난다는 말이 있습니다." 말을 마친 서시는 가위를 들고 치마를 잘라냈다. "대왕께서 만일 꿰맨 자국 하나 없이 이 천을 다시 치마에 이을 수 있다면 소첩은 아무 말 하지 않고 용서궁을 나가겠습니다. 하지만 그렇게 하지 못하시면 저는 이 궁 안에서 한 발짝도 나가지 않을 것이옵니다."

자신을 향해 잘려진 천을 건네는 서시를 보며 부차는 오랫동안 말을 잇지 못했다.

서시로부터 받은 충격에서 미처 헤어나오기도 전에 부차는 도탄에 빠진 오나라 국정을 바로 세우기 위해 안간힘을 써야 했다.

오나라 병사들은 황지에서 돌아온 후 태자 우와 왕손미용이 월나라에 포로로 잡혔으며 월나라 군대가 오성을 공격했다는 사실을 알게 되었다. 계속된 한구의 건설, 북진과 끊임없는 전쟁을 치른 이들에게 자신들의 노예라고 생각했던 월나라가 도읍을 공격했다는 사실은 커다란 충격이 아닐 수 없었다. 국력이 날로 쇠약해지고 있다고 생각한 백성들은 불만을 터뜨리기 시작했고 더 이상 전쟁을 하지 않겠다는 목소리를 내기 시작했다. 백성들의 사기가 크게 떨어지면서 원성이 점차 커지고 있다는 사실을 부차도 깨닫게 되었다. 오나라를 호시탐탐 노리는 나라 밖의 숙적과 날로 기울어가는 나라 안의 상황을 꼼꼼히 검토한 부차는 작전상 후퇴하기로 했다. 심궁에서 들어온 부차는 부국강병책을 실시하며 겉으로는 백성을 가르치고 휴식을 취하는 듯했지만 안으로는 맹주의 신분으로 각국에 연락을 취해 초나라와 월나라를 치기 위한 비밀 작전을 꾸미고 있었다.

3년 후인 BC 479년 여름, 오나라와 초나라는 다시 한 번 결전을 치렀다. 2년 동안의 악전고투 끝에 오나라는 초나라를 벼랑 끝까지 밀고 가는 데 성공했지만 막판에 월나라가 초나라를 돕는 바람에 오나라는 결국 패전하고 말았다.

그로부터 3년이 흐른 BC 476년, 주나라 경왕이 붕어(崩御)하고 그다음 해 원왕(元王)이 등극했다. 예전에는 부차의 힘을 두려워했던 경왕이 부차를 '백'으로 부르며 떠받드는 바람에 여러 제후국들도 자연스레 오나라의 발밑에 무릎을 꿇어야 했다. 허나 경왕이 죽고 새로운 원왕이 등극하자 오랫동안 오나라로부터 괄시를 받아온 여러 제후국들은 월나라와 손을 잡고 황지에서 맺은 맹약(盟約)을 뒤집겠다는 생각을 품었다. 구천이 천하의 패주가 되어야 한다고 주장한 문종은 각국 공사들을 특히나 뜨겁게 환대하며 이들과 손을 잡기 위해 갖은 애를 썼다.

20년 동안 적극적인 부국강병책을 실시한 월나라에서 예전의 궁핍함은 더 이상 찾아볼 수 없었다. 수로를 정비하고 습지를 개간한 월나라는 홍수의 피해에서 안전하게 벗어났을 뿐만 아니라 인구 역시 30만 명으로 훌쩍 증가했다. 5만 명에 이르는 군대, 각각 10여 만 명의 장정과 젊은 여인들이 나라의 부름을 기다리고 있었다.

"몸을 구부려 한 발씩 앞으로 나아가는 지렁이도 평생 몸을 구부린 채 살지 않고, 깊은 못에 사는 잠룡(潛龍)도 평생을 작은 연못에 갇혀 살지는 않습니다. 우리 월나라 역시 고소의 설욕을 갚기 위해 지금껏 모든 힘을 기울여 나라의 힘을 키워왔습니다. 지금 오나라는 계속되는 자연재해와 전쟁으로 그 국력이 쇠약해졌으니 지금이야말로 오나라를 칠 때가 아닌지요!" 문종은 계속해서 오나라와의 전쟁을 주장했다.

'그래, 오랫동안 심은 복수의 씨앗이 이미 그 싹을 틔웠다. 혹자가 비참한 죽임을 당할 때 오나라에 대한 월나라 백성들의 증오와 분노를 내 눈으로 똑똑히 보지 않았던가? 허나 노전만으로는 문제를 해결할 수 없다. 대군을 이끌고 진군한다면 생사와 승패는 단 한 번에 결판날 것이

다. 과연 그것을 해낼 힘이 나와 우리 월나라에 있을까?'

계속되는 문종의 요청을 구천이 모를 리 만무했다. 마찬가지로 오랫동안 곁에서 구천을 보아온 문종 역시 구천의 고민을 모르지 않았다. 이번 기회를 놓친다면 영영 오나라를 칠 기회가 없을 지도 모를 것이라는 생각에 구천은 마음이 급해졌다. 귀신을 속일 만큼 뛰어난 지략을 가진 이가 자신을 도와주었으면 하는 생각이 그 어느 때보다 절실했다.

그러던 중 구천은 신포서가 알현을 청한다는 보고를 받았다. 석당(石塘)에서 수군의 연습을 지켜보던 구천은 크게 기뻐하며 황급히 월성으로 돌아왔다.

초나라의 상대부인 신포서는 초나라 장왕을 오랫동안 모신 원로대신으로 오자서의 오래된 벗이기도 했다. 과거 오자서는 개인적인 원한으로 초나라를 버리고 오나라로 도망치던 중 신포서를 만났었다. 오래된 벗인 신포서에게 오자서가 초나라 장왕이 자신의 아비와 형을 죽인 일을 이야기하며 그 억울함과 원통함을 털어놓았다.

"부모를 죽인 원수와 어찌 같은 하늘을 이고 살 수 있겠는가? 내 그 원한을 갚고자 초나라의 사직을 무너뜨릴 걸세!"

오자서의 부형이 죽임을 당했다는 이야기에 신포서도 큰 충격을 받았지만 초나라를 무너뜨리겠다는 오자서를 보며 조용히 입을 열었다.

"초왕실에 대한 자네의 분노와 원망을 내 어찌 이해하지 못하겠나? 허나 초나라는 자네가 태어나고 자란 땅이 아닌가? 부디 초나라의 백성들을 생각해서라도 개인적인 원한은 잊게나. 그렇지 않으면 나 역시 초나라를 지키기 위해 최선을 다할 것이네!"

훗날 오나라 군대가 초나라의 도읍을 공격했을 때 군신들은 사방으로 뿔뿔이 흩어지고 종묘와 사직은 모두 무너져내렸다. 거칠 것 없는 오나라의 공세에 무력하기만 한 초나라였지만 신포서는 나라의 존망이 달린 절체절명의 순간에 초인적인 기지를 발휘해 진(秦)나라로 달려가 도움을 청했다. 7일 내내 음식은커녕 물 한 모금 입에 담지 않고 진나라 조정에서 울음으로 호소한 신포서의 충심에 감동한 애공은 초나라를 구하기 위해 500대의 전차를 보냈다. 결국 진나라의 도움으로 초나라는 오나라 군대의 손에서 벗어날 수 있었다.

비록 지난 일이었지만 구천은 위기의 순간에 초나라를 구해낸 신포서를 잊지 못했다. 천하에서도 유명한 충신이자 지략가인 그가 월나라에 왔으니 구천으로서는 마치 사막 한가운데서 샘물을 발견한 기분이었다.

비록 연로한 신포서였지만 세월의 흐름 속에서도 현자로서의 풍모를 잃지 않고 있었다. 그 모습에 내심 감탄하던 구천은 신포서가 입을 열기도 전에 먼저 월나라 군대의 방어 작전과 기지를 살펴봐달라고 청했다. 사실 이번에 신포서가 구천을 찾은 것도 오나라를 공격하라고 구천을 설득하기 위함이었다. 그러던 중에 구천이 먼저 자신의 의견을 구하니 신포서로는 망설일 이유가 없었다.

월나라의 각 지역을 훑어본 신포서는 흥분을 감추지 못하고 구천을 향해 입을 열었다. "과거 관중이 월나라 땅에 왔을 때 월나라는 잦은 수재에 시달리고 그 물이 혼탁하여 백성들 또한 어리석다고 평가한 적이 있었습니다. 만일 그가 죽지 않고 다시 월나라 땅을 밟았다면 월나라의 물은 맑고 제대로 정비가 되어 있어 백성들이 지혜롭고 용맹하다고 평가할 것이 분명합니다."

신포서의 칭찬에 구천은 큰 용기를 얻었다.

두 사람 모두 같은 목적을 가지고 있는 만큼 불필요한 격식 따위는 모두 접어두고 바로 본론으로 들어갔다. 구천이 먼저 신포서를 향해 공손히 입을 열었다.

"중신들과 백성들 모두 군대를 일으켜 오나라를 공격하라고 하오. 허나 오나라는 강국이고 월나라는 그런 오나라에 미치지 못하니 어찌 승리를 거둔단 말이오?”

“오나라가 비록 강하다 하나 하늘과 민심으로부터 노여움을 사고 있질 않습니까? 우선 밖으로는 초나라와 칼을 겨누고 있고 제나라, 진나라와도 팽팽하게 대치하고 있습니다. 심지어 자신의 동맹국들마저 가만히 놔두지 않고 있어 외교적으로 이미 신뢰를 잃은 상태입니다. 안으로는 충신들과 현자들을 죽이고 간신들의 세 치 혀에 휘둘리고 있습니다. 노역과 징용으로 백성들의 원망이 자자하고 군대의 사기도 바닥으로 떨어져 민심은 이미 수습할 수 없는 지경이 되었습니다. 월나라는 비록 약하다 하나 대외적으로 초나라, 제나라, 진나라, 그리고 진(秦)나라와 좋은 관계를 유지하고 있습니다. 또한 안으로는 부국강병책을 실시하여 그 힘이 예전과 달리 커졌습니다. 내우외환을 겪고 있는 지금의 기회를 노려 오나라를 공격한다면 승리하지 못할 이유가 없습니다.”

그날 구천은 연대의 석실에서 중신들을 불러들여 오나라에 대항하기 위한 생각을 모았다.

먼저 범려가 입을 열었다.

“오나라에 승리를 거두기 위해서는 천전(天戰)을 이용해야 할 것이옵니다.”

모두들 범려의 말에 고개를 갸우뚱하자 범려는 미소를 지으며 다시 입을 열었다.

“부차는 부덕한 자로 현사를 죽이고 간신의 말에 귀를 기울이고 있습니다. 이에 따라 나라의 기강이 무너져내리면서 군대 역시 사기를 잃고 사방에서 난동을 부리고 있습니다. 또한 가뭄, 메뚜기 떼, 홍수, 우박 등의 자연재해가 계속 이어지면서 오나라 백성들은 굶주리고 있습니다. 이러한 사면초가에 빠진 오나라를 지금 공격한다면 분명 승리를 거둘 것입니다. 이것이 바로 소신이 생각하는 천전입니다!"

신포서의 생각과 일맥상통하는 범려의 주장에 모두 고개를 끄덕이는 가운데 문종이 조용히 나섰다.

"장수에게는 그 공로에 맞는 관직과 봉지를 내리고 병사들에게는 상을 내려야만 합니다. 병법에 이르기를 후한 상이 있으면 반드시 용기 있는 자도 따른다 했습니다. 이것이 바로 상전(賞戰)입니다!"

엄숙한 표정의 예용이었다.

"소신의 생각으로는 사전(死戰)만큼 확실한 전략이 없다고 생각합니다. 오나라와 결전을 벌이기 위해서는 병사들의 근심을 덜어주고 뒷일을 걱정하지 않도록 돌봐주어야 할 것입니다. 병사들에게는 승리가 아니면 죽음뿐임을 인지시켜 목숨을 구차하게 연명하겠다는 생각을 품지 못하게 하는 한편, 병사들의 여인들을 회계산의 독부산(獨婦山)으로 보내 걱정 없이 전쟁에 임하도록 해야 할 것입니다."

한참 동안 깊은 생각에 빠진 제계영이 입을 열었다.

"오나라와 싸울 때 우리가 쳐놓은 미진(迷陣)을 사용하여 적을 혼란에 빠트린 다음 그 틈을 노려야 할 것입니다. 병법에 따르면 적군을 막아내지 못할 때에는 적의 예상을 깨는 기습전이 가장 효과적이라 했습니다. 소장의 생각으로는 기전(奇戰)을 쓰심이 좋을 듯합니다."

진음이 큰 소리로 자신의 생각을 이야기했다.

"작전을 실제로 전쟁에 이용하려면 병사들의 사기를 끌어올려야 할 것입니다. 단 한 명의 적군도 남겨두지 않겠다는 그런 사기를 키우기 위해서는 무엇보다도 용기가 필요합니다. 용기는 이끌어내는 것입니다. 병법에 사기가 높으면 이기고 사기가 떨어지면 진다는 말이 있습니다. 그러니 기전(氣戰)이 가장 적합할 듯합니다."

중신들을 한 번 훑어본 부동이 자신만만하게 입을 열었다.

"소신의 생각으로는 위전(圍戰)이 좋을 듯하옵니다. 여러 대신들께서도 생각해보십시오. 오성은 높은 성루와 첩루, 그리고 두터운 성벽을 지니고 있어 설사 우리 군대에게 지더라도 성 안으로 도망쳐 오랫동안 버틸 수 있을 것입니다. 그러니 오성 밖에 월성을 지어두고 문을 열어둔 뒤 오성을 포위하는 것입니다. 그저 적군의 식량이 떨어지기만을 기다리면 될 것입니다. 배고픔에 지친 오나라의 병사들이 도망쳐 나올 것이니 오성을 함락하는 일은 그저 시간문제일 따름이옵니다."

구천은 모든 중신들의 이야기를 하나도 빼놓지 않고 경청한 뒤 중신들을 돌아보며 입을 열었다.

"여러 대부들께서 좋은 말씀을 들려주셨소. 허나 대신들께서는 모두 전술에 대해서만 이야기했을 뿐 아군을 어떻게 다스려야 하는지에 대한 말씀은 없었소. 과인은 덕을 갖춘 군대로 부덕한 군주를 물리쳐 오나라와 월나라 백성들이 더 이상 전쟁의 불꽃에 휘말려 들지 않고 도탄에 빠지지 않도록 돌볼 것이오. 이를 위해서는 삼군을 엄한 군령과 통일된 군법으로 다스려야 할 것이라 생각하오. 지켜야 할 군법이 있고 따라야 할 명령이 있어야 군령이 비로소 힘을 얻을 수 있소. 거대한 삼군이 통일된 군령에 따라 한 몸처럼 움직여야 할 것이오. 여러 대부의 생각은 어떠하시오?"

구천의 말에 중신들이 고개를 갸웃거리자 구천은 상세하게 자신의 계획을 설명하기 시작했다.

"3년 동안 과인은 군신들과 백성들과 함께 오나라를 여러 번 공격했으나 오늘에야 확실한 결론에 도달하게 되었소. 과인은 우리의 계획을 주왕에게 보고하여 각 제후국들뿐만 아니라 천하의 모든 사람들에게 오나라를 치려는 이유를 알릴 것이오. 지금부터 월나라의 모든 사람들은 신분고하에 상관없이 자신의 직책에서 최선을 다해야 할 것이오. 궁

안의 일을 궁 밖으로 전하지 않고 궁 밖의 일을 궁 안으로 함부로 들여서는 안 될 것이오. 또한 내궁의 일은 군부인이 책임질 것이고 나라 밖의 일이나 천 리 먼 곳에서 일어나는 일은 과인이 책임질 것이오. 최선을 다해 병사가 전투에 임하지 않는다면 그것은 장수의 책임이오. 과인의 뜻을 백성들에게 알리고 그 마음을 하나로 단결코자 하오. 과인은 이제 직대(樱臺)에 가서 제사를 올릴 것이오. 그리고 그로부터 5일째 되는 날 성문 밖으로 모인 사람에게는 상을 내릴 것이고 명을 거역한 자는 죽음으로 그 죄를 물을 것이오. 바로 그날 오나라에 대한 공격이 시작될 것이오!"

말을 마친 구천은 중신들에게 이별을 고하고 석실을 나갔다. 자리에서 일어난 중신들도 각자의 직무를 다하기 위해 서둘러 자리를 빠져나갔다.

아름다운 그림자가 구름 사이로 손을 내밀었다. 그 모습이 왠지 낯이 익었다. 누구일까? 외딴 섬에 있던 구천이 머리를 들고 구름 위를 살폈지만 도무지 상대방이 누구인지 떠오르지 않았다. 할 일이 많다는 생각에 구천은 급히 몸을 돌렸다.

그러자 저 멀리서 아득한 목소리가 들려왔다. "오라버니, 오랫동안 떨어져 있었다고 어느새 저를 잊으셨습니까?"

몸을 돌리던 구천은 그 목소리에 얼어붙은 듯 우뚝 서고 말았다. 어찌 저 목소리를 잊을 수 있겠는가? 저 목소리는 자신이 사랑해 마지않던 승옥이 아니던가! "승옥, 승옥아!" 몸이 둥실 떠오른 구천은 하늘을 향해 날아오르기 시작했다.

구름 사이로 승옥의 모습이 보일락 말락 했다. 구천은 자신을 향해 날아오다가도 구름 사이로 모습을 감추는 승옥을 쫓았지만 도무지 만날 수가 없었다. 다가온다, 다가와! 구천은 자신을 향해 다가오는 승옥의 옷소매를 간신히 붙잡았지만 옷소매가 얼마나 긴지 잡아도 잡아도 끝이 없었다. 구천은 있는 힘을 다해 승옥의 옷소매를 끌어당겼지만 승옥이 꿈쩍도 않자 그저 멀뚱히 하늘에 떠 있는 승옥을 바라볼 수밖에 없었다.

"오라버니, 제 말을 기억하시나요? 저에게는 오라버니 둘이 있다는 말이요. 한 명은 구천 오라버니고 다른 한 명은 바로 부차 오라버니입니다. 그런데도 구천 오라버니는 부차 오라버니를 놔주지 않으려고 하십니다. 부탁이니 부차 오라버니를 그냥 내버려두세요!"

구천은 승옥의 옷소매를 붙잡고 늘어지는 데만 정신이 팔려 있었다. 비 오듯 땀을 흘리며 구천은 끊임없이 승옥의 이름을 불렀다.

"승옥아, 나를 끌어올려주렴. 나를 끌어올려줘… 부탁이야!"

"구천 오라버니, 부차 오라버니를 놓아주세요!"

"승옥아, 그럴 수 없단다. 부차는 죽을 몸이야, 그를 놓아줄 수 없어! 나를 올려주렴. 나를 데려가!"

"매정한 사람!" 눈물을 흘리는 승옥이 고개를 돌리며 옷소매를 잡아당기자 구천은 하늘에서 시퍼런 물을 향해 떨어졌다. 밑으로, 밑으로… 풍덩, 하는 소리와 함께 거친 파도가 일렁이는 순간….

구천은 잠에서 깼다. 주변을 둘러봤지만 그 어디에도 승옥이나 거친 바다는 없었다. 그저 바람에 일렁이는 촛불과 멀리서 들려오는 북소리만 둥둥 울려퍼질 뿐이었다. 때는 이미 자시였다. 승옥도, 거친 바다도 그저 한낱 꿈에 불과했다.

구천이 직대에 올라 기도와 제사를 올린 지 벌써 5일이 지났다. 지난 5일 동안 산 정상에 있는 정실(淨室)에서 마음을 가라앉히고 산에서 흐르는 물과 산나물을 뜯어 먹으며 몸과 마음을 정결케 했다. 명령을 받고 출발 대기 중이던 삼군을 위해 구천은 한 치의 실수가 없도록 다시금 작전을 하나하나 꼼꼼히 짚어보며 복수의 칼을 갈았다. 기울어진 월나라의 사직을 바로 세우기 위한 생사와 존망이 걸린 전쟁이 이제 곧 시작될 터였다!

구천은 설욕을 갚기 위해 정성껏 기도를 올렸지만 과거의 일이 계속해서 구천의 발목을 붙들고 있는 듯했다.

그는 꿈에서 40년 전 어이없이 쓰러져간 승옥을 보았다. '그녀의 길고 긴 옷소매는 이루어질 수 없는 자신의 사랑을 의미하는 것일까? 이미 썩어 먼지가 된 그녀가 나를 찾아와 제 오라비를 살려달라고 눈물로 호소하는데 내가 과연 잘못을 저지르는 건 아닐까?' 온갖 생각이 교차하는 가운데 정실에 앉아 있던 구천은 얼음물이 들어 있던 나무통에서 두 발을 꺼낸 뒤 차가운 물로 딱딱하게 굳은 얼굴을 닦았다. 탁자를 짚고 몇 걸음 옮기던 구천은 바람에 일렁이는 촛불을 보며 눈물을 흘렸다.

17세의 소년에 불과하던 구천은 세상물정이라고는 아무것도 모르는 철부지였다. 그는 구사부와 함께 매리에 있던 합려의 장군부를 찾았을 때 처음 부차와 승옥을 만났다. 순진한 소년과 소녀는 함께 지내면서 하루하루 행복한 시간을 보냈다. 지금은 적이 된 부차와도 글과 무예를 함께 닦으며 의형제처럼 지냈다. 그때는 약육강식이나 불구대천이라는 말이 자신들과는 아무런 상관도 없는 줄 알았는데 얼마 지나지 않아 피비린내 나는 현실을 맞닥뜨리고는 꿈에서 깨야 했다. 자신을 위해 뜨거운 가마에 몸을 던진 구사부, 어머니 약난 부인의 자결, 평생 마음에 품어온 첫사랑 승옥의 죽음, 상갓집 개마냥 정처 없이 사방을 떠돌던 자신…. 만일 옛날에 부차가 자신을 살려주지 않았더라면 지금의 자신은 이 자리에 있을 수 없었을 것이다.

구천은 옛일을 떠올리며 불안한 듯 계속해서 이리저리 서성였다. 설사 이미 죽은 승옥이라고 해도 그녀의 오빠인 부차를 험하게 다룰 수는 없을 것이다. 게다가 부차는 이미 두 번이나 자신을 살려주지 않았던가! 은혜를 어찌 원수로 갚는단 말인가?

답답한 마음에 문을 활짝 열자 차가운 바람이 구천의 뺨을 때렸다. 구천은 기침을 몇 번 하더니 몸을 돌려 현청색 외투를 입고 직대에 있는 제단을 찾았다. 소산에 있는 직대 중앙에는 부채꼴 모양의 제단이 있었고 제단 가운데에는 반쪽만 남은 깃대가 있었다. 월나라가 오나라의 노예국이 된 이후 제단 가운데서 월나라의 존엄을 상징하던 큰 깃발은 오나라 병사들에 의해 무참히 부러진 뒤 반쪽짜리 깃대만이 남아 분노한 창처럼 하늘을 향해 우뚝 솟아 있었다. 월나라 백성들은 그 깃대를 치욕주(恥辱柱)라고 불렀다.

구천은 제단에 올라 치욕주를 손으로 천천히 쓰다듬었다. 그러자 부차를 불쌍하게 여겼던 마음이 눈 녹듯 사라지면서 그 자리에 차가운 분노가 들어찼다. 화가 잔뜩 난 곰처럼 구천은 치욕주 주변을 빙빙 돌며 과거 치욕을 당했던 모습을 떠올렸다.

자신은 노예로, 아내는 몸종으로 석실에서 온갖 치욕을 견뎌내며 버텨왔다. 부차의 똥을 먹은 것은 말할 것도 없고 수많은 월나라 백성들이 가족과 생이별을 하고 전쟁터에서 비참한 죽음을 맛봐야 했다! 그중에는 사람 취급도 못 받으며 살아온 구검자도 있었고 나라를 위해 사랑하는 정인의 품을 떠난 서시와 정단, 그리고 수많은 월나라의 여인들도 있었다. 식구를 지키기 위해 대항하다 죽은 흑자와 그의 가족들…. 지난 20년 동안 월나라 백성들은 나라를 빼앗긴 치욕을 설욕하기 위해 함께 힘을 합치며 지금의 월나라를 만들었는데, 벼르고 벼른 순간을 앞두고 사사로운 정에 사로잡히다니…. 구천은 나라를 잃은 치욕을 잊지 말라는 뜻에서 남겨둔 치욕주에 머리를 박으며 자신을 타일렀다.

문종과 범려를 비롯한 대신들이 치욕주에 제사를 지낼 시간이 되었다고 알려왔을 때는 삼경을 코앞에 둔 상태였다. 문종이 구천을 찾았다.

"대왕, 반쪽짜리 깃대를 뽑아버리십시오!"

"아니오. 그냥 내버려두고 그 옆에 새로운 깃대를 세우시오!"

입을 열려는 문종을 보며 구천은 단호한 표정을 지었다.

"과인의 뜻대로 하시오!"

어쩔 수 없이 문종은 새로운 깃대를 기존 치욕주 옆에 세우도록 했다.

머리를 풀어헤치고 문신을 한 월나라 백성들이 곧고 단단한 나무를 메고 왔다. 나무에는 바퀴가 달려 있어 여러 명이 수월하게 나무를 세울 수 있었다. 삼경 정각이 되고, 하늘을 울리는 북소리가 둥둥 울려퍼지자 무당들이 북소리에 맞춰 제단에 올라 춤을 추기 시작했다. 무당들이 승전을 기원하는 축사를 읊는 동안 월(越) 자가 수놓아진 거대한 깃발이 올라가며 바람에 펄럭이기 시작했다. 그 모습에 월나라 백성들은 뜨거운 눈물을 흘렸다. 누군가 보광검을 구천에게 갖다 바치자, 구천은 경건하게 보광검을 받아 허리춤에 찬 뒤 깃발을 향해 세 번 절하고 아홉 번 머리를 숙였다. 백성들의 기도와 환호성, 축복 속에 직산(稷山)에서 내려온 구천은 삼군의 통솔자로서 전마에 올라 오경이 되기 전에 대월성을 향해 말을 달렸다.

그날은 유달리 추웠다. 오경이 되자 중원 출신의 한 골동품 판매상이 대월성에 있는 송운관(松韻館)에서 단잠을 청하고 있었다. 곯아떨어져 자고 있던 그는 이상한 소리에 잠에서 깨고 말았다. 두 눈을 비비고 자리에 앉은 상인이 귀를 기울이자 멀리서부터 무엇인가가 점점 다가오고 있는 듯했다. 마치 거대한 성난 파도가 그 소리로 세상을 뒤덮는 듯 했다!

놀란 상인이 맨발로 밖으로 뛰쳐나갔다가 그 자리에 얼어붙고 말았다. 대월성에 있는 모든 가게의 문이 활짝 열려 있었고 늙은 노인을 부축하거나 등에 어린아이를 업은 월나라 백성들이 급히 성문 밖으로 달려나가고 있었다. 무슨 영문인지 알 수 없었던 그는 지나가던 사람을 가까스로 붙잡아 그 영문을 물었지만 아무런 대답도 들을 수 없었다. 인파에 휘말린 그는 성문 입구까지 밀려 나갔다가 간신히 인파에서 빠져나와 대월성에 올랐다.

대월성에서 내려다본 풍경에 상인은 놀라움을 금치 못했다. 대월성 밖에는 수많은 월나라 백성들이 마치 땅에 단단히 박혀 있는 말뚝처럼 제 자리를 지키고 있었다. 누구도 하나 수군대지 않는 그곳엔 무서운 침묵만이 흐르고 있었다.

해가 떠오르며 동녘 하늘이 점점 밝아왔다. 그제야 상인은 성 아래 있던 월나라 백성들이 창과 검을 쥔 월나라의 용사들이라는 것을 알 수 있었다. 수로를 따라 적어도 20만 명으로 추산되는 월나라 백성들이 손에 술항아리나 먹을 것을 들고 그들의 출정을 배웅하고 있었다!

구천은 성벽에 엄숙한 표정으로 서 있었고 그 옆으로 범려, 문종, 부동 등의 장수들이 있었다. 까마귀처럼 새까만 갑옷에 투구, 장화, 그리고 현청색 외투를 걸친 구천은 마치 나뭇조각을 깎은 듯한 냉정하고 근엄한 표정으로 병사들과 백성들을 내려다보고 있었다. 비익루의 첩루에서 심장을 울리는 북소리가 둥둥 울려퍼졌다.

드디어 복수의 시간이 왔다! 눈과 얼음으로 뒤덮인 땅, 구름으로 감싸인 하늘, 끝없이 펼쳐진 바다와 파도처럼 일렁이는 사람들의 물결이 마치 한 사람의 명령을 위해 존재하는 듯했다. 월나라 전체는 이상할 정도의 평정심과 고요함으로 물들어 있었다. 오랜 세월 온갖 고초를 겪은 월나라의 군주 구천은 감정이 북받쳐 오르는지 두 눈 가득 뜨거운 눈물을 담은 채 보광검을 치켜들고 냉정하게 외쳤다.

"월나라 백성들은 들으시오. 지난 20년 동안 오나라는 월나라의 사직을 짓밟고 종묘를 뒤엎었소. 뿐만 아니라 월나라 백성들을 죽이고 재물을 빼앗았으며 월나라의 여인들을 그들의 노리개로 삼았소. 그동안 우리 월나라 사람들은 제대로 입지도 못하고 배불리 먹지도 못하는 대신 온갖 시련과 멸시를 당해야 했소. 지금까지….”

분한 마음을 이기지 못한 구천이 울음을 삼키느라 제대로 말을 잇지 못했다.

"20년 동안 오나라 병사들은 우리 월나라 백성들을 짓밟았소. 과인이 회계의 치욕을 달게 받은 것은 모두 지금의 고소 전투를 위함이었소. 한여름에 몰아치는 거센 소나기처럼 그들을 향해 활을 쏘고 성난 말처럼 그들을 짓밟아야 할 것이오! 부덕한 군주인 부차를 쳐부수기 위해 과인은 하늘의 도움으로 힘을 기를 수 있었소. 비록 5만밖에 안 되는 병력으로 13만이나 되는 오나라 병사들과 결전을 치르고자 하나 일당백의 심정으로 나라를 위해, 사랑하는 가족을 위해 목숨을 바쳐 싸우도록 하시오!”

성 아래 있던 월나라 백성들이 구천의 뜨거운 외침을 들으며 〈오나라를 토벌하라〉라는 노래를 부르기 시작했다.

나라의 설욕을 갚기 위해 재빨리 앞을 향해 달려나가라.
용감하게 적을 물리치고 검을 높이 세워라.
하늘의 도우심이 있을 것이니 나라를 위해 이 한목숨 바치세.
목숨을 바쳐 하늘의 뜻을 따라 앞을 향해 말을 달려라.
용맹한 병사들아, 그 기세가 성난 곰과 같구나.
가족들과 이별을 고하고 앞으로, 앞으로!

비통하지만 힘이 담긴 노랫소리가 하늘에 울려퍼지자 백성들은 너나 할 것 없이 뜨거운 눈물을 흘리기 시작했다. 사람들은 저마다 끌어안고 서로를 격려했다. 아버지는 아들을, 아내는 남편을, 어린 누이는 오빠를 끌어안고 그들의 등을 두들겨주며 나라의 설욕을 꼭 갚아달라고 했다. 너무도 장렬한 그 모습에 월왕성에 오른 골동품 상인은 넋을 잃고 자신도 모르게 뜨거운 눈물을 흘렸다.

천지를 뒤흔드는 북소리와 징소리에 병사들은 식구들을 힘껏 껴안은 후 재빨리 귀대했다.

성루로 내려온 구천은 수문을 빠져나가 옥대하(玉帶河)에 걸린 한교(旱橋)를 건넜다. 다리 아래로 남쪽에서 동쪽으로 구불구불 흘러가는 옥대하는 동쪽에 있는 강을 거쳐 동해로 흘러들고 있었다. 다리를 지나던 구천을 향해 다가온 한 노인은 정성껏 준비한 술항아리를 바쳤다.

"대왕께서 병사들을 이끌고 오나라를 무찌르러 가시기에 만백성의 염원을 담아 이 늙은이가 술을 마련했으니, 부디 이 술을 드시고 오나라 땅에 가 반드시 월나라 깃발을 그곳에 꽂아주시옵소서!"

술항아리를 받아든 구천은 잠시 침묵한 뒤 갑자기 고개를 들고 큰 소리로 외치기 시작했다.

"오늘 과인이 조전을 거쳐 석방된 죄인 2000명과 정규군 4만 명, 군자군(구천의 친위대) 6000, 그리고 각급 장수들 1000명으로 이루어진 5만여 명의 대군을 이끌고 오나라를 향해 가오. 과인의 손에는 월나라 백성들의 바람이 담긴 술이 있으니 이것을 어찌 나 혼자 마실 수 있겠소? 이 술을 물에 뿌릴 테니 모든 병사들은 그 마음을 잊지 말고 강으로 가 마음껏 마시구려!"

말을 마친 구천이 술을 옥대하에 뿌리자 온 백성들이 너나 할 것 없이 앞으로 나와 들고 있던 술항아리를 옥대하에 쏟아 부었다. 푸른 강물은 순식간에 누렇게 변했다. 한교 아래로 내려간 구천은 무릎을 꿇고 강물을 시원하게 들이켰다. 범려와 문종도 무릎을 꿇고 강물을 마시자 이어서 병사들도 순서대로 강물을 마셨다(훗날 옥대하는 투요하[投醪河] 혹은 노사택[勞師澤]이라고 불렀다. 현재 저장성 샤오싱시 빠오자[鮑家]교에서 회계 중학교로 가는 길목에 있다).

강물을 마신 월나라 대군의 사기는 하늘을 치를 듯했다. 비록 추운 한겨울이었지만 사람들은 모두 강물에 들어가 물을 마시거나 세수를 하며 다시 한 번 결전을 다짐했다. 추운 겨울바람 속에서도 나라에 대한 충성만으로 뜨겁게 타오르는 병사들을 둘러보며 구천이 보광검을 높이 들고 앞을 가리키자 월나라 병사들은 성난 파도처럼 오나라를 향해 거칠게 행군하기 시작했다.

구천이 직접 5만 대군을 이끌고 오나라로 돌진해오고 있다는 소식을 접한 부차는 크게 노해 직접 17만 명의 수군을 이끌고 입택강(笠澤江: 지금의 장쑤성[江蘇省] 오장[吳江]현 남쪽 23리 지점)에서 월나라 병사를 막으려 했다. 강을 사이에 두고 대치한 월나라와 오나라 병사들은 밤을 새며 다음 날 있을 결전을 준비했다. 사실 구천은 오나라 군대가 당도하기 전에 일찌감치 입택강의 지형을 살핀 후 그들을 벼랑 끝으로 밀어 넣을 전략을 구상했다.

그날 저녁 구천은 5만 명의 병사 중 1만 명을 강가 연안 근처로 이동시켜 고리 모양의 진을 치도록 한 뒤 오나라 병사들이 강을 건너지 못하도록 했다. 좌군은 하무를 물고 강을 거슬러가기 시작했고 우군 역시 하무를 물고 강을 따라 내려갔다. 삼경이 되자, 구천이 이끄는 중군은 북을 울리며 강을 건넜다.

강의 상류, 하류, 그리고 맞은편에서 들려오는 북소리를 들은 부차와 오나라 병사들은 월나라 병사들이 두 갈래로 나눠 강을 끼고 공격해 온다고 생각해 어쩔 수 없이 대군을 두 갈래로 나눠 퇴각하기 시작했다.

"걸려들었구나! 범려 대부, 오군이 이동하는 틈을 타 중군에게 하무를 물고 강을 건너게 하라. 진탁 장군은 조용히 군자군 6000명을 이끌고 강의 북쪽에 있는 오군의 진영 앞으로 가 기습을 준비하시오."

진영을 세우려고 했던 부차와 오나라 군대는 갑자기 나타난 군자군으로부터 기습을 받고 무너져내렸고 부차는 혼란을 틈 타 간신히 오성으로 도망쳤다. 오나라의 좌군과 우군은 아군을 구하려다 월나라 좌군과 우군으로부터 추가 공격을 받고 크게 패해 퇴각했다. 이번 기습 작전으로 인해 오군은 사기가 크게 떨어졌고 부차 역시 큰 타격을 입은 채 오성에 들어가 성문을 굳게 닫아버렸다. 자신들의 공격에도 부차가 눈 하나 깜짝하지 않자 구천은 오성 밖에 월성을 세워 압박했다. 수로로 군량을 조달해야 했던 구천과 월나라 군대는 그렇게 2년 가까이 월성에서 부차와 대치했다.

또다시 추운 11월이 다가오면서 사방은 하얀 눈으로 뒤덮였다. 오성을 지키고 있던 장수들은 그칠 기미가 보이지 않는 눈을 맞으며 차갑게 얼어붙은 손을 입으로 호호 녹이면서 성 밖의 동정을 날카롭게 살피고 있었다.

최근 오성 밖에는 추위를 피할 수 있는 초가집이 계속 세워지고 있었다. 이 초가집들은 월나라 군대가 오성 밖으로 도망친 오나라 백성들을 위해 임시로 지은 것으로 성 밖으로 도망친 오나라 사람들은 월나라 군대에 억류되었지만 월나라 군대로부터 먹을 것과 입을 것을 제공 받는 등 좋은 대우를 받고 있었다. 이러한 소식이 오성 안에 전해지면서 오성을 지키는 병사들에게 백성들이 성 밖으로 도망치지 못하도록 감시를 더욱 철저히 하라는 명령이 떨어졌다. 하지만 목구멍이 포도청이라고, 제아무리 법이 무섭다 한들 사람들에게는 당장 허기진 배를 채우는 게

급선무였다. 본래 먹을 것이 부족했던 오성인데 지난 2년 동안 월나라 군대에 의해 포위되어 성 안에는 굶어죽는 사람이 가득했다. 이러한 상황이 계속 이어진다면 성 안은 살아 있는 지옥이 될 것이 뻔했다. 그런 백성들의 심정을 모를 리 없는 오나라 병사들은 성을 빠져나가는 백성들을 모른 체하며 더 이상 괴롭히지 않았다.

사실 성을 빠져나가는 것은 배고픈 백성들만이 아니었다. 대부분의 오나라 병사들도 배고픔과 추위를 참지 못하고 도망쳤다. 처음에는 한두 명이 도망치는가 싶더니 나중에는 여러 명이 거대한 무리를 이뤄 도망쳤다. 여기에는 태재 백비도 포함되어 있었다. 거친 베로 만든 밧줄로 오성을 탈출한 백비는 구천에게로 즉시 달려갔다. 성 안에 남아 있는 것이라고는 만 명의 현량군뿐이었다. 현량군은 추위와 배고픔에 지칠 대로 지쳤지만 여전히 충직하게 부차와 오성을 지키며 아무런 원망이나 불평 없이 오나라와 그 운명을 함께하기로 맹세한 상태였다.

그렇다면 부차는 지금 무엇을 하고 있을까?

홀로 술을 마시기를 이미 몇 시간째, 부차의 곁에는 서시와 궁 밖을 지키는 호위병 외에 아무도 없었다. 정확히 말해 오성에는 이들을 제외한 사람의 그림자를 찾아볼 수 없었다.

"대왕, 그만 드시옵소서. 이미 술을 많이 드셨사옵니다." 술로 하루를 보내는 부차를 서시는 여러 번 만류하고 있었다.

"술… 어찌 안 마실 수 있단 말이냐? 저… 저기 가서 요리사에게 맛난 음식을 더 대령하라고 하라." 술에 취해 부차는 제대로 말도 하지 못했다.

"대왕, 왕실의 요리사는 이미 도망을 치고 없사옵니다."

"도망쳤다… 그럼 궁인들에게 만들라고 해라."

"궁인들도 마찬가지옵니다, 대왕."

“선파와 이광은?”

“소첩이 대왕께 바칠 음식을 준비하라고 보냈사옵니다.”

“성 안에 남아 있는 사람이 있다 하여 대왕께서 예전에 주셨던 패물을 주고 먹을 것으로 바꿔오라 일렀습니다.”

“하! 요리사도, 궁인들도 도망쳤다고? 과인의 명도 없이 어찌 함부로 도망친단 말인가? 쿨럭, 쿨럭.” 화가 난 부차는 탁자를 세게 내려치다가 심하게 기침을 내뱉었다.

놀란 서시가 부차의 등을 살며시 토닥거려주며 눈물을 글썽거렸다.

“대왕, 그래도 현량군은 여전히 대왕께 충성을 맹세하고 있으니 이 얼마나 다행한 일입니까? 그들은 굶어죽을지언정 대왕의 곁을 조금도 떠나려 하지 않습니다. 그런데 대왕, 듣자 하니 성 안에 굶어죽은 사람이 적지 않다 하더이다.”

“그대마저 알게 되었군.”

서시는 아무 말 없이 고개를 끄덕였다.

한참 동안 말이 없던 부차가 불쑥 입을 열었다.

“용서궁에 머무는 지난 2년 동안 과인의 곁에서 어떻게든 떠나려고 했던 그대가 어찌… 어찌하여 지금은 내 곁을 떠나려 하지 않는 것인가?”

부차의 말에 서시는 비통한 목소리로 답했다.

“소첩 또한 뜨거운 피가 흐르는 사람이옵니다. 저 역시 고향이 그립습니다. 허나 오나라로 온 이후 오랫동안 대왕으로부터 깊은 사랑을 받았습니다. 하룻밤 사이의 정도 100일을 간다는 말이 있는데 하물며 대왕과 소첩이라고 다를 것이 무엇이겠습니까? 대왕이 좌절하고 계실 때 소첩이 몰래 떠난다면 비록 자유를 얻을 수는 있겠으나 여생을 편히 보낼 수 있겠습니까?” 서시는 굵은 눈물을 훔치며 자리에서 일어났다.

“서시, 내 너를 볼 면목이 없구나.”

서시는 더 이상 아무 말도 필요없다는 듯 가녀린 손가락으로 부차의 입을 막았다. 서시의 손을 잡은 부차는 그 손을 자신의 얼굴에 가만히 가져다 댔다. 뜨거운 눈물이 서시의 가녀린 손가락 사이로 천천히 흘러내렸다. 그 모습에 가슴이 아픈 서시는 부차의 머리를 자신의 품에 부드럽게 끌어안았다.

한참 뒤 가까스로 감정을 추스른 부차가 입을 열었다.

"과인은 올해 쉰여덟이 되오, 이제 늙었구려. 서시, 그대는 겨우 서른넷이니 아직 젊다고 할 수 있소."

서시는 무의식적으로 부차의 흰 머리를 쓰다듬었다.

"소첩이 열일곱 살 되던 해 입궁한 후로 17년이란 세월이 눈 깜짝할 사이에 흘렀습니다."

"앞으로 함께 지낼 시간이 얼마나 남았을까?" 조그맣게 혼잣말을 하던 부차는 갑자기 서시에게 고소대로 가보자고 했다.

"대왕, 고소대는 이미 불타 사라졌습니다."

서시의 말에 부차는 퍼뜩 정신이 들었다. 황지 회맹을 위해 자신이 황지에 있는 동안 월나라 병사들이 오성에 들어와 고소대를 태웠던 것이었다. 씁쓸한 표정의 부차는 한숨을 내쉬더니 첩루에 올라가보자고 했다.

고개를 끄덕인 서시가 부차를 도와 세수를 한 뒤 어가를 준비하라고 왕손락에게 일렀다. 때마침 선파와 이광이 커다란 보따리를 들고 돌아오고 있었다. 그들은 서시에게 자신들이 바꿔온 것을 보고하려고 했다. 하지만 서시는 부차가 불편해할 수도 있다는 생각에 두 사람에게 눈짓을 주었다. 이에 선파와 이광은 보따리를 들고 주방으로 바로 들어가 정리를 하고 나왔다. 서시와 부차가 외출을 한다는 것을 알게 된 두 사람은 서둘러 바구니에서 옷을 꺼내 서시에게 내어준 뒤 어가를 따라 오성으로 발걸음을 옮겼다.

부차와 서시를 태운 어가가 오성에 다가오는 것을 확인한 병사들은 급히 성 아래로 내려가 무릎을 꿇고 절을 올렸다. 뼈를 에는 추위 속에서 주체하지 못할 정도로 몸을 떠는 병사들을 보며 부차는 비통한 표정을 지었다.

"옷도 제대로 걸치지 않은 몸으로 여지껏 성을 지키고 있었다니…. 이 모든 것이 과인의 잘못이로구나."

예전의 기백이 사라진 부차의 모습에 병사들은 뜨거운 눈물을 흘렸다.

"대왕, 병가에서 승패는 항상 있는 일이옵니다. 대왕께서 큰뜻을 잃지 않고만 계신다면 현량군은 결코 무너지지 않을 것이옵니다!"

"그래, 그래! 전쟁을 하지 않으면 천하가 태평해질 걸세."

말을 마친 부차는 서시의 손을 잡고 첩루에 올라 가장 높은 곳에 서서 성 밖을 둘러보았다.

월나라 병사들은 북쪽에서 한구를 무너뜨리고 월나라으로 향하는 물길(범려독[范蠡瀆])을 만들었다. 서쪽 태호 연안에 있는 부초산에는 월나라 병사들이 활시위를 만드는 데 사용하는 마가 심어져 있었고 동쪽에는 군량미를 배로 실어 나를 수 있는 입택강이 흐르고 있었다. 휴리로 통하는 남쪽의 도랑 역시 월나라의 군수품을 운반하는 주요 통로로 사용되고 있었다. 오성 밖 남서쪽에는 월나라가 세운 월성이 우뚝 솟아 있었다. 사람과 활기로 가득 찬 월성은 썰렁한 오성과 큰 대조를 이루고 있었다.

오성 안을 들여다보던 부차의 안색이 눈에 띌 정도로 파리하게 변했다.

'월나라 병사들은 20년 동안 실시된 부국강병책으로 전과는 비교할 수 없을 정도로 강한 군대가 되었다. 이에 반해 우리 오군은 현량군만 남아 있는 상태고… 내 손으로 만든 현량군은 비록 나에 대한 충성심은 변함없으나 그 위력은 예전만 못하다. 최근 몇 개월 동안 왕손락은 나를 대신해 월나라 군대와 구천 사이를 오가며 화친을 구하려 했다. 한때 구천의 마음이 화친 쪽으로 기우는 듯했지만 범려와 문종 등의 반대에 부딪혀 모든 것이 수포로 돌아가고 말았구나. 결국 나는 거북이마냥 오성 안에 목을 감추고 만 명의 현량군를 힘들게 할 뿐만 아니라 서시마저 고생을 시키는군. 어쩌다 이리된 것인지….' 깊은 한숨을 내쉬는 부차를 보며 서시가 따듯하게 위로했다.

"대왕, 너무 상심하지 마시옵소서. 대왕을 따르는 만 명의 현령군이 아직 곁을 지키고 있지 않습니까? 계속해서 사신을 보내 중재를 하며 궁으로 돌아가셔서 앞으로의 일을 더욱 꼼꼼하게 계획하신다면 분명 방도가 있을 것이옵니다."

"그래, 지금의 위기를 빠져나갈 방도가 있을 것이오!" 생각에 잠긴 채 고개를 끄덕이던 부차는 왕손락의 안내에 따라 오궁으로 돌아갔다. 돌아가던 길에 부차는 자신이 걸치고 있던 가죽옷을 추위 속에서도 꿋꿋하게 성루를 지키고 있던 한 병졸에게 보냈다. 그 모습을 본 병사들은 크게 감동했다.

그날 저녁 부차는 선파와 이광에게도 같이 자리에 앉아 먹을 것을 권했다.

그 말에 선파와 이광은 깜짝 놀랐다.

"대왕과 마마님께서 오붓하게 술을 드시는 자리에 어찌 노비 따위가 앉을 수 있겠습니까? 천부당만부당한 일이옵니다!"

"그대들이 오궁에 들어온 지 이미 17년이 되었네. 선파 자네는 줄곧 서시를 모셨고 이광은 예전에 정단과 함께 있었지. 세상을 버리고 간 정단이 활짝 피지도 못하고 그리 간 것이 너무 가슴 아프다네. 서시와 자네 두 사람은 오랜 세월 동안 한결같이 과인을 보필해주었는데, 그 마음에 보답하는 뜻에서 그대들에게 술잔을 권하는 것이 뭐 그리 큰 일이란 말인가?”

“소인들은 술을 마시지 못합니다.” 선파와 이광이 다급하게 대답했다.

“월나라는 술을 빚는 땅이 아니던가? 그 독한 여아홍을 여인들도 마신다 하던데? 우리와 함께 자리에 앉아 술을 마시지 않는다면 과인은 화를 낼 걸세!”

분위기가 심상치 않자 서시가 선파와 이광을 설득했다.

“두 사람 모두 그리 사양할 것 없네. 대왕께서 좋은 마음에 그대들에게 술을 권하셨는데 어찌 그 기분을 망친단 말인가? 자, 오늘 저녁은 우리 같이 주방으로 가서 대왕께 맛난 음식을 만들어드리세.” 말을 마친 서시는 선파와 이광의 손을 끌고 주방으로 내려갔다.

순식간에 먹음직하게 한 상을 차린 서시는 선파에게 움집에 가서 여아홍을 꺼내오라고 한 뒤 모두에게 한 잔씩 따라주었다.

흥겨운 분위기에서 술이 세 잔쯤 돌았을 때, 선파와 이광의 얼굴은 붉게 변해 있었다. 술을 마시며 네 사람은 아련한 옛 이야기를 허심탄회하게 나누었다.

“술을 좋아하는 것으로 따지면 우리 중에 당연 정단 언니랍니다.”

선파가 미소를 지었다.

“그래요, 정단 언니는 왼손에는 칼을 오른손에는 술잔을 쥐고 다녔습니다. 예전에 대왕께서도 언니의 주량에 두 손을 드신 적이 있답니다.”

그 말에 부차는 벌컥 술잔을 비웠다.

“그래, 그랬었지. 정말 보기 드문 사람이었네!”

서시는 부차의 빈 잔을 채워주었다.

"정단 언니는 비록 일찍 세상을 떠났지만 오궁에 머물렀던 1년 동안 행복하게 살았답니다. 부모님도 돌아가시고 세상에 피붙이 하나 없는 외로운 몸이었지만 대왕을 만나 불행 중 다행이라고 소첩에게 입버릇처럼 이야기했으니까요."

그 말에 부차는 모두를 쳐다봤다.

"어찌하여 오늘 술안주는 정미인이 되었는가? 자네들의 이야기를 하는 것이 좋겠네."

술잔을 비운 선파가 신세타령을 하기 시작했다.

"소인이야, 기댈 곳 없는 외롭고 쓸쓸한 몸이지요."

"저 역시 선파 언니와 마찬가지입니다. 고인 물마냥 썩어 문드러진 마음입니다만 원망도 걱정도 없습니다."

거침없는 두 사람의 말에 서시는 젓가락질을 멈췄다.

"두 사람 모두 심궁에 들어 온 이후로 사랑하는 사람을 만나지 못했지요. 그들 또한 심장이 뛰는 사람들인데 어찌 부부의 은애와 정을 구하지 않겠습니까?"

서시의 그 말을 시작으로 서시와 선파, 이광은 서러운 눈물을 흘리며 계속해서 술잔을 비웠다. 그 모습에 부차는 안쓰럽다는 표정을 지으며 선파와 이광을 위로했다.

"때를 놓친 것이 아쉽구나. 허나 과인은 두 사람의 소원을 들어줄 수가 없네."

뭔가 이상하다는 생각에 서시는 그 말뜻을 물었다.

"아, 과인은 그저 지나간 청춘이 다시 돌아오지 못한다는 뜻이었소. 만일 막 궁에 들어왔을 때라면…."

뜬금없는 부차의 말에 서시는 살짝 눈을 흘겼다.

"대왕, 취하셨나 봅니다. 그런 말씀을 하시는 것을 보니…."

"취하지 않았네. 자, 서시. 선파와 이광이 우리 곁에 있은 지도 17년이나 되었네. 내 고마움의 뜻으로 이 두 사람에게 술을 세 잔 따라주려고 하니 그대도 같이 마시구려."

진심 어린 부차의 말에 서시는 더 이상 아무 말도 하지 못했다. 부차가 따라주는 술을 받으며 선파와 이광이 눈물을 흘리자 서시도 잔을 들어 이들과 함께 세 잔을 연거푸 마셨다. 술이 다시 들어가자 세 여인은 제대로 몸을 가누지 못했다. 그 모습을 가만히 지켜보던 부차는 궁문 밖에 있던 병사를 불러 서시와 선파, 이광을 용서궁에 데려다준 뒤 궁 안에 있는 모든 음식도 용서궁에 넣어주라고 명했다. 그런 뒤 부차는 용서궁의 문을 잠그며 처연한 표정으로 조용히 기도했다.

"서시, 과인은 이제 가련다. 너와 선파, 이광은 이곳 용서궁에 머물거라. 너는 내 곁을 떠나지 않으려고 했다만 지금 나에게는 너를 지켜줄 힘이 없구나. 내세에 인연이 닿는다면 지금 못 다한 정을 다시 한 번 나누자꾸나."

침전으로 들어가기 전에 부차는 왕손락을 찾았다. 오랫동안 부차와 이야기를 나누던 왕손락은 침전을 나와 궁문 앞을 지키고 있던 현량군을 소집했다.

"대왕께서 태자님과 왕자지, 왕자산, 그리고 나와 함께 내일 궁을 떠날 것이다. 성을 지키는 현량군은 내일 자동 해산되니 모두들 도망치거라! 성 안에 재물이 남아 있다면 가져가도 좋다."

그다음 날 새벽 첫 닭이 울자 부차는 태자, 왕자지, 왕자산, 왕손락과 함께 각자 말에 올라 고소산 방향으로 급히 달렸다.

부차 일행은 동쪽에서 서쪽으로 향했고 왕손락이 그 뒤를 바짝 따르며 경계를 하고 있었다. 절반쯤 왔을 때 해는 이미 중천에 떠 있었다. 배가 고프고 목이 마르던 차에 그들은 마침 길옆에서 자라고 있는 오이를 발견했다. 왕손락은 부차가 허기진 것을 눈치채고는 말에서 내려 부차에게 오이를 건넸다. 오이를 먹은 부차는 순간 이상한 생각이 들었다.

"한겨울에 어찌 오이가 자란단 말인가?"

"아마도 누군가 오이를 먹고 똥을 눴는데 그 속에 있던 오이씨에서 싹이 나 자란 듯합니다."

부차는 묵묵히 말에 올라 가던 길을 재촉했다.

'한때 천하의 패주로 불리던 내가 이제는 쫓기는 신세가 되었구나. 구천은 내 똥을 먹고 월나라로 돌아가 나라의 기반을 닦았지만 나는 지금 그에게 쫓기며 길에서 난 오이로 허기와 갈증을 달래고 있구나. 참으로 알 수 없는 것이 사람의 인생이라더니….'

모두들 어찌 된 영문인지 정확히 알지 못한 채 급히 발걸음을 옮겼다.

부차는 월나라 군대가 반드시 자신을 쫓아올 줄 알면서도 위험을 무릅쓰고 남서쪽에 몸을 숨길 만한 좋은 장소를 찾아 고소산으로 향하는 길을 선택했다.

부차를 태운 화류가 바람처럼 달려 고소산으로 향하는 큰길에 접어들었을 때에도 월나라의 추격병은 보이지 않았다. 화류를 커다란 소나무에 묶어둔 부차는 그곳이 과거 정단과 함께 사냥을 하던 곳임을 깨달았다.

부차가 도망쳤다는 소식을 들은 구천은 범려에게 병사 5000명을 이끌고 급히 그 뒤를 쫓으라고 명령했다. 구천의 명으로 고소산에 도착한 범려와 추격병들은 눈앞의 풍경에 입을 다물지 못했다.

원래 고소산은 궁류산(穹隆山), 여항산(余杭山), 양산(陽山), 고소산으로 이루어진 산악 지역으로 편의상 이 일대를 그저 고소산으로 부르고 있었다. 빽빽한 산림과 짙은 안개로 뒤덮인 고소산의 도로는 군대를 숨기기에 최적의 장소였다. 이 지역에 훤한 오나라 사람들도 고소산에 발을 들여놓으면 방향을 잃고 헤매기 일쑤였다. 높은 산과 깊은 골짜기로 단단히 무장한 고소산 지역을 둘러보는 범려의 손에는 예전에 정단이 건네준 지도가 있었지만 부차가 숨어 있는 곳을 단번에 알아내기란 불가능했다. 그저 병사들에게 사방으로 흩어져 포위망을 좁혀가며 부차를 생포하라고 명령하는 것 외에 별다른 방법이 없었다.

왕손락은 끊임없이 내리는 새하얀 눈과 쉴 새 없이 불어닥치는 바람 속에서 막사를 세운 뒤 태자와 왕자지, 왕자산을 먼저 들여보내고는 부차를 찾았다.

"대왕, 소신이 일곱 차례나 구천에게 가서 화친을 구했습니다. 구천은 제 말에 마음이 흔들리는 듯했으나 범려와 문종이 중간에서 방해해 뜻을 이루지 못했습니다. 대왕께서는 이곳에 잠시 숨어계십시오. 소신은 아직 포기하지 않았습니다. 다시 월나라로 가서 죄를 구하고 구천에게 용서를 구걸하겠습니다. 일이 제대로 이루어지지 않는다면 구천에게 저를 죽여달라 청할 것입니다!"

"구천의 마음이 흔들렸다고는 하나 원한이 너무 깊어 세 치 혀로 그 뜻을 꺾기는 어려울 걸세. 이번에 가도 별다른 성과가 없을 것이니 가지 않는 편이 좋을 걸세."

"일을 꾸미는 것은 사람이고 일이 이루어지게 하는 것은 하늘의 뜻이옵니다. 구천이 화친을 받아들이지 않는다면 소신은 땅속에서 주군을 모시기로 이미 마음을 굳혔습니다. 그러니 대왕처럼 귀하신 분이 잠시의 고난에 큰 뜻을 꺾으시면 아니 됩니다!"

멀어져가는 왕손락의 뒷모습을 보며 부차는 그의 충성심에 눈물을 글썽였다. 그는 과거 정단과 함께 기대 쉬었던 소나무 아래를 배회하며 아련한 옛일을 떠올렸다. 온통 녹색 옷을 입은 아름다운 여인의 모습이 머릿속에 떠올랐다.

‘정단, 그대는 월나라의 여인으로 열여덟 살 되던 해 오궁으로 들어왔지. 오나라와 월나라 사이에 있었던 휴리 전투에서 부모를 잃은 그대는 나에 대한 복수심으로 내 곁에 머물며 오나라에 대한 정보를 월나라로 빼돌렸어. 나를 세 번이나 죽이려 했지만 나는 그때마다 그대를 용서했고, 그렇게 그대의 마음을 얻는 듯했다. 하지만 그대는 사랑보다는 나라에 대한 충성심을 선택해, 결국 자결하고 말았지. 내 품에서 아리따운 생이 사그라지면서도 내가 오나라의 왕이 아니었으면 좋았을 것이라고 말하며…. 허나 나는 오나라의 왕. 10만 명의 병사들을 이끌고 중원을 정복해 새로운 패주의 자리에 올랐다. 하지만 그런 나도 사실은 석류빛 치마에 파묻혀 살고 싶었던 일개 필부일 뿐이었어. 내가 구천을 풀어준 뒤 별다른 간섭을 하지 않고 내버려둔 것은 사실 그대의 마음을 얻기 위함이었다. 그대의 마음을 얻기 위해 싸우지 않고 사람들을 굴복시킨 것이다. 그러나 아쉽게도 사랑보다 조국을 택한 그대는 길들이기 어려운 야생마처럼 자신을 쉽게 허락하지 않았지. 그리고 결국엔 꽃처럼 아리따운 모습으로 오궁에서 비명을 달리했으니 이 모든 것이 나의 잘못이 아니겠는가!

정단을 잃고 서시를 얻은 나는 거기서 만족하지 못하고 각국에서 바친 미녀들을 곁에 두는 바람에 서시와 멀어지고 말았다. 같이 있어도 서로 다른 꿈을 꾸고 죽어도 함께하지 못하는 평행선처럼…. 내가 정복하려던 여인들은 하나같이 죽음으로 대항하거나 멀리 도망치며 절대로 나의 마음을 허락하지 않으려고 했지. 과거 패주의 자리에 올랐을 때는 세상의 미녀들이 줄을 섰는데 이 모양 이 꼴이 되니 모두 내 곁을 떠나고 없구나!

나는 열국을, 그리고 천하를 정복하려고 했다. 그런데 백성과 천하의 민심에 제대로 귀를 기울이지 못한 탓에 폭정을 일삼고 부덕함으로 천하를 다스리려고 했으니, 백성들 사이의 원망은 당연한 것이 아니겠는가? 오나라로부터 멸시를 받던 월나라가 20년 동안 부국강병책으로 힘을 키워 오나라를 위협하고 있으니, 어쩌다 이리된 것인가? 내 한때 천하의 패주를 자처했으나 지금은 어쩌다 고소산에 두더지마냥 숨어 있는 것인가? 그나마 정단 그대가 나를 위로해주는구나. 종국에는 나라를 선택한 그대였지만 나에 대한 마음을 숨길 수 없어 자결했으니 그나마 나라는 사내는 행복했구나. 그 옛날 그대와 함께 즐거운 추억을 쌓았던 곳에서 내 마지막 순간을 보내는 것도 나쁘진 않을 것이다. 그대를 따라 가야겠구나.'

인간 세상에서 구차하게 목숨을 부지할 바에야 죽음으로써 자신의 잘못을 사죄하기로 결심한 부차는 서시를 믿을 만한 사람에게 어떻게 넘길 수 있을지를 고민하며 산속을 배회했다. 나흘째 되는 날, 과거 정단이 그린 지도를 가진 범려가 간수(澗隧)를 향해 말을 달리기 시작했다. 부차를 쫓던 월나라 병사들은 간수 입구에서 멀지 않은 곳에서 도착하여 고래고래 소리를 질렀다.

"부차는 들거라! 범려 대부께서 월왕의 명을 받들고 너를 잡으러 왔으니 험한 꼴을 당하기 전에 순순히 나오거라!"

안에 있던 부차는 범려라는 이름을 듣자마자 눈을 반짝거리며 밖을 향해 소리쳤다.

"할 말이 있으니 범려 대부는 들어오시오!"

부차의 말을 전해들은 범려는 잠시 뒤 부차를 찾아왔다. 부차는 비록 패전국의 군주였지만 범려는 여전히 신하로서 예를 갖추며 그에게 절을 올렸다.

"소신 범려, 대왕을 뵈옵니다. 대왕께서 긴히 하실 말씀이 있다 하여 이리 들었습니다."

"과인은 더 이상 구차하게 목숨을 연명할 생각 따윈 없소. 허나 죽기 전 부탁할 일이 있소. 새도 죽기 전에 그 울음소리가 처량하고 사람도 죽기 전에 바른 말만 한다고 하지 않소? 그러니 부디 대부께서 내 부탁을 들어주겠다고 약조해주시오."

"분부하실 일이 무엇인지 말씀해보시옵소서."

"이리 가까이 오시오."

난데없이 가까이 오라는 말에 범려는 의심스럽다는 표정을 지으며 부차의 곁으로 다가갔다. 부차는 품에 있던 용부를 급히 범려의 손에 쥐어주었다. 그제야 부차가 부탁하려는 게 뭔지 알아차린 범려가 그에게 감사의 뜻을 전하려던 순간, 한 군사가 급히 안으로 뛰어 들어왔다.

"범려 대부, 대왕께서 고소산 자락에 당도하셨습니다. 대부를 찾고 계십니다."

고개를 끄덕인 범려는 급히 간수를 빠져나왔다.

약 한 시간이 지난 뒤 다시 돌아온 범려가 부차를 보며 환한 웃음을 지었다.

"대왕, 살 길이 열렸습니다. 왕손락이 구천 대왕의 궁문 밖에서 삼일 밤낮을 무릎을 꿇고 대왕을 살려달라고 청했습니다. 그 충심에 감동하신 우리 대왕께서 대왕을 살려주시겠다고 약조하셨다 합니다. 우리 대왕께서는 과거의 정을 생각해 이를 결정하게 되었다고 대왕께 알려드리라 했습니다. 또한 여생을 편히 보내실 수 있도록 노예 500명을 내어주시고 용동(勇東: 지금의 저우산[舟山] 군도)에 거처를 마련해주겠다 하셨습니다."

범려의 말에 부차는 조금의 희색도 비치지 않았다.

"과인의 잘못으로 죄 없는 오나라 백성들이 도탄에 빠졌으니 그 죄가 어찌 작다 하겠소? 이제부터 오나라의 땅과 백성들은 모두 월나라의 것이오. 부디 과인을 대신해 불쌍한 그들을 잘 돌봐 달라 왕께 전해주시오. 과인은 이제 늙어 삶보다는 죽음을 택하려 하오. 비록 늦은 감이 있지만 스스로 목숨을 끊고 사죄를 하려 하오!”

“대왕, 어찌…” 밖에서 부차의 이야기를 듣고 있던 왕손락이 막사 안으로 성큼성큼 뛰어 들어와 무릎을 쿵하고 꿇었다.

“대왕, 소신이 천신만고 끝에 대왕의 목숨을 구했습니다. 하늘도 대왕을 버리지 않았는데 어찌하여 스스로 목숨을 끊겠다 하시옵니까!”

그 말에 부차는 괴로운 듯 고개를 내저었다.

“사람은 물러날 때를 알아야 하는 법이다. 과인은 충신인 오자서를 죽이고 간신 백비의 말에 홀려 아비를 죽인 원수를 풀어주었네. 또한 중원의 제후국과 적이 되었으니 어찌 그 죄를 용서받을 수 있겠는가? 이곳에서 생을 마치고 깊은 잠을 하려 하니 부디 나를 내버려두어라. 그리고 과인이 죽거든 과인의 얼굴에 흰 천을 올려두어라. 과인의 수치스러운 마음을 조금이라도 가리기 위해…”

말을 마친 부차의 눈에 녹색 옷을 입은 정단이 환하게 미소 짓고 있는 모습이 아른거렸다. ‘정단, 내 그대를 만나러 가오!’

그야말로 순식간에 벌어진 일이었다. 부차는 속루검을 자신의 심장에 찔러 박았다.

부차가 쓰러진 뒤 예상치 못한 일들이 일어났다.

땅으로 쓰러지는 부차를 안고 통곡하던 왕손락은 자신의 옷을 벗어 부차의 시신을 덮어준 뒤 커다란 소나무 가지에 목을 맸다.

태자 우와 왕자지, 왕자산을 사로잡은 범려는 부차의 세 아들을 용미산(龍尾山: 고소의 오산[吳山] 지역)에 풀어주었다.

부차가 스스로 자결했다는 소식을 들은 구천은 당장 간수로 달려가 뜨거운 눈물을 흘리며 자신의 손으로 제사를 올렸고, 제후의 예로서

후한 장례를 치러 부차를 양산(陽山)에 묻어주었다. 또한 모든 병사들에
게 부차의 무덤을 만들 흙을 한 포대씩 나르도록 했다.

또한 간신 백비는 구천의 손에 의해 죽었다.

오나라는 이렇게 역사의 무대에서 사라지고 말았다.

새로운 시작

합려의 선궁이 자리 잡고 있는 여계(欐溪)에는 구름 떼처럼 온갖 모양의 배가 운집해 있어 숲을 연상시킬 정도로 돛대가 빽빽했다. 희미한 달빛만이 차가운 호수 위에 떠 있을 뿐 이곳은 사람 그림자 하나 없이 텅텅 비어 있었다. 멀리서 보면 작은 산 위에 울창하게 들어선 나무만이 어두운 그림자를 드리우고 있어 그 아래 쭉 늘어선 묘비에 음산함을 더하고 있었다.

땅을 울리는 말발굽 소리가 위태롭게 유지되던 적막을 깼다. 희미한 달빛 아래 누군가 말을 타고 여계를 향해 서둘러 가고 있었다. 그림자는 말을 세우고 사방을 조심스레 돌아보다 별다른 기척이 없는 듯하자 소산을 향해 마차를 다시 몰았다. 선궁에서 약 반 리 정도 떨어진 소산의 언덕에 도착한 그는 말에서 구르듯 뛰어내려와 산자락에 마차를 세워두고 언덕을 뛰어오르기 시작했다. 어느 무덤 앞에 도착한 그림자는 주변에 아무도 없음을 확인하고는 몸을 숙여 잡초를 뜯었다. 그러고 나서 무덤 앞에 있는 초석(礎石)을 한켠으로 민 뒤 길고 긴 묘도(墓道)로 들어갔다. 모퉁이를 돈 그림자가 품 안에서 무언가를 꺼내 거대한 문에 있는 구멍 안으로 밀어 넣고 천천히 돌리자 끼익 하는 소리와 함께 육중한 문이 열렸다. 촛불을 들고 안으로 들어간 그림자는 옥 벽돌로 만든 벽면과 그 위에 그려진 용과 봉황의 눈부신 화려함과 정교함에 혀를 내둘렀다. 막다른 길에 다다른 그림자가 오른쪽으로 돌자 굳게 닫힌 전문(殿門)이 보였다. 전문에 장치된 기관을 작동시키자 문이 스르륵 열렸다. 전문 안쪽은 굉장히 넓었다. 청동으로 만든 등 아래에 백옥으로 만든 침상이 있었는데 그 위에는 세 여인이 모여 앉아 갑자기 등장한 불청객의 정체를 확인하기 위해 이리저리 눈동자를 굴리고 있었다.

"서시인가? 나일세, 범려!"

그 말에 서시가 침상 위로 기절했고, 옆에 있던 선파와 이광은 눈물을 터뜨리면서 기절한 서시를 주무르며 물을 마시게 했다. 예상치도 못한 범려의 등장에 놀라 기절한 서시는 선파와 이광의 도움으로 간신히 깨어났다. 비틀거리는 몸을 이끌며 자리에서 일어난 서시가 떨리는 목소리로 입을 열었다.

"그가 죽었습니까?"

"그렇소, 죽었소." 서시가 또 기절할까 봐 범려는 그녀를 얼른 부축했다. "오나라는 멸망했소."

순간 무거운 침묵이 흘렀다. 오나라가 멸망했다. 오랜 염원이 마침내 이루어진 것이다. 허나 그녀들은 유달리 침착했다. 마치 어마어마한 큰일을 마친 자에게서나 볼 수 있는 특유의 담담함 같았다.

"서시, 그가 자결하기 전 내게 그대가 여기 있음을 알려주었소." 범려는 상황을 설명하면서 옛 연인의 모습을 자세히 관찰했다. 17년이라는 세월 동안 서시를 딱 한 번 만난 범려였지만 그녀의 모습은 예전과 크게 달라진 것이 없었다. 예전의 그녀는 천진난만한 어린 소녀였지만 지금은 성숙한 여인의 향기가 물씬 풍겼다.

"저도 압니다. 허나 그래서 또 어떻다는 것입니까?"

"그대와 선파, 이광은 자유의 몸이 되었네. 우리 다시 시작해보세. 선파와 이광도 자신들의 뜻대로 살아갈 수 있을 것이야. 월나라에 큰 공을 세운 이들이니…"

기뻐할 것이라고 생각했던 것과 달리 선파와 이광은 도리어 서러운 울음을 토해냈다.

"공을 세웠다 한들 그게 다 무슨 소용이랍니까? 저희는 오궁의 골동품이 되었습니다. 누가 낡고 더러워진 우리를 거들떠나 보겠습니까? 우리를 이곳에 보낸 사람들이 원망스러울 따름입니다."

선파의 말에 이광도 대성통곡했다.

"월나라가 승리했지만 우리는 이제 끝입니다!"

두 사람은 눈물을 흘리며 옆방으로 뛰쳐나갔다.

그 옛날 자신이 직접 배웅했던 두 사람의 뒷모습을 보며 범려는 도무지 영문을 알지 못했다.

"어찌하여 저리도 상심하는 건가? 설마 내가 잘못 말한 것이라도 있는가?"

범려의 물음에 서시는 바로 대답하지 않고 빙 둘러 이야기하기 시작했다.

"고향은 아름답겠지요?"

"그렇다네. 20년 동안의 부국강병책으로 지금의 월나라는 잘 가꾸어진 화원처럼 아름답다네."

"동시 언니는 잘 있나요? 다른 언니 동생들도 잘 계시나요?"

"동시는 아들 둘을 낳았네. 큰 아이는 군대에 입대했고 작은 아이는 검을 만드는 법을 배운다 들었네. 동시의 남편은 군자군의 우두머리이고 동시는 여인들에게 경작과 직조 기술을 가르치고 있네. 다른 여인들의 일은 어찌 설명해야 좋을지…. 그중에는 자네가 아는 사람도 있고 모르는 사람도 있으니… 허나 대부분의 사람들은 행복하게 살고 있네."

"그렇겠죠. 저는 동시 언니보다 못한 사람입니다. 고향을 떠난 지 어언 17년, 그동안 모든 것이 변했지요. 저조차도 변했답니다. 오왕의 비가 되면서 아무도 믿지 못하게 되었는데, 이제는 과부가 되었네요."

상처를 입은 듯한 서시를 보며 범려는 그녀를 안으려 했지만 서시가 이를 뿌리쳤다. 자신을 차갑게 대하는 서시의 모습에 범려는 당혹감을 감출 수 없었다.

"서시, 그동안 나는 그대를 줄곧 기다렸네. 이제야 간신히 그대를 되찾았는데 어찌 이리 매정하게 대한단 말인가? 나는 그대를 만나 다시 시작해보기만을 기대하고 있었는데, 그대가 이렇게…."

"장장 17년이라는 세월 동안 떨어져 있었는데 어찌 다시 옛날로 돌아갈 수 있겠습니까? 아무것도 모르던 순진한 제가 오왕의 품에 안긴 지도 17년이 흘렀습니다. 그동안 저는 인생의 단맛, 쓴맛을 모두 맛보았습니다. 저는 공자님을 뜨겁게 사랑했습니다. 허나 제가 높은 곳에 오를 때마다 공자님은 항상 더 높은 곳을 바라보셨습니다. 솔직히 말씀해보시지요. 제 생각은 자주 하셨습니까?"

"서시, 솔직히 말해서 내 그대를 자주 떠올리지는 못했네. 만일 계속해서 그대만 떠올렸다면 아마도 난 미쳤거나 자결했을 것이야. 내가 할 수 있는 것이라고는 오나라를 멸망시킬 길을 찾거나, 쉬지 않고 몸을 놀리는 일뿐이었네. 그래야만 내 여인이 다른 사람의 품에 안겼다는 치욕을 잊을 수 있었기 때문이지…. 다행히 그 시간은 이제 모두 지났으니 고향으로 돌아가 나와 함께 다시 시작해보지 않겠나?"

"제가 고향으로 돌아갈 수 있겠습니까? 공자님께서 예전처럼 저를 사랑해주신다고 해도 저는 오왕의 애첩이었습니다. 고국으로 돌아가면 사람들이 저를 어떤 눈빛으로 볼 것인지 생각해보신 적 있으십니까? 모멸과 비웃음으로 가득 찬 사람들의 눈빛과 손가락질을 어떻게 견딜 수 있겠습니까? 비단 저뿐만이 아닙니다. 선파와 이광도 마찬가지겠지요. 저희가 오나라에 발을 들인 그날부터 운명은 이미 정해졌습니다. 그나마 타향에서 죽은 정단 언니는 평안한 안식을 찾은 것이지요."

서슬 어린 서시의 말에 범려는 잠시 생각에 잠긴 듯하더니 진지한 표정으로 입을 열었다.

"서시, 어찌 그리 비관적인가? 그대는 여전히 나의 진정한 사랑이고 나 역시 그대의 자랑스러운 남편이거늘 어찌 사람들의 수군거림을 두려워한단 말인가? 월나라 백성들은 그대들이 첩자로 오나라에 들어간 것이라고 알고 있지 나라를 위해 몸을 바쳤다는 것은 알지 못하네. 엉뚱한 생각은 하지 말게. 밖에 마차를 준비했으니 선파와 이광을 불러 나와 함께 고향으로 돌아가세. 양가 부모님이 안 계시니 당장이라도 혼례를 올릴 수 있지 않겠는가. 선파와 이광 역시 좋은 사람을 만날 수 있을 걸세."

서시는 고개를 절레절레 흔들었다.

"다 필요 없습니다. 우리에게는 돌아갈 집도, 돌아갈 나라도 없습니다. 17년 동안 우리들은 서로의 손발이 되어 서로를 보듬어주고 쓸어주었습니다. 살아도 같이 살고 죽어도 같이 죽자고 맹세한 우리입니다. 혼례라는 이야기는 꺼내지도 마세요. 그 말만 들으면 제 가슴은 무너져 내린답니다. 공자님의 아내가 되었을 수도 있던 저는 이미 17년 전 사라졌습니다. 그때부터 짝 잃은 기러기마냥 외롭게 울던 저를 따뜻하게 안아주던 사람들이 바로 선파와 이광입니다. 이들은 죽어도 아쉬울 것 하나 없는 이 내 목숨을 지금껏 지켜준 것입니다. 공자님이 없는 세월 동안 저는 꿋꿋이 버티며 살았습니다. 선파와 이광이 없었다면 저는 일찌 감치 황천으로 떠났을 것입니다. 공자님께서는 17년이 지난 지금 혼인을 다시 이야기하시지만 제가 어찌 그것을 아무 생각 없이 받아들일 수 있단 말입니까? 제가 너무 매정하다 생각지 마십시오. 차라리 오랜 친구로 저를 대해주십시오. 그리고 원컨대 월나라에서 멀리 떠날 수 있도록 저희를 배에 태워 오호(五湖)로 데려다주십시오. 그곳에서 죽는 것이 저희 세 자매의 바람입니다."

서시의 말에 범려는 깊은 생각에 잠겼다.

'서시의 말도 일리가 있다. 사람들에게 서시는 큰 공을 세우고 여전히 변치 않는 미모를 자랑하는, 조금의 흠집도 나지 않은 백옥이고 꿈에 그리는 천사의 모습이겠지. 그녀에 대한 사람들의 환상이 깨어지는 순간 어쩌면 서시는 씻을 수 없는 상처를 입을지도 모르겠구나. 지금 돌아가면 융숭한 대접을 받겠지만 시간이 지나고 사람들의 마음이 또 어떻게 변할지 누가 알겠는가? 차라리 세 여인을 오나라에 남겨두고 훗날 상황을 보며 다시 이야기를 해보는 것이 낫겠군.'

아무 말도 없는 범려를 보며 서시가 입을 열었다.

"어려워하실 것 없습니다. 사실 저희는 이미 죽음 따위 조금도 무섭지 않습니다. 공자님을 난처하게 할 뜻은 없으니 부디 돌아가주십시오."

"내가 그런 것 따위를 무서워할 사람이오? 나 범려는 평생 동안 오직 서시 한 사람만을 사랑했소. 시간이 흐르면 변하는 것이 사람 마음이라고 하나 바닷물이 마르고 태산이 닳아도 그대에 대한 내 마음은 변하지 않소! 월나라의 국력이 기울어지자 모든 백성들이 나라를 지키기 위해 제 한 몸 아끼지 않았소. 검자는 자신의 쓸개를 바쳤고 대왕은 아들을, 그리고 서시 그대는 몸을 바쳤소. 하늘도 땅도 모두 그 충성심과 마음에 감동할 것인데 무엇을 걱정한단 말이오? 지금의 월나라는 모든 백성들이 흘린 땀과 눈물로 번영과 발전을 얻은 것인데…"

말을 마친 범려가 서시의 손을 꼭 잡으며 자신의 두 눈을 바라보게 했다. "과거의 일은 이미 과거일 뿐이오. 꽃다운 청춘이 지난 우리들에게 더 이상 좋은 시절은 찾아오지 않을 것이나 괴로웠던 과거는 과거로 묻어두고 앞으로의 일만 생각합시다. 지난 세월 못다 이룬 인연과 맹세를 다시 이어갑시다. 석산(錫山: 지금의 우시[無錫市]시 지엔캉루[健康路] 일대)에 이미 좋은 곳을 찾아놓았소. 그대가 좋아하는 모란꽃과 작약도 잔뜩 심어놓았소. 사방이 물로 둘러싸여 있어 조용하고 아늑하니 이곳에 머물며 안정을 취하구려. 선파와 이광이 그대의 곁에 계속 머물겠다고 하면 같이 데리고 갑시다. 어떠한가?"

매정한 자신의 말에 조금도 흔들리지 않는 범려를 보며 서시는 자신도 모르는 사이 꽁꽁 얼어붙었던 마음이 조금씩 녹아내리는 것을 느꼈다. 자신이 사람을 잘못 본 것이 아니었다는 생각에 생기를 잃었던 서시의 두 눈에는 어느새 뜨거운 눈물이 고이기 시작했다. 범려를 향해 돌아선 서시는 그의 곁으로 다가가 그의 듬직한 어깨에 자신의 머리를 기댔다.

"오왕이 떠난 후 소첩은 죽을 생각만 하고 있었습니다. 그가 죽기 전 우리를 다시 만나게 해줄 줄은 정말 몰랐습니다."

범려는 연신 눈물을 흘리는 서시를 부드럽게 끌어안았다.

"부차는 비록 우리를 떨어지게 한 자이지만 그대가 착한 사람이라는 것을 잘 알고 있었네. 그대가 편히 쉴 곳을 만들어주고 싶었던 것이지."

"참, 태자님을 비롯한 두 아드님은 어찌 되었나요? 안전하신 건가요?"

"걱정 말게. 대왕의 명으로 내 이미 태자와 두 아들을 석방하였으니 큰 일은 없을 것일세."

서시는 범려의 말에 안도의 한숨을 쉬고는 다시 입을 열었다.

"선파와 이광이 저와 함께 갈지 먼저 두 사람의 의견을 물어야 할듯 합니다."

서시의 부름에 눈물을 훔치며 옆방에서 나온 선파와 이광은 서시로부터 자초지종을 모두 들은 뒤 범려에게 절을 올렸다.

"언니와 함께 갈 수만 있다면 그보다 더 큰 복이 어디 있겠습니까?"

"그럼 되었네. 아직 날이 밝지 않았으니 지금 이곳을 떠나세." 범려가 서시의 손을 잡고 밖으로 향하자 선파와 이광이 흐뭇한 미소를 지으며 그 뒤를 쫓았다. 자신이 명명한 서시장(西施庄)에 서시 일행을 데려다주고 모든 것이 순조롭게 진행된 것을 확인한 범려는 그다음 날 문대에서 열린 연회에 참석했다.

월나라 군대의 승리를 자축하기 위해 오궁의 문대에서 열린 연회에는 각국의 사절단도 참석했는데 이들은 구천이 황지에서 연맹을 세우고 패주의 자리에 오르기를 바랐다.

화려한 문대는 무려 십 리나 뻗어 있었다. 문대의 주초(柱礎)는 엎드린 거북의 모양이었고, 기둥은 황금색 용이 용트림을 하는 모양이었다. 하늘을 향해 치솟은 처마에는 붉은 주작이 앉아 있었고, 옥룡(玉龍)의 입에서는 쉬지 않고 향긋한 술이 흘러나왔다. 부차가 삼군의 공적을 치하하기 위해 세운 문대가 지금은 각국의 귀빈들을 초대하는 연회장으로 바뀐 것이다.

이날 가장 바쁜 사람은 상대부 문종이었다. 나라의 기둥이자 대왕의 오른팔이라고 불리는 문종은 각국의 사절단을 대접하고 백성들과 병사들이 모두 즐길 수 있도록 이번 연회를 책임지고 있었다. 문대 위에는 각국의 깃발을 꽂아 둔 수백 개의 술상이 차려져 있었고, 문대 아래의 광장에는 수만 명의 월나라 병사들을 대접하기 위한 술과 음식이 차려저 있었다. 진나라, 제나라, 초나라, 노나라, 위나라, 서나라, 정나라 등에서 파견된 사신들은 술상을 바쁘게 오가며 서로의 안부를 묻거나 술잔에 술을 채우며 즐거운 시간을 보냈다.

초대를 받은 공신들은 옥계 위에서 대기하고 있었다. 월나라의 공신들은 서열에 따라 앉았는데 먼저 상대부인 문종, 범려, 예용, 부동, 계예가 앉았고 그 아래로 약성, 호진, 사마(司馬) 제계영, 진음, 진탁이 앉았다.

문종은 각국의 제후들과 나머지 동료들에게 앉을 것을 권한 뒤 악공들에게 〈오나라를 토벌하라〉를 연주하라고 명했다. 이때 큰 북과 징이 울리며 구천이 등장했다.

그런데 어찌된 영문인지 구천은 화려한 의관을 갖추지 않고 평소와 다름없는 검은색 옷과 현청색 외투를 걸치고 있었다. 값비싼 비단과 가죽옷으로 온몸을 감싼 각국의 사신들과 비교했을 때 월왕의 모습은 초라하기 그지없었다. 그런 월왕의 모습에 문종은 눈썹을 찌푸리며 옆에 있던 범려에게 조그맣게 속삭였다.

"오늘이 무슨 날인데 대왕께서는 저리 촌스러운 모습으로 나타나신단 말이오? 각국의 사절단이 왔는데 왕의 위엄이 하나도 드러나지 않는구려…"

그러나 범려는 그저 덤덤히 웃음을 지었다.

문종의 우려와는 달리 각국의 사절단은 구천의 의관에 신경 쓰지 않고 그저 순서대로 월왕에게 인사를 올릴 따름이었다. 그들에게 일일이 인사를 건넨 구천은 어좌(御座)에 올라 군신들과 병사들로부터 조배(朝拜)를 받았다. 문대 주변은 구천의 업적을 칭송하는 찬양과 만세 소리가 쩌렁쩌렁 울려퍼졌다.

주인공인 구천이 등장하자 연회는 본격적으로 시작되었다. 악공과 무희들은 저마다의 기량을 뽐내며 연회의 분위기를 한껏 끌어올렸다. 머리를 풀고 문신을 한 채 손에 창을 든 무사들은 북소리와 함께 특유의 거친 춤사위로 귀빈들을 환영하고, 월나라의 승리를 축하했다.

노래와 춤이 끝나자 구천은 자리에서 일어나 각국의 사절단을 향해 금으로 만든 술잔을 높이 들어올렸다.

"과인이 미약한 힘으로 군대를 일으켜 오나라를 친 것은 운명이었소. 오나라와 월나라는 같은 하늘을 지고 있고 땅에서는 경계를 나란히 하고 있으며 같은 문화와 풍속을 갖고 있소. 처음부터 불구대천의 원수가 아니었으나 오나라가 무력으로 월나라를 제압하고 죄없는 백성들을 짓밟았소. 과인은 한때 그의 노예로, 그의 신하로 온갖 고역을 치러야 했소. 계속된 오나라의 횡포를 견디다 못해 결국 월나라는 오나라에 맞서기로 했고, 몇 차례의 실패 끝에 주나라 천자의 보이지 않는 도우심과 제후국의 도움으로 역전을 이루어냈소. 지금 이 자리에는 각국의 귀빈들과 문무백관이 모두 모이셨으니 고마움의 뜻으로 술 한 잔 올리겠소!" 말을 마친 구천은 금으로 만든 술잔을 높이 쳐들고 사방을 둘러보더니 잔에 가득 든 술을 단숨에 들이켰다.

진나라 사신 진항이 잔을 들고 어좌에 앉아 있는 구천을 향해 나아가 축하의 뜻을 전했다. "월왕께서 일으키신 정의의 부대가 오나라를 뒤엎고 불의한 자를 죽여 천하에 그 위엄을 떨쳤습니다. 허나 중원에는 여전히 혼란의 소용돌이가 휘몰아치며 전쟁이 끊이지 않고 있습니다. 병사들이 손에서 칼과 창을 내려놓고 백성들이 마음 놓고 논밭을 갈며 살 수 있기 위해서는 덕망이 높은 자가 천하를 안정시켜야 합니다. 저희 대왕께서는 월왕께서 주나라 왕실과 함께 큰일을 도모할 수 있도록 진나라로 모셔오라고 소신에게 명하셨사오니 부디 이를 물리치지 말아주시옵소서."

그 말에 구천은 가볍게 미소를 짓더니 진항과 술잔을 부딪치며 술을 들이켰다.

진나라의 사신이 물러가고 제나라의 사신인 조간자가 절을 올렸다.

"오나라가 이제 멸망했으니 애릉 전투의 설욕을 갚은 셈입니다. 월왕의 위엄에 견줄 만한 사람이 세상 천하에 또 어디 있겠습니까? 소신 역시 저희 대왕의 명을 받들어 표(表)를 받치옵니다. 민심을 따르고 천하를 안녕케 하기 위해서는 제나라의 도읍으로 오셔서 패왕의 자리에 오르시는 일에 대해 함께 이야기를 나누어주시옵소서."

조간자가 일찌감치 문종에게 건넨 표를 그 자리에서 받아본 구천은 미소를 지었다. 이어서 노나라, 위나라, 서나라 등의 모든 사신이 약속이라도 한듯 구천에게 중원으로 가서 동맹을 세우라는 청을 올렸다. 문종을 위시한 월나라의 중신들 역시 적극적으로 이를 옹호하자 구천은 자신이 중원을 한 번 돌아볼 뜻을 가지고 있으며 그때가 되면 부인과 범려를 데리고 가겠다고 모두가 있는 자리에서 공표했다.

구천의 대답에 각 제후국의 사신들은 크게 기뻐하며 지금 패왕의 자리는 월왕이 아니면 할 사람이 없다고 칭찬을 늘어놓았다. 분위기가 무르익자 모두들 술잔을 주고받으며 장밋빛 미래에 대한 기대를 털어놓았지만 범려만은 무거운 표정을 짓고 있었다. 사실 범려는 구천의 중원행에 대해 남몰래 반감을 가지고 있었다. 범려가 묵묵히 중신들을 바라보니 문종을 위시한 조정 대신들이 모두 월왕의 주위를 에워싸고 술을 권하고 있었다. 월왕 역시 분위기에 취해 중신들이 건네는 술잔을 연거푸 비우며 기뻐했다. 그 모습에 범려는 고개를 휘휘 내저으며 연회가 끝나기도 전에 몰래 그 자리를 빠져나와 백마를 타고 서시장을 향해 달렸다. 구천은 연회가 끝날 무렵 중원에 관한 이야기를 논의하기 위해 범려를 찾았지만 그는 일찌감치 연회를 떠난 상태였다.

문대에서 연회가 열리고 범려가 연회를 몰래 빠져나가는 동안 후궁에는 공신들보다 더 큰 공을 세운 한 여인이 조용히 앉아 있었다. 시끄러운 연회에 참석하기보다는 조용히 궁 안에서 월왕이 오기를 기다리고 있는 여인은 바로 월부인인 계완이었다.

계완은 봉황이 수놓아진 얇은 장막 뒤에서 책을 읽고 있었다. 앞에 있는 탁자에는 옅은 향기를 내뿜고 있는 난초 화분이 놓여 있었다. 계완의 손이 닿는 곳에는 전자(篆字)를 새기는 데 사용하는 작은 칼이 있었고 뒤에는 죽간(竹簡)이 쌓여 있었다.

나라의 원수를 갚겠다는 일념으로 버텨온 그녀는 지금 평생의 무거운 짐을 내려놓은 탓인지 지친 기색이 역력했다. 한참을 탁자에 엎드려 있던 계완은 탁자를 짚고 몸을 일으켜세워 밖으로 몇 발자국 나가다가 회궁 중이던 구천과 맞닥뜨렸다. 구천은 상당히 불쾌한 표정이었다.

"부인, 어찌하여 흥이가 연회에 참석하지 않은 것이오? 병이 다시 도진 것이오?" 계완이 입을 열어 막 대답하려던 순간 구천의 눈에 피곤한 몸을 이끌고 돌아오는 흥이가 보였다. 머리가 촉촉이 젖어 있는 것을 보니 분명 오랫동안 외출했던 것이 분명했다. 아버지의 성난 얼굴을 본 흥이는 흉흉한 기세를 내뿜고 있는 구천의 뒤를 조용히 쫓았다.

자리에 앉자마자 구천은 깊은 한숨을 내뱉었다.

"태자, 과인이 미리 이야기하지 않았더냐? 그런데도 어찌하여 월나라의 승리를 축하하는 연회에 참석하지 않은 것이냐?"

"소, 소자는…." 불같은 구천의 추궁에 흥이는 말을 더듬거렸다. 큰 병을 치른 뒤 흥이는 마치 어린아이처럼 낯선 사람을 피하고 걸핏하면 겁을 집어먹기 일쑤였다. 흥이는 덜덜거리는 두 손을 붙잡으며 아버지에게 설명을 하려고 했지만 매서운 아버지의 눈빛에 머릿속이 백지장처럼 새하얗게 변했고 무릎까지 떨려오기 시작했다.

"에잇! 과인에게 비록 여러 아들이 있다고 하나 너는 태자이니라. 언젠가는 네가 이 나라를 다스려야 하는 중임을 떠안게 될 것이다. 과인은 이제 늙어 예전만 같지 못한데 네가 아직까지 이러고 있다면 내 어찌 안심할 수 있겠느냐?"

서릿발 같은 아버지의 말에 순간 흥이는 정신이 번쩍 들었다.

"아바마마, 소자도 연회에 참가하려 했으나 그녀들이 추울까 봐 약야계에 가서 옷을 덮어주고 왔습니다."

순간 계완의 눈가가 붉게 변했다. 그녀는 부스스한 흥이의 머리를 빗질해 주며 조용히 타일렀다.

"얘야, 그들은 죽은 사람인데 옷 따위가 무슨 필요 있겠느냐? 이렇게 추운 날 나가면 감기에 걸리고 말 것이야."

계완의 부드러운 손짓 때문인지 흥이는 한결 경계를 풀었다.

"어마마마께서는 어찌하여 죽었다 하십니까? 멀쩡하게 잘 살아 있는 사람을요. 소자의 말을 믿지 못하시겠다면 월녀의 무덤으로 가보십시오."

"월녀? 어디 있단 말이냐?" 구천이 황당한 목소리로 물었다.

"월녀가 어디 있냐고요? 조금 전에 월녀가 저를 배웅해 주고 돌아가지 않았습니까?" 난데없이 흥이가 엉뚱한 말을 늘어놓기 시작했다.

"대왕, 흥이가 헛소리를 한 것이옵니다."

구천은 잠시 생각을 하더니 흥이를 향해 입을 열었다.

"흠, 그래. 그녀들은 죽지 않았다. 흥이는 가서 쉬거라!" 흥이가 옆에 있는 탁자로 다가가 의자에 앉았다. 그 모습에 구천은 한숨을 내쉬더니 계완에게 자신의 생각을 털어놓기 시작했다.

"부인, 오늘 열린 연회에서 각국의 사절들이 과인에게 중원을 둘러볼 것을 권했다오. 분위기를 망칠 수 없어 우선 그대와 범려 대부와 함께 가겠다고 약속을 했는데 부인의 생각은 어떠시오?"

"중원에는 하우(夏禹)의 후예가 있다고 들었사옵니다. 대왕님의 고향 땅이라고 할 수 있는 곳에서 그 뿌리를 찾는 것은 대왕님의 오랜 숙원이 아니었습니까? 그러니 소첩이 안 갈 이유가 없습니다. 허나 지금의 대왕은 과거와 비할 데 없이 귀한 분이시니 범려 대부와 상의를 해보시는 것이 좋을 듯합니다."

"부인의 말씀이 옳소. 허나 범려 대부는 연회가 끝나기도 전에 자리를 떠났소. 아마도 며칠 내내 말에 올라 있었기에 쉬고 싶은 생각이 들어 연회의 흥을 깨지 않고 몰래 자리를 비운 듯하오. 삼군에게 삼일 동안의 휴가를 내렸으니 휴가가 끝난 후에 범려를 찾아 중원에 관한 문제를 논의해봐야겠구려."

계완이 고개를 끄덕였다. "그리하시지요. 흥이 태자의 몸이 병약하다고 하나 정황상 월나라의 태자인 흥이도 북으로 데려가셔야 할 듯한데…."

옆에 있는 탁자 위의 난초를 만지작거리던 흥이는 북상이라는 말을 듣자마자 와직, 하며 손에 들고 있던 난초 줄기를 부러뜨리더니 계완의 옷소매를 붙잡았다.

"싫사옵니다. 북으로 가지 않으렵니다. 어마마마, 소자를 보내지 마십시오!"

그 모습에 구천은 연유를 물었다.

"무슨 일이오? 어찌하여 북상이라는 말에 저리 겁을 먹은 것이오?"

"태자 흥이가 왜 저러는지 소첩도 알지 못하겠습니다."

새파랗게 질린 얼굴의 흥이가 더듬거리며 간신히 말을 이었다.

"북으로 가면… 패, 패주가 되려 할 것이고… 그러면 죽고 말 것입니다!"

"이 무슨…."

오나라를 떠날 때 이미 황지로 북상했던 부차를 잊지 못하고 있던 흥이는 제정신이 아닌 상태에서 북으로 가면 무조건 죽는다고 생각하고 북으로 가지 않겠다고 버틴 것이었다. 그 모습에 구천은 속에서 쓴 물이 올라오는 듯했다.

며칠이 지난 어느 새벽, 하늘은 짙은 겨울 구름으로 뒤덮여 있었고 높이 솟은 고소산 역시 짙은 안개에 휩싸여 있었다. 양산에 세워진 부차의 무덤 앞에서 범려는 서시와 선파, 이광과 함께 제사를 올리고 있었다. 고소를 떠나 오호를 향해 가기로 결심한 네 사람은 비통한 심정을 감추지 못하며 부지런히 무덤 주위를 벌초했다. 무덤 안에 있는 사람이 아니었다면 아마도 네 사람은 평생 다시 만나지 못했거나 계속해서 서로를 찾아 헤매었을지 모른다.

제사는 신속하게 치러졌다. 선파와 이광이 준비해온 술과 음식을 꺼내자 서시가 직접 제사상을 차리고 술을 따랐다. 범려 역시 준비해온 제문(祭文)을 읽었다. 절절하고 솔직한 제문의 내용은 이러했다. "부차는 뛰어난 군주였네. 내가 오나라에 들어가 종살이를 하는 3년 동안 나를 발탁하여 오궁에서 관직을 내리려고 했으나 나는 월나라에 의탁한 몸이었기에 그 청을 거절했도다. 훗날 양국이 서로의 목덜미에 칼끝을 겨누게 되었을 때 월나라 삼군의 우두머리인 나는 작전을 세워 오나라를 패망시키고 부차가 자결토록 했으니 그의 죽음에 대해 가슴이 아프도다. 뛰어난 용병술을 가진 부차는 겸손하고 선량한 사람이었네. 죽음을 앞두고 서시를 풀어준 그의 용기에 거듭 감사의 뜻을 전하노라. 이제 나 역시 전쟁에 지쳐 서시와 함께 강호에 숨어 살려고 하니, 혹여 부차의 혼이 이것을 안다면 함께 누리세!"

범려가 제문을 다 읽었을 때 서시의 두 눈에서 뜨거운 눈물이 흘러내렸다. 17년이라는 세월 동안 부차는 서시를 얼마나 사랑하고 귀하게 여겨주었던가! 서시에 대한 한결같은 부차의 사랑을 모를 리 없는 선파와 이광도 생전 서시와 자신들을 따뜻하게 대해주었던 부차를 떠올리며 눈물을 쏟아냈다. 그리고 이제는 그가 땅속에서 정단과 함께 행복하게 살기를 기도했다.

월나라 군대가 휴식을 취하는 며칠 동안 범려는 월왕궁에 남아 있는 것보다 서시와 함께 배를 타고 오호로 가는 편이 낫겠다는 결론에 도달했다. 그 옛날 합려의 폭정과 사람들의 과욕에 지쳐 속세를 등진 손무처럼….

그가 이러한 결정을 내리기까지 수많은 고민이 있었다. 그러나 월나라와 온갖 부귀영화를 버리고 세상을 등지겠다는 결단을 내리게 된 데에는 다음과 같은 이유가 있었다. 먼저 범려는 부차를 가장 먼저 떠올렸다. 시대를 풍미한 영웅이었던 부차는 북방의 맹주에 자리에 오르기 위해 자신의 아버지를 죽인 구천을 풀어주었을 뿐만 아니라 한구를 세우고 병사들을 엄하게 훈련시켰다. 패주가 되겠다는 야망 때문에 민심이 돌아서는 것도 모르고 백성들과 병사들을 벼랑 끝으로 밀어넣어 결국 나라를 잃고 자신의 목숨도 잃고 말았다. 비록 무력으로 제후국들을 협박하여 왕중왕의 자리에 오르기는 했지만 결국 비참한 결과를 맛봐야 했다.

부차를 떠올리자 자연스럽게 구천이 생각났다. 월왕 구천을 보면 그야말로 인생이란 새옹지마라는 말이 맞는 듯했다. 한참을 잘 나가다가도 하루아침에 무너져내리고, 땅바닥을 기다가도 갑자기 만인지상(萬人之上)의 자리에 훌쩍 오르는 것이 바로 인생. 20년 동안 설욕을 다짐하며 가시 침대에서 자고 쓸개를 핥던 고생이 끝내 영광과 명예로 돌아오지 않았던가! 하지만 그는 과거와 같은 실수를 다시 반복하려 하고 있다. 그는 중원에서 연맹을 세운 뒤 부차처럼 껍데기만 있는 자리에 눈독을 들이고 있다. 천하에 이름을 드높이던 부차도 패주의 자리에 오르고 난 뒤 결국 나라를 잃었고, 그 부끄러움을 깨닫고는 죽은 후 천으로 얼굴을 덮어달라고 하지 않았던가! 그렇다면 지금 월왕은 과연 어떻게 될 것인가? 앞으로 그의 처지는 어떻게 변할 것인가?

오나라와 월나라의 군주들을 생각하다 보니 어느새 그들을 보필했던 뛰어난 신하들이 떠올랐다. 가장 먼저 떠오른 사람은 손무였다.

합려를 도와 초나라의 도읍을 함락한 후 갑자기 합려의 곁을 떠난 그의 행방에 대해서는 알려진 바가 없었다. 큰 공을 세우고도 겸손하게 물러난 손무는 비범한 지혜를 가진 성인이었다. 하루아침에 종적을 감춘 손무를 생각하다 보니 이번에는 오자서가 떠올랐다. 오나라가 초나라를 무너뜨리도록 일조한 오자서는 어린 군주를 보필하여 월나라까지 얻었지만 결국 부차의 눈 밖에 나서 비참한 최후를 맞았다. 오나라에 대한 변치 않는 충성을 후회하지 않던 오자서의 모습에서 문종이 떠올랐다. 문종이 월왕 구천을 패주로 세우기 위해 진력을 다해왔다는 걸 범려도 알고 있었다. 범려는 문종이 구천에게 패주가 되기 위한 아홉 가지 계략을 이야기할 때부터 그의 야망을 알아챘다. 월나라에 대한 문종의 충성은 오나라에 대한 오자서의 충정에 비교했을 때 조금도 부족함이 없기에 범려는 더욱 걱정스러웠다. 평생을 바쳐, 심지어 목숨을 바치면서까지 오나라를 지키려던 오자서가 결국 어떻게 되었던가? 왠지 모르게 문종의 모습에서 그런 오자서의 모습이 자꾸 겹쳐 보였다. 더욱이 문종은 일을 급하게 추진할 줄만 알았지 결단을 가지고 물러나야 할 줄은 몰랐다. 범려는 며칠 전 문종을 찾아가 나눈 이야기를 떠올렸다.

"자금(子禽: 문종의 자), 사시사철이 변하는 세상에 영원한 것은 없네. 천도(天道)는 돌고 도는 법이라네. 월나라가 이제 승리했으니 이곳을 떠나야 하지 않겠는가?"

범려의 말에 문종은 두 눈을 부릅떴다.

"떠나다니? 어찌하여 떠나야 한단 말인가? 그 옛날 관중이 제환공을 보필하여 제후를 한데 모으고 천하를 얻어 대대손손 칭송을 받으며 청사(靑史)에 그 이름을 남기지 않았는가? 우리는 이제 막 한 걸음을 내디 뎠을 뿐이네. 대왕께서 곧 두각을 드러내면 우리와 같은 현사의 도움이 그 어느 때보다 절실할 것인데 어찌 그 곁을 떠난단 말인가?"

범려는 문종에게 편지 한 통을 보냈다. 편지에는 토끼를 죽이면 그 토끼를 잡은 사냥개를 잡아 끓이고 새를 잡으면 새를 사냥하는 데 썼 던 활을 치운다는 내용이 들어 있었다. 적국이 멸망했으니 현명한 신 하라면 발을 빼야 한다는 내용과 함께 구천에 대한 이야기도 덧붙였다. 긴 목과 새부리와 같은 입, 매의 눈과 승냥이의 걸음을 걷는 구천은 다 른 사람과 함께 어려움을 이겨내도 즐거움과 기쁨을 나눌 줄 모르는 자 이니 더 늦기 전에 빨리 그 곁을 떠나라는 충고가 적혀 있었다.

서신을 보냈는데도 문종으로부터 별다른 회신이 없자 범려는 그가 자신의 충고를 무시했음을 깨달았다. 결국 여러 번의 고심 끝에 자신이 라도 구천의 곁을 떠나기로 결심했다. 그가 오경에 월나라를 떠나겠다 는 이야기를 하자 구천은 극구 만류했다. 구천은 범려의 결심이 굳건한 것을 보고 그의 식솔들로 협박해보기도 했지만 범려는 눈 하나 깜빡하 지 않았다.

"저와 진씨는 줄곧 남매처럼 지내왔습니다. 두 아이 역시 저의 친자 식도 아닐뿐더러, 이미 장성했으니 제가 없어도 무탈할 것입니다."

"과인은 북으로 가려고 하오. 그래서 범대부와 논의할 것이 산처럼 많 을 터인데…"

"소신은 이미 마음을 굳혔사오니 어찌 대왕을 따라갈 수 있겠습니까? 부디 가시는 길 옥체 보전하소서!" 구천에게 절을 올린 범려는 그 길로 바로 궁을 떠났다. 그 후 서시와 함께 부차의 묘를 찾은 범려는 그 앞에 서 담담히 지난날을 돌이켜보았다.

'만남이 있으면 헤어짐이 있는 법이고 헤어지면 또 만나는 것이 인생일 것이다. 서시만 하더라도 오나라에 발을 디딜 때부터 다시 품에 안지 못할 것이라고 생각했지만 예상치도 못한 부차의 자결로, 그리고 그의 마지막 배려로 다시 만나게 되지 않았던가? 사람이 누리는 패도는 오래 가지 못하나 하늘의 뜻은 영원한 것이다. 사람의 도를 저버렸다면 그것은 곧 하늘을 저버렸다는 것이다. 자신의 죽음으로 오나라를 멸망시킨 부차는 실패한 영웅이라고 할 수 있을 것이다. 그러나 그것을 직접 목격하고도 누군가는 다시 부차의 전철을 밟으려고 한다. 20년이 지난 뒤에는 월나라가 어떤 처지에 놓여 있을까? 그때가 되면 오나라가 어떤 나라였는지, 월나라는 어떻게 살아왔는지 사람들이 기억이나 할 것인가….'

들고 있던 술잔의 술을 무덤가에 골고루 뿌린 뒤 몇 차례 절을 올린 범려는 서시 일행과 함께 고소산을 내려와 서구(胥口)에서 배를 타고 횡당(橫塘)을 건너 여구(蠡口)를 나와 배를 타고 오호로 향했다.

범려를 잡기 위해 구천이 보낸 사자가 그 뒤를 쫓다가 여구에서 오리를 치는 한 농부를 만났다. 그가 농부에게 범려 일행을 봤는지 묻자 농부는 잠시 기억을 더듬는 시늉을 하더니 강을 따라 찾아가보라고 했다. 그런 뒤 농부는 조용하게 흥얼거리기 시작했다.

둥그런 방 안에,
손에 대나무 장대를 들고 있네.
몸에 붉은색 철갑옷을 두르고,
180명의 병사를 거느렸네.

그는 농부에게 고맙다는 말을 전하고 급히 강을 따라 그 주변을 뒤

졌지만 사람 그림자 하나도 발견하지 못한 채 구천에게 돌아와 사실대로 보고했다. 하지만 그 말을 들은 구천은 어떻게 된 일인지 바로 알아차렸다. "삿갓을 쓰고 손에 오리 치는 대나무 장대를 쥔 이가 바로 범려다!" 말을 마친 구천은 직접 여구로 달려갔지만 한가롭게 자맥질을 하고 있는 오리 외에 농부의 모습은 보이지 않았다. 유유히 동쪽으로 흐르는 강물을 보며 구천은 허탈한 표정으로 중얼거렸다.

"범려 대부, 이리도 갑자기 과인의 곁을 떠나다니 나에 대한 그대의 오해가 깊구려. 그런 연유로 그렇게 빨리 내 곁을 떠나려고 한 것이오? 허나 언젠가 과인이 중원으로 가려 하는 목적을 그대도 알게 될 것이오. 과인 역시 성인의 말씀을 모르는 바가 아니오. 일찍이 노자(老子)께서 이르시기를 '지니고 있으면서 가득 채우려는 것은 그만두는 것만 못하다. 단련을 해서 변한 의식의 체험과 능력은 오래 보존될 수 없다. 집안에 금옥이 가득 차면 그것을 지켜내기가 쉽지 않다. 부귀하고 교만해져서 스스로 허물을 남기게 되니 결실이 이루어지면 자신은 물러나는 것이 하늘의 이치다'라고 하셨소. 신하 된 자는 이리할 수 있지만 군왕된 자가 어찌 그리할 수 있겠소? 어쨌든 강호에 숨어 조용히 지내도 좋고 다른 나라의 중신이 되어도 좋소. 과인은 그대가 내 곁을 떠나려는 이유가 무엇인지 다 알고 있으니 부디 마음 편히 지내시구려." 강을 바라보며 한숨을 내쉰 구천은 묵묵히 말머리를 돌렸다.

그로부터 얼마의 세월이 흐른 뒤 누군가 제나라에서 범려를 봤다는 소문이 돌았다. 구천은 급히 사람을 보내 그 행방을 찾았지만 끝내 범려를 찾을 수 없었다. 도주공(陶朱公)이라는 거상과 그의 애첩이 범려와 서시 같다는 소문이 들리자 구천이 다시 사람을 보내 찾아보았지만 이미 그들은 종적을 감춘 후였다. 훗날 구천은 범려에 대한 남다른 애정으로 그의 업적을 기리기 위해 장인에게 범려의 금상(金像)을 만들라 한 뒤 자신의 옆에 두었다.

　태산과 기수 사이에 끝없이 펼쳐진 대평원 중에서 거대한 황하와 동해를 마주보고 있는 낭사(琅邪)라는 곳이 있었다. 이곳에 살고 있는 사람들은 먹는 것에서부터 언어 습관에 이르기까지 고대 월나라와 상당히 유사했다. 허나 제나라의 변방에 있는 낭사는 노나라, 거나라와도 어깨를 나란히 하고 있어 중원의 문화에 상당히 융화되어 있었다. 따라서 낭사는 고대 월나라와 유사한 점을 보이면서도 월나라와는 다른 중원 문화를 가지고 있었다.

　어느날 동해에서 건너온 한 상선이 낭사 항구에 정박했다. 세 남자와 한 여인, 그리고 수많은 시종들이 배에서 내렸다. 머리에는 상투를 하고 좌임(左衽: 옷깃을 왼쪽에서 여는 것으로 야만족의 특징)에 월나라 복장을 갖춘 남자들과 우아한 몸짓과 고상한 표정의 여인이었다.

　중원의 연해 지역에 있는 항구 중 하나인 낭사는 동해, 황해, 발해와 이어져 있었다. 바다 위에 떠 있는 배들이 항구를 가득 채웠고 배의 돛대는 울창한 수풀처럼 하늘을 향해 빽빽이 솟아 있었다. 사람들이 끊임없이 오가는 모래사장 근처에는 온갖 상인이 운집해 있었다. 황해 유역과 남동 연해 일대는 깊이를 가늠할 수 없는 바닷물로 이어져 있어 고대 해양 문화의 전성기를 화려하게 자랑하고 있었다.

　월나라의 배가 닻을 내리자 선원들은 부지런히 짐을 풀고 하역하기 시작했다. 온갖 모양의 그릇, 도자기, 도병(陶瓶), 도자기를 깎아 만든 조각품, 도용(陶俑)등이 뭍에 내려지자 장사꾼들이 구름 떼처럼 몰려들어 상품을 구경했다. 왁자지껄한 분위기 속에서 시끌벅적 가격 흥정이 이루어지더니 모든 상품이 팔렸고, 물건이 팔린 자리에는 제나라의 도폐(刀幣), 진나라의 천폐(泉幣), 초나라의 귀검전(鬼臉錢)과 태국의 환환전(圜

環錢) 등이 가득 채워졌다.

　백성들이 사용하는 패전(貝錢)이나 포전(布錢)으로는 도자기로 만든 상품을 살 수 없었다. 다른 물건은 다 팔리고 둥그런 귀와 배, 짧은 다리가 달린 검은색의 도자기 솥만 남았고, 밧줄 무늬가 선명한 솥은 정오의 태양이 떠오른 뒤에도 누런 모래사장에 덩그러니 놓여 있었다. 화려한 붉은색 도자기나 복숭아 빛 도자기와 비교했을 때 어둡고 칙칙한 색깔의 도자기는 어느 누구의 눈길도 사로잡지 못했다.

　"허, 이렇게 귀한 것을 아무도 못 알아보다니…. 이보시오. 이거 얼마요?"

　그 앞을 지나가던 60세 전후로 보이는 사내가 장사꾼에게 물었다. 좌임을 하지 않았다면 누구든 중원 사람이라고 생각할 정도로 단정한 모습이었다.

　"이 양반 보는 눈이 있구려."

　"근데 이거 반쪽짜리구먼!"

　"반쪽짜리라? 댁이 어찌 아슈?"

　시선을 장사꾼에게 돌린 사내는 그 얼굴을 확인하는 순간 두 눈이 쟁반만하게 변했다.

　"다… 당신은… 월…."

　"당장 그 입 다물라!" 사내는 월왕이라는 단어를 말하기 전에 옆에 있던 사람에 의해 저지를 당했다.

　구천은 소란을 피우지 말라는 뜻에서 살짝 손을 내저으며 흥미로운 표정을 지었다.

　"보아하니 물건을 좀 볼 줄 아는 듯한데 이 솥단지의 기원에 대해 말해볼 수 있겠소?"

　구천의 말에 사내는 두 눈을 반짝였다.

"이 솥단지는 하나라의 도기로 우정(禹鼎)이라 불립니다. 사성(姒姓)의 물건으로 우왕이 직접 두 손으로 만들었다고 전해집니다. 세 개의 짧은 혀 모양의 다리 위에 '우(禹)'라는 착인문(戳戳紋)이 새겨져 있는데 우왕께서 치수(治水) 때 저기(儲器)로 사용하셨다고 합니다. 원래 이것은 한 쌍인데 작은 것은 제 집에 숨겨져 있고 나머지 하나는 아마도 제 눈앞에 있는 것 같사옵니다."

구천은 사내의 말에 이채를 보이더니 급히 그의 팔을 붙잡았다. "때마침 그것을 찾고 있었소. 발이 닳도록 사방을 뒤졌는데 자네 말을 들으니 그동안의 고생이 헛되진 않았나 보구려. 이보게, 친구. 자네 집에 있다는 나머지 반쪽을 보여줄 수 있겠소?"

"물론, 물론입니다. 먼 곳에서 친구가 왔는데 어찌 기쁘지 않겠습니까? 여기서 멀지 않은 곳에 있으니 제가 모시겠습니다."

펼쳐놓았던 좌판을 거둔 구천은 사내와 함께 그곳을 재빨리 빠져나왔다.

강가 언덕 위에 있는 사내의 집은 멀리 태산과 마주보고 있었는데 높은 대문이 상당히 인상적이었다.

함께 집 안으로 들어서자 사내는 머리를 숙이며 절을 올렸다.

"사담원(姒炎元), 월왕께 인사 올리옵니다!"

구천은 미소를 지으며 그를 일으켜세웠다.

"일어나시게. 그런데 어찌 과인을 아는가?"

"몇 년 전에 소인이 월나라로 장사를 갔었는데 그때 대월성의 송운관에 머물고 있었습니다. 그날 저녁이 마침 오나라로 원정길을 떠나는 날이었습니다. 천지를 뒤흔드는 소리에 한밤중에 잠에서 깬 소인이 월왕성에 올라 상황을 살피던 중 대왕의 용안을 뵈었나이다. 그런데 오늘 또 이리 대왕을 뵙게 되다니…. 그래서 장사꾼으로 변장한 대왕을 단번에 알아본 것입니다."

그 말에 구천은 크게 기뻐하며 계완과 부동, 제계영을 일일이 소개한 뒤 사담원에게 솥단지에 대해 물었다.

"대왕, 그것이 비록 귀한 것이기는 하나 흥미로운 것이 어찌 그것 하나뿐이겠습니까? 그건 나중에 천천히 보시고 먼저 만나보셔야 할 사람이 있습니다." 구천이 누구냐고 묻기도 전에 사담원은 안을 향해 크게 소리쳤다.

"부인, 얘들아. 어서 가서 할아버지를 모시고 오너라. 대왕께서 우리 집에 오셨다고 말씀드려라!"

잠시 뒤 지팡이를 짚은 백발의 노인이 부축을 받으며 방 안으로 들어왔다. 이채를 담은 눈은 빛났지만 그 목소리는 심하게 떨리고 있었다.

"대왕, 무슨 대왕이란 말이냐? 성이 무엇이더냐? 이름이 무엇이라고 하더냐?"

노인의 등장에 구천이 일행과 함께 자리에서 일어나자 사담원이 노인을 부축하며 입을 열었다.

"아버님, 저희가 월왕과 같은 종씨라 누누이 이야기하지 않으셨습니까? 자, 바로 그 사람이 지금 아버님 앞에 있답니다."

그러자 노인의 눈동자에 조금씩 물기가 오르기 시작했다.

"월왕과 같은 종씨라는 말이 어찌 거짓이겠느냐? 어찌 생기신 분인지 이 늙은이에게 보여주시오." 노인은 지팡이를 짚으며 구천의 곁으로 다가가 그 주변을 천천히 돌았다. "오, 조금 닮았구나. 마르고 키가 훌쩍 큰 것이… 혹시 윤 머시기라는 사람의 아들이오? 혹시 담 머시기라고도 불리지 않소?"

"예. 제 아버님의 존함은 윤상이시고 저의 자는 담집(菼執)입니다. 어르신, 어르신께서 어찌 그것을 아시는지요?" 갑자기 숨을 가쁘게 내쉬는 노인의 모습에 놀란 구천이 재빨리 노인을 부축해 자리에 앉혔다.

자리에 앉은 노인은 지팡이를 아들에게 건네준 뒤 아련한 표정으로 기억을 더듬었다.

"말하자면 기네. 그런데 자네가 가짜 월왕이 아니고 진짜 월왕이라면 자네 아버지의 이름에 윤(允)자가 들어 있겠군. 자네 아버지와 나는 모두 윤자 돌림이네. 나는 윤융(允戎)이라고 하네. 자네 아버지도 윤 머시기일 거야. 그리고 우리 자식들은 모두 담(菼)자 돌림으로 이름을 지었지. 자네 부친은? 어찌 안 오신 겐가? 어디 계시나?"

"제 아버님은 이미 오래 전에 돌아가셨습니다."

"웅? 나이가 그리 많지 않을 터인데 어쩌다…. 아마도 너무 힘을 쓴 게지. 참, 아버지가 생전에 자네에게 선조이신 소강제(少康帝)에 대해 이야기해준 적이 있으셨나?"

"네, 어르신."

"소강제의 서자이신 무여께서 남쪽으로 가시고 그곳에서 대우의 묘를 지키셨지만 그 큰 아들은 중원에 남았지. 아마도 다른 생각이 있었던 것일 게야. 사실 네 조상님은 중원에 남은 그분이 남긴 종파 중 하나이네. 알겠나? 무여가 무임을 낳고 무임군 이후 6대가 지나는 동안 대우님에 대한 제사는 사라졌다네. 그래서 중원에 있는 종파와도 연락이 끊어진 것이고…. 훗날 무정(無睁)이 다시 제사를 지내시며 월나라의 국정을 손에 쥐셨네. 무여가 돌아가시고는 부담이 집권을 하였지. 부담이 바로 자네 조부 되시는 분이야. 허나 그때부터 오나라와 월나라 사이에는 항시 전쟁이 끊이지 않았지. 월나라가 오나라에 항상 밀리는 것을 보면서도 멀리 있는 중원 땅에서 월나라를 돕는 것은 거의 불가능했고, 그러던 중에 다시 또 연락이 끊겼지. 나중에 들으니 윤… 윤상이 무슨 산으로 갔다고 하여 내 몇 차례 직접 가서 그 행방을 찾았지만 번번이 실패하고 돌아오고 말았네. 나는 이제 늙어 갈 수 없지만 조상님의 뜻을 받들고자 내 아들놈을 월나라에 보내 소식을 찾도록 했지. 그런데 두 나라가 여전히 싸우고 있다는 소식만 들리더군…. 내 그것이 원통하고 억울하여 평생의 한으로 두고 죽나 했더니 윤상의 아들을 만나는구나….” 노인의 눈물이 홀쭉 들어간 두 뺨을 촉촉이 적셨다.

그 자리에 있던 사람들은 노인의 설명을 통해 우왕 이후 월나라의 역사와 흥망성쇠에 대해 똑똑히 알게 되었다. 그리고 연로한 나이가 되어서도 여전히 뿌리를 그리는 노인의 마음에 존경을 표했다.

“어르신, 저에게 조상님들이 남기신 보기(寶器)를 보여주실 수 있는지요?”

“이보게, 말끝마다 어르신, 어르신 하지 말게. 내가 바로 자네 백부일세.” 평생 보지 못할 줄 알았던 월왕의 후예를 봐서일까 노인의 눈은 기쁨으로 반짝였다. “담원아, 조카와 조카며느리를 데리고 집에 모셔놓은 제단에 다녀오거라. 보아하니 아직도 의심스러운가 보구나.”

구불구불한 주랑을 따라 우물을 지나자 팔(八)자 모양의 높은 정자가 나타났다. 네 개의 돌기둥이 떠받들고 있는 정자는 정교하게 만들어진 대들보와 처마로 이루어져 있었는데 처마 밑에는 ‘지평천성(地平天成)’이라는 커다란 편액이 걸려 있었다. 돌기둥에는 대련(對聯)이 새겨져 있었는데 앞뒤 기둥이 서로 다른 내용이었다. 앞에 있는 대련에는 다음과 같은 내용이 새겨져 있었다.

오호의 급소를 이해하고
구류를 떠나 뿌리로 돌아왔네.

뒤에 있는 기둥의 내용은 이러했다.

모든 사람과 사물을 돌보니
사방에서 성스럽다 부르네.

　구천의 눈길을 가장 사로잡는 것은 두 손으로 월(鉞)을 들고 있는 대우의 상이었다. 거대한 몸통 뒤로 두 개의 옥월(玉鉞)이 놓여 있었고 대우의 상 앞에는 짙은 향이 피어올랐다. 제실(祭室) 안에는 집안의 모든 사람이 나와 있었는데 그중에는 어린아이들도 포함되어 있었다. 부동, 제계영 등이 제실 밖에서 기다리는 동안 구천과 계완, 담원은 윤융을 따라 안으로 들어갔다. 윤융이 먼저 절을 올린 뒤에야 구천 일행이 절을 올렸고, 그런 연후에 부동 일행이 안으로 들어와 순서대로 절을 올렸다. 구천은 천리 밖에 있는 이국땅에 모셔진 조상님들과 그들을 성심성의껏 모시고 있는 친족들을 보며 죄스러움과 고마운 마음에 눈물을 흘렸다. 울음소리가 진정되자 구천은 계완의 손을 잡고 윤융 앞으로 가서 무릎을 꿇었다.
　"이번에 안사람과 함께 중원으로 오며 가장 바랐던 것은 제 뿌리를 찾는 것이었습니다. 하늘의 도우심으로 오늘 세백(世伯)을 만나 뵙게 되었습니다. 이것은 모두 대우님이 내려주신 큰 복입니다."
　"허허허, 원이가 멀리 월나라를 갔던 것은 사실 내가 지시한 것이었네. 여기에 있는 모든 동이인(東夷人)들은 남쪽에 있는 친족들을 한시도 잊지 않고 있었지. 그들에 대한 이야기를 지금껏 나누며 언젠가 서로 만나게 될 날만을 기다리고 또 기다렸지. 오늘 윤상의 아들이 그 뿌리를 잊지 않고 이곳까지 온 데다 남다른 뜻이 있으니 내 지금 죽어도 여한이 없겠네. 참, 여봐라. 아녀자들은 어서 주방으로 가서 상을 봐오고 남자들은 오늘 잔치를 한다고 다른 친족들에게 연락을 취하거라. 오늘 이 늙은이가 멀리서 온 귀한 조카와 조카며느리를 대접하련다!"

영영 만나지 못할 것이라고 생각했던 남쪽의 친족이 종가에 왔다는 소식이 전해지자 사방에 뿔뿔이 흩어져 있던 친족들이 향긋한 술과 맛난 음식, 귀한 선물을 들고 모두 윤융의 집에 몰려들었다. 왁자지껄한 잔칫집으로 변한 윤융의 집 밖으로 사람들의 행렬이 끝도 없이 이어졌다. 흐뭇한 표정으로 그 모습을 지켜보던 윤융은 하인들에게 각양각색의 병풍과 천막이 세워진 마당에 술상을 차리라고 명했다. 눈물과 술잔이 오가는 술자리는 밤늦도록 이어졌고, 사람들은 평생 보지 못할 것이라고 생각했던 구천을 보며 회포를 풀었다.

준비한 술과 음식이 떨어지고 사람들이 하나둘씩 돌아가자 윤융은 구천을 자신의 침소로 불렀다.

거친 베로 바람막이를 삼은 윤융의 침소는 단출하기 그지없었다. 거친 베로 만든 요가 깔려 있는 방구들 위에 앉은 윤융은 베로 된 옷을 입고 양반다리를 한 채 구천이 들어오는 것을 보았다. 방으로 들어온 구천이 무릎을 꿇고 인사를 올리려고 했지만 윤융이 이를 거두었다.

"내 집에서 왜 그리 격식을 차리나? 조카에게 할 말이 있으니 그 쪽으로 올라와 앉게나."

"네, 백부님."

"조카가 중원에 온 것은 어떤 문제가 있어서인가?"

"백부님, 소자는 청년시절부터 『병법』에서 강조하는 '싸우지 않고도 사람들을 굴복시키는 방법'을 무척 흠모하고 있었습니다. 이것을 할 수 있는 자야말로 올바른 군주이자 지도자라고 생각합니다. 허나 세상을 둘러보면 전쟁을 하지 않고 다른 사람을 굴복시키는 자는 눈을 씻고 찾아봐도 보이지 않고, 모두 무력으로 사람들을 발밑에 두고 있습니다. 주나라 때부터 지금에 이르기까지 사방에서 패주를 자처하는 나라들이 등장했고 열국 사이에는 치열한 전쟁이 한시도 끊이지 않았습니다.

월나라는 거친 산세와 거대한 바다를 모두 품고 있는 소국(小國)이며 잦은 수해에 시달려 마음껏 배불리 먹지도 못하는 빈국(貧國)입니다. 하루 품을 팔아 하루 벌어먹고 사는 이 땅의 사람들은 그동안 사방에서 우물을 파고 황무지를 개간해 농사를 지으려 갖은 노력을 기울였지만 본의 아니게 자꾸 전쟁의 포화에 휘말려 한시도 평안한 날이 없었습니다. 소자는 백성들이 더 이상 전쟁으로 인한 화를 당하지 않도록 부국강병책을 썼고, 마침내 오나라를 멸하고 나라를 빼앗겼던 치욕을 갚을 수 있었습니다. 그렇게 전쟁으로 지금의 평화와 안정을 얻게 되었지만 소자는 전쟁으로 전쟁을 끝내는 것이 결코 만사는 아니라고 생각합니다. 복수는 복수를 낳는 법이라 합니다. 월나라 백성들이 대대손손 지금의 안정과 평화를 누릴 수 있도록 전쟁을 하지 않고도 사람을 굴복시키는 법에 대해서 귀한 가르침을 주십시오.”

하얀 수염을 쓰다듬던 윤융이 한참 뒤에 입을 열었다.

“난세에 태어난 사람이 제 한 몸 건사하기란 결코 쉬운 일이 아니네. 나무는 가만히 있고 싶어 해도 바람이 끊이지 않는 법이지… 자네가 싸우려 하지 않는다고 해도 남들이 자네를 그냥 놔두지 않을 걸세. 지금 오나라는 무너졌고 적들은 모두 사라졌지. 그렇다고 하여 병사들에게 무거운 갑옷을 훌훌 벗어던지고 창과 칼을 무기고에 넣은 뒤 논밭으로 돌아가라 한다면 강남의 안락왕(安樂王)이라고 할 수 있겠나? 앞으로의 일은 누구도 예상할 수 없고 자네의 생각처럼 간단하지도 않을 걸세. 하물며 각국의 제후가 자네를 흠모하고 존경하고 있으니 사실상 자네는 이미 패주가 된 것이야. 그런 자네가 부차의 전철을 밟지 않으려는 생각에 정의로운 군주상을 찾으려다 결국 무위에 그치자 이러지도 저러지도 못하고 진퇴양난에 빠진 것이지. 안 그런가?”

자신의 고민을 단번에 눈치챈 윤융의 눈썰미에 구천은 감탄을 금치 못했다.

"제 마음을 그리 잘 꿰뚫어보시다니요, 백부님은 실로 대단하십니다!"

"지금까지 자네는 줄곧 월나라라는 작은 땅덩어리, 월나라 백성이라는 작은 무리에 얽매여 있었네. 자신이 월나라의 군주라는 생각에 가로막혀 진정한 자신이 누구인가를 망각한 것이지! 패주가 되고 싶지 않다는 자네의 생각은 옳네. 허나 20년 후 제2의 부차가 될 수도 있다는 생각에 몸을 사린다면 조카에게 크게 실망스럽구먼…." 윤융의 말이 자신의 생각과도 조금도 다르지 않았지만 월왕으로 불리며 월나라 백성들을 품에 안은 채, 월나라 땅을 지키겠다는 생각이 무엇이 잘못된 것인지 도무지 알 수 없었다. 지금과 같은 난세에 이것만큼 나라를 위하는 일이 또 있으랴?

자신의 말에 한참 동안 아무 말도 하지 못하는 구천을 보며 윤융은 입을 열었다.

"아직도 망설이고 있는 조카를 보니 가르칠 것이 많구나. 오늘은 밤이 깊었으니 이만하세. 나도 좀 쉬어야겠네. 내일 나와 함께 태산에 오를 것이니 조카도 가서 쉬게나."

"태산에 오른다고요? 백부님 연세가 이리 많으신데 어찌…."

"이제 막 팔순인데 어디가 늙었단 말인가?"

꼬장꼬장한 백부의 모습에 구천은 알겠다는 대답을 하고는 윤융을 눕히고 이불을 덮어준 뒤 물러갔다.

땅을 뽑을 만하고 하늘과 통할 듯한 위력을 가진 태산은 화하의 동쪽에 자리 잡고 있다. 약속대로 다음 날 윤융은 연로한 몸으로 구천을 데리고 태산을 찾았다. 사실 윤융은 작은 것에 얽매여 정작 큰 것을 보지 못하는 구천을 깨우쳐주기 위해 태산에 오르기로 결심한 것이었다.

높고 높은 태산에 오르면 노나라 땅이 훤히 보였다. 오악(五嶽) 중에
서도 으뜸인 태산은 예로부터 시인과 묵객(墨客)들의 발길이 끊이지 않
은 곳으로 역대 제왕들도 대종(岱宗)이라 부르던 곳이었다. 동산(東山)에
오르면 노나라가 작게 보이고 태산에 오르면 천하가 작아 보인다는 말
이 있듯, 태산에 오른 사람들은 태산과 같은 큰뜻을 품고 세상을 바라
보았다.

노나라와 제나라를 품고 있는 태산의 서쪽으로 화산(華山), 남쪽으로
형산(衡山), 중앙으로 숭산(嵩山), 그리고 북쪽으로 항산(恒山)이 우뚝 솟
아 있었다. 태산의 정상에 오르면 손바닥 들여다보듯 여러 산들이 한눈
에 들어왔고 구주(九州)가 아스라이 그 모습을 드러냈다. 발아래에 있는
황하는 영원히 멈추지 않을 것 같은 거친 물결을 만들어내며 유유히
흐르고 있었고, 아래로 내려다보이는 바다는 마치 뜨거움을 한가득 품
고 있는 쇳물처럼 묵묵히 태산을 마주하고 있었다.

시선을 들어 기수를 거슬러 올라가 동쪽에 있는 계곡으로 돌린 후
위를 쭉 올려다보면 길이 하나 있었다. 그 길을 따라가다 보면 흙은 거
의 없고 온갖 기암괴석으로 뒤덮인 태산의 한 자락이 있었는데 그곳의
돌들은 까마귀의 털처럼 검으면서도 푸른빛을 띠고 있었다. 게다가 대
부분 각이 있고 거칠었다. 뿐만 아니라 태산은 오랜 세월 묵묵히 영겁
의 시간을 보낸 고송(古松)으로 뒤덮여 있어 위대한 자연 앞에서 인간이
얼마나 초라하고 별 볼일 없는 존재인지를 뼈저리게 가르쳐주었다. 중천
문(中天門)에 서서 아래를 내려다보던 구천의 눈에 동쪽 산머리에 둥그렇
게 펼쳐진 공터가 들어왔다. 푸른 소나무들로 둘러싸인 공터를 자세히
들여다보니 그 안에 사각으로 된 네모난 암석의 모습이 보였다. 암석의
중간에 크고 작은 긴 모양의 구멍이 뚫려 있는 것을 본 구천이 윤융을
향해 입을 열었다.

"백부님, 저곳은 사람이 돌을 쪼아 만든 곳 같은데 그 용도가 무엇이옵니까?"

"저곳은 과거 대우께서 하늘에 제사를 지내던 곳이라네. 동쪽으로 바다를 바라보고 있는 저곳에 세워진 암석은 제단의 옛 터이지."

"대우님의 봉선(封禪: 제왕이 태산에 가서 천지에 제사를 지내는 풍습—옮긴이)에 대한 이야기가 마침 나왔으니 한 가지 가르침을 구하고 싶은 것이 있습니다."

"어떤 일이 알고 싶은가?"

"과거 제나라의 재상인 관중은 역대 봉선은 모두 가까운 곳에서 지냈다는 글을 남겼습니다. 예를 들어 요(堯)임금과 순(舜)임금은 모두 태산에서 하늘에 제사를 지내고 태산에서 멀지 않은 운산(雲山)에서 땅에 제사를 지냈습니다. 그런데 어찌하여 대우님께서만 홀로 태산에서 하늘에 제사를 올리고 강남땅에 있는 회계산에서 땅에 제사를 지내신 것입니까? 그 연유가 무엇인지요?"

"옛 조상님들이 들려주신 이야기에 따르면 대우님의 본적은 강남으로 훗날 하(夏) 민족이 중원으로 이전한 것일세. 아마 이러한 이유 때문에 대우님께서는 태산에서 하늘에 제사를 지내고 회계산에서 땅에 제사를 지내신 것 같네."

"아, 그런 이야기가 있었군요."

잠시 생각에 잠긴 구천을 보며 윤용이 입을 열었다.

"괜한 문제에 골치 썩이지 말게. 대우께서는 구주를 평정하시고 치수를 펼쳐 백성들을 물난리에서 구해주신 뒤에야 비로소 천하 사람들로부터 칭송을 받고 열국의 왕으로 불리셨네. 위대한 업적을 세우셨지만 그것에 만족하지 않으시고 여든여섯 되는 나이에도 천하를 내 집 삼아 세상을 떠도셨지. 그렇게 남동쪽에서 순행길에 오르셨다가 세상을 버리시고 회계산에서 묻히시게 되었네. 혁혁한 공로에도 불구하고 근검절약을 강조하셨던 생전의 유지를 받들어 얇은 관에 베로 만든 수의로 화려하지 않은 장사를 치렀다고 하더군. 그래서 역대 제왕들과 천하 사람들은 지금껏 대우님을 진정한 군주의 본보기로 모시고 있는 것이지."

"대우님이 태산의 우뚝 솟은 바위라면 지금의 저는 태산의 산자락 아래 굴러다니는 작은 조약돌이라 부끄러울 따름이옵니다."

"군주 된 몸으로 마음속에서 피어나는 온갖 잡념을 버리고, 쉬지 않고 몸과 마음을 바르게 닦으며, 백성을 평안케 해주기 위해 고민하고, 백성에 대한 걱정으로 잠을 제대로 이루지 못해야만 비로소 천하 사람들로부터 칭송을 받게 될 걸세." 두 사람은 계속해서 이야기를 주고받으며 남천문(南天門)을 향해 발걸음을 옮겼다.

제아무리 정정하다고 해도 나이는 속일 수 없는 법, 얼마 가지 못해 윤융이 거친 숨을 내쉬었다. 그럼에도 불구하고 끝까지 자신의 힘으로 발걸음을 옮기는 윤융을 보며 구천은 말로 형언할 수 없는 존경심을 품게 되었다.

서로 밀고 끌며 두 사람은 천천히 발걸음을 옮겼다. 서로의 손을 잡으며 거친 산길을 지난 두 사람은 마침내 태산의 정상에 올라섰다.

정상에서 세상을 내려다보니 다시 한 번 태산의 위대함을 느낄 수 있었다. 산 아래로 끝없이 펼쳐진 세상을 내려다보며 구천은 자연의 위대함에 저절로 고개가 숙여졌다. 잔에 담긴 물처럼 작은 창명(滄冥), 금색 띠처럼 보이는 황해, 바람에 쉴 새 없이 모습을 바꾸는 운해(雲海), 하늘을 향해 우뚝 솟은 천주(天柱)가 보이는 태산의 정상에서 보니 화산은 우뚝 서 있고 숭산은 편안하게 누워 있었다. 그리고 형산과 항산은 남북으로 시원하게 뻗어 있었다. 병풍처럼 쭉 늘어진 산봉우리들과 기암괴석을 보며 구천은 세상의 거대함과 자연의 위대함 앞에 자신의 고민이 얼마나 보잘것없는 것인지 깨달을 수 있었다.

"태악(太嶽)에 오르기 전에 저에게는 오직 월나라밖에 보이지 않았습니다. 허나 지금 태산의 정상에 올라보니 월나라가 어디 있는지 찾지도 못하겠습니다. 저는 우물 안 개구리였군요."

제아무리 어렵고 힘든 일이라고 해도 어떻게 마음먹느냐에 따라 그 결과가 달라지는 법이다. 구천의 고민을 알고 있던 윤용은 그가 과거 천하 사람들을 평안케 한 대우의 뜻을 받들어 백 년이 넘도록 이어진 중원의 전쟁을 종식시킬 수 있기를 진심으로 바랐다.

"저 아래를 보게. 과거 대우께서 구주에서 일어난 홍수를 평정하셨는데 그중에서 연주(兗州), 서주(徐州), 익주(冀州), 예주(豫州), 청주(靑州) 이 다섯 곳은 태산의 주변에 자리 잡고 있지. 중원 사람들에게 대우님은 태산의 정상에서도 하늘을 떠받들고 있는 기둥과 같네. 지금 중원 열국들이 자네를 따르고 있네. 대우의 후손인 자네는 조상님들의 보우하심과 명예를 통해 혼란하기 짝이 없는 지금의 세상에 평화를 가져올 수 있을 걸세!"

"제후들은 저를 패주의 자리에 세우려고 하지만 패도라는 것이 어찌 오래 갈 수 있겠습니까? 부차가 바로 그 산 증인이지요. 저는 패주가 되고 싶지 않지만 모두의 뜻을 물리는 것이 어려워 곤혹스럽기 짝이 없습니다."

"패도가 안 된다면 왕도는 어떠한가?"

"당(唐)나라, 우(虞)나라, 하(夏)나라, 상(商)나라 시대 백성들은 무지하여 왕권이 곧 권력이었고 왕도(王道)가 곧 하늘의 뜻이었습니다. 그 당시 왕도는 천하 백성들에게 통하는 것이었지만 군웅이 사방에서 할거하고 백성들이 영특해진 지금의 상황은 이전과는 크게 다릅니다. 주왕(周王), 왕 중의 왕이라는 패주가 여전히 큰 힘을 얻지 못하고 있으니 하물며 왕도는 어떠하겠습니까?”

“그럼 민도(民道)는 어떠한가? 백성의 뜻이 곧 사람의 뜻, 인도(人道)이니…”

“사람의 뜻이라…. 예, 과거 대우님께서 치수를 하실 때 죽을힘을 다하셨으니 이것이 아마도 현자들이 말하는 민도이겠지요.”

“백성의 뜻은 바로 하늘의 뜻일세. 과거 대우의 부친이신 곤(鯀)께서는 치수에 실패하여 우산(羽山)으로 쫓겨나 죽임을 당하셨네. 허나 대우께서는 개인적인 원한을 버리고 아버지의 뜻을 받들어 구주의 홍수를 잠재우고 백성들로부터 존경을 받았네. 순임금 역시 제위를 대우에게 물려주셨네. 역대 제왕들은 백성의 뜻으로 세상에 우뚝 서기도 하고 하루아침에 무너져내리기도 했네. 백성의 뜻을 받드는 제왕에게는 백성들이 마치 구류(九流)의 물처럼 자연스레 의탁하지만 백성의 뜻을 거스르는 제왕에게는 성난 파도처럼 몰려들어 그의 모든 것을 무너뜨리지.”

“백부님의 말씀은 참으로 옳으십니다. 허나 어찌해야 조상님들의 뜻을 받들고 세상에 알릴 수 있겠습니까?”

어느덧 해는 서산으로 기울어 마치 뜨거운 쇳물처럼 이글거리며 가라앉고 있었다. 저물어 가는 해를 보며 피로를 느낀 두 사람은 허기도 달래고 다음 날 일출을 감상하기 위해 정상의 동악묘(東嶽廟)에 있는 객잔에서 쉬기로 했다.

“이제 곧 어두워질 것이니 그때 못다한 이야기를 밤새 나누세. 먼저 동악묘에 가서 배를 좀 채우는 것이 좋을 듯하네.” 윤융은 구천의 부축을 받으며 동악묘로 향했다.

다음 날 구름이 잔뜩 끼는 바람에 구천은 유명한 태산의 일출을 보지 못했지만 태산에 오른 것만으로도 만족하며 길을 따라 윤융과 함께 산을 내려왔다.

그저 낭사에 와서 뿌리를 찾은 뒤 세상을 구할 방법을 찾으려고 했던 구천은 이번 기회에 태산에 올라 세상에 대한 새로운 뜻을 품게 되었다. 천시(天時), 지리(地利), 인화(人和)의 기회를 빌어 큰 뜻을 펼치겠다고 마침내 마음을 정한 것이다. 중원의 종실들과 이별하고 남쪽으로 내려온 구천을 기다리고 있는 것은 과연 무엇이었을까? 보름 뒤 구천은 급히 서나라로 달려가 맹약을 맺었다.

사수(泗水) 강가에 있는 서나라는 원래 제후국 중에서도 그다지 별볼일 없는 소국이었지만 서나라의 국군(國君)이 주나라 왕실에서 항렬이 제법 높은 편이었다. 부차가 죽은 후 패주의 자리가 공석이 되었지만 제후를 이끌만한 왕 중의 왕은 부족한 상태였다. 그래서 여러 제후국들의 국군들은 주나라 천자에게 새로 맹세를 다짐하며 피를 마시는 의식을 행해야 하며, 주나라 왕실의 종친인 서나라 국군의 근거지에서 맹약을 맺어야 한다는 글을 올렸다.

이를 위해 서나라 왕실에서는 동산(銅山)에 높은 패대(霸臺)를 세웠다. 3층 높이의 패대는 소국의 제후들이 피를 마시며 맹세를 하는 1층과 강대국의 제후들이 피를 마시며 맹약을 맺는 2층, 그리고 피를 마신 패주가 자리에 오르는 3층으로 이루어져 있었다. 3층의 중앙에는 오직 패주만이 앉을 수 있는 보좌가 있었는데 아홉 마리 용이 뒤엉켜 있는 장식으로 만들어진 보좌는 패주의 권위와 위엄을 그대로 드러내고 있었다. 열국의 대신들은 좌우에 서 있었는데 소국에서 온 대신들은 왼쪽에, 대국에서 온 대신들은 오른쪽에 섰다. 이 자리에 모인 대신들은 모두 각국에서 군주를 직접 보필하는 신하들로, 그 아래 수많은 사람들을 거느리고 있는 나라의 기둥들이었다. 일단 한 나라의 군주가 패주의 자리에 오르면 그를 보좌하는 신하들은 함께 패대에 올라 각국의 군주와 만날 수 있는 자격을 갖게 된다. 그가 모시고 있는 패주가 명령을 내리게 되면 그 뜻을 받들기 때문에 패주 다음으로 권세가 높았다.

왼쪽에 서 있던 문종은 진항, 조간자, 신포서 등 대국에서 온 대신들과 인사를 나눈 뒤 패대 위로 시선을 두었다. 월왕 구천은 패대 2층에 자리를 잡고 있었다. 논리적으로라면 약소국인 월나라는 패대의 2층에 오를 자격이 없지만 오나라를 무너뜨리고 그 영토 외에 많은 나라의 성을 차지해 판도가 넓어졌기에 엄연한 강대국으로 인정받아 당당하게 2층에 초대된 것이다.

패주를 추천하기 전 2층의 고대(高臺)는 사람들의 시선이 가장 몰리는 곳이었다. 진나라 왕, 제나라 왕, 초나라 왕, 진나라 왕 등 대국의 군주들이 월나라 왕 구천을 둘러싸고 무언가 열심히 논의했다. 그 가운데 있는 구천은 미소를 지은 채 열변을 토하는 각 국군의 이야기에 귀를 기울이고 있었는데 모두들 그런 구천에게 호감을 느끼고 있는 듯했다. 그 모습에 문종은 만감이 교차했다. '가난하고 별 볼일 없는 월나라 땅에서 온 내가 선왕과 현왕을 모시며 약소국인 월나라를 강대국으로 만들었을 뿐 아니라 열국을 이끄는 패국(覇國)의 자리에 올렸으니 신하 된 자로서 이보다 큰 위업과 영광이 어디 있으랴?'

범려가 월나라 땅을 떠난 뒤 뜻을 바꾸기는커녕 문종은 더 큰 공을 세우기 위해 때를 기다리며 움직여야 한다고 생각해왔다. 그런 그에게 범려는 우둔하고 답답하기 그지없는 사람일 뿐이었다.

이때 촛불을 든 진항이 문종에게 다가왔다.

"오늘 패주의 자리는 월왕에게 돌아갈 것이 분명합니다."

조간자 역시 입을 열었다.

"문종 대부처럼 이렇게 현명하신 분이 계시니 월왕께서 패주의 자리에 오르는 것이 당연하지요."

내심 득의양양해진 문종이었지만 겉으로는 겸손을 잃지 않았다.

"아닙니다. 소인은 아직 덕도 부족하고 모르는 것이 많습니다. 여기 후덕함과 지혜로 이름을 날리고 계신 신포서님도 계시는데 소인은 그에 비하면 아무것도 아닙니다."

문종의 말에 신포서는 수염을 쓰다듬으며 미소를 지었다.

"요새 사람들이 더 대단하지요. 높은 자리에 오른 것도 대단한 것이나 그것을 지켜가는 것은 더 어려울 것입니다."

그 말에 문종은 기분이 상했다. '저 늙은이가 망령이 낫나? 좋은 자리에서 좋은 말을 하지는 못할망정 찬물이나 끼얹다니…'

그때 주나라 천자가 보낸 사신인 단정공이 당도했다는 것을 알리는 종소리가 울려퍼졌다. 9년 전 황지에서 열린 회의를 그가 주최했기에 오늘 동산에서 열린 회의 역시 자연스레 단정공이 진행하게 되어 있었다. 사람들이 단정공에게 절을 올리자 단정공은 얼굴에 미소를 머금은 채 천천히 계단에 올랐다.

이번 회의의 합법성을 알리는 주나라 천자의 성지를 단정공이 낭독한 후 피를 마시며 맹약을 맹세하는 삽혈(歃血) 의식이 시작되었다. 이 의식은 엄격한 규정에 따라 진행되었다. 먼저 하늘과 땅, 그리고 동서남북에 제사를 올린 후, 제사장이 수탉을 들고 제단에 올라와 그 머리를 베고 그릇에 피를 받으면 모든 제후가 그 피를 입술에 바르는 것이었다.

군주들이 차례대로 피를 입술에 묻히는 것을 보던 문종은 구천이 자신의 차례가 되었는데도 그릇에 입을 대지 않고 옆 사람에게 그릇을 넘기는 것을 보았다. 이게 무슨 뜻인가? 문종의 의문이 풀리지 않은 채 삽혈 의식은 계속되었다. 맨 마지막에 있던 진나라 왕까지 모두 삽혈을 했지만 구천은 여전히 그대로였다. 입술에 피를 묻히기만 하면 패주의 자리에 오를 수 있는데 도대체 이게 무슨 일이란 말인가!

단정공이 자리에서 일어나 구천에게 다가가며 미소를 지었다.

"구천, 어찌하여 삽혈을 하지 않는 것인가? 패주의 자리에 오르기까지 이제 딱 한 발만 남았네. 피를 입술에 묻히기만 하면 여기에 있는 모든 제후들이 그대를 받들 것이니 어서 삽혈을 하게나!"

제후들도 하나같이 입을 모았다.

"월왕이 패주가 되셔야죠, 어서 삽혈을 하십시오."

패대 아래에 있던 각국의 대신들도 크게 소리치기 시작했다.

"월왕께서는 어서 빨리 삽혈을 하십시오!"

그 모습을 바라보는 문종의 이미에 땀이 송골송골 배어 나오기 시작했다. 마음 같아서는 당장이라도 달려가 삽혈을 하라고 권하고 싶었지만 그럴 수 없는 자신의 신세가 원통할 따름이었다.

단정공을 향해 가볍게 경례를 한 구천은 각국의 군주와 대신들에게 읍을 한 뒤 차분한 목소리로 입을 열었다.

"각국 군주의 귀한 뜻이 하나로 모여 저를 높여주셨습니다만 저는 이미 마음을 굳혔습니다. 저는 패주의 자리에 오르지 않을 것입니다."

구천의 말에 패대 일대는 혼란에 휩싸였다. 각국의 국군과 중신들은 이해를 하지 못하겠다는 표정으로 쑥덕거렸고 대부분은 크게 실망한 눈치였다.

제나라 간왕은 구천을 패주의 자리에 세우기 위해 그동안 갖은 노력을 기울여왔기에 난데없는 구천의 말에 그만 자리에서 벌떡 일어나고 말았다.

"월왕, 얼마나 많은 군주들이 패주의 자리를 갈망하는지 아십니까? 그저 자신의 부덕함과 모자란 능력을 원망하면서도 이 자리를 원하고 있는데 어찌하여 월왕께서는 모두의 기대를 저버리고 그 자리에서 물러나겠다고 하시는 게요?"

진나라 정공 역시 구천의 팔을 급히 잡았다.

"과거 부차가 뻔뻔하게도 나에게 패주의 자리에서 물러나라 했을 때 나는 그것을 거절했소. 무력으로 나를 위협하며 지금과 같은 패대 아래에 군사를 배치하고 삼군을 홍군, 흑군, 백군으로 나누었소. 홍군은 불바다를 떠오르게 했고 백운은 흰 구름, 흑군은 시커먼 먹구름 같았소. 그들이 한데 뒤엉켜 나를 위협하기에 어쩔 수 없이 자리에서 물러나고 말았소. 허나 지금은 이 자리를 그대에게 고스란히 물려주겠다고 하는데도 이를 거절하니 도무지 그 영문을 모르겠구려."

그러자 구천이 천천히 입을 열었다.

"귀한 가르침과 말씀 감사합니다. 오늘 이 자리에 각국의 국군께서 어렵게 행차하셨으니 기회를 빌려 몇 말씀 드리고자 합니다. 제후들이 모여 패주를 세우려고 하는 뜻은 본래 칭송해야 할 만한 일이라 생각합니다. 춘추시대, 사방에서 패주가 일어났지만 서로 믿음을 가지고 맹약을 지키고 힘을 모았기에 서로를 견제할 수 있었습니다. 또 이로 인해 나라와 나라 사이에 굳건한 연맹을 세울 수 있었습니다. 그리하여 제환공께서 최초의 패주로 선발되어 구주에 있는 제후를 모아 천하를 하나로 묶는 위업을 달성하실 수 있었던 것입니다.

허나 지금의 패업은 과거와는 다릅니다. 진나라와 초나라는 중원을 두고 싸우며 무려 80여 년 동안 대치하고 있습니다. 길고 긴 전쟁이 천하 백성들에게 어떤 이익을 가져다주겠습니까? 훗날 부차가 북진하여 패주의 자리에 오르고자 천 리를 폭정으로 다스렸고, 남북을 돌며 성을 함락하고 각국을 위협했습니다. 이에 각국에서는 어쩔 수 없이 오나라에 진상품을 바쳐야 했고 오나라는 득의양양하여 걸핏하면 무력으로 천하를 괴롭혔습니다. 한 사람이 패주의 자리에 오르면 만 사람이 그 화를 당하게 되니 이러한 패업이라면 하등의 도움이 되겠습니까? 제가 패주의 자리에 오르지 않겠다고 한 것은 민심을 잃을까 두려워서입니다. 하물며 주나라 왕실의 새로운 왕이 즉위하시어 천하를 평안케 하고 각국을 평화롭게 다스리고 있으니 제후를 이끌 패주가 왜 필요하겠습니까? 패주에 의해 돌아가는 시대는 이미 지났습니다. 그래서 과인은 삽혈을 하지 않으려는 것입니다."

말을 마친 구천은 과거 부차가 패주의 자리에 올랐을 때 빼앗은 성과 토지를 모두 원래 주인에게 돌려주겠다고 선언했다. 즉 진송(陳宋: 진나라와 송나라의 줄임말)의 땅을 진송에게 돌려주고 회수의 땅을 초나라에 돌려주며 사수 동쪽 500리에 달하는 땅을 노나라에 돌려주기로 했다. 그리고 제나라의 박성과 영성을 제나라에 다시 돌려주겠노라 약조했다. 구천의 생각과 뜻을 알게 된 각국의 국군과 중신들은 제후국에서 문제가 생겼을 때 월나라와 논의할 수 있도록 중원에 읍(邑)을 세우자고 요청했다.

그 말에 구천은 시원스레 대답했다.

"그 말씀에 따르겠습니다. 우왕의 후예인 과인에게는 제나라 땅 낭사에 살고 있는 종친들이 있습니다. 일부 월나라 백성들에게 이곳으로 이주하라고 이미 명을 내렸습니다. 우선 경기(京畿)와 가깝고 아침저녁으로 종친과 함께 할 수 있는 이곳으로 오면 서로의 마음이 한결 편안해질 것입니다."

칭찬과 박수 소리 속에서 삽혈 의식은 끝났지만 문종의 마음은 무겁기 짝이 없었다. 그는 여전히 구천이 패주의 자리를 거절한 이유를 고민하고 있었다. 어쩔 수 없는 사연이 있거나 다른 이유가 있는 것이 아니라면 그가 패주의 자리에서 스스로 물러날 리 만무했기 때문이다.

구천이 객잔으로 돌아오자마자 문종은 하인들을 모두 물린 뒤 급히 입을 열었다.

"대왕께서 눈앞에 있는 패주의 자리에서 물러나신 이유가 무엇입니까? 그저 손만 뻗으면 앉을 수 있거늘 어찌하여 그것을 거절하신 것인지 소신에게도 알려주실 수 있는지요?”

“하하하, 왕은 백성들을 풍요롭게 하고 패주는 선비들을 풍요롭게 한다고 하오. 패주가 되면 비록 각국으로부터 온갖 귀한 진상품을 받아 국고를 채우고 문무백관들에게 후한 봉록을 내릴 수 있을 것이오. 허나 월나라는 이미 부유하오. 천하에 얼마나 많은 백성들이 헐벗고 굶주리는지 생각해보신 적이 있소?”

구천의 말에 문종이 즉각 반발했다.

“대왕께서는 외로운 왕이 다스리는 나라는 수고롭고 화가 많다는 이야기를 듣지 못하셨습니까? 패주의 자리에 오르시지도 않고, 월나라의 영토가 된 성과 영토를 모두 돌려주시는 큰일을 대신들과 상의하지 않고 독단으로 결정하시니 여러 제후들은 실망을 감추지 못할 것이고 월나라 백성들의 사기도 크게 떨어질 것이옵니다!”

구천은 태연하게 웃음을 지었다.

“자고로 위정자는 올바르게 다스려야 한다고 하오. 천하를 위협하는 것은 과인이 모두 제거하고 천하를 흥하게 했소. 사해가 모두 한 집처럼 화목하게 지내도록 했으니 이것이 올바른 세상의 이치이거늘 어찌하여 화를 부른단 말이오?”

그 말에 문종은 주저앉았다.

“대왕과 소신의 생각이 이리 다를 줄 미리 알았더라면 내 어찌 아홉 가지 계략을 바쳤단 말입니까? 이 계략을 얻은 탕왕과 문왕, 그리고 제환공과 진목공이 모두 패주의 자리에 올랐다고 말씀 드렸거늘 지금 와서 패주가 될 생각이 없다니, 그렇다면 그동안 나의 노력은 무엇이 되느냐는 말입니다!”

화가 난 문종이 객잔을 박차고 나가자 구천이 그 뒷모습을 바라보며 쓸쓸한 표정을 지었다.

'문종이 아홉 가지 계략을 망설임 없이 내놓은 것은 줄곧 나를 패주의 자리에 세우기 위해서였음을 내 어찌 모르겠는가? 내가 그의 기대를 저버려 나에 대한 실망이 가득할 테니 천천히 그를 가르쳐야겠구나.'

객잔을 뛰쳐나간 문종은 그 길로 진항과 조간자가 머무르고 있는 곳으로 달려갔다.

"어찌 이럴 수 있단 말인가? 어찌!"

장기를 두며 휴식을 취하고 있던 조간자와 진항은 문종이 화가 나 들어오는 것을 보고는 장기판을 치운 뒤 문종을 달래며 화가 난 이유를 물었다. 조금 전 구천과 있었던 일을 이야기하며 문종은 두 사람에게 의견을 구했다.

"우리 대왕께서는 무슨 이유에서인지 갑자기 겁쟁이로 변하셨소. 패주의 자리를 고스란히 그 손에 넘겨주었는데도 이를 받아들이지 않다니…. 20년 전 와신상담하며 설욕을 다짐하던 사람이 아니라오!"

진항과 조간자는 문종의 심정을 십분 이해했다. 신하 된 자에게 가장 큰 소망은 자신이 모시는 왕을 보필하여 패업을 달성하는 것일 것이다. 지금 각 제후들이 추종하는 월왕은 그 누구보다도 패주의 자리에 오를 자격이 충분한데 스스로 이를 버렸으니 그를 평생 모신 대신들이 가질 실망감과 박탈감은 말로 형언할 수 없는 것이었다. 제나라의 국익을 위해 월왕이 패주의 자리에 오르기를 바랐던 진항이 문종을 위로했다.

"문종 대부께서는 그리 조바심을 내지 마십시오. 이번 일을 만회할 여지는 있습니다. 한번 잘 생각해보십시오. 월왕은 사실상 패주이고 문대부께서도 패주를 대신해 명을 내리고 실천하실 수 있습니다. 단정공도 아직 건재하시니 그를 통해 주왕께 서신을 올리십시오. 주왕의 윤허가 없으면 월왕은 패주가 될 수 없습니다. 반대로 주왕께서 각국에게 명을 내리시어 다시 회의를 열게 하는 겁니다. 월나라 땅에서 회의를 열게 하면 월왕은 체면을 차릴 수 있을 뿐만 아니라 패주에 오르라는 주왕과 각국 국군의 뜻을 저버리기 어렵게 될 것입니다. 문대부의 충성심이 그야말로 빛을 발하게 되겠죠."

진항의 계획을 들은 조간자 역시 맞장구를 쳤다.

"이 계획은 따 놓은 당상입니다. 월왕이 어찌 주나라 천자의 명을 거절할 수 있겠습니까? 당초 황지에서 열린 회의에서 부차는 주나라 경왕에 의해 '백'으로 봉해진 뒤에야 비로소 패주의 자리에 올랐던 것을 기억하시는지요? 아마도 월왕은 이 때문에 삽혈을 하지 않으시려고 한 것이 아닐지요?"

조간자의 말에 문종은 문뜩 떠오른 생각에 무릎을 쳤다.

"조형의 말을 들으니 이제야 뭔가 좀 알겠소. 옛날 부차는 주나라 경왕으로부터 '백'으로 봉해졌지요. 지금 주나라 원왕은 아직 젊으시니 월왕을 '백'으로 봉하지는 않았습니다. 아마도 우리 대왕께서는 불공정하다 생각하시어 완곡하게 그 뜻을 거절한 것 같구려."

"그렇다면 저와 조형이 문대부와 함께 단정공이 계시는 곳을 찾아갑시다. 문대부께서 뜻을 이루시도록 저희가 발 벗고 돕겠습니다."

진항의 말에 세 사람은 그 자리에서 바로 일어나 단정공을 찾아갔다.

때는 전국시대 초기였다. 주나라 왕조의 국력은 더욱 기울어져 사실상 예전과 같은 힘을 발휘하지 못했고 힘을 키운 제후국들은 마구잡이로 자신의 세력을 키워가며 주나라 천자 따위는 안중에 두지도 않았다. 두각을 보이는 여러 제후국들 중에서도 월나라는 신흥 강국이었을 뿐만 아니라 뛰어난 외교 수완을 자랑하고 있었다. 진나라, 제나라, 그리고 월나라의 일등 대신들이 단정공에게 달려가 상황을 설명할 수 있었던 것도 이러한 시대적 배경이 있었기에 가능한 것이었다. 문종의 상소문을 받아본 주나라 원왕은 그의 요청대로 월왕을 '동방세백(東方世伯)'으로 봉하고 부차에게 했던 것처럼 구천에게 면류(冕旒), 곤룡포, 옥벽(玉璧), 동궁(彤弓)과 호시(弧矢)를 내려 구천이 명실상부한 새로운 패주임을 알렸다. 비록 이것은 훗날의 일이었지만 구천은 문종이 어떤 일을 꾸미고 있는지 전혀 알지 못했다. 그저 화가 난 채 뛰어나갔던 문종이 돌아왔을 때 노기가 가라앉은 것을 보며 자신을 이해해주었다고 생각하고 유쾌하지 못했던 일을 모두 잊은 것이다. 하지만 문종은 구천이 생각하는 것과는 전혀 달랐다. 그는 낭사로 이전하겠다는 월왕의 생각을 전혀 이해하지 못했다. 마음 같아서는 당장이라도 달려들어 뜯어말리고 싶었지만 내정이라 함부로 끼어들지 못한 채 그저 속으로 꾹꾹 화를 참으며 때가 오기만을 기다리고 있었다. 이렇게 해서 월왕과 문종은 서로 다른 생각을 품은 채 회의가 끝났고, 다음날 남쪽으로 내려가 월나라 땅으로 돌아갔다.

월나라 백성들의 뜨거운 환영을 받으며 월왕 일행이 월나라 땅으로 개선한 그날 저녁, 문종은 술 한잔 하자며 진음을 집으로 초대했다. 활활 타오르는 촛불 아래 문종의 부인은 직접 주방으로 가 술상을 준비했고 문종이 새로 맞은 첩은 쟁반에 따뜻하게 데운 술을 따르고 있었다. 문종은 진음에게 맛난 음식을 덜어주며 재미있게 이야기를 나누었다.

술을 한 모금 입에 머금은 문종이 술잔을 내려놓으며 진음에게 속내를 털어놓기 시작했다. "대왕이 그리 박정한 사람인 줄 정말 몰랐소. 그대도 대왕을 위해 여러 번 생사의 고비를 넘겼고, 나 역시 지금의 월나라를 세우기 위해 온갖 계책을 내놓으며 내 평생을 바쳤소. 그런데 지금 상은커녕 우리가 힘들게 얻은 월나라의 재산과 영광을 모두 다른 나라에 돌려주려 하다니…"

문종의 이야기에 진음은 특유의 누런 검미를 세우며 약간 혀가 구부러진 소리로 입을 열었다. "대왕의 이번 결정은 확실히 병사들의 사기를 떨어뜨려 놓았지요. 소신이 월나라 병사들에게 활쏘기를 가르치지 않았다면 어디 오늘의 월나라가 가당키나 하겠습니까?"

문종은 고개를 끄덕였다.

"범대부가 나에게 월나라를 떠나라고 권했던 것도 다 그런 이유였던 것이었나 보네. 나에게 남긴 서신에서 그는 대왕이 어려움은 함께 나누지만 안락함을 함께 나눌 사람은 아니라고 쓰여 있었다네."

"오? 그런 내용이? 소신에게도 보여주실 수 있습니까?"

"문제될 것이 무엇이겠는가?" 안으로 들어간 문종은 서신을 찾아와 진음에게 건넸다.

진음은 서신을 유심히 읽더니 긴 한숨을 내뱉었다.

"어쩌면 우리 모두 구천에게 당한 것인지 모르겠습니다."

"아닐 것이오. 일단 패주의 자리에 오르기만 하면 스스로 안락왕이 되는 것에 그치지 않고 다른 사람들에게도 손을 뻗을 것이오."

"허나 대왕께서 패주의 자리에 오를 뜻이 없다고 하셨는데 어찌…."

"자네 정말 어리석군. 자, 이리 가까이 귀를 좀 대보게." 진음의 귀에 무언가를 속닥이던 문종은 하고 싶은 말을 마치자 의미심장한 미소를 지었다. "무릇 패주라고 하는 자는 궁실에서 여인과 술에 취해 살지 모든 것은 경(卿)의 손에 이루어진다오."

"그런 것이라면… 제후들이 다시 회의를 연단 말입니까?"

"당연하오. 서나라에서 열린 회의는 주나라의 천자가 월왕을 봉하기 전에 열렸소. 이번에 내가 상소문을 올려 월왕을 동방세백으로 봉해달라고 청했다오. 또한 그 보답으로 열국에게 주나라 왕실에 바칠 공물을 많이 준비해두라 일러주었소."

"대왕이 일부 월나라 백성들을 낭사로 이주시킨다는 이야기가 있던

데 이것은 어찌 처리하실 생각입니까?"

"서나라에 있을 때 대왕께서 이를 이야기하신 적이 있었소. 허나 어떻게 그 일을 할 것인지는 정확하게 말하시지 않았지. 아무리 백성을 이주시키는 데 아무런 장애가 없다고 해도 해야 할 일이 태산처럼 많은데 도대체 무슨 생각이신건지…. 쯧쯧, 그곳에 자신의 뿌리가 있다고 하나 우리의 기반은 사실상 강남이 아니겠소? 지금은 오나라와 월나라가 하나로 합쳐졌소. 광대한 영토는 말할 것도 없고 비옥한 이 땅을 어찌 내버려둘 수 있겠소? 일단 패주의 자리에 오르면 각국에서 바치는 공물이 끊이지 않을 것인데…. 어쨌든 지금의 기반과 앞으로의 발전을 생각한다면 월나라는 그야말로 고진감래하는 것이 아니겠소?"

"허나 대왕이 가신다고 했는데 우리가 이곳에 남으면…."

한참 이야기가 물이 올랐을 때 갑자기 월왕이 당도했다는 하인의 목소리가 들려왔다.

"대왕은 의심이 많으니 진장군은 잠시 피해 있으시오." 문종은 자신의 첩도 물러가게 했다.

"대왕, 오셨습니까? 나가서 대왕을 직접 맞이하지 못한 죄를 용서해주시옵소서."

"사전에 알리지 못해 그런 것이니 그리 괘념치 마시오. 오히려 쉬고 있던 문대부를 번거롭게 했구려." 날카로운 구천의 눈이 주변을 살피는 동안 문종은 술상 위에 두었던 장기판도 미처 치우지 못했다는 것을 발견했다.

하인들이 새로 초를 갈아 끼우자 방 안은 마치 밝은 대낮처럼 환해졌다. 방 안의 곳곳을 살피던 구천은 의미심장한 표정을 지었다. "허, 굉장히 화려하구려! 초나라의 건축 양식뿐만 아니라 오나라와 월나라의 특색도 모두 지니고 있군. 방 안을 가득 채운 가구도 귀하기 짝이 없는 것이구려."

중원으로 가기 전 구천은 문종에게 목객산(木客山)에 하대(賀臺)를 지으라고 명했었다. 문종은 그 기회를 빌어 자신을 위한 관저도 새로 지었는데 웅장한 크기와 화려한 장식을 자랑하고 있었다. 평소 검소한 생활을 하던 구천에게 화려하기 짝이 없는 문종의 씀씀이는 불쾌하게 다가왔다.

구천의 지적에 난처해진 문종은 침착하게 핑계를 대기 시작했다.

"소신이 월나라에 있으나 거주할 만한 집이 없어 이곳을 짓게 되었습니다. 대왕께서 화려한 것을 좋아하지 않는다는 것을 소신 역시 잘 알고 있으나 오나라가 망한 뒤 월나라의 권세는 하늘을 찌를 듯합니다. 각국으로부터 월나라를 찾은 사신들의 수가 점점 늘어나고 있기에 왕권을 드높이기 위해서 일부러 화려하고 크게 짓게 되었습니다. 그리고 소신의 생각으로는 월왕전도 대왕의 명성에 맞게 보수해야 할 듯하옵니다."

"허허, 그럴 필요 없소. 사실 과인이 이렇게 급작스럽게 문대부를 찾은 것은 천도(遷都)라는 큰일을 논의하기 위해서요. 옛 도읍은 기존의 모습을 간직하는 편이 좋을 것 같구려."

"대왕의 말씀은…."

"월나라 백성의 일부를 낭사로 옮기려고 하오."

"그럼 왕실은 어찌 됩니까?"

"호진, 약성을 이곳에 두고 녹영(鹿郢), 불수(不壽: 구천의 서자[庶子])를 도와 나라를 지키라 할 생각이오. 문대부의 생각은 어떠하오?"

"중원 사람들이 이런 대왕의 뜻을 이해할까요?"

문종이 화를 내지도 않고 냉랭하게 굴지도 않기에 구천은 선 채로 중원 땅에 있는 자신의 뿌리로 가려는 이유를 자세히 설명했다. 날카로운 구천의 눈에는 희망과 기대의 빛이 역력했다. 자신의 계획을 문종도 지지해주기를 바라는 눈빛이었다.

구천의 설명을 듣는 문종의 머리는 혼란스럽기 그지없었다. 구천이 왕실 전체를 낭사로 옮길 것이라고는 생각조차 못한 문종은 억지로 담담한 표정을 지어 보이며 생각이라도 하는 듯 서성였다. 하지만 속으로는 북방으로 천도하겠다는 구천의 생각을 완전히 뒤집을 방도를 생각해내기 위해 머리를 쥐어짜는 중이었다.

마침내 걸음을 멈춘 문종이 엄숙한 표정으로 입을 열었다.

"대왕의 생각은 급작스럽고 이해하기 어렵습니다. 우선 오나라와 월나라를 버리고 멀리 있는 중원으로 간다는 것은 소신의 생각으로는 본말이 전도된 것이 아닌가 하옵니다. 새가 옛 둥지를 그리워하듯 백성들은 자신이 태어나고 살아가는 땅을 사랑하며 그곳에서 생을 마감하려고 합니다. 둘째, 중원의 경우 평왕(平王)이 동쪽의 낙양(洛陽)으로 천도하고 주나라 왕실의 국력이 기울어 정통을 잃은 뒤 오패(五覇)가 궐기했습니다. 그때부터 사방에서 열국이 세력을 다투며 세상을 혼란에 빠뜨렸습니다. 이렇듯 일단 중원으로 천도하면 끝이 없는 전쟁통 속에 빠지게 됩니다. 태평한 시절의 개가 될지언정 난리를 겪는 사람이 되고 싶지는 않다는 것이 사람의 마음입니다. 지난 20여 년 동안 월나라 백성들은 전쟁에 휘말려 갖은 고초를 당했습니다. 이제야 간신히 평화롭게 살 수 있게 되었으니 대왕께서는 백성들에게 농업을 장려하고 전쟁으로 인한 생이별이 없도록, 집도 없이 천하를 떠돌아다니는 고된 삶이 되지 않도록 따뜻하게 품어주셔야 할 것입니다. 이것이야말로 대왕께서 취하실 수 있는 상책입니다. 양자강을 기준으로 지금의 영토를 지키며 태평시대를 다스린 군주가 되셔야 합니다. 부디 통촉하여주시옵소서!"

문종의 이야기에 그의 뜻을 알아차린 구천은 아무 말 없이 의자로 걸어간 뒤 천천히 앉았다. 바로 그 순간, 구천은 탁자 위에 펼쳐진 서신을 발견했다. 서신을 슬쩍 보니 범려의 필적이 분명했다. 또한 술잔에 담겨 있는 술이 아직 따뜻한데다가 병풍 뒤에서 바스락거리는 소리가 나는 것으로 보아 누군가 문종과 조금 전 술을 마시고 있었음이 분명했다. 병풍 뒤에 있는 자가 문종과 나눈 이야기는 아마도 상당히 의심스러운 주제였을 것이다. 허나 구천은 아무것도 눈치채지 못한 척하며 여전히 나지막한 목소리로 문종에게 자신의 뜻을 해명하기 시작했다.

"문대부께서는 먼 곳을 보지 못하시는 듯하구려. 과인의 이번 결심은 천하와 월나라, 백성들, 그리고 내 가문에 해롭기는커녕 오히려 모두에게 이로움을 가져다줄 것이오. 과인이 어찌 백성들이 마음 편히 살아갈 수 있기를 바라지 않겠소? 사실 이번 천도는 바로 백성들을 위해서요. 지금 뿐만 아니라 앞으로 내 백성들이 편히 살 수 있도록 하기 위해서 어렵사리 천도를 결정하게 된 것이오. 문대부는 과인을 오랫동안 보필해온 중신으로 이번 천도 계획을 도와주었으면 하오."

"대왕, 소신이 왕명을 받들지 않으려는 이유는 다름이 아니라 이번 계획이 백해무익하고 위태롭기 때문입니다. 소신은 대왕이 힘들게 세우신 기업(基業)이 하루아침에 무너져내리는 것을 원치 않사옵니다!" 거칠 것 없는 문종이었다.

융통성이라는 하나도 없고 고집스러운 문종의 표정과 그가 살고 있는 호화로운 관저를 보며 구천은 자신의 눈앞에 있는 문종이 과거에 알던 문종과는 다른 사람이라는 것을 깨달았다. 지금은 그저 과거의 영광에 안주하고 쾌락에 빠진 어리석은 인간일 뿐이었다. 그 모습에 구천은 절로 한숨이 나왔다. "문대부의 생각이 정 그렇다면 과인 역시 더 이상 강요하지 않겠소. 내일 조회에서 중신들에게 천도에 대해 알릴 것이오." 구천은 문종의 관부를 나선 뒤 천도를 논의하기 위해 부동을 비롯한 대신들을 찾았다.

구천이 관저를 빠져나간 것을 확인한 진음이 병풍 뒤에서 나와 큰 소리로 웃음을 터뜨렸다. "하하하, 대왕이 정말 대단하시구려! 중원에 종친이 있다고 왕실과 문무백관들을 모두 데리고 가시려고 하다니…. 정말 대단한 분 아닙니까?"

"흥, 군신들에게 공로를 나눠주지 않고 국토를 제나라나 노나라에게 돌려줄 생각을 하다니, 어리석기 짝이 없는 자로세!"

"보아하니 그대로 밀어붙일 기세입니다만?"

"그의 의견에 동조하는 자가 적지는 않지, 확실히…."

"그럼 어찌합니까? 다른 방도가 없겠습니까?"

"어떻게든 그를 막아야지. 진장군, 대왕이 내일 아침에 북쪽으로 천도하는 일을 중신들과 논의한다고 하니 우선 자네는 어서 빨리 계예, 예용을 찾아가 대왕을 막을 방도가 있는지 논의해보게나."

"그럼 문대부께서는요?"

"나는 내일 병이 나 조회에 참가하지 못한다고 보고를 올릴 걸세. 그리고 병이 나 한동안 집에서 휴식을 취한다고 할 걸세. 내가 없으면 어찌하는지 두고 볼 것이야! 그리고 나머지는 그대들이 판을 짜보게. 괜히 나까지 덤비면 분명 우리가 남몰래 손을 잡았다고 의심할 것이니…."

다음 날 아침 여러 대신들이 월왕전에 올라 구천이 오기를 기다리고 있었다. 오경이 막 지났을 무렵 궁중의 악사들이 갑자기 초나라의 현상(賢相)인 손숙오(孫叔敖)의 청렴결백함을 일화를 노래로 지은 〈강개가(慷慨歌)〉를 연주했고, 한 무리의 궁녀들이 음악에 맞춰 노래를 부르기 시작했다.

탐욕스러운 관리는 할 수 있는 것도 하지 못하게 하네.

청렴한 관리는 불가능한 것도 할 수 있게 하는구나.

탐욕스러운 관리는 하지 않는 자로다.

당시에 오명을 쓸 일이 있으면.

허나 이것은 하는구나.

자손이 집을 이루고 번창할 수 있는 일이라면.

청렴한 관리는 할 수 있는 자로다.

당시에 맑은 이름을 얻을 일이 있으면.

허나 이것은 하는구나.

백성이 집을 이루고 번창할 수 있는 일이라면.

탐욕스러운 관리는 항상 부유롭네.

청렴한 관리는 항상 가난하구나.

홀로 초나라의 재상 손숙오를 볼 생각하지 마시오.

청렴함은 돈으로 살 수 있는 것이 아니라오.

궁녀들은 한 번도 쉬지 않고 계속해서 낭랑한 목소리로 노래를 불렀다. 큰 종소리에 마음의 평화와 깨달음을 얻듯, 중신들은 청렴한 관리가 되라는 노래가사에 마음을 빼앗겼다.

노래와 연주소리가 조회실에 울려퍼지는 가운데 월왕 구천이 호위를 받으며 월왕전에 올랐다. 구천이 중신들에게 중원으로 천도하겠다는 이야기를 꺼내자 여기저기서 수군거리는 소리가 들리기 시작했다. 그 가운데 부동이 앞으로 나와 공손히 입을 열었다.

"북쪽으로 천도를 하시겠다는 대왕의 뜻은 하늘의 뜻에 따르는 것이며 백성들의 마음을 두루 살피신 끝에 나온 결정입니다. 이번 전투에서 조상님들의 보우하심으로 오나라와 월나라는 하나가 되었고, 앞으로 그 후손들이 평안케 살아갈 수 있는 발판을 마련하게 되었습니다. 천하의 백성들이 태평하게 살 수 있도록 중원으로 천도를 하시겠다는 대왕의 말씀은 상책 중에서도 상책일 것입니다."

그 말에 구천이 고개를 끄덕였다.

일찌감치 부동에게 설득당한 제계영도 찬성의 뜻을 비쳤다. "대왕께서는 우왕의 후예시니 중원에 들어가 주왕을 보필하는 것은 당연한 것이라 하겠습니다. 그리해야만 비로소 만세에 길이 남을 기업을 세울 수 있을 것입니다."

부동에 이어 제계영도 자신의 편에 서자 구천의 얼굴에 화색이 돌았다. 많은 중신들이 중원으로 천도했을 때 취할 수 있는 장점들을 열거하며 천도를 찬성하자 구천은 만족스러움을 느꼈다.

이에 반해 진음은 안절부절못한 채 침묵을 지키고 있었다. 사실 어제저녁 계예, 예용과 함께 상의한 결과 먼저 다른 중신들의 의견을 들은 뒤에 기회를 보며 반박하기로 입을 맞춘 터라 잠자코 있을 수밖에 없었던 것이다. 허나 부동이 나서서 구천에게 아양을 떠는 모습을 보니 더 이상 가만히 듣고 있을 수 없다는 생각에 앞으로 나서 크게 소리쳤다.

"대왕, 오나라를 멸망시키는 데 여러 중신들의 공이 적지 않았습니다. 공에 따라 마땅한 상과 땅을 내리시고 백성들에게는 농업을 장려하는 것이야말로 상책일 것입니다. 저 우둔한 자의 말대로 나라 전체를 북쪽으로 옮긴다면 필경 백성이 힘들어지고 나라가 어지러워질 것이옵니다!"

진음의 말에 부동은 손가락으로 진음을 가리키며 고함을 질렀다. "내가 우둔하다고? 그러는 네놈은 뭐가 대단하단 말이냐?"

"흥, 뱁새가 황새 쫓다가 다리 찢어지는 법이네. 마음속에 귀신이 들어 있는지는 자신이 제일 잘 알지 않소?"

"네 이…!" 화가 난 나머지 목소리마저 떨리는 부동이 검을 뽑았다.

"나와 한판 겨뤄볼 생각이오?" 만 명의 적군을 제압하고 삼군을 이끄는 진음을 어찌 부동이 대적할 수 있으랴. 모두들 급히 부동을 뜯어말렸다.

어좌 위에 있던 구천은 온갖 욕설을 퍼부으며 노기를 내뿜고 있는 진음을 향해 살기 어린 눈빛을 내쏘았다. "진음, 네 이놈! 조회에서 대신을 비웃고 작은 일을 크게 벌여놓은 네 죄를 알렸다! 여봐라, 저놈을 당장 묶어라!" 구천의 서릿발 같은 명령에 밖에서 호위를 서고 있던 호분군이 뛰어 들어와 진음을 꽁꽁 묶었다.

노기가 흉흉한 구천을 보며 상황이 여의치 않게 돌아간다고 판단한 계예는 그 자리에서 무릎을 꿇었다. "소신, 죽음을 각오하고 한 말씀 올리겠습니다. 진음 장군은 조회에서 불손한 말로 대신을 비웃었으니 이는 있을 수 없는 일이옵니다. 허나 조회에서는 각자 모두가 자신의 생각을 이야기하고 대왕께서도 이를 진심으로 대해주셨습니다. 하물며 나라의 도읍을 옮기는 큰일을 하는 데 갑자기 결정을 내리기가 어찌 그리 쉽겠습니까? 그리하여 진음 장군이 일을 크게 벌인 것이오니 지혜와 과단함을 갖추진 영민하신 대왕께서는 부디 그 죄를 용서해주십시오."

"옳습니다. 계대부의 말이 옳습니다. 부디 대왕께서 하해와 같은 성은을 베풀어주십시오." 백발이 성성한 예용 역시 무릎을 꿇고 계예의 죄를 용서해달라고 사정했다.

"대왕, 부디 진장군을 풀어주십시오." 단지(丹墀)를 비롯한 여러 대신들이 무릎을 꿇고 사정을 하자 구천이 어쩔 수 없다는 표정으로 입을 열었다. "진음은 조회에서 대신을 능멸했으니 엄벌에 처해야 하나 여러 대신들의 간곡한 청으로 더 이상 그 죄를 묻지 않겠다. 허나 집에 돌아가 자신의 오만방자함을 반성하라. 또한 장군으로서 갖춰야 할 풍모가 부족하니 장군의 자리에서 물러난다. 나중에 그 죄를 다시 물을 때까지 당분간 입궁하지 말도록 하라."

사실 구천은 진음의 계획을 알고 있었다. 사람의 생각이 다 같을 수는 없으니 별다른 소동을 부리지 않는 한 그냥 내버려두기로 했는데 상황이 이렇게 되자 더 이상 망설일 필요가 없었던 것이다.

조회에서도 쫓겨나고 당분간 입궁하지 말라는 소리를 들은 진음은 화가 끝까지 나 깊은 한숨을 내뱉었다. "하늘이시여, 하늘이시여! 호랑이 모시듯 군주를 모시고 혁혁한 공을 세운 내가 한마디 말 때문에 화를 사 이 지경이 된단 말입니까?"

집으로 호송 당한 진음은 사실상 가택연금에 처해졌다. 함부로 출입하지 못하게 되자 자연스레 문종과의 연락은 끊길 수밖에 없었다. 성질이 불같은 진음은 이번 조치를 받아들이지 못하고 분통을 삭히다가 연금 당한 지 한 달 만에 피를 토하며 죽고 말았다. 진음의 죽음을 알게 된 구천은 훗날 후하게 장례를 치러주라고 명한 뒤 그가 묻힌 산을 진음산(陳音山)으로 부르게 하였다.

진음이 월왕전 밖으로 끌려 나간 뒤에도 조회는 계속 진행되었다. 구천은 끌려 나가는 진음의 모습에 새파랗게 질린 중신들을 보며 큰일을 하기 위해서는 마음을 굳게 먹어야겠다는 생각이 들었다. 구천이 정색하며 입을 열었다. "과인이 북쪽으로의 천도를 결심한 데에는 다음과 같은 세 가지 이유가 있소. 첫째, 월나라는 하나라와 상나라의 후예이고 과인은 우왕의 후손이오. 이는 허무맹랑한 소문이 아니오. 일찍이 선왕께서는 우묘에서 과인에게 월나라는 하나라와 상나라의 후손이며 대우님이 과인의 조상님이라는 이야기를 해주신 적이 있소. 또한 그때 중원 낭사에 종실이 있다고 알려주셨소. 이번에 과인이 북에 가 뿌리를 확인하면서 백부인 윤융과 그의 종손들을 만나 보았소. 과인이 천도를 결정하게 된 것은 선왕의 유지를 받들고 대우님을 본받아 백성을 내 몸보다 먼저 생각하고 천하의 가르침을 전해주려 함이오. 오나라와 월나라는 이미 통일되었고 백성들도 배불리 배를 채울 수 있게 되었소. 허나 중원은 끊이지 않은 전쟁으로 인해 민생이 도탄에 빠졌고, 권력과 재물을 차지하기 위해 혈안이 된 세력들은 사방에서 혼란을 일으키고 있소. 과인은 이를 가라앉히기 위해 화폐를 통일하여 온 천하 백성들이 풍족하고 태평하게 살기를 바라오. 둘째, 열국의 조상이신 대우님은 여태껏 모든 사람들로부터 추종을 받아 왔소. 허나 지금 열국은 계속해서 전쟁을 치르고 있으며 사방에서 창과 검이 부딪히는 소리가 들리고 있소. 화주의 구주를 통일하여 더 이상 전쟁이 없는 편안한 세상을 만드는 것은 군주로서 가장 먼저 힘을 쏟아야 하는 부분이라고 생각하오. 과인은 태산의 정상에 올랐을 때 우왕의 대전(大殿)을 세워 무력으로 천하를 차지하려는 어리석은 군주들에게 전쟁을 원치 않으셨던 대우님의 뜻을 제대로 알리려고 하오. 셋째, 천하의 질서는 영원하지 않고 만물은 항시 변하는 법이오. 과인 역시 나이를 먹으며 천하의 왕이 되겠다는 마음보다는 주나라 왕실을 보필하겠다는 생각을 품게 되었소. 월나라를 보다 공고히 하고 월나라의 자손만대가 평안하게 살 수 있는 방법을 고민하느라 밤에 제대로 잠도 이루지 못할 지경이었소. 그러던 중 나아가면서도 물러날 수 있고 물러나면서도 지킬 수 있는 상책을 찾았소. 월나라는 뒤로는 산을, 앞으로는 바다를 접하고 있소. 그 어느 나라보다 바다 위에서의 기술과 활약이 뛰어나니 그 장점을 발휘해 나라를 더욱 부유케, 평안케 하려 하오. 지금 바다에는 다섯 개 항구가 있소. 갈석(碣石: 지금의 허베이성[河北省] 친황다오[秦皇島]), 전부(轉付: 지금의 산둥성[山東省] 옌타이[烟臺]), 낭산(琅珊: 지금의 산둥성 지아오난[膠南]현), 회계(지금의 저장성 샤오싱시), 그리고 구장(勾章: 지금의 저장성 닝보[寧波])이 바로 그것이오. 이 다섯 항구는 중국의 해상 교통을 연결하는 중요한 교두보로 월나라는 그중 두 곳을 차지하고 있소. 만일 낭사로 천도하여 일국양도(一國兩都) 체제를 취한다면 다섯 개 항구 중 세 개가 우리 손에 떨어지게 되오. 이리하면 남과 북에서 서로 쉽게 연락과 정보를 주고받을 수 있을 터이니 전쟁 때 다른 나라가 지상전에서 아군을 이기더라도 바다 위에서는 우리의 적수가 되지 못할 것이오. 이것이 바로 나아가면서도 방어할 수 있고 물러나면서도 공격을 할 수 있는 전략이오. 바로 이러한 세 가지 이유 때문에 북쪽으로 천도를 결심하게 된 것이오.”(BC 234년 월나라가 초나라 위왕[威王]의 손에 멸망했고 BC 221년 진(秦)나라의 시황제[始皇帝]가 전국을 통일했다. 월나라의 경우 월나라 공족[公族]의 후예가 바다에서 남쪽으로 내려가 훗날 ‘백월[百越]’이라는 세력을 형성했는데 이 모두가 구천이 선견지명 덕분이었다)

구천의 설명에 중신들은 비로소 천도에 대한 구천의 생각을 이해할 수 있었다. “중원의 낭사로 천도한다면 대월성과 오성은 어떻게 하실 예정이옵니까?” 약성이 물었다.

“왕실과 선왕의 묘 역시 북쪽으로 이전할 것이오. 두 성은 녹영과 불수가 지키게 될 것이고, 약성과 호진이 이들을 보필할 것이오. 천도를 하더라도 모든 백성들이 다 가는 것이 아니라 원하는 사람만 데리고 갈 것이고, 이곳에서 계속 살고 싶은 백성들은 여기 그대로 남아 농사를 지으며 전쟁 준비를 하면 되오.”

천도가 어느 정도 확정된 듯하자 부동이 입을 열었다. “대왕의 천도 계획이 이렇게 정해진 듯한데 백성들에게는 언제 알리실 예정이옵니까?”

“모든 병사들에게 즉시 산으로 들어가 나무를 벤 후에 천도에 사용할 큰 뗏목을 만들라고 전하시오. 그런 후 백성들에게 알리되, 삼분의 일 정도의 백성들을 데리고 북상할 것이라 말하시오. 과인과 함께 북쪽으로 가려는 자는 리정에게 가서 알리고, 원하지 않는 자는 억지로 가

지 않아도 된다고 하시오. 앞으로 반년 안에 모든 준비를 마치고 천도
할 것이오!"

이렇게 해서 천도를 향한 첫걸음이 시작되었다.

"손님 오셨습니다." 시종의 외침에 처마 밑에서 꾸벅꾸벅 졸고 있던 앵
무새가 놀라 날개를 파닥거렸다. 자신이 병에 걸렸다는 이야기로 입을
맞추던 문종과 문종의 처는 시종의 외침에 더 이상 토닥거리지 않고 재
빨리 자신의 위치로 돌아갔다. 문종이 백옥으로 만든 침상으로 뛰어가
자 문종의 소첩이 그의 신발을 벗겨주었고 문종은 가슴께까지 이불을
덮어썼다.

"손님이 들어가십니다." 금으로 만든 조롱에 갇혀 있던 앵무새가 시끄
럽게 지저귀기 시작했다. 문종의 처가 창문 밖으로 고개를 빠끔히 내밀
더니 침상으로 다가와 문종이 덮고 있던 이불을 젖혔다. "억지로 누워
있지 마세요. 당신이 아끼는 형제가 왔어요."

"계대부? 아니면 예대부인가?"

문종은 다시 급하게 신을 신고 청동으로 된 지팡이를 짚은 채 밖으
로 뛰어나가 예용을 맞이했다.

"끝장입니다. 끝장! 월나라도 이제 망할 날만 남았습니다!"

예용의 뒤에는 평소와 다를 것 없이 평온한 모습의 계예가 뒤를 따르
고 있었다.

"조회에서 무슨 일이 있었소?"

"모르겠습니다, 나는 아무것도 모르겠습니다!" 단단히 화가 난 예용
은 고개를 홱 돌렸다.

"계대부, 무슨 일인지 나에게 들려주시구려."

"오늘 아침 조회에서 대왕은 반년 뒤에 백성들을 데리고 북쪽으로 가

시겠다는 뜻을 전국에 전하라고 명하셨습니다. 그리고 선왕의 묘도 함께 옮긴다 하더군요."

병을 핑계로 줄곧 조회에 나가지 않았던 문종은 예용과 계예를 통해 그동안 조정에서 있었던 일에 대해 들었다. 반년 뒤에는 백성뿐 아니라 선왕의 묘까지 북으로 가져가겠다는 말에 문종은 기가 막혔다.

"못난 놈 같으니라고… 어찌하여 제 아비의 묘까지 짊어지고 가겠다고 하는 것인가? 내 그토록 천도를 반대했건만 그의 눈에 나는 그저 지나가는 개만도 못하단 말인가?"

그 말에 예용이 뜨거운 눈물을 뚝뚝 흘렸다. "이러다가 이 늙은이는 타향을 떠도는 귀신이 되려나 보오…"

"뭐라? 모든 사람이 반드시 다 가야 되는 것은 아니라 하지 않았소?" 문종이 다급한 목소리로 계예에게 물었다.

"북으로 가고 싶은 백성들에게는 먼저 이름을 등록하라고 하셨습니다. 가고 싶지 않다면 여기 남아도 된다고 했으나 삼분의 일에 해당하는 백성들은 북으로 반드시 데리고 갈 것이라 하셨습니다. 조정 대신의 경우 호진과 약성은 이곳에 남아 녹영과 불수 공자를 보필하고 나머지는 모두 대왕을 따라 북으로 올라가야 한다고 했습니다."

"그렇다면 나도 가야 한다는 말이군?" 문종은 순간 온몸에 한기를 느꼈다.

"아마도 예외는 없을 것입니다." 계예의 목소리에서는 탄식이 묻어났다. 그 말에 문종은 정말 병에 걸린 사람처럼 안색이 하얗게 질리더니 식은땀을 흘리기 시작했다.

힘없이 자리에 털썩 주저앉은 문종을 보며 예용은 상황이 여의치 않음을 직감했다. "흑흑흑… 문, 문종 대부… 대부께서는 지략에 밝으시니 우리를 살려주실 방도를 생각해주십시오. 대부께 그것을 묻고자 저희가…"

"네, 지금의 위기를 벗어날 방도를 반드시 찾아야 합니다." 계예 역시 다급하게 말을 꺼냈다.

한참 동안 생각에 잠겼던 문종은 두 사람과 밀담을 나누었고, 예용과 계예는 저녁 무렵이 되어서야 문종의 집을 나섰다.

그날 저녁 예용은 입궁하여 구천에게 자신이 죽을 날이 멀지 않았으니 월나라 땅에 유골을 묻을 수 있도록 그냥 이곳에 남게 해달라고 청했다. 그의 울음에 마음이 움직인 구천은 예외적으로 예용만은 월나라에 남을 수 있도록 배려했다.

3일 후 계예가 돌연 사라졌다. 그날 저녁 누군가가 괴산에 있는 괴유대에 올라 머리를 풀어헤치고 검을 뽑아든 채 천문을 관측하는 계예를 봤으며, 축시(丑時)에 그를 다시 보았을 때 그는 미친 듯 웃음을 터뜨리며 괴유대에서 내려가고 있었다고 했다.

구천이 대월자성(大越子城)의 월왕궁에서 여러 중신들과 천도에 관해 이야기를 하던 어느 날 신포서가 사전에 아무런 이야기도 없이 찾아왔다. 말이 좋아 찾아온 것이지 그 기세는 그야말로 들이닥쳤다는 표현이 부족할 정도였다. 이 같은 상황을 알 리 만무한 구천은 신포서가 왔다는 이야기에 직접 궁 밖으로 나가 초나라에서 세 황제를 모두 모신 원로대신을 맞이했다.

신포서는 자신을 마중 나온 구천을 보자마자 비꼬는 말투로 입을 열었다.

"경하드리옵니다, 대왕!"

신포서의 목소리가 심상치 않음을 직감한 구천은 뭔가 일이 있음을 확신했다. 그렇지 않고서야 이 강직한 노신이 자신을 직접 찾아올 리 없었기 때문이다.

"어르신, 구천이 부족한 곳이 있다면 귀한 말씀을 들려주십시오. 소왕(小王)이 겸허히 듣겠습니다."

"서나라에서 열린 회의에서 대왕께서는 모두가 보는 앞에서 패주가 될 생각이 없다고 하셨는데 어찌하여 이랬다저랬다 하십니까?"

"어르신, 그것이 무슨 말입니까? 설마 구천이 하늘 아래서 거짓을 고하겠습니까?"

"말은 그리하면서 어찌하여 주왕을 설득해달라고 단정공에게 서신을 보낸 것입니까?"

"무엇을 설득해달라는 것입니까?"

"감투를 내려달라 청하셨다면서요? 무슨 '백'이라는 자리를 달라고 하셨다 들었습니다. 이제 감투도 쓰셨겠다 패주의 자리에 오르기에 부족할 것이 뭐 있겠습니까? 패주가 되고 싶으셨으면 그때 회의에서 그저 입술에 피만 슬쩍 묻혔으면 될 것을 어찌하여 생고생을 하셨습니까?"
신포서는 초나라 왕으로부터 직접 하사 받은 용두(龍頭)지팡이로 땅을 쳤다. 얼마나 세게 땅을 쳤는지 그의 흰 수염이 부들거리며 떨릴 정도였다. 구천에 대한 그의 실망이 얼마나 큰지 한 눈에 알 수 있었다.

버럭 성을 내는 신포서와 달리 냉정함을 잃지 않은 구천은 신포서에게 미소를 지으며 앉을 것을 권했다.

"옳습니다. 그렇게 욕하시는 것은 잘 하시는 겁니다. 허나 그 대상이 틀린 듯합니다. 소왕은 감투를 달라 청한 적이 없습니다. 어르신의 말씀처럼 감투를 원했다면 동산에 있는 패대에서 입술에 피를 묻히고 패주의 자리에 올랐지, 어찌하여 그때 패주의 자리를 고사하고 지금 와서 뒷북을 치겠습니까?"

"일리는 있소." 침착한 구천의 설명에 노기가 어느 정도 가라앉은 신포서는 천천히 수염을 쓸어내리며 숨을 골랐다.

구천이 그런 청을 올린 것이 아니라면 과연 누가 한 것일까? 한참을 생각하던 신포서는 구천에게 낙읍(洛邑: 지금의 허난성[河南省] 뤄양[洛陽])에서 주왕을 알현했는데 그때 마침 단정공이 조당(朝堂)에서 월나라의 국서를 주왕에게 올리는 것을 보았다고 알려주었다. 국서를 받아본 주왕은 그 자리에서 국서를 읽었는데 그 내용은 대략 월왕을 '백'의 자리에 봉해주고 각국의 제후들에게 월나라에서 회의를 다시 연다는 내용을 전할 수 있도록 윤허해 달라는 것이었다. 그 자리에서 주왕이 이를 윤허하고 월왕을 동방세백으로 봉했으며, 새로운 회의를 개최하는 시기는 단정공이 각국에 연락을 취한 후 결정하기로 했다는 것이었다.

신포서의 설명에 구천은 식은땀을 흘렸다. '누가 대담하게도 과인을 사칭해 하늘과 땅을 속이고 주왕을 능멸하려 드는 것인가?' 구천은 신포서에게 감사의 뜻을 전한 뒤 손님을 배웅한다는 핑계로 낙읍으로 달려가 상황을 파악하고 주왕의 뜻을 저지하기로 했다.

숨을 고를 새도 없이 낙읍에 도착한 구천은 먼저 단정공을 찾아가 상황에 대해 묻고서야 국서를 보낸 이가 문종이라는 것을 알게 되었다. 화가 머리끝까지 난 구천은 옆에 문종이 있으면 차고 있던 칼로 단칼에 베어버리고 싶다는 충동을 느꼈다. 허나 문종은 멀리 월나라 땅에 있으니 제아무리 큰 죄를 지었다고 해도 지금 상황으로서는 딱히 뾰족한 방법이 없었다.

"이것은 문종이 한 짓으로 소왕의 뜻과는 아무런 상관이 없습니다. 구천을 동방세백으로 봉하겠다는 명을 부디 거둬주십시오!" 구천은 진심으로 단정공에게 청을 올렸다.

"군주는 허튼 말을 할 수 없는 법이니 한 번 내린 왕명을 거둘 수는 없소. 차라리 이렇게 합시다. 월군(越君)이 노신을 만나러 천리 먼 길을 달려 낙읍까지 왔으니 내 체면을 살려주신 것이오. 제후 회의는 없던 것으로 하고 동방세백으로 봉한다는 조서(詔書)는 내일 아침에 가서 받으시오. 나머지는 내가 왕께 말씀드리겠소.”

단정공의 중재로 구천은 그다음 날 어쩔 수 없이 주 원왕으로부터 존호(尊號)와 그에 맞는 의복과 패물을 받은 뒤 남쪽으로 내려왔다.

지금의 월나라를 있게 한 일등공신 중 하나인 문종이지만 그의 죄를 생각하면 가만히 둘 수도 없는 노릇이라 구천은 고민에 빠졌다. 그는 속으로 화를 삭이며 적당한 조치를 취하기 위해 고심을 거듭했다. 상황이 이렇게 되자 답답한 쪽은 문종이었다. 그는 병을 핑계로 조정에 나가지 않아 구천의 행적에 대해서는 아무것도 알지 못했다. 문종은 하릴없이 집에 머물면서 새로 맞아들인 첩과 시간을 보내거나 천도를 막을 방도를 생각하며 시간을 보낼 수밖에 없었다.

시간은 흐르고 흘러 드디어 월나라의 도읍을 옮기는 날이 밝았다. 구천은 나라를 떠나기 전 우묘에 제사를 올린 뒤 대오(隊伍)를 갖춘 백성들을 이끌고 목객산에서 배를 타며, 바닷길을 통해 낭사로 향할 것이라고 알렸다. 중원으로 가겠다고 등록했다가 막상 가지 않겠다고 버티는 사람이 있으면 우왕 앞에서 그 죄를 고하고 용서를 구하도록 했는데 이를 위반할 경우 국법으로 다스렸다.

문종의 하인들 중 대부분이 이미 등록을 마치고 고향으로 돌아갈 준비를 하고 있었다. 그중 일부는 문종 내외에게 작별인사를 고하기도 했다. 문종이 오나라에서 데리고 온 애첩 미미(媚媚)도 고향으로 돌아가기 위해 채비를 서두르는 사람들을 보며 내심 자신도 고향으로 돌아가고 싶다는 뜻을 내비쳤다. 이것을 모를 리 없는 문종이었지만, 미미가 몇 번이고 고향으로 돌아가고 싶다고 입을 열려 할 때마다 서늘한 눈빛을 보내 그녀의 입을 다물게 했다.

중원으로 가봤자 좋을 리 만무하다고 확신한 문종은 평소 자신과 각별한 친분을 자랑하던 사람들마저 월왕의 계획에 동참하거나 마음이 크게 흔들리고 있다는 사실을 받아들이지 못하고 있었다. 특히 방년 열여덟에 불과한 애첩 미미마저 고향으로 돌아가고 싶다는 무언의 눈빛을 보내니 문종의 마음은 답답하기 이를 데 없었다. 특히 미미는 평생 정무를 돌보느라 청춘을 보낸 자신을 위해 하늘이 내려주신 선물이라고 생각하고 있던 차라, 그녀에 대한 애착이 남달리 클 수밖에 없었다. 그는 평생 자신의 짐이었던 정실에게서 얻을 수 없던 행복을 늘그막에 간신히 얻었기에, 그녀를 쉽게 보낼 수는 없다고 생각했다. 아들을 낳아주었기 망정이지, 그러지 않았다면 일찌감치 버렸을 것이 분명한 정실과 여생을 보내게 된다면 자신보다 더 불행한 사내는 없을 것이라고 생각하던 문종이었다.

아침상이 차려지자 문종은 기계적으로 젓가락을 들어 묵묵히 식사를 하기 시작했다. 금 그릇에 담겨 있는 죽에서 모락모락 피어나는 김을 멍하게 보던 문종은 어찌된 일인지 가슴이 답답해지는 듯했다. 무언가 불길한 일이 일어날 것이라는 징조일까….

병을 핑계로 조정에 나가지 않은 지 어언 반년. 처음에는 자신 없이는 월왕이 아무것도 하지 못할 것이라고 확신했다. '지팡이가 없으면 걷지 못하는 병자처럼 내가 없으면 제대로 걷지도 못할 것이다. 그저 폼만 잡고 기다리고 있으면 월왕이 먼저 달려와 나에게 머리를 숙이고 도움을 요청할 것이다. 진음도 죽고 계예와 예용도 모두 월왕의 곁을 떠나고 말았으니 그야말로 끈 떨어진 연이 아닌가? 그런 월왕에게 희망이 될 수 있는 사람은 나밖에 없다. 자신의 부족함을 깨닫고 나에게 도움을 구한다면 그를 설득해 북쪽으로 천도를 하겠다는 왕명을 거두게 하고 말리라!' 허나 자신의 이러한 예상과는 달리 월왕은 자신의 관저 근처에도 온 적이 없었다.

'지난번 진항, 조간자와 함께 단정공을 뵙고 주왕께 직함을 내려달라고 청했으니 이치대로라면 월왕이 직함을 하사 받는 것은 문제도 되지 않을 터. 그런데 아직까지 이와 관련된 하문이 발표되기는커녕 감감무소식이니 이것이 무슨 변고인가? 더욱이 진항, 조간자와 연락도 두절되지 않았는가? 월나라에서 회의를 다시 한 번 열기로 입까지 다 맞췄는데 지금껏 두 사람에게서 아무 소식도 없다는 것이 마음에 걸리는군.'

이러한 온갖 추측과 의심으로 그동안 문종의 심기는 하루도 편한 날이 없었다. 그러니 그에게 아침상이 다 무에란 말인가?

결국 젓가락을 내려놓은 문종은 거의 건드리지 않은 식사를 미미에게 밀며 입맛이 없으니 상을 물리라고 했다.

옆에 서서 문종 내외의 아침식사 시중을 들고 있던 미미는 아침상을 물리라는 문종의 명에 걱정스럽다는 듯 두 눈을 크게 뜨고 문종을 쳐다봤다. "치우라는 소리가 안 들리더냐? 고향 가고 싶은 생각에 귀까지 먹은 것이야?" 서릿발 같은 문종의 일갈에 미미는 큰 충격을 받았다. 그동안 문종은 자신을 도자기 인형처럼 귀하게 다루며 항상 어여쁘다고 귀여워해주었다. 그런데 자신이 특별히 큰 잘못을 저지르지도 않았는데 이렇게 거칠게 대했다는 사실이 믿기 어려웠다. 사실 미미는 문종이 오나라에서 억지로 끌고 오다시피 해 지금의 자리에 올랐지만 원래 노비 출신으로 아둔하고 겁이 많은 어린 소녀에 불과했다. 문종의 역정에 미미는 온몸을 부들부들 떨며 간신히 아침상을 치우기 시작했다. 하지만 떨리는 손으로 그릇을 치우다가 그만 그릇을 엎질러 새하얀 문종의 옷을 더럽히고 말았다. 그 모습에 더욱 역정이 난 문종은 자리에서 벌떡 일어나 허겁지겁 맨손으로 자신의 옷을 닦고 있는 미미를 옆으로 밀쳐냈다. "멍청한 것, 어찌 이리 덜렁거린단 말이냐! 여기에 마음을 두지 않고 밖으로 달아날 생각만 하는구나!"

질투심 많기로 유명한 문종의 처는 평소 애지중지하던 애첩에게까지 애먼 화를 내는 문종을 보며 고소한 듯 미소를 지었다.

"이 여시 같은 것, 빨리 꺼지지 못해!"

억울함과 무서움에 미미는 자신의 방으로 뛰쳐나가, 다시는 밖으로 나올 생각을 하지 못했다. 결국 시종 몇몇이 들어와 어지러워진 아침상을 치웠다.

거칠고 경박한 문종의 처는 남편이 애첩을 두는 일로 여러 번 부부싸움을 했다. 그녀는 그렇게 해서 간신히 얻은 애첩에게 문종이 별것도 아닌 일로 화를 내자 속으로 고소해했다. 물론 애첩의 실수 때문이 아니라 월왕에게서 버림받았다는 분노를 자기도 모르는 사이에 터뜨린 것이기는 했지만…. 하지만 이 어리석은 여인은 그런 남편을 위로해주기는커녕 오히려 시비를 걸며 약을 올렸다.

"이리될 줄 알았으면 대왕의 비위를 맞출 것이지, 집구석에 처박혀 어린 계집의 치마폭 속에서 허송세월이나 보냈으니… 이러다가는 제대로 밥도 못 먹겠습니다, 흥!"

"아녀자가 무엇을 안다고… 투기나 부릴 줄 아는 것이…."

"투기가 어디입니까? 여기 폐기된 사람도 있는데…."

"무슨 뜻이오?"

"대왕과 사이가 틀어졌으니 남은 것은 버림받는 '폐기'가 아닙니까? 세상에 어떤 왕이 당신 같은 신하를 아끼겠습니까? 아무것도 모르는 사람은 정작 여기 있네. 흥!"

"네가 대왕에 대한 나의 충성이 어떤 것인지 알고나 그 따위 말을 지껄이는 것인가?"

"알죠, 알다 뿐입니까? 거드름만 피고 있으면 대왕이 버선발로 달려올 것이라 생각하는 그 충성을 어찌 모르겠습니까? 허나 대왕은커녕 왕실 사람의 코빼기도 보이지 않으니…. 대왕과 화해하는 일은 이저 완전히 물 건너간 것이지요!”

“네 어찌….”

“제가 뭘요? 아녀자는 아무것도 모른다고요? 그럼 똑똑한 당신이 이야기해보시구려. 당초 범대부의 말을 귀담아듣지 않고 월나라에 남아 더 높은 관직에 오르려고 하더니 결국 이 모양 이 꼴이 되지 않았습니까? 왕실이 통째로 북쪽으로 간다는데 나라를 위해 일한 당신의 공은 어디 갔습니까? 그 위풍은 어디로 사라졌단 말입니까? 당신은 다른 계집이랑 북쪽으로 가시구려. 나는 내 아들이 있는 내 고향 초나라로 돌아갈 테니!”

문종의 처는 콧김을 내뿜으며 가마를 준비하라고 크게 소리쳤다. 말을 마친 그녀는 몸을 돌려 일찌감치 방에 준비해두었던 보따리를 들고 조금의 망설임도 없이 방 밖으로 나갔다.

‘더 일찍 떠났다면 내 오히려 하늘에 감사하다며 절을 올렸을 것이야!’ 그리 생각하면서도 문종은 갑자기 엄습해오는 외로움에 스스로 놀랐다. 비록 그녀가 평소에 말 같지도 않은 잔소리나 늘어놓고 투정을 부리긴 했지만 반평생을 자신과 함께 살아온 아내인데, 거의 처음이라고 할 정도로 구구절절이 옳은 말을 쏟아내고 자신의 곁을 떠나니 왠지 모르게 버려진 듯한 느낌이 들었다. ‘뭐 괜찮다. 내 곁에는 아직 미미가 있지 않은가? 물에 빠진 사람 지푸라기도 잡는 심정이다마는 미미를 잘 달래서 여생이나 마음 편히 보내야겠구나.’ 몸을 일으켜 미미의 방으로 향하던 문종은 정신없이 방에서 달려 나오는 노비와 힘껏 부딪치고 말았다. 노비의 경거망동에 화가 난 문종이 뭐라고 훈계를 하기도 전에 얼굴이 새하얗게 질린 노비가 부들부들 떨리는 목소리로 입을 열었다.

“어르신, 크, 큰일 났습니다. 미미 아씨께서, 미미 아씨께서….”

"미미가 어찌 되었단 말이냐?"

"아… 아씨, 아씨가 스스로 목을 매셨습니다!"

"뭐라!" 노비의 말에 문종은 그 자리에 털썩 주저앉고 말았다.

문종이 정신을 차릴 새도 없이 저편에서 또 다른 노비가 급히 달려왔다.

"어, 어르신, 대왕께서 급히 상의하실 일이 있다며 어르신에게 즉시 입궁하라는 전갈을 보내셨습니다. 어르신을 모실 가마가 밖에서 기다리고 있습니다!"

헐레벌떡 월왕전으로 달려간 문종이 안으로 들어가 보니 월왕이 전 위에서 검을 짚은 채 가만히 앉아 있었다. 급히 절을 올리고 머리를 든 순간 월왕과 눈이 마주쳤다. 바늘처럼 날카로운 월왕의 그런 눈빛을 문종은 한 번도 본 적이 없었다. 그 모습에 두려움을 느낀 문종이 흠칫 몸을 떠는 순간, 월왕이 조용히 입을 열었다. "대부의 병이 깊어 오래도록 조정에 나오지 못하였소. 그래, 병세는 어떠하오? 지난 반년 동안 무고하셨소?"

"가슴이 답답하고 사지에 힘이 하나도 없습니다. 의원이 그저 조용히 휴양을 하라 권하기에 하루 종일 침상에 누워 있으나 밖으로 나가보지도 못했습니다."

"그러하오? 훗, 대부께서는 진음 장군과 남달리 그 사이가 돈독했다고 들었소. 진장군은 대부의 집을 참새가 방앗간 드나들 듯 들렀다고 하더군. 조정에서 소동을 일으키기 전날에도 진장군은 대부의 집을 방문해 술잔을 나눈 것으로 알고 있소. 진음은 일개 무사로, 계략을 세울 정도로 영민한 자는 못 되었소. 분명 뒤에 배후가 있을 듯한데 문대부 생각으로는 누구일 것 같소?"

"대왕, 대왕께서 오해…" 문종의 말이 끝나기도 전에 월왕은 자리에서 일어나 문종을 뚫어지게 쳐다보며 성큼성큼 다가왔다.

"계예 대부는 사라지고 예용 대부도 은퇴하겠다 했소. 두 대부가 그 전에 문대부를 방문한 것으로 아는데 한 나라의 상국이라는 자가 어찌하여 과인에게 미리 이야기하지 않는단 말이오? 도대체 무슨 생각을 하고 있는 것이오?"

"대왕…" 서릿발 같은 월왕의 기세에 놀란 문종이 자신도 모르게 뒷걸음치기 시작했다.

월왕은 그런 문종의 모습에 아랑곳하지 않고 여전히 매서운 눈빛으로 문종을 쳐다보았다. "문대부께서는 위로는 천문(天文)을 읽고 아래로는 지리를 꿰뚫어보며 계략을 세우는 데 능한 사람이오. 모르는 것이 없는 사람이 바로 문대부지. 그런데 그런 대부께서 어찌하여 삼강의 이치를 모르고 신하된 자로서의 도리를 알지 못한단 말이오?"

변명 따위는 결코 용납하지 않겠다는 표정의 월왕을 보며 문종은 잠시 할 말을 잃었다. 하지만 허튼 변명으로는 더 큰 화를 부를 수도 있다는 생각에 문종은 천천히 조심스럽게 입을 열었다.

"소신이 대왕의 곁에서 대왕을 보필한 지 어언 20여 년이 넘었습니다. 그동안 소신은 신하 된 자로서 도리를 충분히 다했다고 생각합니다. 대왕을 위해 이 한 몸 아끼지 않았고, 대왕을 위해 온갖 계략을 세우는 데 모든 지식과 지혜를 쥐어짜냈습니다. 지금의 자리에 어울리는 일을 했는지 안 했는지는 그 누구보다도 대왕께서 가장 잘 아실 겁니다."

그 말에 월왕은 뒷짐을 진 채 서성이다 긴 한숨을 내쉬며 발걸음을 멈췄다.

"그대가 선왕과 나를 보필한 지난 20여 년 동안 월나라는 오나라로부터 잦은 침략을 당하고 수재에 시달렸소. 그때마다 그대가 기지를 발휘해 벼랑 끝까지 내몰린 월나라를 몇 번이고 위기에서 구해주었고, 지금의 월나라가 될 수 있는 기반을 마련했소. 내 어찌 그 공을 모르겠나? 허나 오나라가 망한 후 그대가 예전과 달라졌음을 아시오? 정무를 돌보기보다는 쾌락에 빠져 제 한 몸 챙기는 데만 급급했고, 큰 뜻을 잃고 멀리 내다볼 수 있는 안목도 없어졌지. 과인의 뜻을 받아들이지 못하고 병을 핑계로 조정에 나오지 않은 것은 그렇다 치더라도 진음을 꼬드겨 조정에 분란을 일으키고, 다른 대신들에게 과인을 떠나라고 부추긴 것은 어떻게 설명할 것이오? 그것도 모자라 과인의 원대한 계획을 무시하고 함부로 주 왕실에 국서를 올려 과인에게 '백'이라는 직함을 내리라고 청하다니…. 그렇게 해서까지 과인을 패주의 자리에 올리고 싶었는가! 패대에서 삽혈을 하지 않고 패주의 자리에 오를 뜻이 없다는 것을 내 이미 만천하에 알렸는데도, 이제 와서 그것을 뒤집으려 하다니, 도대체 무슨 생각으로 그런 경거망동을 한 것인가? 세상 사람들은 이미 과인의 뜻을 다 알고 그것을 존중해주고 있소. 그런데 패주가 되지 않겠다는 이유를 내 입을 통해 직접 들은 그대가 나를 천하의 웃음거리로 만들다니…. 다행히도 지혜로운 선배님의 도움으로 간신히 지체하지 않고 잘못을 바로잡을 수 있었지만, 그렇다 해도 월나라와 과인의 얼굴에 먹칠을 한 죄는 어찌한단 말인가? 그러고도 그대가 나에게 할 말이 있는가?”

구천이 모든 것을 알고 있다는 사실을 깨달은 문종은 온몸에 식은땀을 흘리며 아무 말도 하지 못하기를 한참, 쉽사리 떨어지지 않는 입을 간신히 열었다.

“대왕의 하해와 같은 은혜를 소신이 어찌 모르겠나이까? 대왕의 처분에 따르겠습니다.”

문종을 슬쩍 쳐다본 월왕은 담담한 표정을 지었다.

“그대를 처분할 생각이 있었더라면 지금까지 그대를 가만히 두지는 않았을 것이오.”

"대왕, 그것이 무슨…."

"사람이 성인이 아니고서야 어찌 실수나 잘못이 없을 수 있겠소? 대부가 마음을 돌리기만 한다면 과인과 함께 북으로 올라가 중원에서 기업을 닦는 데 힘이 되어주면 좋겠소. 대부는 여전히 남다른 지혜를 갖고 있지 않소? 과인 역시 우수한 그대를 잃고 싶지 않은데, 어떠한가?"

"뛰어난 인재만이 큰일을 할 수 있다고 들은 바 있습니다. 오늘날 대왕께서 소신의 잘못을 사하여 주신다면 이는 군자 된 자의 도량을 만천하에 알리게 되는 것입니다. 소신 역시 이제야 대왕의 비범함을 진심으로 깨닫게 되었습니다. 다만 소신에게는 그것을 알아볼 수 있는 안목이 없었습니다. 소신은 대왕이 남들과 어려움만 함께 하고 부귀영화는 혼자서 누리려는 속 좁은 왕이라고 생각했습니다. 대왕의 그릇을 알아채지 못한 것도 모자라 대왕의 얼굴에 먹칠을 하였으니 무슨 염치로 대왕을 따라갈 수 있겠습니까? 무슨 면목으로 조정 대신과 월나라 백성들, 그리고 열국을 대할 수 있겠습니까? 소신의 죄는 소신이 잘 알고 있으니 원컨대 죽음으로써 그 죄를 용서 받을 수 있도록 윤허해주시옵소서!"

"자네…!" 구천은 문종이 끝까지 자신의 말을 듣지 않고 죽음으로써 그 죄를 용서 받겠다는 말을 할 줄은 전혀 예상치 못하고 있었다.

"대부, 꼭 그렇게까지 해야겠나? 그리하면 과인을 더욱 실망시킬 뿐이네. 대부의 도움이 과인에게는 오랜 가뭄 끝에 만난 단비처럼 귀중하다는 것을 그대도 잘 알고 있지 않은가?"

"대왕, 소신은 평생 신하 된 몸으로 나라의 녹을 먹으며 살아왔습니다. 신하 된 도리를 다하지도 못하고 더욱이 큰 죄까지 진 소신에게 여전히 중임을 맡기신다면 이는 월나라에 인재가 없음을 만천하에 알리는 것이 아니고 무엇이겠습니까? 다른 나라로부터 비웃음을 살 수도 있습니다. 소신은 이미 마음을 정했사오니 부디 대왕께서 윤허해주시옵소서."

이미 마음을 굳힌 문종을 보며 월왕은 연거푸 한숨을 내쉬었다.

"그대가 이미 마음을 정했다면 과인 역시 그 뜻에 따르겠네. 병법에 능한 자네는 일찍이 나라를 취할 수 있는 방법 중에 아홉 가지 계략이 있다 하였지. 그중 세 가지는 이미 썼고 여섯 가지 계략이 아직 남아있네. 부디 청컨대 대부는 나머지 여섯 가지 계략을 지하에서 선왕께 바쳐주게나. 대부는 선왕을 보필한 적이 있으니 구천(九泉)에 가서도 여섯 가지 술책으로 선왕을 보필한다면 합려를 상대하고도 남을 걸세. 자네의 식솔들은 과인이 돌봐줄 터이니 안심하게나."

"제 피붙이들도 모두 소신의 곁을 떠났으니 그러실 필요 없습니다. 땅속에서도 선왕을 보필할 수 있도록 윤허해주시니 그저 성은이 망극할 따름이옵니다. 마지막으로 대왕께 절을 올리고 싶습니다."

문종의 절을 받은 월왕은 차고 있던 검을 풀어 탁자 위에 놓은 뒤 뜨거운 눈물을 흘리며 월왕전을 나섰다.

월왕이 자리를 떠나고 천천히 몸을 일으켜세운 문종은 탁자로 다가가 구천이 두고 간 보검을 자세히 들여다보았다. 정교한 조각과 일곱 개의 녹송석(綠松石)이 박혀 있는 칼집에는 '오왕 부차 속루검'이라는 글자가 또렷이 새겨져 있었다. '그래, 오나라의 오자서가 있었구나. 합려와 부차 두 임금을 섬기며 충성을 다한 오자서… 월나라의 충신이라고 하면 나 문종이 아니겠는가? 나 말고 누가 오자서와 어깨를 나란히 할 수 있을까? 비록 우리 둘 다 대왕에게 죄를 지었으나 우리의 능력을 제대로 알아주는 사람은 오직 대왕들뿐이었다. 그 충정을 알아주는 이 역시…' 속루검을 만지작거리던 문종은 월왕 말고 자신을 진정으로 위해준 사람이 없음을 다시 한 번 깨달았다. 목객산으로 간 월왕이 부왕인 윤상의 묘를 옮기려다가 중원에 가지 않겠다는 뜻인지 묘에서 거센 바람이 뿜어 나오는 바람에 월나라 땅에 그대로 둘 것이라는 이야기를 들은 적이 있었다. 그런 와중에 자신에게 지하에 있는 선왕을 보필해달라는 부탁을 받았으니 이 어찌 영예롭지 않겠는가? 월왕전에서 내려다보니 월왕성이 한눈에 들어왔다. 줄줄이 늘어선 월나라 백성들은 간단한 짐을 머리에 이고 등에 진 채 아이들과 노인을 부축하며 병사들의 호위 아래 천천히 우묘를 향해 모여들고 있었다. '조금 있으면 모두 고향과 이별하고 저 멀리 중원 땅으로 가겠구나. 안사람도 지금쯤이면 초나라로 가는 중이겠지? 그 사람이야 어디서든 잘 살 사람이니… 미미가 떠난 지 얼마 되지 않았으니 부지런히 쫓아가면 그녀를 볼 수 있을까?' 지난 20여 년 동안 아침저녁으로 정무를 보던 월왕전을 돌아보며 문종은 만감이 교차하는 것을 느꼈다. 청년 구천과 처음 대면한 날, 처음으로 오나라 군대에게 승리를 거두고 함박웃음을 터뜨리던 날, 계완과 구천이 혼례를 올리던 모습, 부차의 공격으로 파괴된 월왕성, 노예로 끌려가던 배 위에서 중신들을 향해 손을 흔들던 구천 내외와 오랜 벗 범려, 그들이 없는 동안 월나라를 지키기 위해 동분서주하던 나날들, 그리고 매섭지만 항상 자신을 있는 그대로 봐주던 구천…. 주마등처럼 스쳐가는 옛일을 떠올리던 문종은 이내 두 눈을 감고 자신의 목덜미를 향해 검을 쥔 두 손을 크게 휘둘렀다.

구천이 다시 월왕전으로 돌아왔을 때 문종은 이미 싸늘한 주검으로 변해 있었다. 문종의 시신 옆에 앉은 구천의 여윈 볼 위로 뜨거운 눈물이 흘러내렸다. 구천은 병사들에게 시신을 밖으로 옮기고 와룡산(臥龍山) 서쪽에서 후하게 장례를 치러주라고 명했다.

대우릉(大禹陵) 종루에서 울려퍼진 종소리를 신호로 우묘 앞에 모인 백성들은 서서히 북쪽을 향해 발걸음을 옮기기 시작했다. 떠나는 사람과 떠나보내는 사람들이 한데 뒤엉키면서 일대는 금세 혼란에 빠졌다. 28개 향읍에서 북쪽으로 가겠다고 등록한 백성들로 이루어진 무리의 대부분은 식구 전체가 모두 옮겨가는 편이었다. 그중에는 낭사에서 새로운 기회를 찾겠다는 기대와 희망으로 부푼 새로운 시대의 젊은 주역들이 대거 포진해 있었다.

월왕과 함께 북상하게 된 왕실의 문무백관이 속속 모여들며 우묘 안에 들어섰다. 그런데 어찌된 영문인지 태자 흥이의 모습이 보이지 않았다. 지난 며칠 동안 월왕 내외는 흥이를 북으로 데리고 가기 위해 밤을 새며 설득했다. 하지만 반미치광이가 되어버린 태자 흥이는 북으로 올라간다는 말에 머리를 감싸 쥐며 자신은 절대로 가지 않겠다고 울부짖었다. 그로 인해 월왕 내외가 겪은 고생은 이루 말할 수 없었다. 태자 흥이의 이런 행동은 구천에게 상당한 골칫거리였다. 그도 그럴 것이 백성들, 특히 젊은이들 사이에서 흥이는 큰 영향력을 발휘하고 있었는데 그런 그가 어찌하여 이런 몹쓸 병을 앓게 된 것인지, 어찌하여 그의 정혼자들이 소리 소문 없이 죽었는지 알지 못하는 백성들에게 정상이 아닌 흥이를 보여주기란 결코 쉬운 일이 아니었다.

천신만고 끝에 우묘로 흥이를 끌어다놓기는 했지만 그것도 능사는 아니었다. 공포에 질린 눈으로 부왕을 쳐다보던 흥이가 월부인과 흑자의 어미 곁에서 조금도 떨어지지 않으려고 발버둥쳤다. 때마침 우묘 밖에 운집한 수많은 월나라 백성들은 공포에 질린 태자의 얼굴을 목격하며 쑥덕거리기 시작했다. 가뜩이나 월왕성 안에서는 태자가 정상이 아니라는 소문이 퍼져 있었는데 오늘 모두가 보는 앞에서 그런 추태마저 보이게 되자 소문은 더 이상 소문이 아닌 사실이 되어버린 것이다. 허둥거리는 태자의 모습에 월부인은 정신을 차리라는 뜻에서 시선을 여전히 우묘 밖에 둔 채 가볍게 흥이의 등을 쳤다. 서로를 멀뚱거리며 쳐다보는 월왕 부자를 본 백성들이라면 누구든 그 사이가 예전 같지 못함을 눈치챘을 것이라고 월부인은 확신했다. 소문은 소문을 낳는 법. 태자의 정혼자들이 알 수 없는 죽음을 맞이했고, 그 후로 제정신이 아닌 듯한 모습에 대해 모두들 월왕에게 그 책임을 물을 것은 불 보듯 뻔한 일이었다. '전쟁으로 말미암아 단란했던 가정이 풍비박산이 난 것은 비단 백성들만의 일은 아니다. 제대로 품에 안아주지도 못한 내 딸 오왜가 죽고 외조카인 초아도 죽고, 하나 남은 아들 홍이마저 반미치광이가 되었으니 세상 천하에 나보다 더 불쌍한 이가 또 어디 있으랴?' 여기까지 생각이 미치자, 월부인은 만백성이 있는 자리라는 사실을 잊은 듯 서러운 눈물을 토해내기 시작했다. 솟아오르는 슬픔을 이기지 못하고 홍이의 손을 놓은 채 대우의 석상 앞에 쿵 하고 무릎을 꿇으며 절절한 목소리로 입을 열었다.

"대우님, 하늘에 그 신령한 영혼이 계시다면 홍이를 보살펴주소서. 우리 홍이를 보살펴주소서. 어릴 때부터 그 누구보다도 영특하고 착한 아이였습니다."

땅에 엎드려 정신없이 절을 올리는 계완을 보며 홍이는 갑자기 크게 웃음을 터뜨리더니 씁쓸한 표정으로 중얼거렸다.

"또 하나가 죽겠군. 또 하나가!" 그러더니 손가락을 구부리며 천천히 수를 세기 시작했다. "오왜, 초아, 그리고… 그리고 월녀도 안 보이는군. 여기에 어마마마까지 죽는다면 몇이지…"

반쯤 정신이 나간 홍이를 보며 중신들은 너나 할 것 없이 모두 고개를 절레절레 흔들었고 백성들 역시 너무 놀란 나머지 아무 말도 하지 못하고 멍하게 쳐다만 보았다.

그 모습을 보던 구천은 화도 내지 못하고 그저 불안한 듯 왔다 갔다 발걸음을 옮길 뿐이었다. 이를 눈치챈 부동이 달려와 조그맣게 속삭였다.

"대왕, 태자님께서는 휴식을 취하도록 하는 편이 좋을 듯합니다. 우묘에도 인사를 올리지 않으실 듯하니…."

"그게 무슨 말인가? 월나라의 태자 된 몸으로 어찌 대례(大禮)에 참가하지 않는단 말인가?" 중신들과 궁빈들이 급히 달려와 계완과 홍이 주변을 둘러쌌다. 상심한 나머지 펑펑 울음을 터뜨리는 계완을 부축하는 자도 있었고, 구천에게 달려가 태자 홍이를 안으로 들어 보내야 한다며 설득하는 자도 있었다. 또 홍이가 더 이상 해괴한 짓을 하지 못하도록 막아서는 자도 있었다. 그야말로 우묘 앞은 혼란의 도가니였다.

그 순간 계완은 홍이에게 달려들어 그의 어깨를 흔들며 통곡하기 시작했다.

"태자, 어찌하여 아직까지 정신을 차리지 못하는 게요? 태자가 사랑하는 오왜는 내 친딸이자 태자의 누이요. 내 외조카딸인 초아는 태자의 사촌동생이라는 것을 정녕 모르신단 말이오?"

절규하는 계완의 목소리에 그 자리에 있던 사람들은 모두 얼어붙었다. 항상 진중하고 조용했던 월부인에게서 폐부를 쥐어짜는 소리가 흘러나올 줄은 아무도 몰랐다. 그런 계완의 뒷모습을 바라보던 구천은 가까스로 덮어두었던 과거의 상처가 다시 벌어지는 소리를 듣고 계완에게 다가가 그녀의 어깨를 살며시 감싸 안았다.

"부인, 과거 일을 다시 이야기해 무엇하겠소? 태자의 병이 더 깊어질 수 있으니 그만하시오."

"아닙니다. 태자에게 다 알려주어야 합니다. 이 모든 비극은 전쟁에서 시작되었다는 것을요. 모든 원흉은 부모의 잘못 때문이 아니라 전쟁 때문이라는 것을요…."

홍이의 반응에 상관없이 월부인은 딸을 잃게 된 배경을 설명하기 시작했다. 월나라가 오나라에 침략을 당해 절체절명의 순간으로 내몰리게 되자 월왕을 따라 오나라로 들어가 노예생활을 하게 된 경위, 휴리에서 아이를 낳게 되었고 오나라 병사들에 의해 눈도 제대로 뜨지 못한 핏덩이를 버려두고 와야 했던 얘기, 행방불명이 된 딸, 오나라로 돌아온 홍이가 오왜를 데리고 오며 일어난 여러 가지 오해, 오왜가 자신의 딸인 것을 확인하기까지의 과정, 그리고 자신의 신세를 알아버린 오왜가 약야계에 몸을 던진 이야기….

이야기를 모두 들은 홍이는 여전히 멍한 표정이었다.

그 모습에도 월부인은 포기하지 않고 눈물을 흘리며 홍이를 향해 입을 열었다.

"태자, 알겠느냐? 나는 본디 초나라 공주로 초나라의 도읍이 함락 당했을 때 운 좋게 그곳을 빠져나와 문종, 범려와 함께 월나라에 투항했다. 그리고 내 둘째 동생이자 네 둘째 이모는 오나라 병사들에게 사로잡혀 강간을 당하고 딸을 하나 낳았는데 그 아이가 바로 태자의 사촌동생인 초아다. 이러한 사실이 외부로 알려지지 않도록 초아는 강보에 쌓여 문종 부인의 손에 건네져 자라왔다. 허나 초아의 생모는 끝내 수치심을 이기지 못하고 강에 몸을 던져 죽고 말았지. 훗날 초아가 나의 도움으로 월나라에 오게 되자 나는 그 아이가 더 이상 마음고생, 몸고생하지 않고 내 곁에서 편안하게 여생을 보낼 수 있기를 기도했단다. 허나 초아도 약야계에 몸을 던지고 말았으니…."

북받쳐오르는 설움과 슬픔에 계완은 더 이상 말을 잇지 못했다. 여기까지 이야기를 들은 홍이는 여전히 헛소리를 쏟아냈다.

"어… 어마마마. 그리고 월녀도 있습니다. 그… 월녀… 월녀도 죽고, 모두 죽고…."

월녀 이야기를 입 밖에 낸 홍이는 갑자기 비틀거리며 우묘 앞에 있는 돌사자상 위로 뛰어 올라가 손나팔을 만들더니 크게 소리치기 시작했다.

"월녀, 어… 어디 있소… 어디 있소?"

난데없는 홍이의 외침에 모두들 경악을 금치 못했고 무거운 침묵이 흘렀다. 바로 그 순간 침묵을 깨는 청아한 목소리가 울려퍼졌다.

"홍이 태자님, 나 여기 있어요!"

낭랑한 목소리와 함께 작지만 다부진 체격의 그림자가 인파를 뚫고 홍이의 곁으로 달려들었다.

"월녀?" 죽은 줄 알았던 월녀의 등장에 구천 내외와 홍이는 순간 말을 잃었다.

백성들 역시 돌사자상 위에서 서로를 꼭 껴안고 있는 홍이와 월녀를 쳐다보고만 있었다.

잠시 후 월녀가 홍이의 손을 잡고 돌사자상 위에서 내려왔다. "태자님, 사람의 목숨은 하늘이 정하는 것인데 아직도 현실을 피하고 계시면 어찌합니까? 계속 이러시면 부모님의 마음이 새까맣게 타들어간다는 것을 어찌 모르십니까?"

"월녀, 내가 어떻게 된 것이오? 긴 꿈을 꾼 듯하네…." 홍이는 지금의 상황이 어리둥절하기만 했다.

"아무것도 아닙니다. 태자 저하. 이제 더 이상 악몽을 꾸지 않으실 겁니다. 보세요, 대왕 폐하도 중신들도, 그리고 월나라 백성들도 모두 있습니다. 다들 살아 있답니다!"

"태자 전하 만세!"

"군부인 만만세!"

"대왕 폐하 만세, 만세, 만만세!"

우묘 안팎으로 천지를 울리는 환호성이 터져나왔다. 모두들 얼싸안고 뜨거운 눈물을 흘렸다. 드디어 정신을 차린 홍이, 오해를 푼 부자를 보며 월나라 백성들은 안도와 기쁨의 눈물을 쉴 새 없이 흘렸다.

그때 갑자기 머리를 풀어헤친 채 얼굴에 흙칠을 한 거렁뱅이가 인파를 뚫고 구천의 앞으로 뛰어들었다.

"대왕, 저도 낭사로 가도 됩니까?"

"너는 계… 예, 제정신이 아니라고 들었는데….”

그러자 거렁뱅이는 소매로 얼굴을 쓱쓱 닦았다.

"누가 저를 미쳤다고 합니까? 그저 그런 척한 것뿐입니다."

"여… 여봐라, 어서 계예 대부의 얼굴을 닦을 물을 떠 오너라!"

월왕의 명령이 떨어지자마자 누군가 우정(禹井)에서 재빨리 물을 떠왔고, 계예는 기다렸다는 듯 시원하게 얼굴을 씻었다. 비록 남루한 옷차림이었지만 여전히 위풍당당한 모습을 자랑하고 있었다.

그때 누군가 지팡이를 짚으며 월왕에게 다가왔다.

"소신 비록 늙었으나 아직 남은 힘이 있으니 저도 데리고 가주십시오!"

"예용 대부!"

"대왕! 사사로운 영예를 버리시고 진정으로 나라를 위하시는 대왕의 뜻에 감복하고 말았습니다. 큰 뜻을 품은 대왕을 보고도 어찌 가만히 있을 수 있겠습니까? 한때 어리석었던 소신의 죄를 용서해주시고 부디 이 늙은이도 거둬주십시오."

"대부, 그런 말 마시구려. 어서 다른 중신들과 함께 우묘에 절을 올리고 오시구려."

기쁨과 흥분을 감추지 못한 구천을 필두로 중신들은 우묘로 들어가 제문을 낭독하고 향을 피우며 대례를 올렸다. 그리고 월나라 백성들도 순서대로 대우의 상에 절을 올리기 시작했다. 대례가 끝나고 구천이 모두를 향해 소매를 크게 휘두르자 드디어 북으로 향하는 대장정의 깃발이 올라갔다.

광활한 바닷가에 떠 있는 배들은 마치 경주라도 하듯 저마다 한가득 바람을 머금고 물 위를 미끄러지기 시작했다. 바람과 파도를 가르며 강회로 방향을 바꾼 배들은 여황대주를 필두로 속력을 내기 시작했다. 여황대주에 몸을 실은 구천 내외와 흥이, 그리고 월녀가 **활짝** 웃으며 갑판에 올랐다. 그 뒤로 부동, 계예, 예용, 제계영 등의 조정 대신들이 기대에 부푼 얼굴로 햇빛에 빛나는 강물을 내다보았다. 중원에서의 새로운 삶을 기대하며 힘껏 울리는 북소리, 그 북소리에 맞춰 월나라 백성들의 손에 들린 노가 화려한 춤을 추기 시작했다.

뒷이야기

작은 동산만 한 크기로 잔뜩 쌓인 장서 사이에서 구천은 한 움큼 책을 잡았다가 번번이 놓치고 있었다. 바닥은 이미 온통 책 천지였다. 흩어진 책 사이로 구천은 열심히 무언가를 찾고 있었다. 『병법』이 어디 있지? 어디에 있던가….' 순간 구천은 온몸이 뜨거워지며 머리에서 식은땀이 나는 것을 느꼈다.

창밖으로 깔깔거리는 웃음소리가 연신 들려왔다. 구천이 소리 나는 곳을 보니 짙은 안개로 뒤덮여 있어 누가 웃는 것인지 제대로 보이지 않았다. 어디선가 불어온 바람에 안개가 서서히 걷히며 드디어 웃음소리의 주인공이 그 모습을 드러냈다. 흰 옷을 입고 손에 서간(書簡)을 들고 있는 소녀와 소년의 모습이 보였다. '저것은 부차와 승옥이 아닌가?' 놀란 구천이 창을 벌컥 열었다.

"승옥아, 네 책이라면 나한테 빌려주지 않았더냐? 왜 다시 꺼내가지고 온 것이냐?"

"만날 두 오라버니가 진정으로 병사를 제대로 부리는 자는 전쟁을 하지 않고도 사람을 부릴 수 있다며 싸우더니… 그렇게 오랫동안 싸우고도 아직까지 제대로 된 답을 찾지 못했군요!"

그러자 부차가 입을 열었다. "누가 모른다는 거야? 의리라고는 찾아볼 수 없는 이 시대에 나는 공심전(攻心戰)을 펼쳤지. 다른 나라를 멸망시키지 않으면 패주가 될 수 없는 법이야."

득의양양한 표정의 구천이 미소를 지었다. "틀렸어. 『병법』에 분명 전쟁을 하지 않고도 사람을 굴복시키는 방법이 있다고 했어. 그런데 부차는 항상 전쟁을 하러 다니지 않았던가? 그럴 바에야 내가 사용한 비전(非戰)이 더 뛰어나지. 이것이야말로 전승(全勝)이라는 최고 경지로서…"

"깔깔깔, 구천 오라버니, 전쟁을 하지 않는 것이 좋다고요? 그럼 오라버니는 전쟁을 다시 하지 않을 건가요? 진짜?"

승옥의 지적에 구천은 뜨끔했다. 낭사로 옮겨온 지 3년이 흘렀다. 진나라가 주왕실의 명을 거부하고 독립하려고 하자 구천은 한때 황하를 건너 진나라를 치려고 했다. 이 소식을 전해들은 진나라의 왕이 겁에 질려 스스로의 잘못을 인정하자 구천도 진나라를 칠 생각을 접었다. 그런 자신의 생각을 승옥에게 들킨 것 같아 구천은 내심 식은땀을 흘렸다.

"호호호, 그렇지 않겠죠? 오라버니는 또 전쟁을 하려고 했죠. 하지만…"

"하지만?"

"아니에요. 천하가 이렇게 오랫동안 태평하니 슬픈 노래는 이제 부르지 않으면 좋겠네요." 그 자리에서 일어난 승옥이 꾀꼬리 같은 목소리로 노래를 부르기 시작했다.

노랫소리에 맞춰 승옥이 『병법』을 높이 들고 공중으로 휙 던지며 웃음을 터뜨렸다.

"먼저 줍는 사람이 임자랍니다!"

그 말에 구천과 부차가 재빨리 달려들었다. 책만 보고 쫓아가던 두 사람은 서로의 존재를 미처 깨닫지 못하고 쿵 하고 충돌했고, 그 사이 『병법』은 구름 사이로 떨어졌다. "빨리 가서 주워…" 한 마디 외침과 함께 구천은 놀라 깨어났다. '아, 이 모든 것은 꿈이었구나.' 병상에 누워 있는 구천의 곁에는 월부인과 아들들, 그리고 조정 대신들이 서 있었다. 모두들 눈가가 붉게 물든 것으로 보아 운 게 분명했다.

"모두들 너무 슬퍼하지 마시오." 가쁜 숨을 내쉬며 구천은 간신히 홍이에게 손짓을 했다. 울음을 참으며 구천에게 다가온 홍이는 무릎을 꿇었다. "아바마마, 소자 여기 있습니다. 하실 말씀 있으십니까? 소자가 다 받들겠습니다!"

"우리가 북쪽으로 올라온 지 벌써 3년이 흘렀구나. 내가 월왕의 자리에 오른 지도 어언 27년이다. 이제 가야할 때가 되었구나. 이 아비의 말을 기억해두어라. 우리는 우왕의 후예다. 네 조부이신 윤상의 기업을 받든 가난한 월나라는 초나라의 방패막이로 오왕 합려를 물리치고 양자강을 넘고 회하를 건너 진나라, 제나라와 국교를 맺었다. 이곳에 온 것은 천하를 평정하신 대우님의 큰 뜻을 실현하기 위해서였다. 화폐를 통일하고 만백성들이 편히 살아갈 수 있는 세상을 만드는 것이었으나 지금 진(晉)나라, 제나라, 노나라의 내정이 모두 혼란하고 진(秦)나라 역시 주왕실에 대항하고 있구나. 비록 혼란하기 짝이 없는 세상이지만 우리가 대우의 후손이라는 사실을 잊어서는 결코 안 될 것이야. 전쟁을 하지 않고도 사람을 굴복시킬 수 있는 방법을 계속 찾아라. 그리하면 땅속에서도 내 편히 눈을 감을 수 있을 것이다."

"소신, 부왕의 가르침을 가슴에 새기겠습니다."

"그래, 그러면 되었다. 『병법』을 과인에게 가져다다오."

월부인이 급히 『병법』을 건네자 구천은 그것을 받아들고 다시 홍이를 향해 입을 열었다. "태자, 이 아비는 이제 늙어 더 이상 이 책의 가르침을 실현시킬 힘이 없다. 부디 열심히 읽고 공부하여 대대손… 전해…."

홍이가 미처 『병법』을 건네받기도 전에 구천은 숨을 거두고 말았다. BC 465년 향년 60세로 구천이 승하하고 그 뒤를 이어 홍이가 즉위했다. 그러나 즉위한 지 1년 만에 홍이도 세상을 뜨고 말았다.

구천의 뒤로 모두 여덟 명의 군주가 보좌에 올랐으며 초나라에 의해 패망하기까지 월나라는 무려 224년을 역사의 무대에서 버텼다. 진시황이 육국(六國)을 통일한 후에 월나라는 바닷길을 통해 원래의 월나라 땅으로 돌아간 후 그곳에서 백월(百越)이라는 나라를 세웠다.

아마도 '와신상담(臥薪嘗膽)'이라는 고사성어를 모르는 사람은 많지 않을 듯하다. 하지만 그에 반해 그 이야기의 주인공인 구천(勾踐)에 대해서는 상대적으로 많이 알려져 있지 않다. 부끄럽게도 나 역시 구천이라는 인물에 대해 잘 알지 못했다. 한국인들이 가장 많이 알고 있는 고사성어를 만든 주인공은 과연 어떤 사람일까? 도대체 어떤 일이 있었기에 그와 관련된 이야기가 지금도 회자되고 있는 것일까? 이런 궁금증을 품고 책을 펼쳐 들었다.

솔직히 『월왕구천』을 읽으면서 요새 한창 유행한다는 '막장드라마'가 떠올랐다. 인생의 밑바닥에서 허우적거리다가 뼈를 깎는 노력을 통해 자신의 목적을 이루었지만, 한때의 실수로 비참하게 다시 인생의 나락으로 떨어지는 주인공. 잠시 숨 돌릴 틈 없이 삶이라는 시험대에 올라 치열하게 저항하는 구천의 모습은 어느 막장드라마의 주인공 못지않게 처절하기까지 하다. 특히나 월나라의 왕이라는 자가 노예로 끌려가 당하게 되는 비참한 삶은 그야말로 눈물겹다. 한때의 자만심으로 모든 것을 잃은 것도 모자라 사랑하는 딸을 핏덩이인 채로 버려야 했고 원수의 똥까지 먹어야 했다. 와신상담 끝에 천하를 움켜쥐었지만 자신의 야망을 위해 소중한 사람들을 토사구팽(兎死狗烹)시키며 벼랑 끝으로 몰아넣은 구천의 모습은 우리가 알고 있는 수많은 영웅들과는 다르다. 상상도 하지 못할 능력을 자랑하는 영웅들과 비교했을 때 구천은 그야말로 '비주류'에 속한다. 그에게는 남다른 출생의 비밀이나 신비도 없다. 하늘로부터 물려받은 뛰어난 재능이나 죽음을 각오하는 동지들도 없다. 그저 살아남아야 한다는 그 원초적인 본능 하나로 버틴다. 하지만 완전무결한 영웅보다는 우리처럼 실수도 하고 삶의 무게에 허우적대는 지극히 인간적인 영웅에게서 우리는 더욱 현실적이고 인간적인 매력, 교훈을 발견할 수 있는 것이다.

이 책을 읽는 동안에도 우리는 저마다의 문제를 안고 밤을 하얗게 지새우며 고민하거나 괴로워할지 모른다. 자신에 대한 불신이나 사회를 향한 불만과 원망 때문에 앞으로 나아가기보다는 자리에 주저앉거나 과거로 뒷걸음치려는 내가 있을지도 모른다.

그런 그대에게 월왕 구천이 전하노니, 臥. 薪. 嘗. 膽.

가시넝쿨로 지은 요에 몸을 누이고 쓰디쓴 담을 밤낮으로 핥아라. 와신상담할 수 있는 용기도 없으면서 지금 자신의 처지에 불만을 터뜨릴 자격 따위는 없다. 그것이 바로 구천이 치열한 삶의 전쟁을 몸소 겪으며 우리에게 전하려 했던 교훈이 아닐까?

이지은

옮긴이_이지은

중앙대 중국어과를 졸업하고, 이화여대 통번역대학원 한중과에서 석사학위를 받았다. 중국 다롄(大連) 랴오닝(遼寧) 사범대학에서 수학한 뒤 현재 전문 번역가로 활동하고 있다.

역서로는 『거침없이 빠져드는 역사이야기 경제학 편』 『거침없이 빠져드는 역사이야기 고대국가 편』 『세계 최고의 권력을 가진 여성들』 『대국굴기』(공역) 『남자의 남자, 푸틴』(공역) 『세계 비사』 『내가 평범한 이유』 『조조에게 배우는 12가지 덕목』 『삼국지 인물과 계략을 말하다』 『공자 경영학』 『일상 속의 행복경제학』 등이 있다.

월왕구천 2

펴낸날   초판 1쇄 2010년 1월 4일

지은이   양시아오바이
펴낸이   심만수
펴낸곳   (주)살림출판사
출판등록   1989년 11월 1일 제9-210호

경기도 파주시 교하읍 문발리 파주출판도시 522-1

전화   031)955-1350   팩스   031)955-1355
기획 · 편집   031)955-4696
http://www.sallimbooks.com
book@sallimbooks.com

ISBN   978-89-522-1303-7   04820
ISBN   978-89-522-1304-4   04820(세트)

※ 값은 뒤표지에 있습니다.
※ 잘못 만들어진 책은 구입하신 서점에서 바꾸어 드립니다.

책임편집   **신청**